mainbook

Das Buch

Ausgerechnet im tristen Hinterzimmer einer Frankfurter Techno-Diskothek trifft sich eine alte Schulklasse zum 40-jährigen Abi-Treffen wieder. Es ist nicht zu leugnen: Die Baby-Boomer, die geburtenstarken Jahrgänge der 50er, sind älter geworden. Und die Zeiten von Disco-Fox und Hardrock, der Mischung aus Flower Power und Rebellion sind lange vorbei.

Aber hinter Altersbeige und schütterem Haar steckt immer noch die Sehnsucht nach der unbeschwerten Leichtigkeit der 70er Jahre. Den Moment genießen, die pralle Lebensfreude spüren - ist das jenseits der Sechzig noch möglich?

„Ich hab noch nicht genug getanzt in meinem Leben." Dieser von der zweifachen Oma Monika hingeworfene Satz bringt den Stein ins Rollen. Und so entwickelt sich das leerstehende, ehemalige Finanzamt Nord in Bornheim klammheimlich zum Treffpunkt tanzbegeisterter Oldies, die sich bei AC/DC und ABBA austoben.

Aber wie lange kann das gutgehen, bis die ganze Sache auffliegt? Und geht es wirklich nur ums Tanzen? Welche Träume stecken noch in jedem Einzelnen der bunt zusammengewürfelten Gruppe?

Die Autorin

Rotraut Mielke legt mit der „Rentner-Disco" nach der „Rentner-WG" ihren zweiten Best Ager-Roman vor. Die geborene Frankfurterin lebt in Niddatal und widmet sich seit ein paar Jahren ganz dem Schreiben, ihrer großen Passion. Über Kurzgeschichten und einem Reiseführer kam sie zum Roman- und Drehbuchschreiben. Wenn sie nicht gerade am PC sitzt und sich Geschichten ausdenkt, findet man sie in ihrem kleinen Garten, beim Golfen oder auf Reisen. Eine Inspirationsquelle für ihre nächsten Romanstoffe.

Rotraut Mielke

Rentner-Disco

Ein Best-Ager-Roman aus Frankfurt

mainbook Verlag Frankfurt

ISBN 978-3-944124-70-4

Lektorat: Gerd Fischer
Layout: Anne Fuß
Bildrechte: © silver-john und WimL- Fotolia.com (bearbeitet)

Besuchen Sie uns im Internet: www.mainbook.de

Alle Personen in diesem Roman sind frei erfunden. Etwaige Ähnlichkeiten mit tatsächlichen Personen wären rein zufällig.

Das Zitat auf Seite 26 stammt aus dem Song „We are the Champions" von Queen.

EINS

Gelangweilt schaute die Verkäuferin auf ihre Armbanduhr. Noch fast vier Stunden bis zum Feierabend, der Tag zog sich heute wieder mal endlos. Nur eine einzige Kundin war im Laden, aber die würde bestimmt nichts kaufen. Sie kam ziemlich oft hereingeschneit, und es gab fast keinen Schuh, den sie noch nicht anprobiert hatte. Die Verkäuferin warf einen geringschätzigen Blick auf die ausgelatschten, altmodischen Treter der Frau. Dann holte sie eine Nagelfeile aus einer Schublade und widmete sich ihrer Maniküre.

Mit glänzenden Augen stand Pauline vor einem Regal. Die neue Kollektion war eingetroffen, und sie konnte sich nicht satt sehen an den Modellen, die die beschwingte Leichtigkeit des nahenden Frühlings heraufbeschworen. Ein Paar Pumps in leuchtendem Rot hatte es ihr besonders angetan, interessante Form und zehn Zentimeter Stilettos. Sie nahm einen Schuh in die Hand und betrachtete ihn von allen Seiten. Ihre Fingerspitzen tasteten die feine Textur, und sie sog den Geruch ein. Ah, dieser Duft von Leder hatte etwas Sinnliches. Als sie auf das Preisschild schaute, zuckte sie zusammen. Einhundertvierundvierzig Euro, das war viel zu teuer. Davon abgesehen würde ihr Eddie sowieso nicht erlauben, in so etwas herumzulaufen. Aber wie so oft konnte sie nicht widerstehen, anprobieren kostete schließlich nichts. Unauffällig schaute sie sich um. Im Laden war es ruhig, kein anderer Kunde in Sicht. Nur die Kassiererin kramte in einer Schublade herum. Pauline setzte sich auf einen Hocker, zog ihre Schuhe aus und schlüpfte in die Pumps. Kritisch betrachtete sie sich im Spiegel. Ihre Beine konnten sich durchaus noch sehen lassen.

Sie machte ein paar schnelle Schritte, dann eine schwungvolle Drehung, und lief wieder zurück. Ihr Gang war voller Energie, dabei lässig und entspannt, fast wie auf einem Laufsteg.

Die Verkäuferin ließ verblüfft die Nagelfeile sinken und starrte mit offenem Mund. Das sah richtig gut aus, gekonnt, sogar ein wenig sexy. Dabei war die Frau schon uralt, bestimmt sechzig oder siebzig. Halb hinter die Kasse geduckt beobachtete sie die merkwürdige Person weiter.

Pauline war wie elektrisiert. Die Absätze gaben ihrem Gang etwas ausgesprochen Weibliches. Ganz automatisch schwangen ihre Hüften bei jedem Schritt. Aber sie hatte bisher nur fünfundachtzig Euro beiseitelegen können. Eddie passte auf wie ein Schießhund, allzu oft durfte sie die kleine Lüge vom vergessenen Kassenzettel nicht riskieren. Für heute würden die High Heels ein Traum bleiben. Noch eine weitere Runde, dann zog sie wieder ihre eigenen Schuhe an und verließ mit einem bedauernden Lächeln den Laden. Die Verkäuferin schaute ihr nach. Erst zögerte sie einen Moment, aber dann konnte sie doch nicht widerstehen. Sie schnappte sich die roten Pumps, stieg hinein und machte ein paar unsichere Schritte.

„Aua!"

Weit kam sie nicht, bevor sie umknickte, und ihr Knöchel mit lauten Knacksen gegen die Folterinstrumente protestierte. Kleinlaut stellte sie die Pumps ins Regal zurück und rieb sich die schmerzende Stelle. Nicht zu fassen, wie hatte diese komische Alte das bloß hingekriegt?

Zu Hause war alles vorbereitet. Pauline saß in einem hellen Stoffsessel, der akkurat im rechten Winkel zum Couchtisch ausgerichtet war. Sehnsüchtig nach Licht und Sonne starrte sie aus dem Fenster. Im Garten drehte sich unermüdlich das blaue Windrad, das noch vom letzten Sommer übrig geblieben war. Der Wind zerwühlte die dürren Zweige der Birke. Noch war es zu kalt, um sich draußen aufzuhalten. Aber der Winter hatte schon längst seine kaminfeuerknisternde Faszination verloren und war nur noch lästig.

Der Fernseher lief, ohne dass sie ihm wirklich Beachtung schenkte. Es gab eine dieser Vorabendserien, gerade gut genug, um die Zeit zu vertreiben, bis Eddie nach Hause kam. Als flotte Musik gespielt wurde, schaute sie automatisch hin. Werbung, meistens stupide, bestenfalls langweilig. Aber es gab Ausnahmen wie jetzt dieser Spot für ein Erfrischungsgetränk. Ein gut aussehender, muskulöser Mann mit freiem Oberkörper gönnte sich durstig eine kalte Cola. Gut ausgeprägter Sixpack, da konnte man schon mal einen Blick riskieren. Interessiert beugte sie sich vor. Diese glatte, gebräunte Haut, man konnte sie fast unter den Fingerspitzen fühlen. Sie beobachtete, wie sein Adamsapfel sich beim Schlucken auf und ab bewegte.

Mit einem Knall fiel die Haustür ins Schloss. Pauline schrak zusammen und rappelte sich schuldbewusst aus ihrem Sessel hoch. Eddie hasste es, wenn sie ihn nicht gleich an der Haustür begrüßte. Hektisch fuhr sie mit den Fingern durch ihre Haare, ein kläglicher

Versuch, etwas Ordnung in die kurzen, graubraun melierten Strähnen zu bringen.

Sie hörte, wie er seine abgewetzte Aktentasche in die Ecke der Diele feuerte. Es war ein untrügliches Zeichen, dass er mal wieder üble Laune hatte.

„Schön, dass du endlich da bist“, begrüßte sie ihn und lächelte freundlich.

Er reagierte nicht.

„Wir müssen in einer halben Stunde los. Ich hab dir ein paar Schnittchen gemacht. Du hast doch bestimmt Hunger“, plauderte sie tapfer weiter.

„Du weißt, dass ich abends was Warmes will“, knurrte er.

„Ja, aber die Zeit reicht nicht. Da dachte ich, wenigstens...“

Er drehte sich zu ihr um. „Du dachtest.“

Sein kalter Blick wanderte von ihren unfrisierten Haaren über das blasse Gesicht und die schmale Figur, die mit einem beigen Rock und einem hellbraunen Pullover bekleidet war, bis hin zu ihren Füßen. Sie hatte wieder einmal keine Hausschuhe an. Als einzigen Schmuck trug sie einen schlichten Ehering und eine Perlenkette. Er runzelte die Augenbrauen.

Pauline unterdrückte ihren Unmut. Was war jetzt schon wieder falsch? Sie hatte ihre Kleidung sorgfältig ausgesucht. Eddie mochte es nicht, wenn sie sich aufdonnerte, wie er es nannte. Aber etwas Unauffälligeres als Beige gab es schließlich nicht.

Er ging direkt ins Schlafzimmer, und sie folgte ihm wie ein gut dressierter Hund.

„Ist das blaue Sakko aufgebügelt? Ich ziehe die helle Hose dazu an. Weißes Hemd, Krawatte, Socken, du weißt ja. Ich geh ins Bad.“

Im Stakkato flogen ihr die Worte um die Ohren. Selbstverständlich hatte sie an alles gedacht. Trotzdem beeilte sie sich, das Hemd aufzuknöpfen, und rollte die Socken auseinander. In der Dusche rauschte das Wasser. Flüchtig besah sie sich im Spiegel der alten Frisierkommode, die noch von Eddies Mutter stammte. Viel Staat war nicht mit ihrem Aussehen zu machen, so farblos, wie sie war. Ein bisschen Make-up hätte bestimmt nicht geschadet. Aber deshalb einen Krach heraufbeschwören? Inzwischen war sie in einem Alter, wo ihr das ziemlich unwichtig sein sollte. Trotzdem griff sie zur Bürste und fuhr sich mechanisch durch die Haare.

In eine Duftwolke gehüllt kam Eddie aus dem Bad und ließ sich von ihr die Kleidungsstücke zureichen. Verstohlen betrachtete Pauline seinen Körper. Lange hatte sie ihn nicht mehr nackt gesehen, sonst kam er bereits komplett angezogen aus dem Bad. Aber heute drängte die Zeit.

Er war immer eher schmächtig gewesen, mit seiner mittlerer Größe auch nicht gerade ein Adonis. Immerhin, über die Jahre hatte er kein Gramm Fett angesetzt, wie er gerne betonte. Nur seine helle Haut verlor deutlich an Straffheit. Die dünnen Arme, die etwas eingefallene, schwach behaarte Brust und die leicht O-förmigen Beine verschwanden Stück für Stück unter der Kleidung. Kurz berührten ihre Finger seine Schulter, als sie ihm in das Hemd half. Er roch nach billigem Duschgel. Der Werbespot fiel ihr wieder ein, und sie wurde rot, als sie an den Sixpack dachte. Sofort verbot sie sich weitere Gedanken. Der Vergleich war unfair. Sie war ja schließlich auch keine Schönheit mehr.

Während er seine Schuhe anzog, ging sie in die Küche und wechselte das Wasser im Napf. Eine schwarzweiß gefleckte Katze strich schnurrend um ihre Beine.

„Psssst, sei leise", flüsterte sie. Das Tier schaute sie mit wissenden Augen an.

Nur äußerst widerwillig hatte Eddie nach langer Bettelei dem Kauf einer Katze zugestimmt. Er fand Haustiere unhygienisch. Und das Vieh, wie er sie stets nannte, war ihm mit seinem beharrlich widerspenstigen Charakter ein Dorn im Auge. Die Abneigung war gegenseitig, schon vom ersten Tag an, als Pauline das kleine Fellbündel mit nach Hause gebracht hatte. Aber dieses eine Mal hatte sie sich durchsetzen können, und er hatte ‚ja' gesagt. Etwas, das er seitdem jeden einzelnen Tag bereut hatte, wie er sie ständig wissen ließ.

„Hast du alles?"

Sie zuckte zusammen. Rasch zog sie einfache, braune Schuhe an und streifte ihren Mantel über. Seufzend öffnete er die Haustür.

„Dann wollen wir es hinter uns bringen."

ZWEI

Das windschiefe Stück Pappe sah aus, als habe es jemand aus einem Waschpulverkarton geschnitten. Im Schein der zuckenden Lichtblitze konnte man die Schrift nur undeutlich lesen. Der aufgemalte Pfeil wies jedoch eindeutig in das Gebäude. ‚No Way Out' stand in greller Neonschrift über dem Eingang des heruntergekommenen Hauses in einer schmalen Nebenstraße der Zeil, in dem eine Diskothek untergebracht war. Ein paar Jugendliche lungerten davor herum und rauchten.

„Das sieht Eddie überhaupt nicht ähnlich, dass er uns in so eine Kaschemme schickt. Ich dachte, er sucht eine gemütliche Kneipe aus. Mit anständigem Essen. Und ruhig. Man versteht ja schon hier draußen sein eigenes Wort nicht."

Der ältere Herr brüllte der Frau, die sich bei ihm eingehakt hatte, seinen Kommentar ins Ohr. Aber das laute Wummern der Techno-Musik ließ jegliches Gespräch zum bloßen Lippenablesen verkümmern. Die Frau zog schaudernd ihren Mantelkragen enger um den Hals. Missmutig kniff der Mann den Mund zusammen und steuerte auf die Eingangstür zu.

Die Jugendlichen wurden auf die beiden aufmerksam.

„Hey Alter, hast du falsch gelaufen? Das Lager für Erdmöbel ist da drüben."

Der Typ Anfang Zwanzig, der sich den beiden in den Weg stellte, zeigte auf die andere Straßenseite, wo ein Bestattungsunternehmen seine Dienste anbot.

Der Mann musterte ihn von oben bis unten. Die übliche Kluft, Lederjacke, ein dicker Schal, der dreimal um den Hals geschlungen war, und Jeans, deren Hosenboden fast an den Knien hing. Und dann noch dieser Slang, eindeutig Türkisch.

„Lern du erst mal richtig Deutsch. Und pass auf, dass du deine Hose nicht verlierst."

Die anderen brachen in Grölen aus. Wütend warf der Jugendliche seine Kippe auf das Kopfsteinpflaster und ballte die Fäuste. Als er drohend einen Schritt auf das Pärchen zu machte, packte ihn einer seiner Kumpels an der Schulter.

„Bleib cool, Alter! Ist doch geil, mal so ne Versammlung von Scheintoten zu sehen. Echt jetzt. Da sind schon mehr so Gruftis reingegangen."

Widerwillig gab der Typ den Weg frei, und das ältere Paar betrat das Haus. Neugierig studierte der junge Mann das Pappschild. „Treffen Abi-Klasse 1972. Voll krass! Ich dachte, die wären schon ausgestorben. Na ja, viele können's nicht mehr sein."

Die Jugendlichen wieherten wieder los, und mit hämischem Grinsen steckte sich der Typ eine neue Zigarette an.

Erleichtert zog Friedrich die Eingangstür hinter Uschi zu. Heutzutage wusste man nie, wie so etwas ausging. Jeden Tag standen neue Berichte von Überfällen und Schlägereien in der Zeitung. Natürlich hätte er es nicht auf eine Eskalation ankommen lassen. Aber man durfte auf gar keinen Fall Angst zeigen vor so ein paar frechen Rotzlöffeln, sonst hatte man gleich verspielt. Außerdem wollte er vor Uschi nicht als Feigling dastehen. Das war ihm wichtig, auch nach über dreißig Ehejahren noch.

Entsetzt schauten sich die beiden in dem Vorraum um, der den verblühten Charme der 60er-Jahre ausstrahlte. Zwei kitschige Wandlampen flankierten einen bodentiefen Spiegel mit Goldornamenten. Die dunklen Holzwände starrten vor Dreck, genauso wie das wackelige Schränkchen, das aussah wie vom Sperrmüll. Der Plastikblumenstrauß in einer ziemlich ramponierten Vase war ein müder Versuch, etwas Einladendes in den düsteren Raum zu bringen.

Es roch nach abgestandenem Bier und Urin. Dass die Toiletten im Keller waren, hätte man auch ohne das Schild an der Wand herausgefunden. Das Schlimmste war jedoch die nervige Musik, deren Bässe einem direkt in den Magen fuhren.

„Ich hoffe, Eddie hat eine gute Erklärung dafür." Friedrich knirschte mit den Zähnen. Links ging es zur Diskothek. Er wandte sich der rechten Tür zu, in die ein Fenster aus bunten Butzenscheiben eingelassen war. Hier hing ein weiterer Zettel. Auf das Schlimmste gefasst drückte er die Klinke herunter.

Der große, fensterlose Raum hatte schon bessere Zeiten gesehen. Nun wurde er offensichtlich als Abstellkammer benutzt. Irritiert betrachtete Friedrich die Stühle und Tische, die an einer Wand aufgestapelt waren. Im trüben Licht einiger altersschwacher Neonröhren wagte er sich einen Schritt vor.

„Tür zu!"

Das war unverkennbar die Bassstimme von Schorsch. Friedrich drehte sich zu Uschi um, die wie festgenagelt im Türrahmen stand. „Na, wenigstens sind wir hier richtig."

Er schob sie weiter und ließ die Tür hinter sich ins Schloss fallen. Die Musik wurde merklich leiser, eine Wohltat. Im hinteren Teil des Raumes sah er schemenhaft ein paar Gestalten sitzen. Die Tische waren mit Teelichtern in billigen Wassergläsern dekoriert, jemand hatte versucht, dem Raum etwas Heimeliges zu geben. Trotzdem versprühte das Ganze den Charme einer Weihnachtsfeier in der Bahnhofsmission.

„Eine schlimmere Kneipe habt ihr wohl nicht auftreiben können", machte er seinem Unmut Luft.

Da saßen sie und schauten ihm entgegen. Es waren bereits etliche aus der alten Klasse da. Schorsch natürlich, den er schon an der Stimme erkannt hatte. Monika mit ihren Pausbacken und den widerspenstig abstehenden Haaren saß neben ihm. Und an einem anderen Tisch entdeckte er Eddie mit seiner besseren Hälfte Pauline, die immer so wirkte, als sei sie in irgendwelche Tagträume versponnen.

Friedrich steuerte geradewegs auf Eddie zu. „Das wirst du uns erklären müssen. Ich bin es nicht gewohnt, Uschi einer solchen Umgebung auszusetzen. Das ist ja asozial hier. Schon diese Gestalten vor dem Eingang, eine Zumutung."

Uschi fasste ihn sacht am Arm, aber er schüttelte sie unwirsch ab. Das war nun wirklich die Höhe! Seit etlichen Jahren hatte man sich nicht mehr gesehen. Das Treffen war lange geplant gewesen, und er hatte sich darauf gefreut, die alten Mitstreiter wiederzutreffen. Und jetzt das.

„Krieg dich mal wieder ein. Das ist nicht gut für deinen Blutdruck", hängte sich eine Frauenstimme rein.

Monika hatte dieses Dauerlächeln drauf, das er schon in der Schule gehasst hatte. Das brachte ihn noch mehr in Rage. Er schnaufte aufgeregt.

Eddie warf sich in die Brust. „Dafür kannst du dich bei meiner Frau bedanken. Die hat das hier...", mit einer ausholenden Armbewegung umriss er das ganze Elend, „...zu verantworten."

Pauline war in den letzten Jahren noch dünner und blasser geworden. Sie sah richtig durchscheinend aus, fast wie ein Geist. Wie sie so da saß, mit gesenktem Kopf und die Tiraden ihres Mannes schweigend über sich ergehen ließ, tat sie Friedrich ein wenig leid.

„Ich dachte, du wolltest das Treffen organisieren“, blaffte er Eddie an. Der bekam einen zornesroten Kopf; sogar bei dieser Funzelbeleuchtung hier war das zu sehen.

„Ich hab viel um die Ohren. Meine Arbeit erlaubt mir das leider nicht. Ich hab's nicht so gut wie Pauline oder die meisten anderen von euch. Nur dieses eine Mal sollte sie sich um was kümmern, aber das war wohl schon zu viel verlangt.“

Offensichtlich war Friedrich nicht der erste, der sich beschwert hatte. Von den anderen Tischen kam aufgebrachtes Gemurmel. Da mischte sich Schorsch ein. „Halt mal den Rand, Eddie. Lass sie gefälligst in Ruhe. Sie hat es doch schon erklärt, es war nicht ihre Schuld. Sie hat im Dippegucker reserviert, aber die Bedienung hat den Termin verwechselt. Also was soll's, hocken wir halt hier. Ist doch Wurscht.“

Dankbar drehte sich Pauline zu ihm um und lächelte schüchtern. Er zwinkerte ihr zu. Dann sprang er auf und rückte mit übertriebener Geste zwei Stühle für die Neuankömmlinge zurecht. Wischte imaginären Staub von den Sitzflächen und lud sie mit einem breiten Lächeln ein, Platz zu nehmen.

Uschi setzte sich schweigend. Aber Friedrich war noch nicht fertig mit Eddie. „Wenn man was übernommen hat, muss man sich auch kümmern. Du hast dich ja förmlich darum gerissen, das Treffen zu organisieren. Hast du keine Sekretärin, die das für dich erledigt?“

Das war ein gezielter Schlag unter die Gürtellinie, wie er sehr wohl wusste. Eddie zog beleidigt den Kopf ein wie eine Schildkröte. Aber wenigstens hielt er endlich den Mund.

Friedrich zögerte, den Mantel auszuziehen. Es war ziemlich frisch hier drinnen, und er entschied sich dagegen. Jetzt, Ende März, waren die Abende noch kühl. Und offensichtlich sparte man außer beim Licht auch an der Heizung. Mit einem theatralischen Seufzer ließ er sich neben Uschi auf einen Stuhl fallen. „Zu essen gibt's bestimmt auch nichts Gescheites“, maulte er weiter.

Seine Frau warf ihm einen nervösen Blick zu. Wenn er Hunger hatte, war er einfach unausstehlich.

Als Antwort knallte Schorsch ihm eine mickrige Karte hin, deren Kunstledereinband an den Ecken ausfranste. „Essen ist nicht. Bestell dir ein Bier und gib Ruhe“, sagte er in einem Ton, der keinen Widerspruch duldete.

Friedrichs Magen knurrte. Uschi hatte mal wieder recht gehabt. Sie hatte noch eine Kleinigkeit herrichten wollen, ehe sie losgezogen waren, aber er hatte abgelehnt. Das hatte er nun davon.

Nach der ersten Aufregung überwog dann aber die Neugierde, und er schaute in die Runde. In zehn Jahren konnte sich ein Mensch gewaltig verändern. Aber in dem fortgeschrittenen Alter, in dem sie sich alle befanden, gab es nur noch wenige Überraschungen. Ohne Schwierigkeiten erkannte er alle wieder.

Seit dem Abitur, das nun schon vierzig Jahre her war, hatte sich die Abschlussklasse der Frankfurter Herderschule erst ein paar Mal getroffen. Im Laufe der Jahre war man immer mehr auseinander gedriftet. Echte Freundschaften hatten sich kaum entwickelt, und die Kontakte zwischen den Schulkameraden waren außerhalb der offiziellen Treffen eher zufällig.

Schorsch, eigentlich Georg Happ, war der Senior der Runde. Friedrich fand es lächerlich, dass er in seinem Alter immer noch dieses Rockerimage pflegte, das ihn schon zu Schulzeiten zum Albtraum der Lehrer gemacht hatte. Groß, kräftig und tiefenentspannt lümmelte er in seiner Ecke, wie immer ganz in Schwarz gekleidet. Den einzigen Farbtupfer setzte ein rotes Tuch mit kleinen Blümchen, das er sich in Bikermanier um den Kopf gebunden hatte. Auf seiner weit fortgeschrittenen Stirnglatze sah das reichlich albern aus, wie Rotkäppchen mit Vollbart. Das Resthaar hatte er zu einem dünnen Zopf gebunden, der ihm bis auf den Rücken hing. Struppiges Barthaar von undefinierbarer Farbe bedeckte das ganze untere Drittel des rundlichen Gesichts, in dem die gutmütigen, braunen Augen partout nicht zum Rest passen wollten.

Als er in der 11. Klasse wegen einer Ehrenrunde zu ihnen gestoßen war, gab es einige Eltern, die ihren Töchtern den Umgang mit ihm strikt verboten. Logischerweise machte ihn das nur noch interessanter. An weiblicher Bewunderung mangelte es ihm jedenfalls nie, wenn er auf dem Schulhof verbotenerweise eine rauchte. Unter den Mädchen galt es als Mutprobe, einen Zug von seinen selbst gedrehten Zigaretten zu nehmen. Man munkelte, dass er gern ein bisschen Gras untermischte. Überhaupt spuckte die Gerüchteküche die wildesten Geschichten aus, denn im Grunde wusste niemand etwas Genaues über ihn. Er wohnte irgendwo außerhalb in einer ziemlich üblen Gegend, nicht weit entfernt vom Zigeunerlager. Eltern schien er auch nicht zu haben. Jedenfalls kam immer seine Oma, wenn ein Erziehungsberechtigter in die Schule beordert wurde.

Schon früh hatte er ein Faible fürs Schrauben entwickelt und war konsequenterweise Automechaniker geworden. Das war ein Affront gegen die Lehrer, die ihre Zöglinge auf ein Studium vorbereiten wollten. Ein einfacher Handwerker mit Abi, wo gab's denn so was? Das war die reinste Verhöhnung humanitärer Bildung. Wenigstens blieb der Universität die Anwesenheit eines solchen Subjekts erspart. Obwohl, wenn er in die richtigen Hände geraten wäre, hätte durchaus etwas aus ihm werden können. Er war blitzgescheit, und an seinen frechen, aber durchaus fundierten Bemerkungen biss sich so mancher Pauker die Zähne aus. Nein, intellektuell war ihm nicht beizukommen. Das Sitzenbleiben hatte er einzig und allein einer längeren Periode absoluter Faulheit zu verdanken.

Auch heute noch hielt die Mehrzahl der Klassenkameraden lieber Abstand zu ihm. Warum ausgerechnet Monika einen Narren an ihm gefressen hatte, konnte sich niemand erklären.

Die rundliche Monika Winkelmann war schon immer der Sonnenschein der Klasse gewesen. Sie war freundlich und nett und durch nichts aus der Ruhe zu bringen. Wenn etwas zu tun war, zu dem niemand Lust hatte, war sie stets diejenige, die sich freiwillig meldete. Das galt für das Tragen von Aufsatzheften ebenso wie für die großzügige Verteilung ihrer dick belegten Schulbrote. Dabei war sie beileibe keine Schleimerin. Sie hatte halt das Helfersyndrom, da konnte man nichts machen. An ihrem heiteren Naturell hatten auch die Schicksalsschläge nichts ändern können, die sie im Laufe ihres Lebens getroffen hatten. Ihr Mann war früh gestorben, und sie hatte ihre zwei Kinder, einen Jungen und ein Mädchen, allein großgezogen. Heutzutage gang und gäbe war das in den siebziger Jahren ein schwieriges Unterfangen gewesen. Aber sie hatte sich nie beklagt, sondern die Ärmel hochgekrempelt und losgelegt.

„Ist hier Selbstbedienung oder kommt wer?", erkundigte sich Friedrich unwirsch.

Schorsch warf einen Blick auf das fast leere Bierglas vor sich. Er stand auf, ging zur Tür und riss sie auf.

„Bedienung!", brüllte er und übertönte damit sogar den Technosound von nebenan.

Uschi zuckte zusammen. Dieses schmutzige Lokal, die laute Musik und die Streitereien, es war das reinste Gift für ihr angegriffenes Nervenkostüm. Sie hätte doch besser zu Hause bleiben sollen. Hektisch drehte sie an ihrem Bettelarmband, so dass die kleinen Anhänger wild durcheinander wirbelten.

Besorgt legte ihr Friedrich den Arm um die Schultern und zog sie leicht zu sich heran. „Ist dir nicht gut?"

Sie zwang sich zu einem Lächeln. „Mach dir keine Gedanken. Ich hab nur Kopfschmerzen."

„Kein Wunder."

Er schoss einen wütenden Blick auf Eddie, der aber in seinem Redeeifer nichts davon mitkriegte. Das Pärchen, das bei ihm und Pauline am Tisch saß, hörte sich eine seiner ungemein spannenden Geschichten aus der Versicherungsbranche an. Die Frau hatte schon glasige Augen vor Langeweile, und ihr Lächeln wirkte wie eingefroren. Aber wenn Eddie erst einmal loslegte, konnte man ihn einfach nicht stoppen. Das wusste Friedrich aus eigener, leidvoller Erfahrung und hatte sich wohlweislich einen Tisch weiter weg ausgesucht.

„Aufgeblasener Knallfrosch!", murmelte er halblaut. Bei der Geräuschkulisse bestand keine Gefahr, dass Eddie es hörte.

„Was soll's sein?"

Friedrich hatte die Kellnerin gar nicht bemerkt. Kaugummikauend stand sie vor ihm. Jeans, ein T-Shirt, das offensichtlich zu heiß gewaschen worden war, und – oh mein Gott! Was hatte sie mit ihrem Gesicht gemacht? Die Haut war weiß und teigig, die Augen dick mit schwarzem Kajal eingerahmt. Dazu ein bluttriefender Mund und wild toupierte, abstehende Haare. Sie sah aus wie aus einem Vampirfilm entsprungen. Ihm klappte vor Verblüffung der Unterkiefer herunter.

Schorsch schlug sich grölend auf die Schenkel, und auch Monika prustete los. Friedrich räusperte sich, um Fassung bemüht. „Ein Weizen. Und..." Fragend wandte er sich an Uschi.

„Haben Sie Kamillentee?", wollte die wissen.

Die Kellnerin schüttelte den Kopf. „Nee. Das is' ne Disco."

Eine Kaugummiblase quoll aus dem Blutmund. Quietschrosa, einfach ekelhaft.

„Dann ein Glas Weißwein. Einen trockenen bitte."

Gelangweilt nickte die Kleine und drehte sich zu Schorsch um, der mit den Armen herumfuchtelte, um auf sich aufmerksam zu machen. Er zeigte auf sein Bierglas. „Lass da nochmal die Luft raus. Und..." Er schaute in die Runde und zählte mit ausgestrecktem Zeigefinger großzügig die Köpfe. „...mach mal zwanzig Kurze."

Monika schaute ihn erstaunt an. „Hast du im Lotto gewonnen?"

Er zuckte mit den Schultern. „Was soll der Geiz? Außerdem wird es Zeit, dass wir hier mal Stimmung reinkriegen. Ist ja schließlich keine Beerdigung."

„Könnte aber eine werden, wenn dieses Gedudel nicht bald aufhört", mischte sich Eddie ein.

Mit seinen 1,90 Metern schaute Schorsch auf ihn hinunter und grinste. „Isses denn die Möglichkeit? Wem willst du denn ans Leder?"

„Als erstes dem DJ. Und dann jedem, der mir dumm kommt."

Eddie war sehr empfindlich, was seine Größe betraf. Schorsch und Monika kicherten albern. „Techno ist jetzt auch nicht so mein Ding", gestand Schorsch Eddie immerhin zu.

„Eher Jimmy Hendrix. Und AC/DC, gell?", fragte Monika.

Sie grinsten sich verschwörerisch an.

„Dein Gedächtnis funktioniert noch gut", bestätigte er. „Du mochtest ja am liebsten diese Weichspüler. Was war das noch? Nights in White Satin?"

Fast wäre Monika rot geworden.

„Das ist doch Ewigkeiten her. Ich kann mich gar nicht mehr erinnern", wiegelte sie ab und wechselte schnell das Thema. „Weißt du noch, deine Luftgitarren-Nummer?"

Mit diesem Act hätte er einmal fast ein Schulfest gesprengt. Offensichtlich total zugedröhnt hatte er sich hinter die Bühne geschlichen und eine seiner härtesten Scheiben aufgelegt. Und dann diese Nummer gebracht, die seltsamerweise gar nicht komisch, sondern richtig gekonnt ausgesehen hatte.

„Die hab ich noch drauf", bestätigte Schorsch. „Na ja, mit dem Spagat klappt es nicht mehr so richtig. Aber sonst..." Er erwärmte sich zusehends für das Thema. „Das war wenigstens noch Musik. Was die heutzutage zustande bringen, kann man ja nicht mehr so bezeichnen. Dieses elektronische Dauerstampfen kann einen richtig aggressiv machen. Spielt ja sowieso kaum noch einer selbst. Kommt alles vom Computer."

Schorsch kannte sich aus in der Musikszene, und er verabscheute die meisten der neuen Stilrichtungen.

Der Krach wurde schlagartig lauter, die Kellnerin war im Anmarsch.

„Gutes Timing", lobte Schorsch und griff nach dem vollen Bierglas, das sie ihm entgegenstreckte. Sie verteilte die anderen Getränke auf die Tische, bis nur noch die Schnapsgläser auf dem Tablett übrig waren. Das platzierte sie kurzerhand auf einen leeren Platz und ging wieder.

„Auf Ex!", kommandierte Schorsch, nachdem er jedem eines der Gläser hingestellt hatte. Es gab einige halblaute Proteste, aber dann kippten doch alle ihren Schnaps hinunter. Es folgten die üblichen Quietschlaute und wildes Grimassenschneiden, das irgendwie dazu gehörte.

Die kleine Unterhaltung zwischen ihm und Monika war nicht unbemerkt geblieben. Die Frau an Eddies Tisch nutzte die Gelegenheit, um den drögen Monolog zu unterbrechen. „Wisst ihr noch, die Tanztees beim Bauer?", fragte sie in die Runde.

„Ich war bei Wernecke", meldete sich jemand.

Das waren seinerzeit die zwei bekanntesten Tanzschulen in Frankfurt gewesen. Es war fast eine Lebenseinstellung, welche man bevorzugte.

Schorsch verzog das Gesicht. „Tanzstunde! Walzer und so'n Kram. Und erst dieser Disco-Fox! Das war ja sowas von ätzend."

„Finde ich gar nicht. Wir waren jeden Freitag und Samstag auf Achse." Mit glänzenden Augen drehte sich die Frau zu ihrem Partner um. „Wir haben viel Spaß gehabt damals, gell?"

„In Sachsenhausen gab's doch diese kleinen Discos, ein halbes Dutzend oder mehr. Wisst ihr noch, wir sind rumgezogen von einer zur anderen", erzählte ein anderer Gast. „Und Pauline ist immer vorneweg marschiert."

Mehrere Leute nickten lachend. Eddie warf seiner Frau Pauline einen bösen Blick zu. „Zum Affen hast du dich gemacht damals."

„Aber das stimmt doch gar nicht!", protestierte Monika. „Es sah toll aus, wie sie getanzt hat."

Eddie linste schlecht gelaunt zu Pauline. Als ob er das nicht mehr wüsste! Klar hatte sie gut getanzt, dabei war sie ihm ja auch aufgefallen. Auf der Tanzfläche war sie so ganz anders als in der Schule, wo man sie eigentlich nie richtig wahrgenommen hatte.

„Die nächste Runde geht auf Eddie. Der hat uns das hier schließlich eingebrockt", verkündete Schorsch. Er schaute triumphierend in die lachenden Gesichter. Alle johlten. Die Stimmung war seit dem Schnaps sprunghaft gestiegen. Offenbar hatten die meisten Ex-Mitschüler mit einem Abendessen gerechnet und deshalb nichts im Magen.

Mit saurem Gesicht zog Eddie sein Portemonnaie aus der Hosentasche und schaute nach, wie viel Geld er einstecken hatte. Pauline wand sich auf ihrem Stuhl. Sie hatte sich schon lange damit abgefunden, dass er sparsam war bis zum Geiz. Aber vor diesen Leuten war ihr sein Verhalten schrecklich unangenehm. Sie kramte ihre eigene Geldbörse aus der Handtasche und drückte ihm unter dem Tisch einen 50-Euro-Schein in die Hand.

„Da!"

Automatisch griff er nach dem Geld.

Wenn er jetzt fragt, woher ich das habe, stehe ich auf und gehe, beschloss sie für sich. Aber er sagte nichts, sondern sortierte den Schein ordentlich in ein Fach.

„Besser, du gehst rüber. Von allein kommt die so schnell nicht wieder", schlug Schorsch vor.

Umständlich stand Eddie auf und schlich zur Tür. Er hatte absolut keine Lust, diese unsägliche Diskothek zu betreten. Aber es blieb ihm wohl keine andere Wahl.

Man schwelgte weiter in seliger Erinnerung. Gesprächsfetzen flogen durch die Luft, das Klassentreffen nahm Fahrt auf.

„Siehst du, was so ein Schnäpschen bewirken kann? Ist doch plötzlich Schwung in der Bude."

Zufrieden lehnte sich Schorsch zurück. Die Leute waren schon ganz okay. Ein bisschen spießig vielleicht, aber das machte das Treffen eigentlich nur lustiger. Wenn man sie aus der Reserve lockte, konnten sie richtig aufdrehen. Sogar Pauline schien endlich entdeckt zu haben, dass sie auch reden konnte. Ihre Augen blitzten, während sie lachend ihre Tanzkünste von damals herunterzuspielen versuchte. „Meine Güte, das ist alles schon so lange her. Dass ihr das überhaupt noch wisst!"

Monika kriegte ganz verträumte Augen, wie immer, wenn sie an die schönen Zeiten mit ihrem Mann dachte. „Ich für meinen Teil hab noch nicht genug getanzt in meinem Leben", sagte sie gedankenverloren.

Schorsch spitzte die Ohren. Da schwang weit mehr mit als die Lust auf rhythmischen Hüftschwung. „Redest du nur vom Tanzen?", bohrte er nach.

Sie schreckte hoch, wie ertappt. „Klar. Wovon sonst?"

Ihm kam es so vor, als läge in ihrem Lächeln ein Hauch von Sehnsucht. Aber das konnte auch an der schlechten Beleuchtung liegen.

Uschi schloss für einen Moment die Augen. Tanzen, das hatte sie immer sehr genossen. Überhaupt Musik. Zu Hause dudelte auch heute noch ständig das Radio. An ihren besseren Tagen sang sie oft mit, wenn einer der alten Hits gespielt wurde.

Als sie Friedrich kennenlernte, waren Abba gerade kometenhaft aufgestiegen. Wie sie diese wundervollen Melodien geliebt hatte – und noch immer liebte. Es war fast nicht zu glauben, dass Friedrich neben seinen anderen Qualitäten auch noch ein Faible für dieselbe Musik hatte wie sie. Nach all den Jahren kam es ihr immer mal wieder in den Sinn, welches Wunder es war, ihn gefunden zu haben. Vielleicht war es manchmal ein wenig zu viel der Harmonie. Ab und zu juckte es sie, einen handfesten Streit vom Zaun zu brechen, man konnte doch auch nicht jeden Tag nur Schokolade essen. Aber mit Friedrich war das ein Ding der Unmöglichkeit. Er war ein totaler Harmoniemensch, jedenfalls was sie beide betraf. Und wenn sie ehrlich war, hatte ihr seine Fürsorge in den letzten Monaten sehr gut getan. Sanft strich sie ihm über den Arm. Er drehte sich um und lächelte sie an.

Paulines Begeisterung ebbte schnell wieder ab. Sie war solche Temperamentsausbrüche von sich gar nicht mehr gewohnt. Nur gut, dass Eddie gerade nicht da war. Er hatte damals Himmel und Hölle in Bewegung gesetzt, um sie zu erobern. Letztlich waren es seine Briefe gewesen, die sie einfach überwältigt hatten. Sie zeugten von großer Reife und tiefen Gefühlen. Ein halbes Dutzend waren es nur, sie bewahrte sie noch heute sorgfältig auf wie einen Schatz. Nie hätte sie vermutet, dass hinter seiner nüchternen, manchmal etwas großspurigen Art solch ein sensibler Mensch steckte.

Zum Erstaunen aller hatten sie schon ein Jahr nach dem Abitur geheiratet. Ab diesem Tag hatte sich ihr Leben allerdings radikal geändert. Tanzen war kein Thema mehr gewesen. Oder Ausgehen generell. Die Unbeschwertheit der Jugend, die ihr in der Erinnerung schillernd wie eine Seifenblase vorkam, zerplatzte an Eddies verbissener Ernsthaftigkeit. Vielleicht wäre alles anders gekommen, wenn wir Kinder gehabt hätten, sinnierte sie. Aber das war vergossene Milch, über die man besser nicht nachdachte.

Aus dem Stimmenwirrwarr um sich herum hörte sie einen Namen heraus: Martin. Das war ein Traum, den sie ganz tief vergraben hatte. Manches wäre einfach zu schön gewesen, um wahr zu werden. Aber die Bilder in ihrem Kopf waren noch erstaunlich lebendig. Ja, sie beide waren eine Zeit lang das Traumpaar der Klasse gewesen, allerdings nur auf der Tanzfläche. Ganz verrückt waren sie nach dem Disco-Fox gewesen, hatten ihn perfektioniert, sich zusammen immer neue Figuren und Drehungen ausgedacht und sich dabei blind verstanden. Entsetzt bemerkte sie, dass ihr die Tränen kamen, ohne dass sie so recht hätte sagen können warum. Sie starrte in die Flamme des Teelichts und versuchte krampfhaft, ihre Fassung wieder zu gewinnen.

Die Musik wurde lauter. Jemand hatte die Tür aufgemacht. Eddie kam zurück, genau im richtigen Moment, bevor sie sich wirklich lächerlich gemacht hätte. Sie schaute hoch. Aber das war gar nicht ihr Mann, der sich da näherte.

Schlagartig verstummten die Gespräche. Alle starrten den Neuankömmling an wie eine Erscheinung. Sein eleganter Kaschmirmantel stand offen. Darunter trug er eine schwarze Hose und einen hellgrauen, offensichtlich teuren Seidenpullover. Ein Schal war locker um den Hals drapiert. Groß, schlank und lässig kam er herangeschlendert. Das Gesicht war immer noch schmal, fein gezeichnet und glatt rasiert. Einige Silbersträhnen an den Schläfen setzten wirkungsvolle Akzente. Es gab niemanden im Raum, der ihn nicht sofort erkannte. Das war er, Martin Herboltz.

Schorsch fing sich als erster. Er stand auf, um ihn zu begrüßen. „Martin! Das ist ja echt der Hammer. Ich hätte nie gedacht, dass du noch einmal auftauchst."

Er schüttelte ihm die Hand und klopfte ihm in echter Wiedersehensfreude auf die Schulter.

„Hier bei uns ist noch Platz. Setz dich! Monika kennst du ja bestimmt noch."

„Guten Abend. Tut mir leid, dass ich so spät komme. Ich hab das Lokal nicht gleich gefunden."

Martin schaute in die Runde. Beim Starren ertappt drehten die meisten schnell die Köpfe weg, und setzten die Gespräche fort, als sei nichts gewesen. Nur Pauline schaute ihn weiter fassungslos an. Seine Augen blitzten auf, als er sie entdeckte. Er ließ die Lehne des Stuhles los, den er sich gerade zurechtrücken wollte, und ging zu ihr.

„Pauline. Du hast dich kein Bisschen verändert."

Ihr Mund war trocken, der Hals wie zugeschnürt. Sie hätte jetzt nichts sagen können, selbst wenn ihr Leben davon abgehangen hätte. Das konnte doch nicht wahr sein. Martin! Er war hier. Stand einfach so da und lächelte sie an. Entsetzt spürte sie, wie sie rot wurde. Er griff nach ihrer Hand, die kalt und schwitzig war.

„So schlimm?"

Sie registrierte den Kranz kleiner Fältchen um seine Augen. Natürlich, auch er war älter geworden. Aber das machte ihn nur noch attraktiver. Erwachsener. Das war nicht mehr der Martin, mit dem sie Nächte durchgetanzt hatte. Obwohl – irgendwie war er es doch noch.

Interessiert betrachtete Schorsch die beiden. Dass Pauline nichts sagte, überraschte ihn nicht weiter, sie kriegte ja selten den Mund auf. Allerdings sah sie jetzt aus, als habe jemand in ihr drinnen ein Licht angeknipst. Plötzlich erschien sie ihm gar nicht mehr so blass und farblos.

„Das wusste doch jeder, dass sie damals in Martin verknallt war. Außer ihm selbst natürlich", sprach Monika seine Gedanken aus. „Schau dir das an. Ist ja richtig niedlich, wie sie rot wird. Nur gut, dass Eddie das nicht sieht."

Schorsch nickte gedankenverloren, ohne den Blick von den beiden abzuwenden. Da musste sofort etwas unternommen werden, bevor Paulines Mann zurückkam. Die beiden starrten sich ja an wie mit Heißkleber verschweißt.

„Martin, komm, setz dich zu uns!", rief er. „Du bist genau im richtigen Moment gekommen. Eddie holt gerade eine Runde Kurze."

Die Nennung von Eddies Namen verfehlte nicht ihre Wirkung. Pauline zuckte zusammen und zog hastig ihre Hand zurück, die Martin immer noch festhielt. Und auch er schien wieder zu bemerken, wo er sich befand.

„Ja, danke", murmelte er und setzte sich zu Schorsch.

Wie aufs Stichwort ging die Tür wieder auf, und Eddie kam herein. Ohne Martin zu bemerken, steuerte er seinen Tisch an.

„Du glaubst nicht, wie es da drüben aussieht", berichtete er aufgebracht. „Die sehen alle so aus wie unsere Kellnerin. Als ob da ein Horrorfilm gedreht wird, wo man hinschaut Piercings und Tattoos und kahl rasierte Köpfe. Wie kann sich ein Mensch nur freiwillig so verunstalten? Und erst die Kleidung! Wenn das die Leute sind, die mal unsere Rente finanzieren sollen, na, dann gute Nacht."

Er erwärmte sich sichtlich für das Thema und bekam nicht mit, dass seine Frau ihm gar nicht zuhörte. Auch das unterdrückte Kichern einiger Leute und die gespannte Atmosphäre gingen völlig an ihm vorbei.

„Hast du was zu trinken bestellt?“, unterbrach ihn Pauline, als er endlich Luft holen musste.

Er nickte, aber sofort ging das Gemecker weiter. „Preise haben die hier wie im Grand Hotel. Total überteuert, der Laden. Das grenzt schon an Nepp.“

Pauline musste an sich halten. Gab es überhaupt ein Thema, das ihn nicht zu einer Schimpftirade animierte? Verzweifelt überlegte sie, womit sie ihn ablenken konnte. Außerdem würde er natürlich früher oder später mitkriegen, dass Martin gekommen war.

Monika studierte ausgiebig ihren neuen Tischpartner. Die Zeit war gnädig mit ihm umgesprungen, er hatte sich nicht wesentlich verändert. Mit Sicherheit war sein Leben etwas einfacher verlaufen als ihr eigenes, mutmaßte sie ohne Verbitterung. Man konnte es sich nicht aussuchen, was das Schicksal mit sich brachte. Und Martin konnte schließlich nichts dafür, dass seine Eltern reich waren.

„Erzähl mal!“, forderte sie ihn auf. „Wo hast du gesteckt die ganzen Jahre? Keiner hat so richtig was über dich erfahren, außer wenn mal was in der Zeitung stand.“

Martin lehnte sich auf seinem Stuhl zurück. Seine grauen Augen schauten nachdenklich. „Stimmt. Es ist viel passiert, seit wir uns das letzte Mal gesehen haben. Das ist ... ja, das muss an die vierzig Jahre her sein.“

„Seit der Abi-Party hab ich nichts mehr von dir gehört“, mischte sich Schorsch ein. „Du warst plötzlich wie vom Erdboden verschluckt.“

„Du bist ja selbst erst mal abgetaucht“, knurrte Monika. „Es hat Monate gedauert, bis ich dich wieder getroffen habe. Und das war reiner Zufall.“

„Tja, in einer Autowerkstatt hättest du mich nicht vermutet, gell?“ Schorsch grinste.

„Nein, wahrhaftig nicht. Du warst doch mit Abstand der Cleverste in der Klasse. Ich hab immer gedacht, dass du mal irgendwo ganz oben in irgendeiner Chefetage landen wirst. Aber ausgerechnet Automechaniker...“

„Wenn er sich wohl dabei fühlt, ist nichts dagegen zu sagen", bemerkte Martin, der aufmerksam zugehört hatte. „Das ist besser, als irgendeinen gut bezahlten Job zu haben, der einem keine Freude macht."

„Oha! Du sprichst wohl aus eigener Erfahrung." Unverhohlene Neugier stand Schorsch ins Gesicht geschrieben.

„Kann schon sein."

So leicht ließ Martin sich nicht aus der Reserve locken. Aber Monika blieb hartnäckig am Ball. „Was ist denn aus der Fabrik geworden? Deine Eltern hatten doch dieses Unternehmen, irgendwas mit Feinmechanik, oder?"

„Ja. Ich habe die Firma übernommen und jahrelang geleitet. Erfolgreich, kann man sagen. Das heißt aber nicht zwangsläufig, dass das die Erfüllung meiner Träume war."

„Also jetzt mal der Reihe nach", hängte sich Schorsch rein. „Wie ging es denn weiter nach dem Abi?"

„Ich hab studiert. Betriebswirtschaft und internationales Management, erst in Deutschland, dann in den USA."

Schorsch pfiff durch die Zähne. „Nicht schlecht, Herr Specht."

„Nun lass ihn doch mal erzählen!" Monika hing an Martins Lippen und wollte sich von Schorsch nicht stören lassen. „Und dann bist du zurückgekommen und hast den Laden übernommen", mutmaßte sie.

Martin lächelte. „Ganz so einfach war das nicht. Ich verstand mich nicht besonders gut mit meinem Vater. Er liebte es, die totale Kontrolle zu haben über alles und jeden. Meine Mutter hat er klein gekriegt. Aber ich hatte keine Lust, als sein Aktentaschenträger zu enden." Er lehnte sich zurück. „Wenn es nach mir gegangen wäre, würde ich heute irgendwo in Amerika wohnen und meine eigene Firma leiten. Ich hatte während des Studiums ein paar vielversprechende Kontakte geknüpft. Und die Frau fürs Leben hatte ich möglicherweise auch schon."

„Eine waschechte Amerikanerin?" Monika hing halb über dem Tisch vor Spannung.

„Nee, ne Chinesin! Was denkst du denn, was für eine er wohl in Amerika kennengelernt hat." Schorsch schüttelte tadelnd den Kopf.

Eine Hand mit giftgrün lackierten, spitzen Fingernägeln knallte drei Schnapsgläser auf den Tisch.

Monika fuhr erschrocken zurück. „Ha! Gerade jetzt, wo es spannend wird. Das ist wohl die Runde von Eddie."

Schorsch griff nach seinem Glas. „Also dann, bringen wir's hinter uns."

Monika und Martin schauten sich an. „Ich bin so was nicht mehr gewöhnt. Das wird mir nicht gut bekommen", orakelte sie.

„Und ich trinke nur selten harte Sachen. Schon gar nicht, wenn ich mit dem Auto unterwegs bin." Martin schob das Glas von sich weg und drehte sich zur Bedienung um, die bereits zum nächsten Tisch gegangen war. „Bringen Sie mir bitte eine große Apfelsaftschorle."

Eddie hatte mit saurer Miene zugeschaut, wie seine Runde ausgeteilt worden war. Plötzlich entdeckte er, wer da bei Schorsch und Monika saß. Seine Augen wurden schmal. „Seit wann ist der denn da?" fragte er giftig.

Pauline wich seinem Blick aus. „Er ist gekommen, als du gerade bestellen warst."

Er entdeckte die hektischen, roten Flecken auf ihren Wangen. „Das muss ja eine rührende Szene gewesen sein, als ihr euch wiedergesehen habt", bemerkte er hämisch. „Und ich hab das verpasst. Wirklich schade."

Er drehte sich wieder um und betrachtete Martin mit hasserfülltem Blick. Er konnte nichts dagegen tun, dieser Kerl war einfach ein rotes Tuch für ihn. War es schon immer gewesen seit dem Tag, als er damals die Klasse betreten hatte. Ein reiches Muttersöhnchen, gepampert und mit reichlich Kohle versorgt. Von der ersten Minute an war da eine tiefe Abneigung gewesen.

„Hey Martin! Was treibt dich denn hierher? Hier gibt's doch nur ganz normale Leute. Nichts für deinesgleichen."

Über die Tische hinweg maßen sie sich mit Blicken.

„Er ist nicht netter geworden mit den Jahren. Lass dich ja nicht provozieren", warnte Monika.

Aber Martin hatte die Sache im Griff. „Hallo, Eddie. Du hast völlig recht, wir waren schon immer grundverschieden. Ich sehe, das hat sich nicht geändert. Manch einer bleibt halt sein ganzes Leben lang ein Kleingeist."

Wie von der Tarantel gestochen fuhr Eddie von seinem Stuhl hoch. „Das lass ich mir von dir nicht sagen." Er sah aus, als wolle er sofort und auf der Stelle eine Schlägerei anfangen.

Erschrocken klammerte sich Pauline an seinen Arm. „Setz dich!"

Er schüttelte sie einfach ab und blieb stehen. Auch Martin erhob sich jetzt. Alle starrten die beiden an. Keiner hatte die Szene vergessen, als sie im letzten Schuljahr tatsächlich einmal aufeinander losgegangen waren. Damals hatte Martin gewonnen. Während Eddie blindlings drauf los drosch, hatte er kühlen Kopf behalten und ihn ziemlich schnell mit einem gezielten Haken aufs Kinn zu Boden geschickt. Nun, die Chancenverteilung sah heute nicht viel anders aus. Beide waren schlank geblieben, allerdings war Martin größer und wirkte sportlicher.

„Seid ihr verrückt geworden?" Monika war aufgestanden und stellte sich mit ausgebreiteten Armen zwischen die beiden. Sie sah aus wie der personifizierte Friedensengel. „Hinsetzen! Alle beide", kommandierte sie. „Ihr habt sie ja wohl nicht mehr alle. Ihr seid doch keine kleinen Jungs. Habt euch seit Jahren nicht mehr gesehen und geht aufeinander los wie zwei Halbstarke."

Eddie unterbrach als erster den Augenkontakt, wie Schorsch fachmännisch bemerkte. Er war sich seiner Sache wohl doch nicht so sicher. Aber er blieb weiter stehen, griff nach seinem Glas und kippte den Inhalt hinunter. „Der hat angefangen mit Stänkern."

„Wenn du dir den Schuh anziehen willst?" Scheinbar gelangweilt setzte sich Martin wieder. Monika beeilte sich, an ihren Tisch zurückzukommen.

„Was war denn nun mit deiner Amerikanerin?", nahm sie den Faden wieder auf.

„Wir hatten keine Zeit, uns besser kennenzulernen. Mein Vater hat mich zurückbeordert. Er war bereits schwer krank damals."

„Ach! Das ist ja tragisch."

Aus den Augenwinkeln beobachtete sie Eddie, der unschlüssig von einem Bein aufs andere trippelte. Am besten man ignorierte ihn, dann würde es ihm irgendwann zu blöd werden, den wilden Mann zu markieren. Außerdem war Martins Bericht gerade ungeheuer spannend.

„Ja."

Der Punkt hinter dem Wort schwebte bedeutungsvoll in der Luft. Enttäuscht stellte Monika fest, dass Martin nicht gewillt war, seine Lebensbeichte fortzusetzen. Für einen Moment wurde es still am Tisch. Man griff zu den Getränken.

Schorsch warf einen Blick in die Runde. Eddie hatte es geschafft, mit seinem Auftritt die Stimmung in den Keller rauschen zu lassen. Sogar in der Diskothek trat offenbar eine Pause ein, denn die Musik hörte schlagartig auf.

„Was ist denn jetzt kaputt?“, fragte Friedrich irritiert. „Hat endlich einer den Stecker gezogen?“

Da setzte, nur begleitet von einem Klavier, die unverwechselbare Stimme von Freddy Mercury ein. „I've paid my dues, time after time. I've done my sentence, but committed no crime.“

„Queen! Einen letzten Rest von gutem Geschmack haben sie also doch noch.“ Schorsch strahlte übers ganze Gesicht.

„And bad mistakes, I've made a few, I've had my share of sand kicked in my face, but I've come through.“

Von drüben setzte misstönender Gesang ein. „We are the champions...“

Monika war verblüfft. „Dass du das sofort erkannt hast!“

„Na hör mal. Queen, das ist mehr als Musik, das ist eine Religion.“ Er wiegte sich im Takt der Musik.

Martin lächelte. „Du bist immer noch so verrückt darauf wie früher, stimmt's?“

„Allerdings. Musik ist doch die Würze in der Suppe des Lebens. Und absolut kein Privileg der Jugend, wenn du mich fragst.“

„Irgendwie ist mir das mit den Jahren ein wenig abhanden gekommen“, gestand Martin. Ein bedauernder Unterton schwang mit.

„Es spricht nichts dagegen, das wieder zu ändern, oder?“ Eifrig fuhr Schorsch fort. „Heutzutage gibt es so tolle Sachen, das hätten wir uns früher gar nicht vorstellen können. MP3-Player und so was. Geile Teile.“

„Also ich weiß nicht, ob das wirklich ein Fortschritt ist“, wandte Monika ein. „Meine Tochter hat mir ein Handy geschenkt, damit ich immer jemanden anrufen kann, wenn mal was sein sollte. Sagt sie. Aber ich glaube, das Ding hab ich nur, damit sie mich immer erreichen kann. Neulich hat es geklingelt, als ich gerade auf dem Klo saß. Im Café Hauptwache. Das war so peinlich.“

Die beiden Männer lachten.

Schorsch beugte sich zu ihr. „Das Ding hat doch einen Knopf zum Ausstellen. Den kannst du durchaus benutzen. Muss man ja nicht zugeben. Der Akku könnte auch leer sein. Oder wenn du einen Anruf kriegst, der dir nicht passt, sagst du einfach, die Verbindung ist schlecht, und du kannst nichts verstehen.“ Er lächelte spitzbübisch.

„Das musst du mir noch mal in Ruhe erklären.“ Monika war sehr interessiert, auch wenn sie nicht alles verstanden hatte.

„Ein Handy ist ein durchaus nützliches Hilfsmittel. Man darf sich nur nicht zum Sklaven machen lassen", dozierte Martin, und Schorsch nickte heftig.

„Das stimmt. Hast du's dabei? Ich kann dir das in einer Minute erklären."

„Nee!" Monika war ganz entrüstet.

„Das ist so ein schweres, großes Ding. Heute hab ich nur die kleine Handtasche dabei, da passt das gar nicht rein."

„Ach, dann hast du bestimmt so ein Oma-Dings, so ein Notrufhandy für Senioren."

Monikas Gesicht war ein einziges Fragezeichen. Schorsch tätschelte ihr beruhigend die Hand. „Das kriegen wir schon hin. Ich komm einfach mal bei dir vorbei. Dann erkläre ich dir das alles. Anschließend kochen wir was Schönes zusammen und machen uns einen netten Abend. Das wird super."

„Du kannst kochen?", fragte Martin verblüfft. Ein Alt-Rocker in der Küche, das passte irgendwie nicht in das Bild, das er von ihm hatte.

„Klaro. Ich lebe allein, hab nie geheiratet. Ist mir am liebsten so. Nicht, dass ich was gegen Frauen hätte. Aber warum soll ich wegen einer so viele andere unglücklich machen?"

Sie tauschten ein Lächeln unter Männern. Auch Monika schmunzelte. Da entwickelten sich ja völlig neue Sympathien.

„Was grinst ihr so blöd? Ich hab genau beobachtet, wie ihr die Köpfe zusammen steckt. Ihr lästert schon wieder." Unbemerkt war Eddie an den Tisch herangekommen und starrte die drei böse an.

„Mach mal halblang. Die Welt dreht sich nicht immer nur um dich." So allmählich ging dieser wild gewordene Hänfling Schorsch gewaltig auf die Nerven. Martins Gesicht gefror zu einer Maske, reglos saß er da und betrachtete höchst interessiert sein Saftglas.

„Häng dich da nicht rein", blökte Eddie. „Ich hab nur mit dem da ein Hühnchen zu rupfen."

Grob packte er Martin an der Schulter. Aber noch ehe der reagieren konnte, hatte Monika schon eine passende Antwort parat. Sie warf dem Störenfried einen strengen Blick zu, den man sonst gar nicht von ihr kannte. „Eddie, benimm dich! Sonst muss ich dir wieder eine knallen wie damals in der 11. Klasse. Als du dich in die Mädchenumkleide geschlichen hast."

Während das allgemeine Gelächter langsam verebbte, bemerkte Schorsch, dass die Tür vorsichtig einen Spalt breit geöffnet wurde und zwei Jugendliche neugierig ihre Köpfe herein streckten. „Hey, ihr da! Wollt ihr mal sehen, wie richtig Party gemacht wird?“ Jovial winkte er ihnen zu.

Trotz der lauten Bässe der Techno-Nummer war ihr Kommentar gut zu verstehen. „Voll die Härte, diese Alten haben's ja richtig drauf.“ Und zur Erheiterung aller ging die Tür blitzschnell wieder zu.

DREI

Die Villa Merton war wie so oft auch heute wieder gut besucht. Neben der ausgezeichneten Küche schätzte Martin besonders das angenehme Ambiente und den diskreten Service. Wie immer hatte er den Ecktisch reserviert, von dem man einen Ausblick auf die Terrasse und den Garten hatte, der jetzt im zeitigen Frühjahr nur wenige optische Reize zu bieten hatte.

Die regelmäßigen Treffen mit Frank Claasen, dem langjährigen Berater der Familie Herboltz, hatten fast schon privaten Charakter, wenn sich auch die Gespräche hauptsächlich um die neuesten Trends und Entwicklungen des Finanzmarktes drehten. So war heute die anhaltende Wirtschaftsflaute das nicht sehr erfreuliche Thema. Das perfekt zubereitete Essen versetzte die Herren in eine milde Stimmung.

„Der europäische Geldmarkt gibt nichts mehr her, und daran wird sich auch in absehbarer Zeit nichts ändern", fasste Claasen zusammen. „China böte eventuell Möglichkeiten, aber Sie wissen ja, dass das Reich der Mitte seine Risiken hat. Man durchschaut letztlich nicht, was Theaterdonner ist und wo wirklich der Hase im Pfeffer liegt."

Martin nickte und legte sein Besteck auf den Teller. Er hatte noch nie ein Faible für unkalkulierbare Risiken gehabt und gedachte nicht, seine konservativ ausgerichtete Anlagestrategie zu ändern. „Dann bleibt also mittelfristig fast nur der Immobilienmarkt."

Claasen runzelte sorgenvoll die Stirn. „Und selbst da ist es schwierig, etwas Geeignetes zu finden. Wenn sich zu viele Investoren um denselben Kuchen streiten, werden die Stücke zwangsläufig kleiner."

„Nun, es eilt ja nicht. Keinen Zeitdruck zu haben ist heutzutage ein unschlagbarer Vorteil." So schnell ließ sich Martin nicht entmutigen.

„Die Landflucht tut ein Übriges", gab Claasen weiter zu bedenken. „In Zeiten steigender Benzinpreise ist ein Wohnsitz in den umliegenden Gemeinden nicht mehr lukrativ, die Einsparungen beim Kaufpreis werden schlichtweg aufgefressen durch die weiteren Wege. Aber auch Frankfurt selbst ist im Umbruch. Wenn das so weiter geht, verliert unsere schöne Stadt auch noch den letzten Rest an Profil. Diese schnell hoch gezogenen Wohnblöcke sind beliebig, da ist nichts mehr von der Unverwechselbarkeit zu spüren, die Frankfurt einmal hatte."

Gedankenverloren betrachtete Martin die alten Bäume draußen. „Ein Herrenhaus wie dieses hier in Bockenheim, das muss eine Goldgrube sein. Gegessen wird immer, egal wie schlecht die Zeiten sind."

Claasen lachte. „Da haben Sie zweifelsohne recht. Und wohnen müssen die Leute schließlich auch irgendwo."

„Spacey, lass das gefälligst! Ich komme ja schon."

Schon seit zwei Jahren versuchte Schorsch vergeblich, seinem Hund das Kratzen an der Haustür abzugewöhnen. Es war nicht die Sorge, dass die Tür einen Schaden davontragen könnte. Das massive Holz war sowieso verzogen und vom Zahn der Zeit schon deutlich angenagt, auf ein paar ramponierte Stellen mehr kam es da nicht an. Aber das Geräusch der Krallen auf dem Holz verursachte bei Schorsch jedes Mal eine unangenehme Gänsehaut. Er musste dann sofort alles stehen und liegen lassen und zur Leine greifen. Auch jetzt hievte er sich von der Couch hoch und stellte den Fernseher aus. Der Hund fiepte aufgeregt und zappelte herum. Nicht zu bändigen, dieses Temperamentsbündel!

Es war Liebe auf den ersten Blick gewesen, als Schorsch den Terriermischling als Welpen bei einem Bekannten gesehen und sich gleich unter den Arm geklemmt hatte. Ein spontaner Entschluss, den beide nie bereut hatten. Genau wie sein Herrchen war der Hund ein richtiger Großstadt-Guerilla, der sich mit Wonne durch die Straßen Frankfurts kämpfte. Er ging keinem Streit aus dem Weg, egal wie groß der gegnerische Hund war. Nach mehreren Vorfällen, die nach einer durchgerissenen Leine und blindwütiger Rauflust beim Tierarzt geendet hatten, erwies sich das jetzige Modell, eine äußerst stabile Konstruktion aus Kunststoff, endlich als beiß- und reißfest. Eine Weile war der Hund richtig gekränkt gewesen, aber inzwischen hatte er sich damit abgefunden, dass es am anderen Ende der Leine jemand gab, der ihm überlegen war.

Schorsch ließ die Haustür ins Schloss fallen. Er machte sich nicht die Mühe abzuschließen. Bei ihm gab es kaum etwas von großem Wert. Und hier, am äußersten Ende von Bornheim, funktionierte auch die nachbarliche Gemeinschaft noch recht gut. Jeder Fremde, der in seinem Hof herumschnüffelte, würde unweigerlich das Interesse der umliegenden Bewohner auf sich ziehen.

Die Barthaare des Terriers zitterten vor Erregung, als er, heftig an der Leine zerrend, das offene Hoftor passierte. An der Ecke hob er sofort das Bein und pinkelte inbrünstig eine Straßenlaterne an. Es war höchste Zeit gewesen, dass er endlich raus durfte. Geduldig wartete Schorsch, während der Hund schnüffelnd seine Umgebung erkundete. Er kannte das schon, es dauerte immer Ewigkeiten, bis sie sich zur Berger Straße vorgearbeitet hatten. Dann ging es meist etwas zügiger voran, weil die Lust am Laufen bei seinem Vierbeiner allmählich die Oberhand gewann.

Schorsch schlenderte stadteinwärts und warf ab und zu einen Blick in die Vorgärten. Seine übliche Runde dauerte eine gute halbe Stunde. Vorausgesetzt, sie trafen nicht auf einen von Spaceys Lieblingsfeinden wie diesen hysterischen Dalmatiner, den sein Frauchen kaum bändigen konnte. Oder auf die Mischlingsdame, von der sich sein Hund unwiderstehlich angezogen fühlte. Heute jedoch war von denen nichts zu sehen, so dass Schorsch seinen Gedanken nachhängen konnte. Es gab ein Problem mit dem Öldruck seiner 80er-BMW, das er noch nicht in den Griff bekommen hatte. Neben einem reichlich altersschwachen Golf war das fast genauso betagte Motorrad das Highlight seines Fuhrparks. Und der hielt ihn ganz schön auf Trab. Wenn die Dinge in die Jahre kamen, brauchten sie eben mehr Aufmerksamkeit.

Das galt im Übrigen auch für das Haus, in dem er wohnte, und die meisten Möbel darin, aber er hing an jedem einzelnen Stück. Seine heiß geliebte Oma hatte ihm alles vererbt. Das Häuschen hatte jetzt schon an die hundert Jahre auf dem windschiefen Buckel.

Der Gedanke an die Oma entlockte ihm ein Lächeln. Sie hatte ihn groß gezogen, nachdem seine Eltern bei einem Verkehrsunfall ums Leben gekommen waren, als er noch ganz klein war. Sie hatte immer Pflaster für blutende Knie und ein tröstendes Stück Kuchen zur Hand gehabt und ihn mit ihrer patenten, praktischen Art zu einem aufrechten Menschen erzogen. Bei dem Problem mit dem Öldruck half ihm das jetzt allerdings kein Bisschen weiter. Er runzelte die Stirn und ließ sich gedankenverloren von dem eifrig schnüffelnden Hund weiterziehen.

Sie waren beim alten Finanzamt Nord angelangt. Das Gebäude stand seit ein paar Monaten leer, aber es passierte nichts damit. In den Fugen des gepflasterten Vorplatzes machte sich das Unkraut breit, und das Grünzeug rund um das Haus hatte sich zu einem regelrechten Dschungel entwickelt. Es war schon erstaunlich, wie schnell ein Garten verwilderte, wenn er nicht mehr gepflegt wurde. Amüsiert entdeckte Schorsch, dass das große ‚F' an der Fassade abgerutscht war und jetzt in einem steilen Winkel nach unten hing. Das gab dem an sich bedrohlichen Wort fast etwas Heiteres.

Plötzlich ruckte die Leine in seiner Hand ein paar Mal und erschlaffte dann. Überrascht stellte Schorsch fest, dass der Hund am anderen Ende fehlte. Irgendwie hatte Spacey sich aus dem Halsband befreit und jagte nun laut bellend mitten in das Gestrüpp aus Efeu und Brennnesseln. Schorsch schaute ihm nach und entdeckte eine Katze, die nur ein paar Meter Vorsprung hatte und um ihr Leben rannte.

„Verdammt!", murmelte er.

Sein Hund hatte Katzen zum Fressen gern, das war einfach nicht aus ihm herauszubekommen. Sobald er eine sah, zerriss es ihn fast, und er musste hinterher.

Binnen weniger Sekunden war von seinem Vierbeiner nichts mehr zu sehen. Nur ein wackelnder Holunderbusch zeigte an, wo die wilde Jagd stattfand. Schorsch holte tief Luft.

„Spacey!", brüllte er aus vollem Hals. „Komm sofort her, du blödes Vieh!"

Mit dem Halsband in der Hand postierte er sich etwas ratlos vor dem Gebäude. Keine Chance, seinen Hund im dichten Unterholz zu finden. Da hörte er hinter sich ein Lachen.

„Da werden Sie wohl ein Weilchen warten müssen, bis Ihr Fiffi wieder auftaucht. Aber die Katze kriegt er nicht, die ist ihm über."

Schorsch drehte sich um. Auf den Stufen vor dem Eingang saß ein alter Mann und lachte amüsiert. Froh, dass er es mit Humor nahm, ging Schorsch ein paar Schritte auf ihn zu und breitete in gespielter Verzweiflung die Arme aus. „Das ist halt sein Jagdtrieb, dagegen kommt man einfach nicht an."

Der Mann trug einen blauen Arbeitsanzug und derbe Schuhe. Auf dem Kopf mit schütterem, weißen Haar saß eine gelbe Kappe mit der Aufschrift ‚Stadt Frankfurt'.

„Gehören Sie hier dazu? Ich dachte, der Kasten steht leer", fragte Schorsch, auf Ärger gefasst.

„Ich bin so eine Art Hausmeister, schaue hier nach dem Rechten. Sind alle ausgezogen, die Herren Beamten. In was Moderneres. Aber solange das Haus nicht verkauft oder abgerissen wird, soll ich mich darum kümmern. Macht zwar keinen Sinn, aber das spielt ja heutzutage keine Rolle."

Der Mann sprach Schorsch aus der Seele.

„Genau so isses. Immer was Neues, statt die alten Dinge zu pflegen. Und das mit unseren Steuergeldern."

Der Mann klopfte neben sich auf die Stufe. „Setzen Sie sich doch."

Schorsch ließ sich auf der Treppe nieder und zog ein Päckchen aus der Tasche. Mit geschickten Fingern füllte er Tabak in ein Papier, rollte es zusammen und leckte daran. Der Mann schaute interessiert zu, wie binnen einiger Sekunden eine ansehnliche Zigarette entstand. Schorsch hielt sie ihm hin. „Rauchen Sie?"

Der Mann griff zu und nickte einen Dank. „Ist schon lange her, dass ich eine Selbstgedrehte geraucht habe." Er zog eine Zigarettenschachtel aus seiner Brusttasche. „Wollen Sie mal eine von meinen probieren?"

Die Marke war Schorsch unbekannt. Er schüttelte den Kopf.

„Nein danke. Ich dreh lieber selbst. Mach ich schon, so lange ich denken kann. Was ist denn das für ein Kraut?"

„Die billigste Sorte, die zu kriegen ist. Hab lange gesucht. Man muss sparen, wo man kann, sagt sogar der Kaiser. Es ist ein teuflisches Zeug, aber an meiner Lunge ist eh' nichts mehr kaputt zu machen."

Wie zur Bestätigung quälte sich ein rasselnder Husten aus seiner Brust. Aber unverdrossen steckte er sich die Selbstgedrehte an und nahm einen tiefen Zug.

„Ich hab' Sie hier in der Gegend noch nie gesehen", begann Schorsch eine Unterhaltung.

Der Mann zuckte mit den Schultern. „Meistens bin ich drinnen beschäftigt. Es gibt ja immer was zu tun in diesem alten Gemäuer. Und sonst? Für die Kneipe reicht's nicht. So sitze ich halt abends vor dem Fernseher. Viele Leute kenne ich sowieso nicht. Wer hat denn heutzutage noch Zeit und Lust, mit einem alten Zausel wie mir ein bisschen zu schwätzen? Ist ja alles so hektisch geworden."

Das klang deutlich nach Resignation. Und Einsamkeit.

Aus dem Gebüsch kam aufgeregtes Bellen. Schorsch steckte zwei Finger in den Mund und pfiff. Aber der Hund ignorierte den Befehl und bellte unvermindert weiter. Die Kläfferei kam jetzt stetig von einer Stelle und hörte sich so an, als habe der Hund die Katze gestellt. Die Männer starrten suchend in das Dickicht.

„Hab' ich's doch gewusst. Da oben sitzt sie, auf der Mauer. Sehen Sie, so rötlich-weiß, das ist die Katze." Der alte Mann hob den Arm und deutete auf die Stelle. „Und Ihr Hund wird wohl genau darunter sitzen. Die kriegt er nicht, auch wenn er sich noch so anstrengt."

Endlich hatte auch Schorsch die Katze entdeckt. Er war erleichtert, wenigstens gab es kein Blutbad. Auch wenn er dem Hund durchaus mal einen Jagderfolg gegönnt hätte.

„Dann wird es nicht mehr lange dauern, bis er aufgibt", mutmaßte er. „Das ist ein verzogener Stadthund, nicht sehr ausdauernd."

„Der hüpft so nett", bemerkte der Mann lächelnd.

„Ja, er muss als Welpe mal einen Flummy verschluckt haben. Der ist einfach nicht müde zu kriegen."

Die beiden Männer grinsten sich an.

„Ja, ja, die Sorte kenn' ich. Hatte auch mal so einen. Einen Mischling. Nicht gerade schön, aber treu wie Gold."

Das Bellen hörte auf, und Schorsch nutzte die Pause, um noch einmal zu pfeifen. Als Antwort kam ein einzelnes „Wuff", und ein paar Äste wackelten. Dann kam tatsächlich der Hund auf sein Herrchen zu getrabt. Die Zunge hing ihm seitlich aus dem Maul, und in seinen Augen lag unverkennbar ein Ausdruck tiefster Befriedigung. Er war schließlich zu einem guten Teil Jagdhund, das Aufspüren und Hetzen war nun einmal seine Bestimmung. Der Katze hatte er so richtig Feuer unterm Hintern gemacht, auch wenn er sie letztlich nicht erwischt hatte. Vor Schorschs Füßen legte er sich hin. Der beugte sich vor und tätschelte ihm den Kopf.

„Ist ja gut, Spacey. Ich weiß, du kannst nicht anders. Hast der ollen Mieze gezeigt, wer Chef im Ring ist."

„Hat er schon mal eine erwischt?", erkundigte sich der Mann.

„Nee, zum Glück nicht. Ich hab ihn eigentlich immer an der Leine hier in der Stadt. Nur heute hat er sich irgendwie losgemacht. Keine Ahnung, wie er das geschafft hat."

Schorsch nahm das Halsband und suchte nach einer kaputten Stelle. Aber da war nichts. Er öffnete den Verschluss und legte es seinem Hund um, der sich das erstaunlich widerstandslos gefallen ließ.

„Entweder ist er dieses Mal richtig platt, oder er hat sich den Trick gemerkt, wie er das Halsband wieder abbekommt."

Misstrauisch betrachtete Schorsch seinen Vierbeiner. So ruhig kannte er ihn gar nicht. Der Mann ließ ein Lachen hören. Das Ganze machte ihm offensichtlich großen Spaß.

„Eigentlich bin ich ja ganz froh, dass ich hier meine Ruhe habe. Aber ab und zu ist ein Schwätzchen richtig schön. Das vertreibt die Spinnweben aus dem Kopf."

Schorsch warf ihm einen Seitenblick zu. Es war schwer zu schätzen, wie alt er war, aber sein zerfurchtes Gesicht zeigte, dass er schon so manches erlebt haben musste. Die dunklen Augen unter buschigen Brauen waren ein wenig trüb, aber trotzdem sah er gewitzt und hellwach aus. Ein sympathischer Kerl.

Schorsch drehte sich um und betrachtete das schmucklose Gebäude. Vier Stockwerke, ein ganz schön großer Kasten. Er mochte aus den 50er Jahren stammen, ein Zweckbau, wie er damals üblich war. Die gläserne Eingangstür war durch ein großes Vorhängeschloss gesichert.

Die Augen des Mannes waren seinem Blick gefolgt.

„Muss sein, das Schloss, sonst wär' da drinnen nichts mehr heil. Vandalismus, das kennt man ja. Einmal nachts haben's tatsächlich ein paar Kerle rein geschafft. Sie haben die Toiletten demoliert und die Wände verziert. So' ne Sprüher. Das reinste Wunder, dass nicht auch schon außen alles vollgeschmiert ist mit Graffitis."

Schorsch nickte. Manche waren ja fast Künstler, und ihre Werke sahen richtig gut aus. Aber meistens war es bloß undefinierbares Geschmiere, mit dem sich die Jugendlichen die Langeweile vertrieben.

„Wollen Sie sich das Haus mal von innen ansehen?", fragte der Mann, plötzlich eifrig. Offensichtlich lag ihm daran, ihre Unterhaltung noch ein bisschen auszudehnen.

„Klar."

„Na, dann los."

Die beiden erhoben sich, und sofort sprang auch Spacey auf und wedelte erwartungsvoll mit dem Schwanz. Der Mann zog einen Schlüsselbund aus der Tasche und fummelte an dem Vorhängeschloss herum. Dann hielt er einladend einen Türflügel auf. Neugierig betrat Schorsch das Gebäude und schaute sich um.

„Wow! Nicht zu fassen." Er war beeindruckt.

„Hier war mal der Empfang. Und da, gleich daneben, das war die Kantine."

Fast so etwas wie Besitzerstolz schwang in der Stimme des Alten, der nun vorausging. Schorsch bemerkte, dass er ein wenig hinkte. Ihre Schritte hallten in dem großen Raum, dessen Boden mit Marmorplatten belegt war. Hinter dem Pförtnertresen, der direkt am Eingang stand, konnte man eine lange hölzerne Anrichte sehen, vor der sich in lockerer Anordnung Tische und Stühle gruppierten. Der Blick durch die Fenster in den Garten war früher bestimmt sehr schön gewesen. Aber jetzt hatten die Büsche das Gebäude förmlich umzingelt und tauchten den Raum in grünes Zwielicht. Der Mann klopfte auf die Anrichte.

„Massives Holz. Nicht so ein Dreck wie das Zeug, das sie heute verwenden. Schauen Sie nur, die Küche ist auch noch da. Vielleicht ein bisschen altmodisch, aber alles durchaus zu gebrauchen. Die reinste Verschwendung, das hier so ungenutzt rumstehen zu lassen." Er zwinkerte Schorsch vertraulich zu. „Sie brauchen nicht zufällig ein Bürogebäude?"

Schorsch schüttelte den Kopf und betrachtete staunend die leeren Regale und den überdimensionierten Herd. Es war wirklich schade um die schönen Sachen. Der ganze, große Raum war holzgetäfelt. Der Marmor war auch noch tadellos in Schuss, wenn es auch schon hier und da ein paar Gebrauchsspuren gab.

„Was soll denn jetzt damit passieren?"

Der Mann kratzte sich am Kopf. „Soweit ich weiß, sucht die Stadt noch immer einen Käufer. Oder zumindest jemanden, der es pachtet. Wenn sie keinen finden, wird das Ding wohl über kurz oder lang abgerissen werden. Aber das habe ich nur gehört. Man weiß ja nie, was denen da oben so einfällt." Er breitete die Arme aus und drehte sich einmal um die eigene Achse. „Der reinste Tanzsaal."

Bei dem Wort zuckte Schorsch zusammen. „Gibt's hier eigentlich Strom?", erkundigte er sich, während seine Augen plötzlich aufmerksam hin und her wanderten.

Der Mann nickte. „Strom, Wasser, alles noch angeschlossen. Alle zwei Wochen putz ich gründlich durch. Damit es nett aussieht, wenn es einer besichtigen will. Da lässt sich die Stadt nicht lumpen."

Spacey, den Schorsch hier drinnen von der Leine gelassen hatte, begab sich auf eine ausführliche Schnüffelrunde und war begeistert. Hier gab es Hunderte verschiedene Gerüche, die spannende Geschichten erzählten. Es roch nach Essen, nach vielen Menschen, aber auch nach irgendeinem Wachs und scharf riechendem Reiniger, der ihm vor der Anrichte stechend in die Nase biss. Empört jaulte er auf. Das Geräusch schallte durch den großen Raum.

„Die Akustik ist nicht übel“, murmelte Schorsch tief in Gedanken. Er konnte es sich schon so richtig vorstellen, viel musste man gar nicht tun.

„Sagen Sie, wäre es möglich, dass man hier mal rein kann? Für einen Abend? Mit ein paar Leuten? Wir machen auch alles wieder sauber hinterher, da brauchen Sie sich keine Gedanken zu machen.“

Der Mann musterte ihn neugierig. „Was haben Sie denn vor? Eine Feier?“

„So was in der Art“, murmelte Schorsch. In seinem Kopf arbeitete es heftig. Das Klassentreffen war ihm eingefallen. Das Gerede über die alten Discozeiten. Monika hatte doch gesagt, dass sie in ihrem Leben noch nicht genug getanzt hatte. Die wäre bestimmt begeistert. Es juckte ihn gewaltig, wieder einmal etwas Verrücktes zu machen. Während der letzten Jahre war es viel zu ruhig geworden in seinem Leben, ein bisschen Abwechslung kam da gerade recht. Also warum eigentlich nicht?

„Vielleicht sollten wir uns erst mal bekannt machen?“

Er streckte dem Mann die Hand hin. „Ich bin Schorsch, Schorsch Happ.“

Der Mann nahm die Hand und schüttelte sie. „Hans Karelin. Kannst mich ruhig Hans nennen.“

Das war doch schon mal ein guter Anfang, fand Schorsch.

„Nicht, dass du denkst, ich bin ein Penner oder so was. Ich wohne hier ganz in der Nähe, bin Automechaniker von Beruf. Allerdings jetzt schon so gut wie in Rente. Ein stinknormaler Bürger.“

Der Alte schüttelte den Kopf. „Ich hab sofort gesehen, dass du ein anständiger Kerl bist. Wenn ich das mal so sagen darf.“

Schorsch zog wieder das Tabakpäckchen aus der Tasche und drehte zwei neue Zigaretten.

Hans zögerte. „Eigentlich ist hier drinnen ja Rauchverbot. Aber was soll’s? Ist ja keiner da, den es stören kann.“ Er ließ sich Feuer geben, und einträchtig pafften sie vor sich hin.

Dann ergriff Schorsch wieder das Wort. „Weißt du, wir hatten neulich ein Klassentreffen. Von unserer früheren Schule. Und irgendwie kam die Rede auf die alten Zeiten. Als wir alle noch jung und hübsch waren und nächtelang in den Discos rumgeflogen sind. Die meisten von uns waren ganz verrückt aufs Tanzen. Gibt’s ja heute alle nicht mehr, diese netten, kleinen Lokale.“

Hans zuckte mit den Schultern. „So etwas kenne ich nicht, ich hab im Osten gelebt. Hierher bin ich erst sehr spät gekommen, aber das ist eine lange Geschichte. Auf jeden Fall ist mir dieses Westdeutschland immer noch sehr fremd. Es war schwer, sich einzuleben. So viel Neues auf einmal, der Wohlstand und das alles."

Bei der weichen Aussprache und dem leicht sächsischen Dialekt hatte sich Schorsch schon so etwas gedacht. „Ich kann mir vorstellen, dass das nicht ohne war."

Hans nickte. „Ich hab ja auch nichts Richtiges gelernt, war immer nur auf dem Hof mit meinem Vater. Und dann mein Bein, das hat es nicht leichter gemacht. Ein Unfall, ist nicht richtig behandelt worden. Und später dann hab ich die Klappe nicht halten können und dafür die Quittung gekriegt. Aber ich darf mich nicht beschweren, hab mich immer irgendwie durchgewurschtelt. Seit ich diese Arbeit hier habe, geht es mir richtig gut. Ich hab sogar meine eigene kleine Wohnung."

Er zeigte mit dem Daumen nach hinten.

„Du wohnst hier?", fragte Schorsch.

„In der Hausmeisterwohnung, ja."

Dem war im Leben wahrlich nichts geschenkt worden, dachte Schorsch. Das war ein braver Kerl, den er auf keinen Fall in Schwierigkeiten bringen wollte. „Vergiss das wieder mit meiner Idee. Ich will nicht, dass du meinetwegen Scherereien kriegst."

Aber Hans sah das ganz entspannt. „Wenn es nur ein Abend ist, wer soll denn was merken? Du brauchst ja nur diesen Raum hier, oder? Und der geht nach hinten raus. Das kriegt keiner mit, wenn hier mal Licht brennt."

Er machte eine kleine Pause. In seinem Gesicht arbeitete es, aber dann fasste er Mut.

„Ich würde gern dabei sein. Nur, damit ich nach dem Rechten sehen kann." Es klang fast schüchtern, als sei er ein Bittsteller.

„Kein Thema", erklärte Schorsch sofort. „Logisch bist du mit von der Partie."

Er überlegte, ob er Hans Geld anbieten sollte. Dass der es nicht so dicke hatte, war offensichtlich. Aber andererseits wollte er ihn auch nicht beleidigen.

„Weißt du was? Überleg dir die Sache nochmal gründlich. Ich komm ja sowieso jeden Tag hier vorbei auf meiner Runde mit dem Hund. Wir reden dann einfach nochmal drüber. Es hat keine Eile."

Die Aussicht auf eine Fortsetzung ihrer netten Plauderei schien Hans zu gefallen. „Ja, so machen wir das", bekräftigte er.

Schorsch nahm seinen Hund wieder an die Leine, und gemeinsam verließen sie das Haus.

„Wenn du das nächste Mal vorbei kommst, geh einfach hier links herum. Hinten ist die Tür zu meiner Wohnung. Kannst gerne klopfen. Ich bin eigentlich immer da."

„Ist gut, Hans. Dann bis in Kürze!"

Schorsch hob die Hand zu einem Gruß und machte sich auf den Heimweg.

„Und danke auch für die Selbstgedrehten", hörte er Hans hinter sich rufen.

Er ging zügig und zerrte ganz gegen seine Gewohnheit Spacey ungeduldig weiter. So viel ging ihm im Kopf herum, er brauchte dringend Papier und Stift, um das alles zu notieren.

Es regnete. Pauline lehnte ihre Stirn an die Fensterscheibe und starrte in den Garten, der mit einer grauen Dunstglocke überzogen war. Heute war einer dieser trüben Tage, die schwer zu ertragen waren. Sie schaute zur Uhr, es war halb zwölf. Noch genug Zeit, um sich eine kleine Auszeit zu nehmen, bevor Eddie nach Hause kam.

Schon beim Hineinschlüpfen in die hochhackigen Lackpumps fühlte sie sich besser. Ihr Puls beschleunigte sich, als habe sie Sekt getrunken. Aus einem Fach der Schrankwand zog sie ein halbes Dutzend Schallplatten hervor. Sie waren offensichtlich alt, die Hüllen abgegriffen. Sorgfältig wählte sie aus und entschied sich für ein Cover mit der Aufschrift ‚Black Music'. Viele ihrer Lieblinge sangen auf dieser Scheibe, The Three Degrees, Gloria Gaynor und natürlich Jimi mit seinem Klassiker ‚Hey Joe'. Das war die Musik gewesen, die sie früher immer aufgelegt hatte, wenn sie sich hübsch gemacht hatte zum Ausgehen.

Die Spiegelbeleuchtung zeigte ihr unbarmherzig ihr blasses, müdes Wintergesicht. Nun, das würde sich gleich ändern. Es klapperte, als sie einen Plastikbeutel mit der Aufschrift ‚Damenbinden' aus dem Badschrank herauszog. Lächelnd betrachtete sie ihre Schätze, die darin versteckt waren. Eyeliner, Wimperntusche, drei verschiedene Lidschatten und zwei Lippenstifte, es war alles da, was sie zum Schminken benötigte.

Während O'Jays Love Train sich in Bewegung setzte, zog sie mit einem Finger den unteren Lidrand eines Auges herunter und setzte den Kajalstift an. Zu den Klängen von Sly & The Family Stone entschied sie sich für einen hellgrauen Lidschattenton, der ihre Augen zum Strahlen brachte. Während sie prüfend den Effekt betrachtete, machten ihre Füße in den hohen Schuhen automatisch kleine Tanzbewegungen. Sie beugte den Kopf nach unten und bürstete ihre Haare, um mehr Fülle hinein zu bekommen. Das Ergebnis sah eher kläglich aus und passte nicht zu dem geschminkten Gesicht. Aber ihre Augen strahlten, und als Fleckchen neugierig herein geschlichen kam, lächelte sie der Katze zu.

„Da staunst du, was? Aber du weißt ja, nichts Eddie erzählen, das ist unser Geheimnis."

Fleckchen rieb sich an ihren Beinen und wanderte dann mit ihr in den Flur. Im Takt der Musik paradierte Pauline auf und ab, drehte sich vor dem Spiegel und genoss das prickelnde Gefühl, sich schön und elegant zu fühlen. Wen scherte es, dass es draußen regnete? Sie kannte jeden einzelnen Takt von dem schnellen James Brown-Titel, und ihre Schritte kamen präzise zu den Beats des Schlagzeug.

„Never can say goodbye" sang Gloria Gaynor, dann verkündete die Nadel des Plattenspielers klackend das Ende der Schallplatte.

Das hatte gut getan. Paulines Körper fühlte sich locker an, und auch ihre Stimmung hatte sich deutlich gebessert. Aber nun musste sie sich beeilen, um die Spuren ihrer kleinen Party zu beseitigen. Mit einem Knopfdruck brachte sie die Stereoanlage wieder auf Radiomodus und verstaute ihre Lieblingsplatte ganz hinten im Schrank neben dem Weihnachtsoratorium. Die Abschminklotion brannte in den Augen, aber es dauerte nur ein paar Sekunden, bis die ganze Farbe in einem Kleenex klebte, das sie ganz unten in den Mülleimer steckte. Mit neuem Elan holte sie die Möbelpolitur aus dem Schrank und begann, den Holztisch im Wohnzimmer auf Hochglanz zu bringen.

Monika war mal wieder ganz in ihrem Element. Ab und zu überkam es sie einfach, dann musste sie in die Küche und loslegen. Zeit fürs ‚Powerkochen'! Sie liebte es, spontan aus dem, was der Kühlschrank gerade hergab, etwas Tolles zu zaubern und dabei ihrer Fantasie freien Lauf zu lassen. Und das ging am besten bei voller Musikbeschallung.

Während sie mit dem Kochlöffel eifrig im Risotto rührte, wischte sie sich den Schweiß von der Stirn. Der nächste Musiktitel begann.

Tom Jones röhrte „She's a lady", und sofort nahm sie den Rhythmus auf. Ihre rundlichen Hüften schwangen hin und her, und sie summte die Melodie mit.

Hach, das Dessert! Auf nackten Füßen machte sie ein paar Tanzschritte zum Kühlschrank und holte eine Schüssel heraus. Nein, die Gelatine hatte noch nicht angezogen. Bayerische Creme sollte es geben. Die steif geschlagene Sahne stand schon bereit, um untergehoben zu werden. Beerenmischung oder lieber etwas mit Schokolade? Sie war unschlüssig, aber das hatte auch noch Zeit. Sie griff nach den pinkfarbenen Isolierhandschuhen aus hitzefestem Material, ihre neueste Errungenschaft. Aus dem Backofen schlug ihr die Hitze entgegen, so dass sie sich schnell zurückbeugte. Vorsichtig hievte sie den Bräter heraus und stellte ihn auf die einzige noch freie Fläche des Ceranfeldes. Der appetitliche Duft von Rosmarin und Knoblauch stieg ihr in die Nase, und sie lächelte zufrieden. Das würde ein tolles Essen werden.

Monika war durch und durch Familienmensch. Von klein auf war sie an die Anwesenheit zweier Geschwister gewöhnt gewesen, die sich liebevoll um sie kümmerten, wenn ihre Mutter einmal keine Zeit hatte. So war immer jemand da zum Spielen und Zuhören. Genauso hatte sie sich ihr eigenes Leben vorgestellt mit einem Mann und mindestens zwei Kindern. Doch es war anders gekommen, zumindest was den ersten Teil betraf. Von einem Tag auf den anderen war sie verwitwet. Der Schmerz ging so tief, dass sie nie hatte darüber reden können. Was hätte es auch genutzt? Sie hatte plötzlich allein zwei kleine Kinder zu versorgen, musste Geld verdienen und sehen, dass sie alle halbwegs durchbrachte. Nur manchmal abends, wenn sie zu erschöpft war, um gleich einzuschlafen, überfiel sie die Verzweiflung. Mit den Jahren hatte sich das Gefühl von Verlust gemildert, verschwunden war es nie. Der Drang, sich zu kümmern und gebraucht zu werden, war zu tief verwurzelt in ihr.

Ein Blubbern riss sie aus ihren Gedanken. Das Risotto! Hastig griff sie zum Kochlöffel und rührte. Gerade noch mal gut gegangen, sie rief sich zur Ordnung. Man sollte seine Gedanken bei dem haben, was man gerade machte.

Das Fleisch brauchte noch eine halbe Stunde. Sie schob es zurück in den Ofen und begann, ein Salatdressing anzurühren. Jetzt sangen die Beatles, ein Titel aus dem Abbey Road-Album. Sie tänzelte zur Anrichte und griff nach dem Olivenöl. Schwungvoll drehte sie sich zurück zur Salatschüssel – und hätte vor lauter Schreck fast die Flasche fallen lassen. In der Küchentür standen Tim und Krissi und starrten sie mit großen Augen an.

„Huch!", rief sie und stellte erst einmal das Öl ab. „Was macht ihr denn hier?"

Die beiden rührten sich nicht. Tim, der sie mit seinen fast fünfzehn Jahren schon um einen halben Kopf überragte, schaute ziemlich entgeistert und schien leicht schockiert zu sein, seine Oma in solch aufgelöstem Zustand zu sehen. Sein Blick wanderte von ihren nass geschwitzten Haaren über das T-Shirt und die Jeans bis zu den bloßen Füßen. Der hält mich bestimmt für durchgedreht, dachte Monika halb entsetzt, halb belustigt.

Die siebenjährige Krissi war weniger kritisch. Sie hüpfte zum Takt der Musik herum wie ein Gummiball. „Oma, Oma! Die Musik ist ganz toll."

Monika wischte sich die Hände an einem Küchentuch ab, das sie sich in den Bund ihrer Jeans gestopft hatte, und nahm die beiden erst einmal in den Arm. „Habt ihr Hunger?"

Sie musste fast schreien, um sich verständlich zu machen, und fummelte hastig am Lautstärkeregler herum. Synchrones Kopfnicken der beiden.

„Das ist gut. Dauert noch eine halbe Stunde." Sie strahlte ihre Enkelkinder an.

„Ist alles in Ordnung?" fragte Tim.

„Ja, natürlich. Mir geht's gut."

Unsicher schaute er sich in der Küche um, die reichlich chaotisch aussah. Dann verzog er das Gesicht zu einer seiner Voll-peinlich-Grimassen.

„Wo ist denn Susi?", versuchte Monika ein Ablenkungsmanöver.

„Die musste gleich weiter. Aber du sollst sie doch nicht Susi nennen", wies Tim sie zurecht.

Monika verdrehte die Augen. „Susanne! Wie das klingt, so steif und förmlich."

„Aber du hast doch den Namen ausgesucht."

„Ich wollte, dass sie Susi heißt. Aber dieser Standesbeamte..."

Sie merkte, dass Tim sie mal wieder auf die Schippe nahm. Diesen Dialog hatten sie schon hundertmal geführt, aber ab und zu fiel sie immer noch darauf herein. Lachend schlug sie ihm das Küchentuch um die Ohren. „Raus hier! Lasst euch erst wieder blicken, wenn ich fertig bin", befahl sie, und die beiden trabten ab.

Monika ließ sich auf einen Stuhl am kleinen Esstisch plumpsen. Zu dumm, dass ihre Enkelkinder sie erwischt hatten. Wie sollte sie ihnen das nur erklären? Eure Oma hat einen Nostalgie-Tick. Und deshalb kocht sie ab und zu für vier Personen, auch wenn keiner da ist. Na toll, das würde reichen, um sie sofort irgendwo einzuweisen. Plötzlich fühlte sie sich sehr erschöpft. Aber dann stand sie doch wieder auf. Gedankenverloren griff sie zum Kochlöffel und rührte im Risotto.

Krissi sah aus wie ein Hamster mit ihren vollen Backen. Noch während sie hinunterschluckte, lud sie sich schon die nächste Gabel Essen auf.

„Iss langsam, mein Schatz! Du wirst dich noch verschlucken", mahnte Monika liebevoll. Zufrieden registrierte sie, dass auch Tim reinhaute, als habe er schon seit Tagen nichts mehr zu essen bekommen. Er hatte mal wieder einen Wachstumsschub. Sie konnte sich erinnern, dass ihr Sohn Bernd in dem Alter auch nie satt zu kriegen war. Aber es war von allem reichlich da, und endlich legte auch Tim die Gabel auf den leeren Teller und klopfte sich auf den Bauch.

„Das war voll gut", verkündete er.

„Schön. Das freut mich." Monika nahm einen innerlichen Anlauf. „Das vorhin in der Küche ... also, das mit der Musik und so, das mache ich manchmal. Ich höre gern die alten Lieder, das wisst ihr ja."

„Das war echt abgefahren", kommentierte Tim trocken. „Wie du da rumgegroovt hast, so was hätte ich dir gar nicht zugetraut."

Krissi kicherte. „Was is'n das, rumgegrufft?"

„Das ist Englisch. Das verstehst du noch nicht."

Typisch großer Bruder. Krissi schob beleidigt die Unterlippe vor. Monika räusperte sich. „Ich hab ein bisschen getanzt, weißt du? Das mache ich manchmal, wenn ich besonders gute Laune habe."

Im Gegensatz zu Krissi schluckte Tim das nicht so einfach. „Du hast ausgesehen wie auf Droge."

„Woher willst du denn wissen, wie das aussieht?", fragte Monika scharf und bereute es im nächsten Moment. Sie war darauf angewiesen, dass die Kinder mitspielten. Wenn Susi, oder vielmehr Susanne, von dieser Kochorgie erfuhr, würde sie wieder was zu hören kriegen. So benimmt man sich nicht in deinem Alter, sie kannte diese Ansprache schon auswendig. Sie tätschelte ihrem Enkel begütigend die

Hand. „Ich wollte euch nicht erschrecken." Da fiel ihr etwas ein. „Was macht ihr eigentlich hier? Wir hatten doch gar nichts ausgemacht für heute, oder?"

„Mami hat uns ins Auto gepackt und her gebracht. Sie muss noch arbeiten. Ganz lange", klärte sie Krissi auf.

Na, das hätte sie sich ja denken können. Susis Superkarriere stand mal wieder im Mittelpunkt. Da war ihr wohl nichts Besseres eingefallen, als die Kinder hier zu parken.

„Sie hat uns vor der Tür rausgesetzt und ist gleich weitergefahren", ergänzte Tim in leicht gekränktem Ton.

„Und was, wenn ich nicht da gewesen wäre?"

Er grinste. „Die Musik. Mami hat es nicht mitgekriegt im Wagen. Aber wir haben es sofort gehört, als wir ausgestiegen sind. Dann sind wir einfach hintenrum gegangen. Die Terrassentür war auf."

„Hört mal, ihr zwei, kann das unter uns bleiben? Also das mit der lauten Musik und so. Es hat ja gut gepasst, dass ihr vorbeigekommen seid. Ich hab gekocht, und ihr hattet Hunger." Leicht nervös musterte Monika ihre Enkel. „Es gibt auch noch einen schönen Nachtisch", lockte sie.

„Geht klar." Mit vollem Bauch war Tim in großzügiger Stimmung.

„Und du auch, kleines Fräulein. Das ist unser Geheimnis."

Krissi nickte mit leuchtenden Augen. Ein Geheimnis, das war immer etwas Tolles. Monika atmete auf. Das war ja gerade noch mal gut gegangen.

Allein ihre Stimme zu hören war ein Genuss.

„Hallo?", hauchte sie.

Schorsch presste den Hörer ans Ohr, damit ihm nur ja nichts entging. Er stellte sie sich vor, wie sie auf ihrer Couch saß, die Beine mit dem kurzen Rock übereinander geschlagen. Mit ihrem fantastischen Aussehen konnte sie so etwas gut tragen.

„Hallo!", klang es wieder, dieses Mal ein kleines bisschen ungeduldig. Es war höchste Zeit, sich zu melden.

„Hi Mara! Ich bin's", schnurrte er ins Telefon, und seine ohnehin schon tiefe Stimme rutschte noch ein paar Töne nach unten. Er durchlebte gerade den Beginn eines äußerst angenehmen Testosteron-Rausches.

Es folgte eine kurze Pause, dann kam ein leicht enttäuschtes „Ach du, Schorsch", das ihn schlagartig in die Realität zurückbeförderte. Er rang sich ein kehliges Lachen ab, das bei den Chicks im Allgemeinen gut ankam. „Genau der."

Wieder eine Pause, dieses Mal länger und spürbar unangenehm.

„Was machst du gerade?", fragte er mit Reibeisenstimme.

Blöde Frage, aber ihm fiel nichts Besseres ein. Er hatte mit mehr Begeisterung gerechnet.

„Du, ich hab nicht viel Zeit", kam es etwas spitz zurück.

Schlechtes Timing also, und das war anscheinend nicht nur so dahin gesagt. Er hatte eine Antenne für Nuancen, und sie klang nicht so, als wollte sie sich auf eine kleine, prickelnde Unterhaltung einlassen. Nun, das würde sich gleich ändern.

„Hast du nächsten Mittwoch schon was vor?"

„Wieso?", kam es gedehnt zurück.

„Angesagte Party. Was ganz Besonderes."

Das sollte genügen, um ihre Neugier zu wecken.

„Mittwoch? Ist da nicht der Hip Hop-Abend im Styx?"

Er verzog das Gesicht. Das Styx, ganz in Weiß und Chrom eingerichtet, war so gemütlich wie ein Metzgerladen. Und stinkfein dazu, Bier wurde nur in Gläsern serviert. Das Durchschnittsalter der Gäste lag bei höchstens Zwanzig.

„Dieser Kindergarten?", fragte er leicht irritiert.

Kennengelernt hatte er Mara in einer der Kneipen im Univiertel. Sie hatte sich in ein paar Kurse eingeschrieben, war aber noch nicht sicher, was ihr endgültiges Berufsziel sein würde. Kennengelernt war eigentlich zu viel gesagt. Immerhin hatte er es mit ein paar lockeren Sprüchen geschafft, ihre Telefonnummer zu ergattern. Man hatte sich gelegentlich getroffen und etwas getrunken. Weiter war er noch nicht bei ihr gekommen. Aber nun hatte er ja seinen Trumpf im Ärmel.

„Nee, ich meine richtig Party. Mit geiler Musik. Nicht so'n Softzeug."

„Du, ich will gleich mit ein paar Leuten los."

Die Ungeduld war ihr jetzt deutlich anzuhören. Aber davon ließ er sich nicht irritieren.

„Das wird die Schau. Ich lege selbst auf. Alles dabei von Motown bis AC/DC."

Er konnte deutlich die Fragezeichen sehen, die sie durchs Telefon funkte. Da musste er wohl doch etwas genauer werden.

„70er Jahre-Musik, die schönen alten Sachen. Das wird dich umhauen."

„Du meinst doch nicht etwa Rolling Stones und so'n...?"

Gerade noch rechtzeitig verschluckte sie das letzte Wort. Schlagartig wurde ihm klar, dass sie auf einem anderen Planeten lebte. Diese jungen Dinger heutzutage hatten wirklich keine Ahnung. Höchste Zeit, dass sie mal wirklich gute Musik kennenlernte.

„Genau das. Und du bist eingeladen", erklärte er großspurig. Den anderen würden die Augen rausfallen, wenn er mit dieser Braut aufkreuzte. Er konnte es förmlich sehen, wie der blanke Neid sie auffraß.

„Ist nett von dir. Aber ich glaub, ich geh doch lieber ins Styx. Da wollen auch die anderen hin."

Schlagartig schnellte sein Blutdruck hoch. Wieso musste man heutzutage immer im Rudel auftreten? Wo einer hinging, trabten die anderen mit, wie die Lemminge.

„Kannst es dir ja noch mal überlegen. Ruf mich an. Meine Nummer hast du ja."

„Hm-hm."

War das jetzt ein Ja?

„Soll ich sie dir nochmal geben?", fragte er, plötzlich verunsichert.

„Nö, lass mal."

Es klickte in der Leitung.

„Scher dich doch zum Teufel", zischte er stocksauer. Die Abfuhr regte ihn maßlos auf. So eine dumme Gans! Da bot man ihr die einmalige Gelegenheit, richtige Musik zu hören, sie sozusagen authentisch zu erleben. Und diese Kuh legte einfach auf.

Auf dem Weg ins Bad kam er an der Garderobe vorbei und sah aus den Augenwinkeln sein Spiegelbild. Ruckartig blieb er stehen und schaute genauer hin. Wem wollte er eigentlich etwas vormachen? Diese Tuss hatte sich doch nur mit ihm getroffen, weil er ihr die teuren Drinks bezahlte. Egal, andere Mütter hatten auch schöne Töchter, so einmalig war Mara nun auch wieder nicht.

Im Bad fiel ein Sonnenstrahl direkt auf den Spiegel. Die Luft war stickig. Ihm wurde warm, und er zerrte sein T-Shirt herunter. Der graue Haarfilz auf seiner Brust wurde sichtbar. Missmutig registrierte er die faltige Haut am Hals. Schnell zog er das Shirt wieder an.

Später, mit einem Kaffee in der Hand, blätterte er in seinem Notizbuch. Da standen noch mehr Nummern von Frauen, die er irgendwo aufgegabelt hatte. Aber dieses Telefonat hatte ihn total abgeturnt. In einem plötzlichen Wutanfall knallte er das Büchlein auf den

Tisch. Alt werden war nichts Schönes. Wer was anderes behauptete, der log.

Es war nicht zu fassen. Wo stand geschrieben, dass man sich jenseits der Fünfzig nicht mehr geschmackvoll und nett zurecht machen durfte? Mit Schaudern erinnerte sich Stefan Scholz an die Kleidung der Damen am gestrigen Abend. Als ob ab einem bestimmten Alter lebhafte Farben verboten waren, Charme & Anmut hatte mal wieder voll zugeschlagen. So viele merkwürdige Muster in Braun und Beige hatte er noch nie auf einem Haufen gesehen. Er hatte sogar ein paar von diesen unsäglichen Jerseyhosen gesichtet. Mit aufgesteppten Bügelfalten, das musste man sich mal vorstellen! In solchen Klamotten hätte sogar Claudia Schiffer ausgesehen wie ein schwangeres Rentier. Und erst die Haare! Er hatte im Laufe der Jahre eine richtige Allergie gegen diesen Rentnerinnen-Einheitsschnitt entwickelt, wie er ihn nannte. Es schüttelte ihn, wenn er nur daran dachte. So sehr es ihn gefreut hatte, die Leute aus seiner alten Klasse wieder zu sehen, das Aussehen der meisten war der reinste Affront gegen sein Stilempfinden gewesen. Diesen Schock konnte er so schnell nicht abschütteln.

Interessant war der Abend trotzdem gewesen, besonders diese Auseinandersetzung zwischen Eddie und Martin. Er kicherte vor sich hin, während er mit ungeschickten Fingern Räucherlachs auf Gurkenscheiben fummelte und jeweils mit einem Klacks Kräuterquark krönte. Die Türmchen wurden etwas windschief, und als der Quark in Zeitlupe von seiner öligen Unterlage abrutschte, verzog er das Gesicht. Im Fernsehen sah das immer so leicht aus, warum kriegte er es nicht hin? Er trat einen Schritt zurück und strich sich mit einer automatischen Geste die sorgfältig gewellten Haare aus dem Gesicht. Nein, eine Augenweide war die Vorspeise nicht. Hoffentlich schmeckte sie wenigstens.

Er warf einen raschen Blick zur Uhr. In einer halbe Stunde würde Fred kommen. Es war Zeit, die Steaks aus dem Kühlschrank zu holen, damit sie temperierten. Ein Trick, den er aus einer der zahlreichen Kochshows im Fernsehen hatte. Die hohe Kunst des Kochens war seine große Leidenschaft. Zu seinem Leidwesen mangelte es ihm dabei an Talent, was ihn aber nicht daran hinderte, sich auch an schwierige Gerichte zu wagen. Nun, bei Steaks und Salat konnte selbst er nicht viel falsch machen.

Im Salon war es heute wieder mal zugegangen wie in einem Bienenstock. Seit über zwanzig Jahren war er Eigentümer seines eigenen Friseurladens, der nicht schlecht lief und ihm ein gutes Auskommen sicherte. Nur seine Begabung, die man ihm schon früh bestätigt hatte, konnte er an seinen Kundinnen nicht ausleben. Die meisten von ihnen waren ältere Damen und wenig experimentierfreudig. Das ewige Standardprogramm, Dauerwelle, Färben, Löckchen – manchmal packte ihn die nackte Verzweiflung und er hätte viel dafür gegeben, nur einmal einen schlichten Pony schneiden zu dürfen. Aber die Damen saßen seine fast schon beschwörenden Vorschläge einfach aus, um ihm dann mitleidlos zu verkünden: Das hört sich ja ganz gut an, Stefan. Aber wir machen es doch lieber wieder wie sonst, gell?

Seit Fred bei ihm arbeitete, hatte sich vieles zum Besseren gewandelt. Es war seine Art, die Damen zu beflirten. Mit wohligem Schauer nippten sie an ihrem Glas Prosecco und drohten ihm neckisch mit dem Finger, während sie seine krass überzogenen Komplimente aufsaugten.

Oft zwinkerten sich die beiden Männer heimlich zu oder trafen sich hinter dem Vorhang zu einer kurzen, liebevollen Umarmung. Ja, Fred getroffen zu haben war ein Glücksfall in Stefans Leben, sowohl beruflich als auch privat.

Er knipste die Beleuchtung über dem Waschbecken an und betrachtete sein Spiegelbild. Unter den Augen machten sich dunkle Ringe bemerkbar. Mit geübten Handgriffen klopfte er etwas Concealer ein. Schon besser. Er richtete den Kragen seines Hemdes und fuhr sich mit einer Bürste durch die Haare. Noch einige Tropfen Eau de Toilette, dann war er fertig.

Gerade als er die Kerzen am Esstisch anzündete, hörte er den Schlüssel in der Wohnungstür und lächelte. Fred und er hatten eine Antenne füreinander und spürten, wenn der andere in der Nähe war. Es war einfach die perfekte Beziehung, die sich im Laufe der Zeit noch intensiviert hatte.

„Stefan?", hörte er Fred rufen.

Er warf einen letzten Blick auf den gedeckten Tisch und ging in den Flur, um den Freund zu begrüßen. Sie umarmten sich und schauten sich einen Moment lang wortlos in die Augen.

„Schlimmer Tag heute."

Fred zog den Trench aus, den Stefan ihm abnahm und sorgfältig auf einen Bügel hängte.

„Du Ärmster. Und als Krönung noch der Hausbesuch bei Frau Schröder. Aber das muss am Wetter liegen, irgendwie haben wir Reizklima. Schrecklich, wie ausfallend und ungeduldig manche Damen werden können. Komm, setz dich. Das Essen ist fast fertig. Ein Drink?"

Mit einem Aperitif ließen sie sich in der Sitzecke nieder und plauderten über ihre Erlebnisse. Allmählich beruhigte sich die Hektik des Tages. Stefan zog die Schultern hoch und versuchte, die verkrampften Nackenmuskeln zu lockern. „Wir könnten mal wieder wegfahren übers Wochenende. Das haben wir uns redlich verdient. Was hältst du davon?"

Fred war entzückt. „Da bin ich ganz deiner Meinung. Gut, dass heute Freitag ist. Ich schwöre dir, wenn ich diese Woche noch mehr als drei Dauerwellen legen muss, drehe ich durch."

Stefan lachte.

„Dabei hab ich dir noch gar nicht von dem Klassentreffen gestern erzählt. Wenn du das gesehen hättest, es hätte dir die Fußnägel gekräuselt. Eine tolle Versammlung von Pudellöckchen, man könnte wirklich Depressionen kriegen."

„Das glaub ich dir aufs Wort." Mitfühlend nahm Fred Stefans Hand und drückte sie. Er wusste, dass sein Freund genau wie er geradezu körperlich litt, wenn er auf schlechten Geschmack bei Kleidung oder Frisur stieß. Und das war leider viel zu häufig der Fall.

„Aber abgesehen davon war es ein durchaus unterhaltsamer Abend. Stell dir vor, da sind sogar alte Feindschaften wieder aufgebrochen, nach über vierzig Jahren. Eddie und Martin wären um ein Haar aufeinander losgegangen, ganz wie in alten Zeiten. Natürlich ging es um eine Frau. Irgendwie kam das Gespräch dann auf die kleinen Discos, die es früher in Sachsenhausen gab. Und auf die Tanzschule. Du meine Güte, das ist alles schon gar nicht mehr wahr, so lange ist das her."

Er lachte verlegen. „Damals war ich noch mit Mädchen unterwegs. Und konnte nicht verstehen, was die anderen Jungs so toll daran fanden. Irgendwie wusste ich schon immer, dass ich schwul war. Aber zu der Zeit konnte man darüber noch nicht sprechen."

Fred zog die Augenbrauen hoch.

„Heute schon. Nur der eine oder andere traut sich halt immer noch nicht", sagte er leicht pikiert.

Stefan spürte, wie er rot wurde. Er nestelte an den Knöpfen seines Hemdes herum. Freds Hand schob sich unter sein Kinn, so dass er den Kopf heben und ihn ansehen musste.

„Ja, ich weiß schon. Besser, wir reden heute nicht weiter. Wir sind beide ziemlich fertig, da kommt nichts Gescheites dabei heraus."

Erleichtert lächelte Stefan seinen Freund an.

„Bleibst du über Nacht?"

„Ja. Und du bist morgen dran mit Brötchen holen."

VIER

Einige Tage später klopfte Schorsch an die Tür der Hausmeisterwohnung. Es dauerte einen Moment, aber dann riss Hans die Tür auf und begrüßte ihn sichtlich erfreut. „Komm rein. Ich hab mir gerade einen Kaffee gemacht. Willst du auch einen?"

Spacey sprang an ihm hoch und begrüßte ihn wie einen alten Bekannten. Lächelnd wehrte er ihn ab und tätschelte ihm den Rücken. „Ist ja gut, mein Kleiner. Ich freu mich auch, dass du wieder da bist."

Schorsch legte ein Tabakpäckchen auf den Tisch. „Ich hab dir was mitgebracht."

Etwas hilflos schaute Hans auf das Geschenk. „Aber ich kann das nicht, Zigaretten drehen. Mit so was bin ich nicht sehr geschickt", meinte er bedauernd.

Schorsch machte das Päckchen auf. „Ich hab vorgearbeitet", erklärte er und zeigte dem neuen Freund ein Dutzend fertig gedrehte Glimmstängel.

Hans war begeistert. „Die werd ich mir gut einteilen, das ist was ganz Besonderes."

Über den dampfenden Kaffeetassen kam das Gespräch bald wieder auf die Benutzung der Kantine. Schorsch war erleichtert, dass Hans bei seiner Zusage blieb. Es schien ihm, als würde sich der Hausmeister mindestens genauso sehr auf den Abend freuen wie er selbst.

„Wenn es dir egal ist, nehmen wir einfach den nächsten Mittwoch", entschied er spontan. Allzu lange blieb er dann nicht mehr, es kribbelte ihn in den Fingern, mit den Vorbereitungen anzufangen.

Wie gut, dass einer daran gedacht hatte, beim Klassentreffen eine Liste auszulegen. Die meisten der Anwesenden hatten ihre Adresse und Telefonnummer eingetragen. Schorsch kaute an seinem Bleistift, während er die Namen durchging und überlegte, wen er zu seinem Disco-Abend einladen wollte. Monika natürlich. Pauline auch, die brauchte dringend mal Abwechslung. Ob sie überhaupt allein ausgehen durfte, war noch die Frage. Wahrscheinlich kam Eddie mit, um auf sie aufzupassen. Eine Sechzigjährige mit einem Anstandswauwau, bei dieser Vorstellung musste Schorsch laut lachen. Spacey, der zu seinen Füßen döste, hob den Kopf. Herrchen hatte heute besonders gute Laune. Vielleicht war da ein extra Leckerli drin, wenn man ein bisschen bettelte. Aber Schorsch machte keine Anstalten, aufzustehen und die Tüte zu holen, die oben auf dem Kühlschrank lag. Stattdessen griff er zum Telefon. Der Hund legte den Kopf wieder auf die Pfoten und schlief weiter.

Es dauerte eine ganze Weile, bis die Liste abtelefoniert war. Beim ersten Anruf hatte Schorsch noch überlegen müssen, wie er die Sache am besten erklärte. Eine kleine Party. Ein Disco-Abend wie früher mit toller Musik aus den Siebzigern. Nein, eigentlich war es keine richtige Diskothek, sondern ein ehemaliges Finanzamt, das jetzt leer stand.

„Bringt mit, was ihr trinken wollt. Es gibt zwar einen Kühlschrank, aber es ist keine Kneipe", schärfte er jedem ein. Diese Aktion war viel anstrengender, als er gedacht hatte.

Monika und Pauline hatte er sich bis zum Schluss aufgehoben. Vom vielen Reden hatte er einen trockenen Hals bekommen und holte sich erst einmal eine Cola aus dem Kühlschrank. Bei der Gelegenheit bekam auch Spacey sein Leckerli, an dem er genüsslich herumknabberte.

„Das ist ja nicht zu fassen. Wie bist du denn auf diese Schnapsidee gekommen?", fragte Monika. Vor lauter Aufregung klang sie richtig kurzatmig.

„Na, du hast doch gesagt, dass du noch ein bisschen mehr tanzen willst in deinem Leben."

„Jetzt sag nur, dass du das wegen mir machst!"

Sie kicherte wie ein junges Mädchen. Überhaupt hörte sie sich am Telefon keinen Tag älter an als vierzig. Schorsch versuchte, seiner Stimme einen sexy Touch zu geben. „Baby, nur wegen dir. Das weißt du doch!"

Sie prustete los. „Du bist ein alter Spinner, aber ein total lieber! Ich bin auf jeden Fall dabei, ist doch klar. Ach du meine Güte, was soll ich bloß anziehen?"

Schorsch amüsierte sich über das typische Frauenproblem. „Egal. Du siehst immer zum Anbeißen aus", schnurrte er. Immer noch lachend beendete Monika das Gespräch. Zufrieden machte Schorsch einen Haken hinter ihren Namen. Nun blieb nur noch Pauline. Hoffentlich ging nicht Eddie ans Telefon, dem konnte er mit solch einem Vorschlag nicht kommen. Aber er hatte Glück.

„Senger", meldete sich Paulines leise Stimme.

„Hallo Pauline, hier ist Schorsch. Wie geht's denn so?"

Nach der ersten Verblüffung über seinen Anruf war Pauline hoch erfreut. Aufmerksam hörte sie zu, während er sein Sprüchlein herunterbetete.

„Tja, nun also meine Frage: Hast du Lust, nächste Woche Mittwoch zu kommen? Beziehungsweise ihr. Eddie ist natürlich auch herzlich willkommen."

An dem ‚herzlich willkommen' hätte er sich fast verschluckt. Aber vielleicht musste man Eddie einfach mehr Zeit lassen. Wenn der endlich einmal die Luft rauslassen und sich entspannen würde, wäre er möglicherweise ein netter Kerl. Irgendwas musste Pauline schließlich an ihm finden. Oder zumindest mal gefunden haben, korrigierte Schorsch in Gedanken.

„Eddie ist im Moment nicht da. Ich muss das erst mit ihm besprechen."

„Ist klar."

„Ich melde mich wieder. Das ist sehr lieb, dass du an uns gedacht hast", beteuerte sie.

Schorsch bezweifelte stark, dass die Sengers tatsächlich kommen würden. Also setzte er ein Fragezeichen hinter ihren Namen.

„Wenn alle kommen, auch die Wackelkandidaten, dann sind wir an die zwanzig Leutchen. Was sagst du, reicht das für den Anfang?", fragte er Spacey, der ihn treuherzig anschaute.

Hatte er eben ‚für den Anfang' gesagt?

„Abwarten und Tee trinken. Aber ich kann dir versprechen, das wird tierisch gut werden."

Der Hund wedelte mit dem Schwanz.

Schorsch stand auf und ging zu einem Sideboard von gut zwei Metern Länge. Mit einem wohligen Seufzer öffnete er eine der Türen. Dies war seine Schatzkammer, was allerdings nur Insider bemerken würden. Nur gut, dass er niemals etwas verkauft hatte, obwohl er von Sammlern für manche Scheibe inzwischen ein hübsches Stück Geld bekommen könnte. Die Plattensammlung war sein Heiligtum. Er legte den Kopf schief und blätterte durch die bunten Cover. Es würde Stunden dauern, bis er den idealen Mix für seinen Disco-Abend zusammengestellt hatte. Und er würde jede Sekunde davon genießen.

Monika war völlig aus dem Häuschen. Eine Party, so wie früher! Nun ja, eine richtige Disco war es wohl nicht. Und so ganz wie zu

Teenagerzeiten würde es wohl auch nicht sein. Da waren sie noch munter und unverwüstlich gewesen und ... schlank. Ein heikler Punkt.

Sie öffnete die Türen ihres Kleiderschranks und zog die Schubladen der Kommode auf. Mit beiden Armen schaufelte sie Kleidungsstücke aufs Bett. Sie hatte gern einen Überblick über ihre Sachen. Nicht, dass die Auswahl riesig war, aber sie hoffte, durch den Anblick des einen oder anderen Teils eine Eingebung zu bekommen. Wenn Schorsch sich schon die Mühe machte, die alte Truppe zusammenzutrommeln, dann wollte sie auch ganz besonders nett aussehen.

Was hatte sie eigentlich früher zum Ausgehen angezogen? Die alten Fotoalben mussten noch irgendwo sein. Sie hatte schon den halben Wohnzimmerschrank ausgeräumt, als ihr endlich einfiel, dass sich die Bilder möglicherweise in ihrem kleinen Büro befanden. Und tatsächlich, mit einem Jubelschrei zog sie dort drei dicke Alben aus dem Regal und fing an zu blättern.

Eine Stunde und zwei Tassen Kaffee später schwelgte sie in seligen Erinnerungen. Wie sie damals alle ausgeschaut hatten, es war zum Totlachen. Bei den Jungs war der radikale Schwund der Haare der auffälligste Unterschied zu früher. Die ersten Ansätze von Bartwuchs, lange Koteletten, Dauerwellen und Afrolook, es war so ziemlich alles vertreten, was man sich nur vorstellen konnte.

Und die Mädels? Du meine Güte, fast hätte sie sich selbst nicht wiedererkannt. Eine knallenge, weiße Hose, dazu ein bauchnabelfreies Oberteil, wie hübsch und schlank sie damals gewesen war. Mit Kajal umrahmte Augen und verführerisch schimmernde Lippen gehörten einfach dazu. Die Haare hatte sie damals lang getragen, sie flossen in üppigen Locken über die Schultern. Stunden hatte sie vor dem Spiegel zugebracht, bis endlich alles so saß, wie sie es wollte. Seufzend griff sie sich in die kurz geschnittene Löckchenfrisur. Sehr praktisch, aber sonst?

Da fiel ihr Blick auf die Uhr, und mit einem kleinen Schreckensschrei fuhr sie hoch. Es war kurz vor vier, gleich würde Susi mit den Kindern vor der Tür stehen. Sie hatten ausgemacht, dass Monika die zwei heute für eine Weile übernehmen würde, während ihre Tochter mal wieder einen Termin bei ihrer Anwältin hatte. Nach Monikas Meinung war das Ganze sowieso für die Katz, aber sie wurde ja nicht gefragt. Aus ihrem Bald-Ex-Schwiegersohn Geld herausholen zu wollen, war genauso effektiv wie mit einem Nudelsieb Wasser zu schöpfen. Es ginge ums Prinzip, hatte ihr Susi mit zusammengebissenen Zähnen erklärt.

Hektisch stopfte sie die Fotoalben zurück ins Regal. Da war auch noch das Chaos im Schlafzimmer. Aber da würde sich keiner hinein verirren. Erst musste der Wohnzimmerschrank wieder in Ordnung gebracht werden, das war auf jeden Fall wichtiger.

Als wenig später die Türklingel ging, öffnete Monika mit einem entspannten Lächeln. „Hallo, ihr drei. Kommt rein."

„Tag, Mutter. Ich muss gleich weiter, bin schon spät dran."

Susi hob demonstrativ den Arm mit ihrer Uhr und trippelte nervös von einem Bein aufs andere.

„Musst du aufs Klo?", fragte Monika mit hämischem Unterton. Sie hasste dieses Getue. „Warum hast du's nur immer so eilig?"

Susi verzog das Gesicht. „Ach, Mutter."

Sie wischte Krissi eine Haarsträhne aus dem Gesicht und warf ihrem Ältesten einen strengen Blick zu. „Macht Oma keinen Ärger, verstanden?"

Dann drehte sie sich um und stakste zu ihrem Auto zurück. Monika schaute ihr nach. Die hohen Absätze, eigentlich der Inbegriff von Weiblichkeit, sahen bei Susi eher aus wie Waffen.

Die Kinder waren schon hineingegangen, und Monika schloss die Haustür. Wie immer hatte Tim sofort den Fernseher eingeschaltet und lümmelte sich auf die Couch. „Na, heute keine Disco?", fragte er grinsend.

Monika zuckte zusammen, aber dann fiel ihr das Powerkochen vom letzten Mal ein. Lachend drohte sie ihm mit dem Finger. „Das wollten wir doch vergessen. Ich hoffe, ihr habt dicht gehalten."

„Logo", erklärte Tim lässig.

Krissi hatte eine Tasche dabei und schaute sich nach einem Platz um, wo sie sich ausbreiten konnte.

„Musst du etwa noch Hausaufgaben machen?", fragte Monika besorgt.

„Hm." Die Kleine nickte mit hängendem Kopf.

„Komm, ich geb dir erst einmal ein Glas Milch. Ein paar Kekse werden sich auch noch auftreiben lassen."

„Oh ja!"

Krissi strahlte schon wieder, und gemeinsam gingen sie in die Küche. Monika goss Milch ein und förderte eine Packung Schokokekse zutage. Sie rückte den Stuhl vor dem Küchentisch für das Mädchen zurecht und sah zu, wie sie ein Heft aus ihrer Tasche holte.

„Ich lass dich mal lieber allein, damit du schnell fertig wirst. Okay?"

Krissi nickte nur, sie hatte sich bereits den ersten Keks in den Mund gestopft.

Das schlechte Gewissen verdrängte Monika sofort wieder. Sicher war es nicht gut, dass sie den Kindern Süßigkeiten gab. Susi war ein strikter Gegner davon. Aber Leckereien bei der Oma gehörten zur Kindheit einfach dazu, das war jedenfalls ihre Meinung.

Im Fernsehen lief ein Zeichentrickfilm. Tim schaute gar nicht hin, sondern tippte eifrig auf seinem Handy. Monika hatte schon lange kapiert, dass er dann nicht ansprechbar war.

Die Kinder waren versorgt, also konnte sie sich wieder der Kleiderfrage widmen. Sie schlich die Treppe hinauf in ihr Schlafzimmer.

Was hatte sie sich nur dabei gedacht, die ganzen Sachen herauszuzerren? Es sah aus, als hätte eine Bombe eingeschlagen. Wenn sie heute Nacht in ihrem Bett schlafen wollte, musste vorher dieser Kleiderberg wieder verschwinden.

Das Foto fiel ihr wieder ein: weiße Hose und bauchnabelfreies Top. Das kam natürlich nicht mehr infrage. Aber eine weiße Hose besaß sie. Dazu müsste sich doch bestimmt ein hübsches Oberteil finden lassen.

Die Hose war schnell gefunden, nur lag sie ganz unten, und der hohe Stapel darüber kam ins Rutschen, als sie sie herauszerrte. Knietief in Klamotten stehend probierte sie sie gleich an und betrachtete sich kritisch im Spiegel. Diese Röllchen über dem Hosenbund mussten unbedingt kaschiert werden. Sie begutachtete ein Oberteil nach dem anderen. Am Ende hielten nur drei Sachen der genauen Prüfung stand. Eine weiße Bluse mit bunten Streublümchen, ein längeres Oberteil in leuchtendem Rot und ein Jackett mit pastellfarbenem Seidentop.

„Oma, machst du Modenschau?"

Sie hatte Krissi nicht kommen hören. „Ja, genau. Was gefällt dir denn am besten?"

Sie hielt die Sachen nacheinander an die Hose. Das Mädchen steckte einen Finger in den Mund und drehte sich hin und her.

„Ich weiß nicht. Die sind alle schön. Darf ich auch Modenschau machen?"

Monika seufzte. Logisch, dass die Kleine mit solch einer Frage überfordert war. Da entdeckte sie die dunklen Flecken auf Krissis T-Shirt.

„Was ist das denn? Hast du dich etwa mit den Keksen eingeferkelt?"

Krissi lachte und zeigte dabei ihre neueste Zahnlücke.

„Da wird die Mami aber gar nicht glücklich sein", orakelte Monika. „Komm, wir gehen runter und schauen, ob wir das wieder sauber kriegen."

Aber das erwies sich als ein Ding der Unmöglichkeit. Die Schokolade hatte sich großflächig verteilt, hier konnte nur noch die Waschmaschine helfen. Während sie noch überlegte, wie lange wohl eine Handwäsche mit anschließendem Trockenbügeln dauern würde, klingelte es bereits an der Haustür.

Susi! Wie ertappt fuhren Oma und Enkelin zusammen. Tim öffnete, und sofort hörten sie Susis energiegeladene Stimme. „Wo ist Krissi? Wir müssen sofort los."

Da platzte Monika der Kragen. Sie schoss aus dem Bad heraus in den Flur. „Einmal, nur ein einziges Mal möchte ich erleben, dass du ein paar Minuten Zeit hast. Dass du einen Satz sagst, in dem nicht ‚sofort' oder ‚schnell' vorkommt."

Susanne schaute ihre Mutter verwundert an. „Aber so ist es nun mal. Für eine allein erziehende Mutter wie mich ist Zeit ein Luxus, den ich mir nicht erlauben kann."

„Ich hab auch zwei Kinder großgezogen ohne Mann. Aber ich bin ganz sicher, dass ich nicht ständig wie ein aufgezogener Wecker durch die Gegend marschiert bin."

Die beiden funkelten sich wütend an. Da drängte sich Krissi dazwischen. „Streitet ihr wieder? Das sollt ihr nicht."

Ein Blick genügte, und Susanne hielt sich entsetzt die Hand vor den Mund. „Wie siehst du denn aus? Das ist ja furchtbar!"

Monika schnaufte tief durch, aber sie kriegte ihre Rage nicht unter Kontrolle. „Mein Gott, sie ist noch ein Kind. Kinder machen sich auch mal schmutzig. Das dürfen sie. Das ist normal."

Susi maß sie mit kühlem Blick. „Aber nicht, wenn sie gleich Philosophieunterricht haben."

Monika glaubte, sich verhört zu haben. Verwirrt schüttelte sie den Kopf. „Was?"

„Du hast mich verstanden. Es war schwer genug, einen Platz für sie zu ergattern."

„Was zum Teufel hat eine Siebenjährige im Philosophieunterricht zu suchen?", verlangte Monika zu erfahren.

„Das ist heutzutage nun mal so. Man kann nicht früh genug damit anfangen, seinen Kindern eine vernünftige Ausbildung mitzugeben."

Susi verschränkte die Arme vor der Brust und funkelte ihre Mutter an. Wenn sie die Schotten dicht machte, kam man nicht an sie heran, das wusste Monika aus leidvoller Erfahrung.

Mühsam zwang sie sich zur Ruhe. Oben in einer Schublade hatte sie noch ein paar Kleidungsstücke von Krissi, daran hatte sie vorhin gar nicht gedacht. Manchmal war es einfach praktisch, etwas zum Umziehen bei der Hand zu haben. Wortlos stapfte sie die Treppe hoch und kam kurz darauf mit einem T-Shirt wieder. Sie warf es Susi zu. „Da. Vielleicht entspricht das nicht der Kleidervorschrift für den Philosophieunterricht. Aber es ist sauber."

Susi hielt sich nicht mit einer Antwort auf. Wortlos zerrte sie ihrer plärrenden Tochter das schmutzige Hemd herunter und stülpte ihr das andere über. „Tim! Wir gehen."

Gemächlich schlenderte der Junge heran, das Handy immer noch in der Hand. „Bin ja schon da."

Er gab seiner Oma einen Kuss auf die Wange und spazierte zur Tür hinaus.

„Darüber reden wir noch", kündigte Susi an, schnappte sich ihre Tochter und verließ das Haus.

Krissis Tasche! Monika hetzte in die Küche und raffte Heft und Stifte zusammen. Susi war schon beim Anfahren und bremste scharf ab. Monika warf die Tasche durch das offene Autofenster auf Tims Schoß. Der Motor heulte auf, als Susi wieder Gas gab.

Am ganzen Leib zitternd ließ sich Monika auf den Küchenstuhl fallen. Was war das nur wieder für eine Szene gewesen! Es machte sie unendlich traurig, dass sie und ihre Tochter einfach nicht miteinander zurechtkamen. Sie waren von Grund auf verschieden. Manchmal kam ihr Susi wie ein völlig fremdes Wesen vor, gar nicht wie ein normaler Mensch mit Gefühlen und Schwächen. Sicher war es nicht einfach heutzutage. Der anspruchsvolle Job, der für Susi mit ihrem gewaltigen Ehrgeiz stets an erster Stelle stand. Die Scheidung, die noch lange nicht ausgestanden war. Und dann die Kinder. Aber es konnte nicht sein, dass Tim und Krissi erst an letzter Stelle standen. Irgendetwas war falsch gelaufen bei Susis Entwicklung. Und dass die Enkel das nun ausbaden mussten, das war das Schlimmste überhaupt.

Nach einem Glas Rotwein fühlte sie sich etwas besser. Es ärgerte sie, dass sie die Fassung verloren hatte. Du bist die Ältere, du musst Geduld haben, nahm sie sich zum wiederholten Male vor. Aber manchmal fühlte sie sich jünger und lockerer als ihre eigene Tochter, die so streng und unerbittlich nach eisernen Regeln lebte. Nur gut, dass Susi nicht alles mitbekam, was ihre Mutter so trieb. Zum Beispiel dieser Disco-Abend! Die würde Anfälle kriegen, wenn sie davon wüsste. Ach du meine Güte, das Problem mit ihrer Garderobe hatte sie ja immer noch nicht gelöst. Das hatte auch Zeit bis morgen, beschloss sie und schenkte sich ein neues Glas Wein ein.

Besorgt schlich Friedrich um seine Frau herum, die mit geschlossenen Augen im Fernsehsessel saß. Das Fußteil hatte sie nach oben geklappt, so dass sie die Beine ausstrecken konnte. Er setzte sich auf die Couch und griff zur Zeitung. So leise wie möglich blätterte er sie auf.

„Du brauchst dich nicht anzustrengen, ich bin wach."

Friedrich schaute hoch. „Wie fühlst du dich?"

„Gut. Mir geht's gut, mach dir keine Gedanken."

Er beugte sich vor und tätschelte ihre Hand. „Das ist schön. Soll ich dir den Fernseher anmachen? Oder lieber das Radio?"

Uschi schüttelte den Kopf. „Lass nur. Irgendwie gefällt mir heute diese Ruhe. Ich hab gerade an früher gedacht. Wir beide, frisch verliebt, ganze Nächte haben wir durchgemacht. Haben dann irgendwo in einem Café gefrühstückt und uns auf deine Bude verzogen."

„Wo wir prompt im Bett gelandet sind", ergänzte er.

Sie streckte sich wohlig in ihrem Sessel. „Manchmal tun mir die jungen Leute heutzutage richtig leid. Damals gab's noch kein Aids, niemand hat sich groß Gedanken gemacht. Es war so eine fröhliche, unbeschwerte Zeit."

„Aber zum Glück gab es schon die Pille", schmunzelte Friedrich.

„Die ich mit schöner Regelmäßigkeit vergessen habe", gab sie zu. „Gut, dass du mich so oft daran erinnert hast. Sonst hätten wir heute einen ganzen Stall voller Kinder und nicht nur eines."

Er lachte. „Na ja, das war halt mein Anteil an der Verhütung. Nicht viel, aber durchaus wichtig."

Uschi schaute auf die Uhr. „Oh, es ist schon fast sechs. Zeit, dass ich mich ums Essen kümmere." Sie hob die Beine vom Fußteil herunter.

Friedrich sprang sofort auf und warf die Zeitung achtlos neben sich. „Ich helfe dir."

„Jetzt hör aber auf. Ich hab doch gesagt, mir geht's gut. Du musst mich nicht in Watte packen."

So gereizt wollte Uschi gar nicht reagieren, aber es nervte sie, dass er jeden ihrer Atemzüge beobachtete, als könne es ihr letzter sein.

„Hab's ja nur gut gemeint." Gekränkt setzte sich Friedrich wieder und klaubte die Zeitung vom Fußboden auf.

„Ich weiß. Aber ich möchte nicht, dass sich unser ganzes Leben nur noch um meine Krankheit dreht. Wir müssen mal wieder gründlich durchlüften. Dieser Anruf von Schorsch kam genau richtig. Stell dir das nur vor, ein Disco-Abend wie in alten Zeiten. Wie war das noch gleich? Eins – Zwei ... Drei und..." Sie machte zwei Schritte zurück und drehte auf ‚Drei und' ihre Hüfte nach außen und wieder zurück.

„Ja, so ungefähr." Friedrich schaute ihr fasziniert zu. Diese Frau hatte eine Energie, einfach nicht zu fassen.

„Los, du altes Kamuffel. Hoch mit dir!" Auffordernd hob sie die Arme in Tanzposition.

„Soll ich jetzt doch Musik anmachen?", fragte er, während die Zeitung wieder unbeachtet auf den Boden fiel.

„Erstmal eine Runde ohne. Ich bin völlig eingerostet, wir müssen langsam anfangen."

„Und das Essen?", erkundigte er sich.

Sie lächelte, als er sie in die Arme nahm. „Das läuft nicht weg."

„Tschüss, Chef!"

Die Putzfrau machte Feierabend. Ohne hochzuschauen winkte Stefan kurz in Richtung Tür. Endlich Ruhe, nur die Musik dudelte leise vor sich hin. Er war allein mit Fred. Mit einem Plastikclip steckte er einen Teil der Haare hoch. Dann prüfte er die Länge der darunter liegenden Lage und griff zur Schere. An Freds Kopf machte nur er selbst sich zu schaffen, das war Chefsache. Sein Freund hatte seinen Espresso ausgetrunken und hing mit geschlossenen Augen in dem bequemen Fauteuil.

„Der neue Farbton wird super. Der bringt das Grün deiner Augen so richtig zum Strahlen", erklärte Stefan, während er die nächste Haarreihe abteilte und zwei Millimeter von den Spitzen abschnitt. Fred murmelte etwas Unverständliches, er wusste, dass er sich ganz auf ihn verlassen konnte.

Nachdem Stefan sich den ganzen Tag das Geplapper der Kundinnen angehört hatte, war er nun selbst in Redelaune. „Rate mal, wer heute angerufen hat. Da kommst du nie drauf." Er sprach aufgekratzt weiter, ohne auf eine Antwort zu warten. „Schorsch!"

Er machte eine Kunstpause, um Fred Gelegenheit zu geben, seine Überraschung zu äußern. „Ist das nicht einer von deinem Klassentreffen?"

„Genau. Unser Rocker."

„Will er sich etwa die Haare schneiden lassen?"

Stefan lachte. „Der doch nicht. Ich glaube, der weiß gar nicht, wie ein Friseurladen von innen aussieht. Da ist sowieso nicht mehr viel zu machen auf seinem Kopf. Nee, der hat mich eingeladen. Zu einem Disco-Abend, stell dir das mal vor."

Nun machte Fred doch die Augen auf. „Das klingt spannend."

„Beug mal den Kopf etwas vor", bat Stefan und kümmerte sich um die unterste Haarreihe.

„Ich find's auch ganz toll. Und das Irrste ist, dass es in diesem ehemaligen Finanzamt stattfinden soll. Der Kasten in der Berger Straße, du weißt schon. Vor ein paar Wochen sind die mit Sack und Pack ausgezogen, das stand in der Zeitung. Irgendwie muss Schorsch es geschafft haben, dass wir da für einen Abend rein können. Abgefahren, gell?"

Sie lächelten sich im Spiegel zu.

„Na, dann passt es ja, dass ich mich von dir hübsch machen lasse."

Stefans ließ entgeistert die Schere sinken. „Willst du etwa mitkommen?"

Fred zog eine Augenbraue hoch. „Du kriegst dich ja kaum ein vor Entzücken."

„Aber..." Stefan verschlug es die Sprache.

Fred wusste doch genau, was Sache war. „Von denen weiß keiner, dass wir zusammen sind, stimmt's?", bohrte er weiter.

Es war nicht nötig, dass Stefan darauf eine Antwort gab. Fred griff zu einer Illustrierten und blätterte darin, bis sein Haarschnitt fertig war. Als Stefan ihm den Umhang abnahm, stand er auf und drehte sich zu ihm um.

„Es tut unglaublich weh, dass du mich immer noch versteckst. Wir sind nun schon so lange zusammen, aber du bringst es einfach nicht über dich, offen dazu zu stehen. Manchmal komme ich mir vor, als wäre ich nichts weiter als ein Störenfried in deinem Leben. Als ob du dich schämst wegen mir."

„Aber das stimmt doch nicht", stotterte Stefan unsicher. „Du weißt, wie glücklich ich mit dir bin. Es ist nur..."

„Es ist nur was?", fragte Fred scharf.

Stefan stellte sich vor, wie man mit Fingern auf ihn zeigen würde, über ihn tuscheln oder sogar offen Bemerkungen machen würde. Vielleicht würden sich sogar die anderen Bewohner des Hauses zusammenrotten und den Vermieter gegen ihn aufhetzen. Eines Morgens würde er an der Hauswand neben der Ladentür einen widerlichen Spruch aufgesprüht finden. Er sah es schon vor sich, wie er verzweifelt versuchte, die Farbe schnell wieder abzuwaschen. Wie sich mehr und mehr Leute versammelten, ihm zuschauten und dann kopfschüttelnd weitergingen...

Fred schnippte mit dem Finger und holte ihn in die Gegenwart zurück. Irritiert starrte er im Spiegel in sein eigenes, blasses Gesicht. Dann brach die ganze Angst aus ihm heraus. „Wir haben doch schon so oft darüber geredet. Wir sind Friseure. Auch wenn es ein dummes Klischee ist, ich hab einfach Angst um den Laden. Was ist, wenn die Kundschaft wegbleibt? Das hier ist schließlich meine ganze Existenz. Gegen Vorurteile kommt man nun mal nicht an."

Ernst schaute Fred seinen Freund an. „Aber wir lieben uns doch. Und wir leben im einundzwanzigsten Jahrhundert und nicht mehr im Mittelalter. In der Zwischenzeit haben sie die Scheiterhaufen abgeschafft."

Stefan krümmte sich wie ein geprügelter Hund. Meist brachte es Fred ab einem gewissen Punkt nicht mehr fertig, Stefan weiter in die Enge zu treiben. Aber heute überwog offensichtlich der Frust. „Wir hatten mal darüber gesprochen, dass wir jetzt richtig heiraten können. Oder uns zumindest eine gemeinsame Wohnung suchen, du erinnerst dich vielleicht dunkel. So allmählich glaube ich, dass das nur so dahin gesagt war. Du hast nie ernsthaft geplant, wirklich mit mir zusammen zu leben. Allen zu zeigen, dass wir ein Paar sind. Manchmal bezweifle ich, dass deine Liebe wirklich so stark ist, wie du behauptest."

Mit Tränen in den Augen hob Stefan den Kopf. „Das stimmt nicht. So was darfst du nicht sagen. Es ist nur ... ich bin ein erbärmlicher Feigling."

Vergeblich wartete er darauf, dass Fred ihn in den Arm nehmen und versichern würde, dass alles gut war. Heute war etwas anders, und entsetzt spürte er, dass sein Freund sich innerlich von ihm entfernte.

Mit einem unsicheren Lächeln nahm Stefan den Frisierumhang von Freds Schultern. „So, fertig."

Aber der hatte kein Lob für Stefans Werk sondern stand auf, ohne einen Blick in den Spiegel zu werfen. „Ich glaube, ich muss mal für eine Weile allein sein und über ein paar Sachen nachdenken."

Er griff nach seiner Jacke, die über einem Stuhl hing, gab Stefan einen flüchtigen Kuss auf die Wange und ging. Stefan sah ihm nach. Das Zuschnappen des Schlosses klang bedrohlich endgültig.

In der kleinen Wohnung über dem Geschäft war alles dunkel bis auf eine Kerze auf dem Couchtisch. Die Whiskyflasche daneben war fast leer, und Stefan befand sich in einem desolaten Zustand zwischen Panik und Verzweiflung. In seinem Kopf jagten die Gedanken wild durcheinander. Es war nicht nur der Laden oder das Gerede der Leute. Fred war auch fast zwanzig Jahre jünger als er. War es fair ihm gegenüber, wenn sie sich dauerhaft binden würden, in guten wie in schlechten Tagen, wie es so schön hieß? Meistens fühlte Stefan sich abends todmüde und war nach dem anstrengenden Arbeitstag kaum noch in der Lage, ein halbwegs vernünftiges Gespräch zu führen. Sie gingen nur selten aus, obwohl Fred das liebte und sich mit Wonne die Nächte um die Ohren schlug. Schon so, wie es jetzt war, griff Stefan massiv in das Leben seines Freundes ein, zwängte es auf Schmalspur. Plötzlich hatte er bohrende Kopfschmerzen.

Im Kühlschrank stand eine große Styroporbox mit der Aufschrift ‚Oscars'. Die hatte er total vergessen. Heute hatte er sich wieder einmal Essen bringen lassen. Der Lieferservice des Nobelrestaurants im Frankfurter Hof war ein echter Segen. Und sein kleines Geheimnis. Erst jetzt fiel ihm auf, dass ihn nur Freds abrupter Aufbruch vor einer Katastrophe bewahrt hatte. Ein Blick in den Kühlschrank, und Fred wäre klar gewesen, warum Stefan manchmal mit phänomenalen Kochkünsten brillierte. Und an anderen Tagen sogar das Nudelwasser anbrennen ließ.

Nach etwas zu essen war ihm jetzt allerdings nicht zumute. Er griff nach der Wasserflasche und klappte die Kühlschranktür wieder zu.

Schwer beladen mit zwei Einkaufstaschen betrat Pauline den Hausflur. Ächzend stellte sie die Sachen auf den Fußboden und zog den Mantel aus. Noch bevor sie ihre Schuhe abgestreift hatte, stand Eddie neben ihr.

„Küche?“, fragte er, und ohne eine Antwort abzuwarten, griff er nach den Stoffbeuteln. Ausgerechnet heute hatte er seine hilfsbereiten fünf Minuten. Pauline beeilte sich, ihm zu folgen.

„Was hast du denn da alles eingekauft? Das wiegt ja Zentner.“

Als er die Taschen auf dem Küchentisch abstellte, gab es ein schepperndes Geräusch. Misstrauisch schaute er in eine hinein und zog einen Packung Salzstangen heraus.

„Lass nur, ich mach das schon“, murmelte Pauline.

Aber er ließ sich nicht abwimmeln. Nach dem Knabberzeug kam eine Dose Prosecco zum Vorschein. Und noch eine weitere. Er runzelte die Stirn. „Haben wir jemanden eingeladen?“ Sie schwieg. Endlich dämmerte es ihm. „Die sind doch nicht etwa für diese Hopserei?“

Sie mied seinen Blick, während sie insgesamt sechs Dosen fein säuberlich nebeneinander stellte. Eine weitere Tüte mit Salzstangen kam zum Vorschein.

Eddie verschränkte die Arme, das verhieß nichts Gutes. „Das kommt überhaupt nicht infrage. Dieser Knallkopf hat dir einen Floh ins Ohr gesetzt. Ich denk nicht im Traum daran, da hinzugehen. Das kannst du vergessen.“

Ein Beutel Erdnüsse.

„Das reicht jetzt!“ Wütend hielt er ihre Hände fest und drehte sie zu sich herum. Sein Atem roch nach Cognac und Pfefferminzbonbon.

„Du musst ja nicht mitkommen, wenn du keine Lust hast. Aber ich gehe.“

„Ach?“ Es klang amüsiert.

„Jawohl.“ Sie bemühte sich, entschlossen zu klingen.

„Wir werden ja sehen.“

Er stapfte aus der Küche. Was war das jetzt wieder für eine Nummer? Wenn er etwas getrunken hatte, wurde er schnell laut. Dass er sie so einfach hier stehen ließ, war eine neue Variante, die sie nicht einschätzen konnte.

Die Beutel waren fast leer. Als letztes holte sie eine Tiefkühlpizza heraus. Quattro Stagione, bestellte er immer, wenn sie beim Italiener waren. Sie legte die gefrorene Pizza auf ein Backblech und schob es in den Ofen. Vom Flur aus lugte sie ins Wohnzimmer. Er saß vor dem Fernseher, wie immer. Vor ihm stand ein Glas Bier. Von der Cognacflasche war nichts zu sehen.

Leise huschte sie ins Schlafzimmer. Es war noch reichlich Zeit, aber sie wollte Tatsachen schaffen, bevor sie der Mut verließ. Schnell schlüpfte sie in eine Jeans und streifte eine weiße Baumwollbluse über. Sie musste an den Knöpfen zerren um sie zuzukriegen, offenbar war der Stoff bei der Wäsche eingelaufen. Kritisch betrachtete sie sich im Spiegel. Am Busen sperrte es, und wenn man genau hinsah, konnte man ein kleines Stückchen BH sehen. Auch das noch. Hektisch stopfte sie die Bluse in den Hosenbund und fädelte einen blauen Gürtel durch die Schlaufen. Ihr Blick fiel auf einen Schal aus Batist. Ob sie das Problem damit kaschieren konnte? Sie fummelte damit herum und probierte einige Varianten aus. Schließlich war sie halbwegs zufrieden. In einer losen Schleife bedeckte der duftige Stoff ihren Ausschnitt und die Knopfleiste fast bis zur Taille. Rosa Lippenstift, einmal mit der Bürste durch die Haare, die heute ausnahmsweise gut lagen, und ein Tropfen ihres Lieblingsparfüms hinter die Ohrläppchen, dann war sie fertig. Sie holte tief Luft.

Scheinbar völlig entspannt saß Eddie immer noch vor der Glotze. Aber er konnte sie nicht täuschen.

„Ich hab dir eine Pizza mitgebracht. Du musst nur noch den Ofen anstellen. Umluft, 200 Grad."

Wie in Zeitlupe drehte er den Kopf vom Fernseher weg – hin zu ihr. Sein Blick tastete sie von oben bis unten ab. „Was ... was soll das heißen?", fragte er gefährlich ruhig.

„Ich muss in ein paar Minuten los."

„Ach nee! Das sind ja völlig neue Sitten. Hast nicht mal mehr Zeit, um was zu kochen. Du bist wohl schon ganz heiß drauf, endlich von mir wegzukommen." Jetzt bemerkte er den Lippenstift. „Und aufgetakelt hast du dich auch noch. Ich muss dir sagen, das steht dir nicht. Diese knallengen Sachen, und dann noch Schminke, das sieht richtig billig aus. Du läufst herum wie ein Flittchen." Sie sah es förmlich arbeiten hinter seiner Stirn. Sein Blick bekam etwas Verschlagenes. „Kommt Martin auch?"

Ihr Magen krampfte sich zusammen. Nicht wieder dieses Thema. „Keine Ahnung. Schorsch hat mir nicht gesagt, wen er sonst noch angerufen hat."

„Wo ist das überhaupt?"

Sie war froh, dass er sich nicht an Martin festbiss. „Berger Straße, irgendwo ziemlich weit oben. Ich nehm' den Bus und dann die U-Bahn bis Seckbacher Landstraße."

Sie ging in den Flur, wo ihre Handtasche lag, und zog das Portemonnaie heraus. Fünfzig Euro, das war genug.

In der Küche standen noch die Einkäufe herum. Sie wusste nicht genau, wie weit sie noch zu laufen hatte von der U-Bahn bis zu diesem Finanzamt. Besser, sie nahm nicht den ganzen Prosecco mit. Zwei Dosen reichten, dazu ein Päckchen Salzstangen. Prüfend hob sie den Beutel an. Ja, das ging ganz gut. Sie stellte ihn neben ihre Handtasche. Noch eine halbe Stunde bis der Bus fuhr. Vielleicht sollte sie sofort losgehen und an der Haltestelle warten. Unschlüssig wanderte sie zurück in die Küche und starrte aus dem Fenster. Etwas strich um ihre Beine, fast hätte sie aufgeschrien vor Schreck. Warum war sie nur so nervös, das war doch nur Fleckchen, ihre Katze. Sie bückte sich und strich geistesabwesend über das weiche Fell. Martin, vielleicht würde er tatsächlich auch kommen. Plötzlich spürte sie ihr Herz pochen. Mach dir nichts vor, das ist doch der Hauptgrund, warum du da hin willst. Es stimmte, und auch wieder nicht. Lächerlich, das war Millionen Jahre her, eine alberne Schwärmerei. Immerhin, er war sofort zu ihr gekommen und hatte sie begrüßt. Und sie war rot geworden wie eine Vierzehnjährige in der Tanzstunde. Entsetzt stellte sie fest, dass ihre Hände zitterten. Sie griff nach der Wasserflasche und schenkte ein. Glas klirrte an Glas, schnell stellte sie die Flasche wieder ab.

Als sie sich umdrehte, sah sie Eddie im Türrahmen stehen. Sie musste raus hier, sofort. Sie versuchte, sich an ihm vorbei in den Flur zu schieben, aber mit einem bösen Lächeln hielt er sie fest. „Das hast du dir so gedacht, dich hier einfach fortzustehlen. Aber das läuft nicht. Ich komme mit."

„Aber du wolltest doch nicht...", stammelte sie hilflos.

„Ich hab's mir anders überlegt. Ist vielleicht mal eine nette Abwechslung, im Fernsehen gibt es heute sowieso nur Mist." Sein Lächeln verschwand. „Rühr dich nicht von der Stelle. Ich bin in zwei Minuten fertig."

Sie hielt sich gerade noch aufrecht, bis er im Bad verschwunden war. Dann sackte sie in sich zusammen. Das würde ja ein toller Abend werden.

FÜNF

Dieses Quietschen klang gar nicht gut. Das muss wieder der Keilriemen sein, dachte Schorsch automatisch, als er seinen Golf auf dem Vorplatz des ehemaligen Finanzamtes ausrollen ließ. Wenigstens hatte er es bis hierher geschafft. Die alte Rostlaube war nicht mehr besonders zuverlässig, und der Aufkleber ‚Bis dass der TÜV uns trennt' würde wohl bald traurige Realität werden. Aber das konnte ihm heute die Laune nicht verderben.

„Tonight's the night...", sang er aufgekratzt mit seiner Bassstimme den Song von Rod Stewart. Jetzt ging der Spaß los. Allerdings war erst noch Arbeit angesagt. Der Kofferraum war voll beladen mit Sachen, die in die Kantine geschafft werden mussten. Wie aufs Stichwort tauchte Hans auf, der ähnlich gute Laune zu haben schien wie er selbst. „Da bist du ja. Hab schon gewartet", brummte er tatendurstig.

Ein kurzer Händedruck, dann packten beide kräftig an. Der Plattenspieler samt zweier Boxen, ein Kasten Bier, diverse Kabel und Stecker, ein paar Strahler, alles verschwand nach und nach im Inneren des Gebäudes. Schorsch hatte sogar ein paar alte Papiergirlanden aufgetrieben. Es ging zügig voran. Als letztes hievte er den großen Karton mit seinen LPs heraus, den durfte niemand sonst anfassen. Schwer atmend stellte er seine Schatzkiste auf den Tresen. „Geschafft", schnaufte er.

„Der Kühlschrank läuft schon auf Hochtouren. Wir können das Bier sofort einlagern", informierte ihn Hans.

„Ich seh' schon, du denkst mit." Schorsch klopfte ihm anerkennend auf die Schulter. Während der Hausmeister die Flaschen einräumte, schaute er sich um.

Die Kantine war ein funktional eingerichteter Raum. Quadratische Tische und Standardbestuhlung. Sich hier eine Disco der 70er Jahre vorzustellen überstieg sogar seine Fantasie. Zweifelnd nagte er an seiner Unterlippe herum. Vielleicht war das Ganze doch eine Schnapsidee. Aber er hatte dieses Unternehmen angeleiert, nun musste er es auch durchziehen.

„Irgendwie wird es schon gehen", murmelte er. Schließlich kam es hauptsächlich auf die Leute an. Und natürlich auf die Musik.

Mit einem Akkuschrauber bewaffnet schaute Hans ihn erwartungsvoll an. „Womit fangen wir an?"

Schorsch schaute auf seine Uhr. Die Party sollte gegen 20 Uhr beginnen. Jetzt war es halb sieben, sie hatten also genügend Zeit, um den Raum etwas aufzuhübschen.

„Erst mal ein Bier. Und die Mukke installieren. Der Rest läuft dann von allein."

Genau in dieser Reihenfolge gingen sie vor. Nachdem jeder eine Selbstgedrehte gequalmt hatte, zwinkerte Hans Schorsch zu. „Ich hab ne Überraschung für dich. Hat mich ein bisschen Fummelei gekostet, aber ich hab's hingekriegt."

„Was denn?" Neugierig marschierte Schorsch hinter dem Hausmeister her in den Flur, der sich an die Kantine anschloss.

„Ich hab dir doch erzählt, dass hier mal eingebrochen worden ist. Da ist allerhand Schaden entstanden. Die Toiletten im Parterre kann man nicht mehr benutzen. Aber die im ersten Stock sind in Ordnung."

Sie waren im Treppenhaus angelangt, und Schorsch betrachtete kritisch den Weg nach oben. Die Stufen waren nicht sehr breit und schlecht ausgeleuchtet. „Das könnte ein Problem werden. Einige Leutchen sind bestimmt nicht mehr so gut zu Fuß."

Er kratzte sich am Kopf. Da drückte Hans auf einen Knopf an der Wand, den er noch gar nicht bemerkt hatte. Ein Rumpeln und Knarzen schallte durch das Treppenhaus. Widerstrebend griffen Räder ineinander, und etwas gewaltig Großes setzte sich schwerfällig in Bewegung. Schorsch kriegte den Mund nicht mehr zu, als er sah, was es war.

„Ich werd verrückt. Ein Paternoster!"

Hans strahlte, als hätte er das Ding höchstpersönlich erfunden. „Ist das nicht toll?"

In einer Nische neben der Treppe tauchte im Zeitlupentempo eine hölzerne Kabine auf, in der gut und gern fünf Personen Platz fanden. Sie kämpfte sich Stück für Stück nach oben und machte Platz für die nächste. Fast ehrfürchtig beobachtete Schorsch den Vorgang. Das war einfach mega. „So ein Ding hab ich noch nie leibhaftig gesehen. Das ist ja ein Hammerteil."

Sie warteten, bis die nächste Kabine auftauchte. Als sie auf gleicher Höhe war, machten sie einen kleinen Schritt hinein, und schon schwebten sie gemächlich nach oben. Mit glänzenden Augen schaute sich Schorsch um. Hans klopfte mit dem Knöchel gegen das Holz. „Alles stabil. Da kann nichts passieren. Und keiner muss Treppe steigen."

„Hans, du bist der Größte."

Bescheiden wehrte der ab. „Das hat richtig Spaß gemacht. Du weißt ja, ich bastle gern. Ein paar Kleinteile waren auszuwechseln, hauptsächlich Sicherungen und so was. Und jede Menge Öl habe ich gebraucht, um das Ding zu schmieren. Aber jetzt läuft es tadellos."

Im ersten Stock angekommen stiegen sie aus. Wie ein stolzer Hausbesitzer zeigte Hans Schorsch die Toiletten, die nur ein paar Schritte entfernt lagen. „Meinst du, das geht?"

„Aber hallo! Das ist vom Feinsten. Diesen Paternoster muss ich mir genauer ansehen. Der interessiert mich brennend." Während sie wieder nach unten schwebten, fiel Schorsch alles Mögliche ein, das man in solch einer Zelle anstellen konnte. „Man kann doch ganz herum fahren? Also einmal nach oben und wieder retour?", vergewisserte er sich.

„Natürlich. Das dauert allerdings ein paar Minuten. Ich hab die niedrigste Geschwindigkeit eingestellt, damit man möglichst viel Zeit hat fürs Ein- und Aussteigen."

Schorsch strahlte immer noch wie ein Kind unter dem Weihnachtsbaum. „Das wollte ich immer schon mal ausprobieren. Ist ja völlig abgefahren."

Während Hans auf Kantinenhöhe ausstieg, drehte Schorsch eine Runde durch das ganze Finanzamt. Viel zu sehen gab es nicht, das Treppenhaus sah auf allen Etagen gleich aus. Aber darauf kam es ihm auch gar nicht an. Er setzte sich auf den Boden, drehte in aller Ruhe eine Zigarette und steckte sie an. Man saß hier warm und trocken, und das leichte Wackeln und Vibrieren der Kabine hatte etwas Anheimelndes.

„Wirklich tolle Arbeit", lobte er noch einmal, als er wieder bei Hans angekommen war. „Aber jetzt müssen wir uns ranhalten. Damit wir mit Aufbauen fertig werden, bevor die ersten Gäste kommen."

Wenig später erschien Monika auf der Bildfläche. Sie schleppte einen gewaltigen Henkelkorb mit sich, den sie keuchend auf einem Tisch abstellte. „Puh! Das Ding wiegt vielleicht", schnaufte sie.

„Hast du deinen ganzen Kühlschrank mitgebracht?", erkundigte sich Schorsch und nestelte neugierig an dem karierten Küchentuch herum, das oben drauf lag.

„Finger weg!" Moni gab ihm einen Klaps auf die Hand. „Das geht dich erst mal gar nichts an."

Sie schaute sich um. Einige Strahler waren auf Ständern montiert und beleuchteten mit rotem und gelbem Licht ein Viereck, das wohl die Tanzfläche sein sollte. „Das ist viel zu grell“, kritisierte sie. „Da fühlt man sich ja wie auf dem Seziertisch!“

Schorsch griff in eine Kiste. „Ich hab ein paar Dimmer dabei.“ Er machte sich sofort ans Werk.

Stirnrunzelnd betrachtete Monika die Anordnung der Tische und Stühle rund um die Tanzfläche. Auch diese seltsamen Papiergirlanden über dem Tresen sahen etwas verloren aus. Der Plattenspieler nahm den zentralen Platz ein. Direkt daneben stand ein großer Karton, der nach Umzug aussah. Na, so ähnlich hatte sie sich das vorgestellt. Männer verstanden eben nichts davon, wie man einen Raum gemütlich und nett gestalten konnte. Es war gut, dass sie so früh gekommen war, hier musste noch einiges verbessert werden. Sie nahm das Tuch vom Korb und begann auszupacken.

Zur Feier des Tages hatten sich Uschi und Friedrich ein Taxi geleistet. Der Fahrer hielt vor dem unkrautüberwucherten Vorplatz und drehte sich zu seinen Fahrgästen um. „Sind Sie sicher, dass Sie hier raus wollen?“

Friedrich nickte. „Ja, ja. Das stimmt schon.“

Während er bezahlte, kletterte Uschi aus dem Wagen und schaute sich um. Es wurde langsam dunkel. Gut, dass hier direkt eine Straßenlaterne stand. ‚Finanzamt‘ konnte man noch an der Fassade lesen. Das ‚F’ hing schief herunter, und sie lächelte amüsiert.

Die Straße war wie leer gefegt. Es war auch nichts zu hören, außer einem gelegentlich vorbeifahrenden Auto.

„Seiteneingang“, erinnerte sie Friedrich, der das Vorhängeschloss an der Eingangstür beäugte. Tatsächlich, da stand eine Tür auf, und drinnen brannte Licht. Neugierig traten sie ein. Musik war zu hören. Musik, die sie gut kannten.

„Beach Boys. Das muss es sein.“ Er drehte sich zu Uschi um, die sich dicht hinter ihm hielt.

„Ich bin gespannt, was Schorsch da auf die Beine gestellt hat.“

Unter Monikas Regie hatte sich in der Zwischenzeit einiges getan. Der große Kantinenraum war durch ein paar strategisch platzierte Garderobenständer optisch verkleinert worden, was ihn, wenn schon nicht gemütlich, aber doch zumindest freundlicher machte. Aus zwei

Boxen, die vor dem Tresen auf dem Boden standen, erklang Musik. Im Takt zu den Bässen flackerten die bunten Spots und beleuchteten die Tanzfläche in der Mitte. Mit grünen Servietten und Teelichtern dekoriert sahen sogar die Tische halbwegs nett aus. Monika hatte auch Schüsselchen mit Knabberzeug darauf verteilt und war gerade dabei, kleine belegte Brötchen und Käsewürfel auf Papptellern zu arrangieren. Hans hatte sich mit ihr bekannt gemacht und folgte ihr mit glänzenden Augen auf Schritt und Tritt, um zur Stelle zu sein, wenn sie etwas brauchte.

Amüsiert beobachtete Schorsch die bewundernden Blicke, die er ihr zuwarf. Aber dann konzentrierte er sich auf seine Arbeit und studierte stirnrunzelnd seine Liste mit Musiktiteln. Gerade als er die nächste Scheibe aus seinem Karton herauszerrte, bemerkte er die Neuankömmlinge.

„Hallo! Kommt nur her, sucht euch einen Platz aus. Ist noch alles frei."

Hans war für ein paar Minuten verschwunden gewesen und in Jeans und einem weißen Hemd wieder aufgetaucht. Nun wieselte er heran. „Ich heiße Hans Karelin, sagen Sie einfach Hans zu mir. Ich bin hier das Mädchen für alles. Haben Sie Getränke dabei, die in den Kühlschrank sollen?"

Friedrich übergab ihm der Einfachheit halber die Nylontasche samt Inhalt. „Eine Flasche Wein, eine Flasche Wasser und zwei Bier. Das sollte reichen für einen Abend."

„Ich stelle alles kühl. Ansonsten ist hier Selbstbedienung." Hans verschwand mit den Getränken hinter dem Tresen.

„Wo willst du sitzen? Vielleicht nicht ganz so nah bei den Lautsprechern, sonst kann man sich nicht unterhalten", schlug Friedrich vor. Uschi steuerte einen Tisch in der Mitte an. Erst als sie saß, bemerkte sie die reglose Gestalt weiter hinten im Halbdunkel.

„Hallo Eddie. Ich hab dich gar nicht gesehen. Wo ist Pauline?"

Der Mann reagierte nicht. Er hatte eine Bierflasche vor sich stehen, die er mit finsterem Gesicht anstarrte.

„Oh je. Ist wohl dicke Luft zwischen den beiden", flüsterte sie Friedrich zu.

Wie aufs Stichwort erschien Pauline, beladen mit einem Tablett voller Gläser und mit Monika im Schlepptau.

„Hallo, ihr zwei. Schön, dass ihr gekommen seid. Hier, sucht euch aus, was ihr an Gläsern braucht. Es ist alles noch ein bisschen improvisiert, aber das wird schon."

Vor Eifer hatte sie rote Wangen. In der engen Jeans kam ihre wohl proportionierte Figur voll zur Geltung. Aber das nahm Friedrich nur am Rande wahr. Mit Uschi hatte er eine sehr attraktive Frau an seiner Seite, er war nicht aufs Fremdgucken aus. „Es gibt ja sogar was zu essen", stellte er erfreut fest und betrachtete interessiert die appetitlichen Brötchen.

„Na, du kennst doch Moni. Das ist noch genau wie in der Schule. Ohne Proviant verlässt die nicht das Haus", feixte Pauline.

„Und ihr wart alle ganz heiß auf meine Pausenbrote. Schlange habt ihr gestanden", erinnerte sie sich lachend.

Friedrich nahm zwei Weingläser von Paulines Tablett und stellte sie auf den Tisch. Dann holte er die Weinflasche aus dem Kühlschrank. Suchend schaute er sich um. Hans war sofort zur Stelle. Er zauberte einen Korkenzieher aus der Hosentasche, öffnete gekonnt die Flasche und schenkte ein.

„Das ist ja eine tolle Bedienung", lobte Uschi.

„Ich stell die Flasche besser wieder kalt." Friedrich machte sich auf den Weg.

Monika holte vom Nebentisch ihr Glas und prostete Uschi zu. „Auf einen schönen Abend! Also, die Musik ist schon mal Spitze. Dafür hat Schorsch ein Händchen. Was zu trinken gibt's auch. Dann kann ja nicht mehr viel schief gehen."

Nach und nach tröpfelten weitere Gäste ein. Schorsch ging es erst einmal ruhig an mit der Musik. ‚Massachusetts' von den Bee Gees und ein paar weitere melodiöse Titel hatte er für den Anfang ausgesucht. Robin Gibbs unverwechselbare Stimme schwebte durch den Raum. Für die Kantine mit der hohen Decke war seine Anlage etwas unterdimensioniert, aber der Klang war zufriedenstellend, genau so, wie er es gehofft hatte. Die Musik kam an, das spürte er. So allmählich wurden die Leute munter und unterhielten sich lebhaft. Aber noch war die Tanzfläche gähnend leer, und bei jedem Plattenwechsel war es für einen Moment totenstill im Raum.

„Was ist los mit euch? Will keiner tanzen?", fragte er aufmunternd.

Das nächste Stück war die Titelmelodie von ‚Saturday Night Fever'. Ein Ruck ging durch die Leute. „Stayin' alive", das war es! Mit einem Schlag war die Magie der 70er Jahre wieder da, die energieknisternde

Freude über einen Abend mit Tanzen und unbeschwertem Fröhlichsein. Ganz automatisch fingen Beine an zu wippen, und vielen lag ein Lächeln auf dem Gesicht.

Friedrich nickte seiner Frau aufmunternd zu. „Wollen wir?"

Am Rand der Tanzfläche stellten sie sich auf und begannen mit einem Disco-Fox. Es sah noch ein bisschen steif aus, aber die Schritte hatten sie drauf. Die kleine Übungseinheit zu Hause hatte sich gelohnt. Die anderen Gäste guckten, renkten sich die Hälse aus, damit ihnen nur ja nichts entging. Zweifellos machten die beiden ihre Sache nicht schlecht. Und man sah, dass es ihnen Spaß machte. Ein zweites Paar erhob sich, tanzte Freistil. Na endlich! Schorsch atmete tief durch. So langsam kam die Disco ins Rollen.

Eine Stunde später war die Stimmung bestens. Zu den meisten Stücken wurde getanzt. Monikas kleines Buffet fand allgemeinen Anklang, und auch die Getränke nahmen zusehends ab. Schorsch fand es an der Zeit, in die heißere Phase überzuwechseln. Er legte die nächste Scheibe auf.

„Das ist ja Motown! Wie hießen die doch gleich? Die ... oh Mist, mein Gedächtnis wieder mal." Gleich bei den ersten Takten war Monika aufgesprungen.

Pauline hatte ein gutes Gedächtnis. „Supremes. Genau meine Musik!"

„Und? Wollen wir?", fragte Monika mit leuchtenden Augen.

Paulines Blick wanderte zu Eddie, dessen Laune sich in der Zwischenzeit nicht gebessert hatte. Er war bei der dritten Flasche Bier angelangt, während sie sich an ihrer Dose Prosecco festgehalten hatte. Wie eingegipst saß er da. Sie stand auf. „Oh ja!"

Ihre ersten Schritte waren unsicher und linkisch. Sie fühlte sich schwerfällig, wie eingerostet. Es sah sicher unmöglich aus, wie sie da herum hampelte, schließlich war es Ewigkeiten her, seit sie das letzte Mal getanzt hatte. Monika dagegen bewegte sich ganz locker und ließ sich von der Musik tragen. Offensichtlich war es ihr völlig egal, wie ihre Tanzerei aussah. Sie genoss es einfach. Pauline drehte sich zu ihrem Tisch um. Von Eddie würde nachher sicher ein bissiger Kommentar kommen.

„Nun vergiss mal für eine Weile deinen Eddie. Wenn er miesepetrig herum sitzen will, dann ist das seine Sache."

Pauline machte die Augen zu. So war es einfacher, sich auf die Melodie und den Rhythmus zu konzentrieren. Allmählich ließ ihre

Anspannung nach. Sie spürte, wie es ihr mehr und mehr Spaß machte, sich zur Musik zu bewegen.

„Na siehst du, geht doch. Das ist wie Rad fahren, das verlernt man nicht“, brüllte ihr Monika ins Ohr und machte einen kühnen Ausfallschritt. Sie schüttelte ihren Oberkörper, so dass ihr üppiger Busen gefährlich wogte. Dabei lachte sie übers ganze Gesicht.

Der nächste Titel folgte, dann noch einer. Nachdem sie erst einmal angefangen hatten, blieben die beiden Frauen auf der Tanzfläche. Pauline drängte es nicht zurück an ihren Tisch.

„Mir ist warm. Wollen wir eine Pause machen?“, fragte Monika nach dem fünften Stück.

Pauline nickte. „Wo sind hier eigentlich die Toiletten?“, wollte sie wissen. „Ich muss mich dringend frisch machen.“

Monika zeigte mit dem Finger nach oben. „Erster Stock, hat Schorsch gesagt. Ich komme mit, muss mich auch mal trockenlegen.“

Die Wahl zwischen Treppe und Paternoster war schnell getroffen. Gespannt stellten sie sich in eine Kabine und genossen amüsiert die kurze Fahrt.

„Sag mal, ist Eddie eigentlich oft so schlecht gelaunt?“, fragte Monika, als sie sich nebeneinander die Hände wuschen.

„Er ist irgendwie unzufrieden mit seinem Leben. Aber wir reden nie über so etwas.“ Pauline konzentrierte sich ganz auf das Einseifen ihrer Hände.

Monika sah sie von der Seite an. „Ihr sprecht wohl überhaupt nicht viel miteinander.“

„Ach, weißt du, das hat sich halt alles reduziert im Laufe der Jahre.“

„Aber ich sehe, dass er dich runterzieht. Ich kenne ihn ja nicht so gut, aber wenn er immer so ein Gesicht zieht, das ist doch kein Leben. Wo bleibt denn der Spaß?“

„Das Wort kenn’ ich gar nicht mehr.“ Der Satz war Pauline einfach so rausgerutscht. Sie hörte selbst, wie schrecklich es klang. Mit fahrigen Händen griff sie nach einem Papierhandtuch und tupfte sich das Gesicht ab.

„Trinkt er?“

Pauline lachte nervös. „Na ja. Wir trinken doch alle gern mal ein Glas, oder?“

Monikas Hände legten sich auf ihre Schultern und drehten sie sacht zu sich um. „Hab ich's mir doch gedacht. Was macht er sonst noch? Hat er dich schon mal geschlagen?"

Erschrocken schaute Pauline hoch. „Nein! Nie! Wie kommst du denn auf so was?"

Monikas Blick verriet ehrliche Besorgnis. „Ich hab das dringende Gefühl, dass Eddie ein Energievampir ist. Er saugt dir alle Lebensfreude aus. Du bist doch eigentlich ein fröhlicher, positiver Mensch. Jedenfalls warst du das früher. Heute kommst du mir vor wie ein dünnes Blättchen, das der kleinste Windhauch umpusten kann."

Pauline lachte wieder, es klang unecht. „So schlimm ist es nun auch wieder nicht. Ich bin robuster, als ich aussehe."

Aber Monika ließ sich nicht so leicht beschwichtigen. „Du, ich meine das ernst. Ich mach' mir Sorgen um dich."

„Das ist lieb von dir, aber..."

„Es gibt immer einen Plan B. Glaub mir, ich weiß, wovon ich rede. Als damals mein Mann gestorben ist und ich da stand mit zwei kleinen Kindern, da hab ich auch gedacht, ich falle ins Bodenlose. Aber irgendwie ging es weiter, und ich kam wieder auf die Beine. Alles in allem ist mein Leben gar nicht so schlecht verlaufen."

Vielleicht war das zu direkt gewesen. Pauline wandte sich zum Gehen.

„Sei nicht böse, ich hab's wirklich nur gut gemeint." Die sonst so energische Monika klang plötzlich unsicher.

Paulines Gefühle fuhren Achterbahn. Dass sich jemand dafür interessierte, wie es ihr ging, war sie nicht gewöhnt. So etwas wie einen Bekanntenkreis oder gar eine Freundin duldete Eddie nicht. Es würde so gut tun, einmal sein Herz ausschütten zu können, nicht jedes Wort überlegen zu müssen. „Ich liebe ihn halt. Immer noch."

Es klang wie eine Entschuldigung. Als Monika sie in den Arm nahm, genoss sie für einen kurzen Moment das herrliche Gefühl, eine Freundin gefunden zu haben.

Stefan erschien erst zu vorgerückter Stunde. Er war im Salon aufgehalten worden und kam beim Finanzamt an, als die Party schon in vollem Gange war. Der Streit mit Fred lag ihm immer noch im Magen. Sein Freund war seitdem nicht mehr aufgetaucht, sondern hatte sich am nächsten Tag telefonisch krank gemeldet. Claudia, die Azubine, hatte den Anruf entgegen genommen.

Er wählte einen freien Tisch am Rande des Geschehens und beobachtete, was sich da so abspielte. Und das war höchst erstaunlich. Es waren mehr als zwanzig Leute gekommen. Schorsch wechselte zwischen langsamen und schnellen Musikstücken, damit die Leute nicht allzu sehr aus der Puste kamen. Die Tanzfläche war gut gefüllt, im zuckenden Licht der Spots wurden die Hüften geschwungen, dass es eine Freude war. Man konnte förmlich die Gelenke knirschen hören.

„Da werden einige aber morgen einen gewaltigen Muskelkater haben", murmelte Stefan und musste unwillkürlich grinsen. Er entdeckte Monika und Pauline mitten im Getümmel. Wow, die beiden hatten sich heute Abend richtig Mühe gegeben. Ausnahmsweise war mal kein Beige angesagt. Mit ihrer leuchtend roten Bluse war Monika ein richtiger Farbklecks. Bei Pauline musste er gar zweimal hinschauen – Jeans und figurbetonte Bluse – verdammt jugendlich sah sie aus. Sie lachten und amüsierten sich offensichtlich blendend. Nur diese Haare! Fachmännisch studierte er Paulines fein geschnittenes Gesicht. Eine freche Fransenfrisur wäre genau das Richtige für sie. Auch für Monikas Naturkrause fiel ihm auf Anhieb das Passende ein. Es müsste doch mit dem Teufel zugehen, wenn er sie nicht überreden könnte, einmal in seinen Salon zu kommen.

Mit neuem Interesse betrachtete er die anderen Leute, und ein aberwitziger Gedanke nahm langsam Gestalt an. Wenn man nun aus der Not eine Tugend machte? Der erste Friseursalon, der sich auf ältere Herrschaften spezialisierte. Das hatte was. Je länger er darüber nachdachte, desto besser gefiel ihm die Idee. Seine Laune besserte sich zusehends. Vielleicht gab es ja doch noch eine Möglichkeit, sich seinen Lebenstraum zu erfüllen. Natürlich müsste der Salon entsprechend umdekoriert werden. Und man müsste gehörig Werbung machen, vielleicht einen Flyer zum Verteilen produzieren, damit die Sache ins Rollen kam. Plötzlich war er wie elektrisiert; das war die Chance, die er mit beiden Händen ergreifen musste.

Kurz nach 22 Uhr legte Schorsch die letzte Scheibe seiner Playlist auf.

„Meine Herrschaften, wir sind am Ende unserer Party angelangt. Ich brauch‘ wohl nicht zu fragen, ob ihr Spaß hattet. So, wie ihr losgelegt habt, bin ich richtig stolz auf euch."

Allgemein war Enttäuschung zu hören. „Och, schon zu Ende? Jetzt, wo wir so richtig in Fahrt gekommen sind, wie schade."

Als Schorsch in die schweißglänzenden, aber strahlenden Gesichter schaute, fasste er einen spontanen Entschluss.

„Wollen wir das Ganze wiederholen?", fragte er in die Runde. Von allen Seiten kam stürmischer Beifall. Er wechselte einen Blick mit Hans, der heftig nickte.

„Also gut. Wir werden versuchen, das zu organisieren. Im Übrigen könnten wir ruhig noch ein paar mehr Gäste brauchen. Platz ist hier ja genug. Macht ruhig ein bisschen Reklame. Wenn ihr Leute kennt, die in unserem Alter sind und auch gerne tanzen, bringt sie einfach mit. Also – ich melde mich, sobald ich weiß, wann wieder Showtime ist."

Eine halbe Stunde später war von der Veranstaltung fast nichts mehr zu sehen. Schorschs Ausrüstung stand zum Abtransport bereit, Stühle und Tische waren ordentlich gestapelt.

„Den Fußboden werde ich morgen sauber machen. Ich bin müde, und du sicher auch", bot Hans großzügig an.

Schorsch nickte. „Ein letztes Bier haben wir uns aber schon noch verdient", meinte er und holte zwei Flaschen aus dem Kühlschrank, der fast leer war. Einträchtig setzten sie sich auf den Tresen. „Ich bin total geflasht von dem Abend. Dass die Truppe so spitzenmäßig drauf ist, hätte ich nicht gedacht."

Hans nickte. „Das sind wirklich nette Leute."

„Eine ganz besonders, gell?", neckte Schorsch.

Hans starrte auf seine Schuhspitzen. „Ich kenne nicht so viele Damen, hatte wenig Gelegenheit dazu."

„Moni ist eine ganz Liebe", informierte ihn Schorsch. „Sie ist verwitwet, falls dich das interessiert."

„Och..."

Die eine Schuhspitze war etwas abgestoßen, und das Leder wies einen kleinen Kratzer auf.

„Eigentlich sind alle nett. Ich hatte fast das Gefühl, als ob ich dazu gehören würde."

„Hör mal, das tust du doch!", beteuerte Schorsch. „Ohne dich hätte die Party überhaupt nicht steigen können. Du hast die Location zur Verfügung gestellt. Und gearbeitet hast du auch wie ein Wilder." Er zögerte kurz. „Ich hoffe, ich hab dich vorhin nicht überfahren mit meinem Vorschlag, dass wir das wiederholen. Nicht, dass du noch Ärger kriegst."

Hans nahm einen Schluck aus seiner Flasche. „Solange keiner was davon mitkriegt, gibt's auch kein Problem. Und wenn jemand diesen Kasten kaufen will, erfahre ich es ja schließlich als erster“, erklärte er im Brustton der Überzeugung.

Schorsch war beruhigt. Nur ein anderer Punkt machte ihm noch Gedanken. Sein Plattenspieler war auf Dauer ungeeignet für eine größere Fete. Und wenn das nächste Mal noch mehr Besucher kommen würden, ging das überhaupt nicht mehr. Da musste eine Profianlage her. Er kannte jemanden, der so etwas besaß. Der schuldete ihm sogar noch einen Gefallen. Vielleicht war da ja was zu machen. Gleich morgen würde er die Sache angehen.

„Mann! Du hörst dich an, als ob ich mir deine Frau ausleihen will."

Aus dem Hörer quoll ein Redeschwall. Genervt marschierte Schorsch im Zimmer auf und ab. „Also jetzt zum fünften Mal: Ich brauch die Anlage nur für einen Abend." Das Gequake am anderen Ende der Leitung ging weiter. „Ich glaub, du spinnst. Als ich dir aus der Klemme geholfen habe, hab ich schließlich auch nicht die Hand aufgehalten." Wieder kam eine aufgeregte Antwort. Schorsch warf Spacey einen Blick zu, der Bände sprach. „Mein Gott, ich werde drauf aufpassen wie auf meine eigene Schwiegermutter. Du kannst dich darauf verlassen. Also, wann kann ich das Ding abholen?"

Endlich drückte Schorsch die Aus-Taste und warf das Telefon auf den Tisch. Das war eine Schwergeburt gewesen, aber er hatte es geschafft, den Kumpel zu überreden. Die Profianlage war gesichert, am kommenden Montag konnte der nächste Disco-Abend steigen.

Spacey, der mit gespitzten Ohren vor ihm saß, hatte aufmerksam zugehört. Nun schien alles klar zu sein bei Herrchen. Dann war er jetzt endlich dran. Er sprang auf und trabte zur Haustür. Gleich darauf hörte Schorsch das wohlbekannte Kratzen auf dem Holz. Heute hatten sie es wirklich alle auf ihn abgesehen. Er schaute auf die Uhr. Aber Spacey hatte recht, es war wirklich Zeit für ihren Rundgang.

„Hund, du nervst", brummelte er und griff trotzdem zur Leine.

Bei der Gelegenheit konnte er auch gleich bei Hans reinschauen und ihm Bescheid sagen. Und wenn er zurückkommen würde, musste er auch gleich die anderen informieren. So langsam artete das in Arbeit aus. Aber er freute sich schon wie ein Schneekönig. Mit der größeren Anlage konnte er jetzt so richtig zeigen, was er drauf hatte als DJ. Und das war nicht von schlechten Eltern.

Hans war geradezu entzückt, dass es bald wieder losgehen sollte.

„Dieser Typ, von dem ich die Anlage habe, zieht damit durch die Käffer. Er ist jeden Abend woanders, nur montags gibt's anscheinend nirgendwo eine Veranstaltung. Vielleicht könnte daraus sogar was Regelmäßiges werden. Die meisten von uns arbeiten ja nicht mehr. Da ist es egal, welchen Wochentag wir nehmen", erklärte ihm Schorsch bei einer Selbstgedrehten.

„Ja genau. Das ist dann unsere Montagsdisco."

„Ich fürchte, wir müssen Eintritt nehmen“, erzählte Schorsch. „Nicht viel, aber wir haben schließlich ein paar Auslagen. Es wäre auch ganz gut, wenn ich etwas für die Anlage bezahlen könnte. Und du hast eine Menge Arbeit, da kannst du auch was verlangen.“

„Das kommt nicht infrage.“ Entrüstet wies Hans das von sich. „Dafür nehme ich kein Geld, das ist ein Freundschaftsdienst. Ich finde es schön, wenn ich ein paar Leute kennenlerne. Das bisschen Kehren und Feudeln macht mir überhaupt nichts aus.“

Eine behagliche Stille machte sich breit.

„Wie hat's dich eigentlich nach Frankfurt verschlagen?“, wollte Schorsch wissen. „Oder willst du nicht darüber reden?“

„Da ist nichts Geheimnisvolles dran. Ich hab ja schon erzählt, dass ich ein Bauer war. Wir hatten eine eigene Landwirtschaft, nicht sehr groß, aber es reichte, um davon zu leben. Gerade als mir mein Vater den Hof übergeben hatte, fingen die in unserer Gegend plötzlich mit diesen LPGs an. Einen Besitz nach dem anderen haben sie sich einverleibt, die Leute wurden einfach enteignet. Rationalisierung der landwirtschaftlichen Produktion zum Wohle des Volkes, so hieß das offiziell. Pah! Ich nenne das schlichtweg Diebstahl und nichts anderes. Das kann niemand schön reden. Na ja, und dagegen hab ich mich eben gewehrt. Kann man ja verstehen, oder?“

Schorsch nickte zustimmend. „Wenn mir einer was wegnehmen will, das mir gehört, würde ich dem auch ganz gepflegt auf die Pfoten hauen.“

Hans warf ihm einen dankbaren Blick zu. „Eben. Aber das kam nicht so gut an bei denen da oben. Bevor ich wusste, wie mir geschah, haben sie mich abgeholt und in den Bau gesteckt. Einfach so.“

„Und deine Eltern?“, wollte Schorsch wissen.

Hans zögerte mit der Antwort. Es war ihm anzusehen, dass ihm das Thema immer noch zu schaffen machte. „Die kamen woanders hin. Ich hab sie nie mehr wiedergesehen. Vater ist bald darauf gestorben, hat man mir mitgeteilt. Das Herz, es war einfach zu viel Aufregung für ihn. Über meine Mutter habe ich nichts Genaues in Erfahrung bringen können. Nur dass sie gestorben ist, weiß ich.“

„Wie lange haben sie dich denn eingebuchtet?“

„Ich war ein junger Mann, als sie mich holten. Und meine Haare waren grau bei meiner Entlassung. Hab verdammt viele Jahre zum Wohle des Volkes hinter Gittern verbracht.“

Schorsch schluckte. Das klang bitter, aber wer wollte ihm das verübeln?

„Eines Tages stehst du dann wieder draußen mit deinem Köfferchen. Keine Familie, keine Freunde und kein Geld." Hans starrte vor sich hin. „Aber kleingekriegt hammse mich nich'. Nicht Hans Karelin."

„Das seh' ich genauso", bestätigte Schorsch.

Hans sah ihn an. „Nun verstehst du vielleicht, warum ich so froh bin, dass wir uns kennengelernt haben. Diese Tanzerei, die netten Leute da, das ist der reinste Jungbrunnen für mich."

Eine Weile schwiegen sie einträchtig. Dann stand Schorsch auf. „Also dann ist es abgemacht. Am Montag steigt die nächste Fete. Ich werde mal sehen, ob ich noch ein paar Sachen auftreiben kann, damit es ein bisschen mehr nach Disco aussieht. Wär' doch gelacht, wenn wir nicht einen richtig tollen Schuppen aus diesem Kasten machen. Das wäre dann das erste Finanzamt, wo die Leute gern hingehen."

Lachend schüttelten sie sich die Hand.

„Mach du mal, du kriegst das hin", sagte Hans voller Überzeugung. „Und ich helfe dir, wo ich kann. Ehrensache."

Schon beim Betreten des Krankenhauses bekam Friedrich weiche Knie. Wie er diesen Ort hasste, an dem er schon so viele Stunden verbracht hatte. Uschi dagegen ging entspannt neben ihm, sogar ein kleines Lächeln lag um ihre Mundwinkel. Am Tresen wurde sie von der Schwester wie eine alte Bekannte begrüßt. Sie hielten ein Schwätzchen, als wäre sie hier nur zum Kaffeeklatsch. Er setzte sich auf einen der Plastikstühle. Genau über ihm schwebte das Schild ‚Station 3, Onkologie'. War das ein schlechtes Omen? Er starrte hoch, bis ihm der Nacken wehtat.

„Es dauert nur ein paar Minuten, wir sind gleich dran." Uschis gelassene Stimme riss ihn aus seinen düsteren Gedanken. „Komm, wir setzen uns ins Wartezimmer. Hier auf dem Flur zieht es." Er stand schnell auf und hielt ihr die Tür auf. „Na, so schwach bin ich nun auch wieder nicht. Aber danke für deine Höflichkeit."

Sie waren allein im Raum und setzten sich nebeneinander. „Das ist heute das letzte Mal. Wenn alles in Ordnung ist, werden die Abstände zwischen den Untersuchungen größer, das hat mir gerade die Schwester erklärt. Ist das nicht schön?", berichtete Uschi aufgekratzt.

Er tätschelte wortlos ihre Hand. Wie immer, wenn er hier war, hatte er einen Kloß im Hals, der ihn am Reden hinderte. Es war schwierig genug, nur hier zu sitzen. Seine Frau hatte den weitaus schwereren Part. Dabei ertrug sie alles mit einer Gelassenheit, die ihn zutiefst beschämte. Vielleicht stimmte es wirklich, dass Frauen das stärkere Geschlecht waren. Manchmal kam er sich ganz erbärmlich feige vor. Wenn sie ihn nun getroffen hätte, diese schreckliche Krebsdiagnose? Er mochte es sich nicht vorstellen. Schon das alles mitzuerleben, was sie mit seiner Uschi machten, war schlimm genug.

Krebs war nicht ansteckend. Als die Krankheit in ihrer beider Leben eingebrochen war, hatte er sich das immer wieder vorgesagt. Trotzdem war er lange davor zurückgeschreckt, Uschi in den Arm zu nehmen. Alle möglichen Ausflüchte hatte er gesucht, um den körperlichen Kontakt zu meiden. Miteinander schlafen kam nicht infrage, jetzt, wo sie krank war. Eines Tages war Uschi auf ihn losgegangen, ganz direkt und temperamentvoll, eben typisch seine Frau. Ob er sich vor ihr ekle, hatte sie wissen wollen. Oder warum er sie auf einmal behandelte wie eine Aussätzige. Es hatte gedauert, bis er ihr zitternd das ganze Ausmaß seiner Angst gestanden hatte. Schließlich war sie es gewesen, die ihn trösten musste, während er in wilder Verzweiflung in ihren Armen gelegen hatte.

„Was ist los?“, schreckte ihn Uschi aus seinen Gedanken. „Du liest jetzt seit geschlagenen fünf Minuten diesen Artikel. Der muss dich ja wahnsinnig interessieren.“

Ertappt starrte er auf die Seite der Illustrierten. ‚PMS – Die nervösen Tage vor den Tagen’ stand da. Er warf das Heft auf den Tisch. Uschi konnte man nichts vormachen, sie wusste immer genau, was in ihm vorging.

„Frau und Herr Hasselbach, Sprechzimmer 2 bitte“, kam eine blecherne Stimme aus dem Lautsprecher, und beide erhoben sich.

Dr. Lechner war ein erfahrener und einfühlsamer Arzt, dem Uschi voll und ganz vertraute. Er schüttelte beiden die Hand und erkundigte sich nach dem Befinden.

„Mir geht’s gut. Ich kann mich nicht beschweren. Dass mein Arm noch nicht wieder so richtig kräftig ist, dürfte ja normal sein.“

Dr. Lechner nickte. „Das wird auch noch eine ganze Weile dauern, da müssen Sie Geduld haben. Aber ich weiß ja, dass Sie sehr diszipliniert sind und regelmäßig Ihre Übungen machen.“

Frau Hasselbach war eine Musterpatientin. Er wünschte, es gäbe mehr von ihrer Sorte. Nicht kleinzukriegen, immer optimistisch und nach vorn blickend. Da sah es bei ihrem Mann anders aus. Manchmal hatte Dr. Lechner das Gefühl, dass er mehr Zuspruch brauchte als seine Frau.

Wie schon bei den vorherigen Terminen fand die Untersuchung im Nebenraum statt. Friedrich war dankbar dafür, dass er nicht zuschauen musste. Er hörte nur Stimmengemurmel, verstehen konnte er nichts. Zusammengesunken saß er in seinem Sessel und brütete vor sich hin. Vielleicht war dieser Tanzabend doch zu viel für sie gewesen, sie neigte dazu, sich zu übernehmen. Und wenn er sie darauf aufmerksam machte, lachte sie ihn einfach aus.

„Friedrich!"

Uschis Stimme ließ ihn hochfahren. Schreckensbleich stürzte er ins Nebenzimmer, versuchte, sich auf alles gefasst zu machen. Da sah er ihr strahlendes Gesicht.

„Kein Tastbefund. Es ist alles in Ordnung. Das Schlimmste haben wir hinter uns. Stimmt doch, Herr Doktor?"

Dr. Lechner nickte schmunzelnd. Auch für einen Arzt war es schön, gute Neuigkeiten zu vermelden. Da bemerkte er, dass Herr Hasselbach schwankte. „Ist Ihnen nicht gut?"

Friedrich schüttelte den Kopf. Uschi schob ihm einen Stuhl hin. „Setz dich. Ganz ruhig, tief atmen." Sie strich ihm liebevoll über den Kopf. „Das müssen wir feiern. Heute gehen wir schön essen."

„Aber das wird zu anstrengend für dich. Erst diese Untersuchung und dann noch ausgehen..."

Sie ignorierte ihn einfach und plauderte fröhlich weiter. „Sie sollten mal mitkommen zu unserem Disco-Abend. Das letzte Mal war einfach toll, ganz wie in alten Zeiten." Dann fiel ihr ein, dass Dr. Lechner ja viele Jahre jünger war. Bedauernd schüttelte sie den Kopf. „Nein, ich glaube, das ist doch nichts für Sie. Sie wissen ja gar nicht, wie es damals war. Da haben Sie ja noch in den Windeln gelegen."

Einträchtig lachten sie.

Dr. Lechner vergewisserte sich, dass es Friedrich wieder besser ging und verabschiedete sie dann.

„Was hältst du von der Pizzeria? Da waren wir lange nicht mehr, und die ist auch nicht so weit weg", fragte Uschi, als sie wieder auf dem Flur standen. Die guten Nachrichten mussten gefeiert werden, und da bot sich ein gutes Essen an. Sanft, aber entschlossen, hakte sie sich bei Friedrich ein. Der hatte keine andere Wahl als sich mitziehen zu lassen.

„Ahhhh!"

Mit einem Stöhnen legte Monika endlich die Füße hoch und rieb sich die brennenden Augen. Es wurde immer schlimmer. So penibel Susi mit den meisten anderen Dingen war, wenn es um ihre Buchhaltung ging, war sie eine absolute Chaotin. Schon allein dieser Schuhkarton, in dem sie ihre Belege sammelte, war eine absolute Zumutung.

Als Monika sich bereit erklärt hatte, ihrer Tochter beim Sprung in die Selbständigkeit zu helfen, hatte sie nicht die geringste Ahnung gehabt, was auf sie zukommen würde. Inzwischen hatte sie dieses Angebot schon hundertmal bereut, aber sie kam nicht mehr raus aus der Nummer.

„Du hast das gelernt, für dich ist das doch ein Klacks", kam stets dieselbe Antwort, wenn sie sich über die viele Arbeit beschwerte. Dass sie schon lange nicht mehr in ihrem Beruf arbeitete und sich erst wieder mühsam hineinfuchsen musste, interessierte nicht. Ganz zu schweigen davon, dass sie sich ständig über die neuesten Gesetzesänderungen auf dem Laufenden halten musste.

Sie gab dem Karton, der endlich leer war, einen Fußtritt, so dass er im hohen Bogen in eine Ecke des Arbeitszimmers flog. Für diesen Monat hatte sie es hinter sich, nun war eine Belohnung fällig. Eine schöne Tasse Kaffee und ein Stück von der Käse-Sahne-Torte, die sie gestern gebacken hatte, das war jetzt genau das Richtige. Man musste sich schließlich auch Zeit für die schönen Dinge des Lebens nehmen. Und dazu gehörten für Monika außer Disco-Partys durchaus auch Süßigkeiten.

Beladen mit Tasse und Teller wanderte sie ins Wohnzimmer und stellte alles auf dem Tisch ab. Sie trank einen Schluck Kaffee und griff gleichzeitig nach dem Fernsehprogramm. Nachmittags gab es immer so nette Tierfilme, dabei konnte man herrlich entspannen. Gerade als sie sich die erste Gabel mit Kuchen in den Mund schob und sich nach der Fernbedienung umschaute, klingelte das Telefon. Seufzend griff sie danach.

„Winkelmann?"

„Du, ich stecke in der Klemme. Kannst du Krissi von der Betreuung abholen?“ Wie so oft hielt sich Susi nicht mit so etwas Banalem wie einer Begrüßung auf. Monika hasste es. Noch mehr hasste sie, dass ihre Tochter über sie verfügte, wie es ihr beliebte. Als ob sie den ganzen Tag nichts anderes zu tun hatte, als auf einen solchen Anruf zu warten und dann sofort loszuspurten.

„Klemme?“, wiederholte sie, um Zeit zu gewinnen.

„Das dauert hier noch. Du weißt ja, dass die in der Betreuung rigoros zu machen und die Kinder auf der Straße warten lassen, bis sie abgeholt werden.“

Na, das war ja reizend. Nun hatte sie die Wahl, mit schlechtem Gewissen auf ihrer Couch sitzen zu bleiben oder sich aufzuraffen und ihre Enkelin vor den Gefahren der Stadt zu bewahren. Und davon gab es eine ganze Menge, denn wenn es Krissi zu langweilig wurde, ging sie gerne auf Wanderschaft. Sie war ein ausgesprochen neugieriges Kind und hatte keinerlei Berührungsängste, auch Kontakt mit sozialen Randgruppen aufzunehmen. Schon einmal hatten sie sie erst nach einer Stunde hektischer Suche in einem intensiven Gespräch mit einem Obdachlosen unbekannter Nationalität gefunden.

Sie schaute auf die Uhr. Zehn nach vier, um vier Uhr schloss die Betreuung. Das hieß, dass Krissi schon seit einigen Minuten sich selbst überlassen war.

„Schön, dass dir das so früh einfällt“, sagte sie bitter.

„Oh bitte, werd jetzt nicht kompliziert. Ich stecke mitten in einem wichtigen Kundengespräch und hab absolut keine Zeit. Du musst sie nur abholen und nach Hause bringen. Ich komme, so schnell ich kann. Machst du das?“

„Nein“, sagte sie trotzig und legte auf.

Natürlich würde sie sich sofort auf den Weg machen, und Susi wusste das auch. Sie schüttete den Kaffee hinunter und gönnte sich noch eine Gabel Kuchen, während sie nach Tasche und Autoschlüssel griff. Es war so verdammt unfair. Wenn es um ihre Enkel ging, hatte sie einfach keine Wahl.

„Na, wenigstens ist sie noch da.“

Erleichtert stoppte Monika den Wagen vor der Villa Sonnenschein. Krissi hatte auf der Treppe gesessen und sprang jetzt auf.

„Hallo Oma!“, rief sie und rannte auf die Beifahrertür zu, die Monika ihr aufhielt. „Mami hat mal wieder keine Zeit, stimmt’s?“

Monika knuddelte sie kurz und konzentrierte sich dann darauf, sich wieder in den fließenden Verkehr einzufädeln.

„Sie hat viel Arbeit, aber das ist auch wichtig. Sie muss ja schließlich Geld verdienen." Das war ja ein toller Satz, so kindgerecht. Aber Krissi bekam sowieso viel mehr mit als für ihr Alter gut war. „Wir fahren jetzt zu euch nach Hause. Und dann überlegen wir, was wir zusammen Schönes anstellen können."

Der lockere Plauderton sorgte hoffentlich dafür, dass sich Krissi nicht gar so fühlte wie ein Postpaket, das befördert werden musste.

„Oh ja!", rief sie begeistert. „Das wird ganz toll."

Monika runzelte die Stirn. Toll war was anderes, aber sie würden das Beste daraus machen, bis Susanne aus den Tiefen ihrer Arbeitswelt wieder ins normale Leben zurückfinden würde.

Obwohl sie die Wohnung ihrer Tochter kannte, war es jedes Mal wieder ein kleiner Schock, herzukommen. Die sachlich-kühle Atmosphäre ließ sie regelmäßig frösteln. Wie konnte man sich nur so einrichten, sich umgeben mit diesen Unfarben! Schwarz, Weiß, Grau, wohin man schaute. Spiegelnde Glasflächen und blitzender Chrom, niemand wäre beim Anblick des modern gestylten Wohnzimmers auf die Idee gekommen, dass hier auch zwei Kinder wohnten. Aber Susanne vertrat die Auffassung, dass Tim und Krissi ihre eigenen Zimmer hatten, in denen sie Chaos veranstalten konnten. Das Wohnzimmer mit der offenen Küche war ihr Bereich, und den hatte sie nach ihrem Geschmack eingerichtet.

Krissi rannte sofort zum Kühlschrank, um sich etwas zu trinken zu holen. Mit Stöpseln in den Ohren, deren Kabel in der Tasche seines Polohemds verschwanden, erschien Tim auf der Bildfläche. Mit einer jovialen Handbewegung begrüßte er seine Oma. „Hat's dich mal wieder erwischt?", fragte er, schien sich aber darüber zu freuen. „Das kommt gut. Ich hab einen Mordshunger."

Damit war das Programm klar, Monika musste etwas zu essen machen. Ein Blick in den Kühlschrank bestätigte ihre düstere Ahnung, dass erst einmal Einkaufen angesagt war. Ein Kopfsalat und eine Packung Frischkäse waren kaum dazu angetan, drei Personen satt zu kriegen, von denen einer so schnell wuchs, dass man fast zusehen konnte.

„Ich fahre schnell zum Supermarkt", verkündete sie und machte sich auf den Weg.

Eine Stunde später herrschte Hochbetrieb in der offenen Küche. Krissi schob vor lauter Konzentration die Zungenspitze aus dem

Mundwinkel, während sie für einen Salat Tomaten in Scheiben schnitt. Monika zauberte derweil Buletten und eine bunte Gemüsepfanne. Die Kartoffeln kochten schon.

Tim, der sich in sein Zimmer verzogen hatte, als die Kocherei begann, wurde von dem Duft angelockt. „Dauert's noch lange?", wollte er wissen.

„Ein paar Minuten. Du kannst schon mal den Tisch decken", beschied ihm Monika.

Er schien wirklich Hunger zu haben, denn ohne Protest holte er die Teller aus dem Schrank und wühlte in der Besteckschublade herum.

Wie aufs Stichwort wurde die Wohnungstür aufgeschlossen und Susanne erschien. Sie war bepackt mit einer Laptoptasche und einer großen Mappe, in der sich ihre Entwürfe befanden.

„Mami! Du kommst genau richtig zum Essen." Fröhlich hüpfte Krissi ihr entgegen und drückte ihr einen Schmatzer auf die Wange. Susi entledigte sich ihrer Utensilien und schleuderte die hochhackigen Schuhe von sich. Stirnrunzelnd betrachtete sie das Treiben. „Was ist denn hier los?", fragte sie. Der gereizte Ton war unüberhörbar.

Na, das wurde ja immer schöner! Monikas Busen wogte vor Empörung. Erst durfte sie Krissi aufsammeln, dann zusehen, dass etwas zu essen auf den Tisch kam, und jetzt war das Susi offenbar auch wieder nicht recht.

„Endlich gibt's mal wieder was Gescheites zu essen." Tim hatte ein Gespür für perfektes Timing. Und das richtige Alter für gezielte Provokation. Susis Augen flackerten.

„Wonach sieht es denn aus?", fragte Monika gefährlich ruhig.

Ihre Tochter wusste, wann es brenzlig wurde, und trat den geordneten Rückzug an. „Ich zieh' mich erstmal um", murmelte sie und verschwand im Schlafzimmer.

Als sie wieder herauskam, hatte sie ihr Geschäftskostüm gegen Jeans und T-Shirt getauscht und wirkte ein wenig entspannter.

„Tschuldige." Sie nahm ihre Mutter im Vorbeigehen in den Arm. „Im Moment hab ich Land unter. Es ist alles etwas viel in letzter Zeit."

Schweigend füllte Monika die Teller, die Krissi auf dem Tisch verteilte. Noch ehe alle saßen, griff Tim zur Gabel und nahm seine Portion entschlossen in Angriff. Es war eine Freude, ihm zuzuschauen. Auch Krissi schaufelte, was das Zeug hielt.

„Du hast doch nicht wirklich gedacht, dass du die beiden mit Salat und Hüttenkäse satt kriegst?", fragte Monika leise.

Susi hatte den Mund voll. Sie schüttelte nur den Kopf, und ihre Augen baten um Verzeihung. Monika atmete tief durch. Offensichtlich schmeckte es allen, dann war es die Mühe wert gewesen.

„Das war eine super Aktion, Oma." Tim klang etwas undeutlich mit vollem Mund. „Du solltest mal bei so nem Guerilla-Cooking mitmachen. Das wäre echt cool."

„Nie gehört. Was soll das denn sein?" Amüsiert betrachtete Monika ihren Enkel.

„So Kochpartys. Die finden jedes Mal woanders statt, also bei Leuten zu Hause, nicht in einem Lokal. Das steht dann auf Facebook, und dann gehen die Leute hin und essen."

Monika verstand nicht. „Und was hat das mit Guerillas zu tun?", fragte sie.

„Na ja, so ganz legal ist das nicht. Aber es ist total angesagt. In London machen sie das dauernd." Tim stopfte die letzte Gabel mit Essen in seinen Mund. „Da könntste dann auch wieder Musik dabei hören und voll aufdrehen."

Monika zog warnend die Augenbrauen hoch und legte einen Zeigefinger auf ihren Mund. Aber Susis strenger Blick saugte sich an ihrem Sohn fest. „Du warst bestimmt wieder stundenlang im Internet unterwegs. Hast du deine Hausaufgaben fertig?"

„Klar." Tim war die personifizierte Unschuld. „Und außerdem war das alles auf Englisch. Du sagst doch immer, ich soll üben."

Monika schloss für einen Moment erleichtert die Augen. Dieser Kelch war noch einmal an ihr vorübergegangen.

Die Fenster im zweiten Stock waren dunkel. Niemand da. Verdammt, das konnte Fred doch nicht mit ihm machen! Zwei Tage lang hatte Stefan darauf gewartet, dass sich sein Freund bei ihm melden würde. Aber es herrschte Funkstille. Schließlich war er hergelaufen, nur um wie ein idiotischer Liebeskranker auf schwarze Wohnungsfenster zu starren. Wütend stopfte er seine Hände in die Tasche seiner Lederjacke und stieß dabei auf eine angebrochene Zigarettenschachtel. Fred hatte ihm das Rauchen fast abgewöhnt. Trotzig steckte er sich eine an. Er machte einen tiefen Zug und musste husten, denn gerade jetzt fiel ihm etwas Erschreckendes ein. Was, wenn Fred etwas zugestoßen war?

Wenn er verletzt und hilflos in seiner Wohnung lag? Zu weit vom Telefon entfernt, als dass er jemanden anrufen konnte?

Stefan kriegte Panik. Die Zigarette flog im hohen Bogen auf die Straße, während er auf alle Klingelknöpfe gleichzeitig drückte. Der Türsummer ging, und Stefan stolperte in den Hausflur. Eine Frau in geblümtem Morgenmantel stand in der offenen Tür der Parterrewohnung.

„Was issn los? Brennt's irgendwo?", fragte sie unfreundlich.

„Ich wollte zu Herrn Weigel", stotterte Stefan verlegen. „Zweiter Stock."

Sie musterte ihn von oben bis unten, entschied dann aber, dass er nur ein harmloser Irrer war. „Der ist verreist. Ich hab ihn getroffen, als er gerade wegfahren wollte. Hatte ne Tasche dabei, so ein Ding mit Rollen dran. Das war gestern. Nee, vorgestern."

Stefan fasste sich an den Hals. Er hatte das Gefühl, keine Luft zu bekommen. „Verreist?"

Sie nickte und glotzte ihn jetzt mit unverhohlener Neugier an. „Ist was mit ihm? Ist doch ein netter Kerl. Aber heutzutage weiß man ja nie..."

„Doch, doch. Alles in Ordnung. Entschuldigen Sie die Störung."

Stefan trat eiligst den Rückzug an. Vor dem Haus fingerte er sofort wieder nach der Zigarettenpackung. Seine Hände zitterten, als er das Feuerzeug betätigte. Fred war weggefahren, ohne ihm Bescheid zu sagen. Wohin? Wie lange? Allein? Er konnte es nicht fassen. Vielleicht kam er überhaupt nicht mehr wieder, hatte ihn, ihre Beziehung abgehakt. So etwas kam vor. Aber das durfte nicht passieren. Tief in Gedanken versunken machte sich Stefan auf den Heimweg.

Diese verdammte Angst! Schon sein ganzes Leben lang war er immer auf der pessimistischen Seite gewesen. Von allen Möglichkeiten hatte er sich stets die Schlimmste vorgestellt, wahre Horrorszenarien von Was-wäre-wenn. Zugegebenermaßen war dann selten etwas wirklich eingetreten. Genauer gesagt: nie. Aber das war nun einmal seine Natur, und er konnte es nicht abstellen. Aber das war jetzt auch egal. Er konnte sich keinen schlimmeren Supergau vorstellen als den, von Fred verlassen zu werden. Jetzt ging es ums Ganze, darum, Fred wieder zurückzuholen und ihn von seiner Liebe zu überzeugen. Dafür gab es nur einen Weg.

Immer schneller ging er, rannte fast das letzte Stück zurück bis zu seiner Wohnung. Völlig außer Puste schloss er die Tür auf und schaute sich hektisch um. Im Papierkorb musste noch die Zeitung von gestern sein. Erleichtert zerrte er den Anzeigenteil heraus und drückte ihn an seine Brust. Fred hatte ja recht. Wenn nicht jetzt, wann dann?

Er knipste die Stehlampe neben dem Sessel an und griff nach dem Kuli, der auf einem Schreibblock parat lag. Auf Anhieb fand er zwei Wohnungen, die von Größe und Lage her infrage kamen. Er malte dicke Kreuze daneben. Plötzlich fiel ihm seine Idee wieder ein. Der Friseurladen! Man bräuchte einen Namen, der auffiel. Bei dem man sofort wusste, was man dort erwarten konnte. Irgendwas mit Hippie oder Flower-Power oder vielleicht auch dem Namen einer Band. Er schnappte sich den Block und fing an, loszukritzeln. Wäre doch gelacht, wenn er nicht eine gute Idee hatte. Fred würde begeistert sein, da war er ganz sicher.

„**N**a, dann wollen wir mal wieder."

Schorsch rückte die Liste zurecht und griff zum Telefon. Spacey hatte es sich zu seinen Füßen bequem gemacht und knabberte genüsslich an einem Kalbsknochen.

Die üblichen Verdächtigen waren schnell erledigt. Sobald er was von Disco sagte, griffen sie schon automatisch zum Stift, um sich den Termin zu notieren. Auch dieses Mal hatte er Glück und erwischte Pauline direkt. Sie war wohl flinker auf den Beinen als ihr Göttergatte.

Beim nächsten Namen kratzte sich Schorsch nachdenklich am Kopf. Bei seinem ersten Rundruf hatte er Martin einfach ausgelassen. War es klug, ihn einzuladen? Er hatte so ein Gefühl im Bauch, dass das gewaltigen Ärger geben konnte. Eddie und Martin, das war wie Feuer und Wasser. Andererseits – sie waren ja schließlich alle erwachsene Leute. Pauline würde sich sicher freuen, wenn sie mal wieder eine Runde mit ihrem alten Traumtänzer drehen konnte, auch wenn das todsicher Stress mit dem Gatten bedeutete. Während er noch hin und her überlegte, summte das Telefon in seiner Hand, und er zuckte zusammen.

„Schorsch Happ, wer da?", meldete er sich gut gelaunt.

„Hallo Schorsch, hier ist Martin."

Es verschlug ihm ein wenig die Sprache. „Das gibt's ja nicht...", murmelte er verblüfft. „Gerade hab ich an dich gedacht. Du bist der nächste auf meiner Liste. Das muss Gedankenübertragung sein."

Martin lachte. „Ich versuche schon seit einer ganzen Weile, dich anzurufen. Es war dauernd besetzt. Bei dir muss es ja zugehen wie im Bienenstock."

„Nee, mit Bienen hat das heute nichts zu tun", wehrte Schorsch ab. „Ich mache einen Rundruf, um den Termin für die nächste Discofete bekanntzugeben. Als nächster wärst du dran gewesen." Da fiel ihm ein, dass Martin ja gar nicht wissen konnte, wovon er sprach. „Ich hab da so was aufgetan, wo wir Party machen können, das ehemalige Finanzamt in der Berger Straße. Beim ersten Mal war nur der harte Kern dabei. Zum ausprobieren. Es kam ganz gut an, also wollen wir das wiederholen. Mit mehr Leuten."

„Hat mir Monika schon erzählt. Muss ja ein rauschendes Fest gewesen sein. Deshalb rufe ich auch an. Ich wollte fragen, ob ich irgendwie helfen kann bei den Vorbereitungen. Oder ob noch was gebraucht wird."

„Ach!" Da schau her! Dass sich der feine Herr Herboltz die Hände schmutzig machen wollte, damit hatte Schorsch nicht gerechnet. „Hilfe ist immer gut", sagte er gedehnt, während er überlegte. Für was konnte er ihn wohl gebrauchen? Auf die Schnelle fiel ihm nichts ein. „Am besten ist es, wenn du einfach ein bisschen früher kommst. Nächsten Montag, die Adresse weißt du ja. Kannst du gegen sechs Uhr da sein?"

„Ich werde kommen."

Ein kurzes, knackiges Telefonat, an dem Schorsch noch eine Weile zu knabbern hatte. Vielleicht war ja an Martin doch mehr dran als man ihm ansah. Das wird sich bald herausstellen, dachte er mit einem kleinen bisschen Schadenfreude.

Dieser vorwurfsvolle Blick zur Uhr! Das war doch hier keine Kaserne, auch wenn Eddie sich benahm wie ein Feldwebel.

Pauline beschloss, seine schlechte Laune einfach zu ignorieren. Schwungvoll platzierte sie die Teller auf dem Esstisch und erklärte munter: „Essen ist fertig."

„Wurde aber auch Zeit", knurrte Eddie und wuchtete sich aus dem Fernsehsessel. Misstrauisch betrachtete er seine Portion. „Du hast es schon wieder falsch gemacht. Wie oft soll ich dir noch sagen, dass das Fleisch links von den Kartoffeln zu liegen hat?"

„Schmeckt es dann besser?", rutschte es Pauline heraus. Eigentlich hatte sie sich diese Bemerkung verkneifen wollen, aber das war nun wirklich zu albern. Wenn Eddie sein Essen nicht in einer ganz bestimmten Anordnung auf seinem Teller vorfand, gab es Stress.

Prompt fing er eine ausschweifende Erläuterung an. „Das ist eine Frage der Ästhetik, falls du überhaupt weißt, was das ist..."

Sie hörte nicht weiter zu. Diese Predigt kannte sie schon auswendig, Nummer siebzehn von gefühlt dreihundert Ansprachen, die sich im Laufe der Jahre förmlich in ihr Gehirn gebrannt hatten.

Mein Gott, Monika hatte absolut recht, dachte sie. Wir reden wirklich nicht mehr miteinander. Eddie gefällt sich in Monologen und kommt sich ungeheuer wichtig dabei vor. Aber wenn ich mal was erzähle, interessiert ihn das nicht. Wenigstens in diesem Punkt sind wir uns ähnlich, keiner hört dem anderen richtig zu. Es war ein erschreckender Gedanke. Fast noch schlimmer war es, dass ihr das in dieser Deutlichkeit noch nie aufgefallen war. Ich könnte genauso gut seine Haushälterin sein, beliebig austauschbar. ‚Wenn Sie nicht in der Lage sind, drei Sachen richtig auf einem Teller zu platzieren, können Sie gleich wieder gehen.' So was in der Art.

Während Pauline nach dem Essen die Küche aufräumte, blätterte Eddie im Fernsehprogramm. Jetzt war gleich Predigt Nummer vierunddreißig fällig: Die Ansage über die schlechten Sendungen. „Wieder mal nur Schund in der Glotze...", kam es prompt aus dem Wohnzimmer. „Früher konnte man sich wenigstens ab und zu mal was ansehen, aber heutzutage? Diese schwachsinnigen Serien, alles aus Amerika importiert. Als ob sie dort eine Fabrik für solchen Blödsinn haben."

Seufzend klappte Pauline die Tür des Geschirrspülers zu und wischte noch einmal über den Herd. Hörte das denn nie auf? Sie hatte das Gefühl, laut schreien zu müssen. Mühsam unterdrückte sie den dringenden Wunsch, einfach wegzulaufen, raus aus diesem Haus, in dem sie keine Luft mehr bekam.

Gerade als sie ins Wohnzimmer kam, hörte sie ein Knacken. Eddie hatte den Fernseher abgestellt. Das war das Schlimmste überhaupt, denn nun würde er sich mit ihr unterhalten wollen. „Gibt's was Neues?", fragte er prompt und genehmigte sich einen großzügig eingeschenkten Cognac, den er immer nach dem Essen trank.

Sie zögerte. Aber er musste es ja doch erfahren. „Schorsch hat angerufen."

Seine Augen funkelten streitlustig über dem Cognacschwenker. „Und?"

„Sie wollen wieder einen Disco-Abend machen. Nächsten Montag. Es ist wohl allgemein gut angekommen."

„War ja nicht zu übersehen, dass es dir gefallen hat. Du hast dich aufgeführt, dass ich vor Scham nicht mehr wusste, wo ich hinschauen sollte. Sich so zu benehmen, in unserem Alter, das braucht schon eine gehörige Portion Ignoranz. Oder Dummheit." Er warf die Hände in die Luft, es sollte wohl eine komische Parodie ihrer Tanzerei sein. Der Cognac verteilte sich gleichmäßig auf seinem Hemd und dem Couchtisch. „Verdammt! Hol einen Lappen!"

Hektisch versuchte er, die Flüssigkeit von sich abzuwischen. Pauline war schon mit einem Tuch zur Stelle und tupfte an ihm herum.

„Du bist aber auch ungeschickt!" Genervt stieß er ihren Arm weg.

Sie ließ von ihm ab und säuberte den Tisch. Das ging einfacher. Es war auch eine gute Möglichkeit, Distanz zwischen sie zu bringen. Wenn er genug Alkohol intus hatte, bekam er manchmal komische Anwandlungen.

Heute hatte sie Glück. Kaum war sie mit dem Lappen in der Küche verschwunden, hörte sie, wie der Fernseher wieder anging. Mit zitternden Knien lehnte sie sich an die Wand im Flur. Wenn sie ein Weilchen wartete, schlief er vielleicht ein. Um Zeit zu gewinnen, verschwand sie im Bad. Sie leerte eine Schublade aus, säuberte sie und sortierte den Inhalt. Zehn Minuten später lugte sie ums Eck. Eddie waren die Augen zugefallen.

Auf Zehenspitzen schlich sie die Treppe hoch auf den Speicher. Im funzeligen Licht einer einzelnen Glühbirne öffnete sie die Tür ihres alten Kleiderschrankes. Urplötzlich ging die Sonne auf. Ihre alten Schätze, da hingen sie alle ordentlich auf Bügeln, umweht vom Geruch nach Mottenkugeln und Lavendel. Manchmal zahlte es sich aus, dass sie nie etwas wegwarf. Ihre Hände glitten über eine lila geblümte Schlaghose, zu der ein Blazer gehörte. Das war eines ihrer heiß geliebten Outfits, in denen sie früher Tanzen gegangen war. Da hing ja auch die gesmokte Bluse, dazu gab es eine weiße Hose, die so eng war, dass man nur im Liegen den Reißverschluss zu bekam. Sie erinnerte sich genau, welche Qual es jedes Mal gewesen war, sich hineinzuwinden. Kritisch betastete sie ihre Hüften und entschied sich erst einmal für eine rundgebügelte Hose. Die saß tadellos und war leicht zuzumachen, ihre Figur hatte sich in den vielen Jahren kaum verändert. Zumindest im angezogenen Zustand konnte sie mit viel jüngeren Frauen noch durchaus mithalten. Sie griff nach einer hellen Baumwollbluse. Duftig fiel der Stoff an ihr herab und gab ihr unvermittelt ein Gefühl von Leichtigkeit. Es war wie eine Zeitreise zurück in ihre Jugend. Als sie das Leben noch vor sich hatte, noch naiv und idealistisch war. Und so dumm! Sie band sich einen langen, geblümten Schal um den Kopf und hob vor dem halb blinden Spiegel zwei Finger hoch. Peace! Es sah idiotisch aus, aber sie kicherte vergnügt. Nur das Gesicht, das ihr entgegenschaute, wollte nicht zu den alten Kleidern passen. Traurige Augen, schmale Lippen mit hängenden Mundwinkeln, nein, das war nicht mehr die Frau, die die Welt aus den Angeln heben wollte.

Warum fiel ihr ausgerechnet jetzt Monika wieder ein? Spaß, hatte sie gesagt. Wo bleibt der Spaß in deinem Leben? Den hatte Eddie mit seiner Unerbittlichkeit verjagt. Mit eisernem Besen ausgemerzt und ersetzt durch Ernsthaftigkeit und die Pflichten, die er ihr auferlegte.

Plötzlich war da wieder dieser Wunsch, weit weg zu sein von hier. Allein zu sein, machen zu können, wonach immer ihr war, ohne Rechenschaft abgeben zu müssen. Oh ja, es gab noch eine winzig kleine Ecke in ihr, die er nicht vereinnahmt hatte. Sie hatte sie gut vor ihm versteckt. Und manchmal blitzte dort tatsächlich noch ein bisschen Spaß hervor. Wie im Schuhladen. Irgendwie schien er es zu ahnen, dass er sie noch nicht völlig beherrschte. Sie wusste, dass ihn das ganz rasend machte.

„Let the sunshine in, let the sunshine in, the sunshine ... in." Leise summte sie die Melodie aus Hair vor sich hin, machte einen Ausfallschritt und stellte sich in Travoltapose vor den Spiegel. Die traurigen Augen waren verschwunden. Da knisterte was. Sie lächelte ihrem Spiegelbild zu. Dieser arme Mund, immerzu verkrampft und fest, wurde locker und weich. Sie formte ein ‚Oh' und schürzte die Lippen zum Schmollmund.

„Was soll denn das werden?"

Sie erschrak so heftig, dass ihr für einen Moment die Luft wegblieb. Mit verschränkten Armen stand Eddie neben der Treppe und starrte sie böse an. Zu keiner Regung fähig stand sie da wie ein Kind, das man beim Stehlen erwischt hatte.

„Modenschau, hm?" Er stolzierte um sie herum, betrachtete sie von allen Seiten. „Ich wusste gar nicht, dass du dieses Zeug aufgehoben hast." Er tippte sich nachdenklich mit einem Finger auf den Mund.

„Lass mich raten: Du suchst was zum Anziehen für die nächste Hopserei."

Was sollte sie dazu sagen? Aus den Augenwinkeln beobachtete sie, wie er sie umkreiste wie ein Raubtier seine Beute. Seine scheinbare Ruhe löste Großalarm aus.

„Ja, genau so ist es", dozierte er. „Ich vermute, du bist darauf aus, dich wieder zur Schau zu stellen." Es hatte keinen Sinn, ihm zu widersprechen. Das würde ihn nur noch mehr reizen. „Kommt eigentlich Martin? Es hat mich sehr gewundert, dass er beim ersten Mal nicht dabei war. Da warst du sicher enttäuscht. Aber dieses Mal kommt er doch bestimmt?" Es klang beiläufig, als sei es kaum von Bedeutung, aber sie zuckte zusammen wie unter einem Hieb. Er bleckte die Zähne. „Aha. Das ist es also. Du bist immer noch scharf auf diesen Lackaffen." Pause. „Auch wenn der Lack inzwischen ab ist." Er lachte meckernd über das Wortspiel, weidete sich an ihrem sprachlosen Entsetzen. Dann wurde er plötzlich wieder ernst. „Sag es!"

Sie war ratlos. „Was?"

„Sag, dass du scharf auf ihn bist."

Sie schüttelte wild den Kopf. „Nein, das stimmt nicht."

Er kam näher. Ihre Gedanken rasten, es gab hier oben keinen Fluchtweg. Jetzt berührte er ihre Schultern, ganz leicht, nur mit den Fingerspitzen. Sie erschauderte. Und dann griff er zu, derb und fest.

„Au!"

Er schüttelte sie. „Ich will, dass du es zugibst. Sag es!"

„Nein! Nein! Nein!" Ihr Schreien hörte sich in dem engen Raum seltsam erstickt an. Er ließ sie so unvermittelt los, dass sie taumelte.

„Lassen wir das."

Was hatte er jetzt vor? Sein Gesicht war starr und unbeweglich. Ihr wurde plötzlich kalt. Fröstelnd legte sie die Arme um ihren Oberkörper.

„Komm, wir gehen runter. Ich nehme an, du bist fertig hier."

Sie nickte und griff nach ihrer Jerseyhose und dem Pullover, den sie vorher anhatte.

„Lass nur alles liegen", sagte er sanft.

Wie betrunken war er eigentlich? Seine Stimmungen wechselten so schnell, dass sie nicht folgen konnte.

„Komm, mein Mädchen. Der Abend ist noch nicht zu Ende."

Plötzlich wusste sie, was kommen würde. Und sie wappnete sich, wie es ihr schon seit langem zur Gewohnheit geworden war. Fast automatisch stellte sich ein Gefühl von Taubheit ein. Er griff nach ihrer Hand und führte sie die Treppe hinunter ins Schlafzimmer. Widerstandslos ging sie mit.

„Sei ganz ruhig. Ich werde dafür sorgen, dass heute Nacht kein Dritter mit im Bett liegt“, sagte er mit einem kleinen Lächeln und knipste die Nachttischlampe an.

„Wow! Hier hat sich ja eine Menge getan."

Monika stellte ihren Korb auf dem Fußboden ab und schaute sich begeistert um. Die Kantine des Finanzamtes Nord war kaum wiederzuerkennen. Schorsch und Hans hatten ganze Arbeit geleistet.

„Gefällt's dir?" Über die molligen Backen strahlend kam der Altrocker auf sie zu geschlendert. Sie drehte sich einmal um die eigene Achse, um alles genau zu betrachten. Zur Fensterseite hin, gegenüber dem Tresen, standen ein halbes Dutzend längliche Spiegel auf Ständern nebeneinander. Sie waren etwas versetzt angeordnet, so dass man sich in allen gleichzeitig sehen konnte.

„Wo hast du die bloß her? Das ist ja die reinste Zauberei."

„Besser als vier Wochen Hollywood-Diät, gell?"

Sie drehte und wendete sich. Toll, wie schlank sie aussah. Die Dinger verzerrten etwas, gerade so viel, dass man locker zehn Kilo abziehen konnte. Das machte glatt zwei Konfektionsgrößen aus!

„Da sagst du was. Das ist ja phänomenal."

„War eine Spende von einer Boutique für Übergrößen. Anscheinend mogeln diese Dinger ein bisschen zu viel Hüftgold weg. Der Laden wollte sie jedenfalls nicht mehr haben."

„Dafür könnt ich dich knutschen!" Moni konnte sich gar nicht satt sehen an ihrer neuen, sehr viel stromlinienförmigeren Silhouette.

„Hast du wieder was zu essen mitgebracht?"

Schorsch nutzte die günstige Gelegenheit, um in den Korb zu linsen. Frikadellen! Haufenweise kleine handliche Dinger, die man auf einen Happ in den Mund stecken konnte. Was er nun auch tat. Er kaute genüsslich, während er mit spitzen Fingern vorsichtig weiter in die Tiefen des Korbs vordrang. Da gab es noch knusprige Blätterteigtaschen, die hübsch gedreht und sicher mit irgendwas Tollem gefüllt waren. Ganz unten entdeckte er eine große Plastikdose mit Deckel.

„Was is'n da drin?", fragte er mit vollem Mund.

Monika löste sich endlich von ihrem Spiegelbild. „Lass gefälligst deine ungewaschenen Finger da raus. Du machst noch alles kaputt", fauchte sie ihn an. „Stell den Korb lieber auf einen Tisch, damit ich auspacken kann. Der ist wirklich mordsmäßig schwer."

„Das glaub ich dir aufs Wort. Du hast ja Essen für eine ganze Kompanie mitgebracht." Er hievte den Korb hoch, bevor er seine Arme um ihre Taille legte und sie wild im Kreis herum schwenkte. „Ach Moni, du bist einfach die Beste!“, erklärte er inbrünstig.

Sie lachte. Liebe ging eben doch durch den Magen. Atemlos machte sie sich los. „Du Kindskopf!“

„Ihr seht keinen Tag älter als zwanzig aus“, kam eine Stimme aus dem Hintergrund. Monika drehte sich erstaunt um.

„Martin, das ist ja eine Überraschung. Du bist auch da?“

„Ja, und er hat schon kräftig angepackt. Hätte ich ihm gar nicht zugetraut“, lobte Schorsch.

Leicht verlegen wischte sich Martin die Hände an einem Lappen ab. Er hatte keine Ahnung, wo Schorsch die Sachen aufgetrieben hatte, die sie aufbauten. Aber nach der dicken Staubschicht zu urteilen, hatten sie schon eine Weile irgendwo herumgestanden.

„So langsam wird's ja.“ Zufrieden klappte Hans eine Stehleiter zusammen. Er hatte seinen Blaumann an. Für einen Arbeitseinsatz gab es nun mal nichts Besseres. Mit dem Handrücken wischte er sich über die Stirn. Der Aufbau war ganz schön schweißtreibend gewesen, aber nun waren sie so gut wie fertig.

„Wir können einen Versuch mit dem Licht starten. Ich bin gespannt, ob es funktioniert.“ Schorsch riss sich noch eine Frikadelle unter den Nagel und tauchte hinter dem Tresen ab. „Achtung!“, rief er und legte einen Schalter um.

Ein paar Neonröhren gingen an und tauchte den Raum in schummriges Licht. Wie durch einen Weichzeichner verschwammen alle Konturen, nur Martins weißes Hemd fing an zu leuchten. Und er sah braun gebrannt aus wie nach einem längeren Urlaub am Meer. Begeistert klatschte Monika in die Hände. „Schwarzlicht! Wo habt ihr denn das aufgetrieben? Ich fass' es nicht, das ist ja wirklich so wie früher in der Disco.“

Sie schaute an sich herunter und stellte sich gleich wieder vor die Spiegel. Sie trug auch heute wieder die weiße Hose, die ihr nun entgegen strahlte, als hätte sie sie mit Leuchtfarbe klargespült. Gesicht und Hände waren zwar von der Gartenarbeit sowieso leicht gebräunt, aber nun sah alles viel ebenmäßiger aus. Die Bluse, die sie trug, war allerdings aus ziemlich dünnem Stoff, und am Ausschnitt blitzte im Schwarzlicht ihr weißer BH heraus. Es sah etwas zu offenherzig aus, und sie fummelte herum, um die Bluse weiter zuzuknöpfen.

„Das ist aber schade.“ Hans schaute enttäuscht drein, als er sah, wie das hübsche Dekolleté unter dem Blusenstoff verschwand.

Monika kicherte und machte den Knopf wieder auf. „Wenn Sie meinen, dann lasse ich es auf. Heutzutage darf man ja ruhig ein bisschen was zeigen.“ Sie stellte den Blusenkragen hoch und drehte sich kokett zu ihm um. „Okay so?“

Er zeigte mit dem Daumen nach oben. Schorsch schaute grinsend von einem zum anderen. So eine Bemerkung hätte er Hans gar nicht zugetraut. Und Monika war sofort darauf eingestiegen, da bahnte sich doch nicht etwa was an? Aber warum eigentlich nicht, schließlich waren sie beide solo unterwegs.

Auch Martin, der im Hintergrund geblieben war, musste unwillkürlich lächeln. Monika war schon immer eine wilde Hummel gewesen, aber eine mit einem riesengroßen Herzen. Und Hans war ihm auf Anhieb sympathisch. Überhaupt gefiel ihm die fröhliche, lockere Stimmung hier ausnehmend gut. Das war etwas, das er in der nüchternen Geschäftswelt, in der er sich sonst bewegte, vermisste. Sein Hilfsangebot hatte das Eis gebrochen, und er hatte das Gefühl, irgendwie dazuzugehören. Das genoss er sehr.

Das Essen! Monika eiste sich von einem langen Blickkontakt mit Hans los und widmete sich dem Korb. Das war auch gut so, nicht, dass sie noch rot wurde. Du meine Güte, wie er sie angesehen hatte. Das ging ihr runter wie Öl.

„Kannst du wieder das normale Licht anmachen? Nur so lange, bis ich die Sachen ausgepackt habe. Sonst ist es wirklich ein bisschen zu duster. Es soll ja schließlich alles nett aussehen.“

„Tut es doch!“

Das hatte Hans gar nicht sagen wollen, es war ihm so rausgerutscht. Erschrocken über seine eigene Kühnheit packte er die Leiter und machte sich aus dem Staub. Die drei schauten ihm hinterher.

„Na, den scheint es ja richtig erwischt zu haben“, kommentierte Schorsch.

Monika warf ihm einen Blick zu, den er nicht recht deuten konnte. Die Handbewegung von Martin war allerdings eindeutig: Halt endlich die Klappe. Er wandte sich der Musikanlage zu, und seine Augen strahlten, als sein Blick über die zwei Plattenteller und das Board mit den Reglern glitt. Es war Zeit, das neue Schätzchen hochzufahren. Und das tat er auch.

„I am sailing.“ Rod Stewarts rauchige Stimme schallte durch den Raum. Hach, das war doch mal ein Sound, wie er ihn liebte.

Mit hochrotem Kopf konzentrierte sich Monika auf das Auspacken ihres Korbes. Sie hätte Schorsch auf den Mond schießen können. Manchmal war er ein absolutes Trampeltier.

Eine Viertelstunde später stand das Buffet. Der Inhalt der großen Plastikschüssel entpuppte sich als Käseigel und bildete das Glanzstück. Die Frikadellen stapelten sich in zwei appetitlichen Pyramiden, und die Blätterteigtaschen waren hübsch angeordnet. Kritisch betrachtete Monika ihr Werk. Pauline und ein paar andere Frauen wollten auch noch etwas mitbringen, aber ob das reichte? Nun, sie waren schließlich nicht zum essen hier, sondern zum tanzen und Spaß haben. Jetzt noch ein bisschen Deko auf den Tischen verteilen, dann war sie fertig.

Schorsch hatte sich zwischenzeitlich eingearbeitet, locker legte er eine Scheibe nach der anderen auf. Während Monika Teelichter auf den Tischen verteilte, summte sie die Melodien der Lieder mit, die sie alle kannte.

Die ersten Gäste kamen und taten lautstark ihre Begeisterung kund. Schorsch stand hinter dem Mischpult und grinste wie ein Honigkuchenpferd. Das lief ja richtig gut an. Sailor, Manhattan Transfer und Pussycat – als Einstieg in den Abend hatte er einen bunten Mix zusammengestellt. Später standen ein bisschen Motown und dann natürlich die härteren Sachen auf dem Programm. Wenn er damit die Leute nicht von den Stühlen locken konnte, dann wusste er auch nicht.

Tisch um Tisch wurde von Gästen besetzt, und der Geräuschpegel stieg. Er zählte grob durch und kam auf etwa fünfzig Leute, die gekommen waren. Etliche fremde Gesichter waren dabei. Offenbar war seine Bitte, ein paar Leute mitzubringen, angekommen. Beileibe nicht alle kamen zu zweit. Er sichtete auch einige Singles, die sich neugierig umschauten.

Es wurde Zeit, die Leute zu begrüßen, und er schnappte sich das Mikrofon. „Guten Abend, Herrschaften. Wie ich sehe, habt ihr heute nichts Besseres zu tun, als in unsere Disco zu kommen. Und was soll ich sagen: Das ist die beste Entscheidung, die ihr treffen konntet. Wer sich heute nicht amüsiert, ist selbst dran schuld. Also – die Tanzfläche ist freigegeben!"

Und schon ging die Post ab. Mit seiner Musikauswahl kriegte er sie alle. Der Beat war einfach unwiderstehlich, und es gab niemanden, der ruhig sitzen konnte. Ob Pumps oder Gesundheitsschuhe, alle wippten automatisch mit. Ein älterer Herr klopfte sogar mit seinem Stock begeistert den Takt. Viele Leute sangen oder summten die Melodien mit. Und es dauerte keine zehn Minuten, bis die Tanzfläche voll war.

Ein flüchtiger Betrachter hätte nichts Außergewöhnliches an dieser Disco bemerkt. Viele gut gelaunte, agile Menschen hatten sich bei schöner Musik zu einem netten Abend zusammengefunden. Die Spots flackerten im Rhythmus der Bässe, und das Schwarzlicht wirkte wie ein Weichzeichner und milderte die Falten in den strahlenden Gesichtern. Man amüsierte sich über die hellen Farben, die im Halbdunkel leuchteten, und die wie von Zauberhand aufgetragene Urlaubsbräune. Witzige Bemerkungen und Zwischenrufe liefen von Tisch zu Tisch, und immer wieder waren Lachsalven zu hören. Auch die streckende Wirkung der Spiegelreihe war nicht unbemerkt geblieben; manch einer konnte nicht widerstehen, sich verstohlen hinzustellen und zu sehen, wie er mit ein paar Pfündchen weniger aussah, eine ständige Quelle der Erheiterung für die Zuschauer.

Diese Leute, von denen die meisten die magischen Sechzig schon hinter sich gelassen hatten, hatten sich auf wundersame Weise beträchtlich verjüngt. Das waren nicht mehr dieselben, die die Wartezimmer der Arztpraxen füllten oder bedächtig durch den Supermarkt schlurften.

Schorsch war in Hochstimmung. Was hier ablief, übertraf seine kühnsten Erwartungen, diese Senioren-Disco schlug ein wie eine Bombe. Er reckte den Hals und hielt Ausschau nach Monika. Aber die war irgendwo im Gewühle untergetaucht. Auch Pauline und Eddie, der schon wieder mit schlechter Laune eingelaufen war, konnte er nirgendwo entdecken. Hans gesellte sich zu ihm und betrachtete interessiert die Tanzenden.

„Willste auch mal?“, fragte Schorsch aufmunternd.

Aber Hans schüttelte den Kopf, das traute er sich denn doch noch nicht. Außerdem hatte er gerade ein kleines Problem. „Uns gehen so langsam die Getränke aus“, brüllte er Schorsch ins Ohr. „Es hat wohl nicht jeder was mitgebracht.“

Ein Hoch auf die langen Öffnungszeiten! Der Getränkemarkt ein Stück weiter unten in der Berger Straße hatte noch auf, allerdings nicht mehr lange. Schorsch machte gleich eine Ansage. „Wer noch etwas zu trinken braucht, soll sich gleich mal melden. Wir organisieren was. Geld muss vorgelegt werden." Sofort wurde Hans von einigen Leuten umringt. Schorsch schob ihm einen Notizblock hin. „Schreib alles auf. Einen Fahrer finden wir auch noch."

Hans notierte eifrig Bestellungen und sammelte Geld ein. Dann machte er sich zusammen mit einem der Männer auf den Weg.

Vielleicht war jetzt der richtige Moment, um ein wenig Werbung zu machen. Unschlüssig drehte Stefan sein Glas in der Hand und starrte auf den Stapel Flyer, der vor ihm auf dem Tisch lag. Er war nicht gut drauf. Fred fehlte ihm, und er kam nicht darüber weg, dass er nach ihrem Streit Hals über Kopf abgehauen war. Noch nicht einmal übers Handy hatte er ihn erreichen können. Die Ungewissheit machte Stefan völlig fertig. Trübsinnig stierte er vor sich hin.

„Hey, was ist denn mit dir los?"

Er hatte Monika nicht kommen sehen. Sie schob einen Finger unter sein Kinn und hob seinen Kopf, um ihn mit liebevoller Besorgnis anzusehen. Da lag etwas Tieftrauriges in seinen Augen.

„Liebeskummer?", tippte sie aufs Geratewohl.

Er zog den Kopf zurück, um ihrem prüfenden Blick auszuweichen. War er so leicht zu durchschauen? Unbehaglich rutschte er auf seinem Stuhl herum. Aber sie erwartete wohl nicht ernsthaft eine Antwort. Neugierig nahm sie einen der Flyer und las.

Silver Bird – der neue Eventsalon für die reifere Frau

Sind Sie den ewigen 08/15-Friseurbesuch leid?
Dann besuchen Sie uns – denn wir können mehr.
Wir bringen zum Vorschein, wie attraktiv Sie wirklich sind.
Geben Sie uns die Gelegenheit, in angenehmer Atmosphäre aus Ihnen die moderne, gepflegte und unverwechselbare Frau zu machen, die in Ihnen steckt.

- *Farb-, Frisur- und Makeup-Beratung*
- *Lernen Sie die kleinen Tricks, um in 5 Minuten frisch und erholt auszusehen*
- *Seien Sie stolz auf Ihr Alter; so gut wie heute haben Sie noch nie ausgesehen*

Sie schaute hoch. „Ist das von dir?" Stefan nickte, gespannt, was sie davon hielt. „Mensch, das ist eine super Idee!" Sie las den Text gleich noch einmal aufmerksam durch. „Das ist wirklich gut. Mir fällt auf Anhieb ein Dutzend Frauen ein, die dir sofort die Bude einrennen werden. Außer mir natürlich. Das muss ich sofort den anderen erzählen. Darf ich?“

Sie faltete das Blatt zusammen und schob es in ihre Hosentasche. Mit einem Stapel Flyer bewaffnet drehte sie eine Runde zwischen den Tischen, sprach rechts und links ein paar Leute an und legte überall die Zettel aus.

Neugierig beobachtete Stefan die Reaktion der Damen. Man lachte, drehte sich nach ihm um, steckte die Köpfe zusammen. Mit einem Flyer in der Hand kam Martin vorbeigeschlendert. Er klopfte Stefan anerkennend auf den Rücken. „Prima Idee von dir! Das wird sehr gut ankommen, da bin ich sicher.“

Stefan atmete auf. Das sah vielversprechend aus. Es wäre zu schön, wenn seine Idee einschlagen würde. Vielleicht, wenn der Laden richtig lief, würde Fred ... er riss sich zusammen und schickte ein strahlendes Lächeln in die Runde. The show must go on!

Erleichtert sackte Stefan auf seinem Stuhl zusammen. Immerhin, es war ein sehr guter Anfang, sein Konzept hatte Interesse geweckt. Aber das löste natürlich nicht sein privates Problem. Er zog ein Stück Papier aus der Tasche heraus. Heute Morgen hatte er es aus der Zeitung gerissen und seitdem schon hundertmal durchgelesen. Es war eine Wohnungsanzeige.

Auf der Tanzfläche ging es inzwischen hoch her, und nach einer Weile konzentrierte sich die allgemeine Aufmerksamkeit wieder dorthin.

Ein paar Tische weiter saß Martin im Halbdunkel allein herum und beobachtete aus der Distanz das Treiben: Er fühlte sich nicht wohl in seiner Haut. Warum hatte er nicht daran gedacht, Kleidung zum Wechseln mitzunehmen? Beim Aufbauen hatte er sich schmutzig gemacht, das war unvermeidlich gewesen. Ausgerechnet vorne an seiner hellen Hose prangte gut sichtbar ein großer Fleck. Sein Hemd hatte Schweißflecken unter den Armen, und verknautscht war es außerdem. So konnte er niemand unter die Augen treten, schon gar nicht Pauline. Es war zu schade, aber gegen seine Schmutzphobie kam er einfach nicht an. Traurig beobachtete er die anderen.

Die Tanzfläche war gut gefüllt, aber Martins Augen fanden Pauline mühelos. Wie leicht und anmutig sie sich bewegte, fast wie ein junges

Mädchen, und so attraktiv und aufregend, dass sein Puls schneller ging. Ihre Hüften bewegten sich zum Takt der Musik, und ihr Gesicht war völlig entspannt. Er hätte viel dafür gegeben, jetzt neben ihr zu sein. Aber das ging natürlich nicht. Verstohlen rieb er an seiner Hose herum, aber der Fleck hielt sich hartnäckig. Frustriert gab er schließlich auf. Für heute musste er sich damit begnügen, sie aus der Ferne anzuschauen.

Auch Schorsch konnte seine Blicke nicht von der Tanzfläche abwenden. Das lief ja wie am Schnürchen, offenbar hatte er voll den Musikgeschmack der Leute getroffen. Er schaute auf die Uhr. Es waren fast zwei Stunden vergangen, und gut die Hälfte seiner Musikliste war abgearbeitet. Höchste Zeit für eine kleine Pause.

Als hätte er das geahnt, tauchte Hans auf. „Hat gut geklappt mit den Getränken. Soll ich dich mal ablösen?“, fragte er.

Schorsch hatte ihm die wichtigsten Handgriffe gezeigt, und er traute sich zu, für eine Weile die Stellung zu halten. „Das wäre super! Ich würde gern mal eine rauchen.“

Das Rauchverbot wurde nicht strikt eingehalten, Hans sah das nicht so eng. Die meisten Gäste rauchten ohnehin nicht. Schorsch legte die nächsten Scheiben griffbereit hin und überließ seinem Kumpel die Regler.

Im Flur beim Paternoster war es etwas ruhiger. Er setzte sich auf die Treppe und zog ein Päckchen aus der Hosentasche. Gemächlich begann er, einen Joint zu drehen. Schon als er seine erste Runde mit dem Paternoster gedreht hatte, war ihm die Idee gekommen. Das war der ideale Ort, um sich mal wieder etwas Besonderes zu gönnen. Oft kam es nicht mehr vor, dass er Haschisch oder Gras rauchte, aber in dieser Atmosphäre hatte er Lust darauf.

„Ach nee!“

Schorsch zuckte zusammen. Als er sah, wer ihn beim Drehen erwischt hatte, war er erleichtert. Von Stefan hatte er nichts zu befürchten. Interessiert schaute der Friseur zu, wie unter den geschickten Händen eine etwas dickere Zigarette entstand.

„Schwarzer Afghane?“ Schorsch nickte. „Den mag ich auch am liebsten.“

Die beiden Männer grinsten sich an. Schorsch machte eine Kopfbewegung zum Paternoster hin. „Kleine Rundfahrt gefällig?“

Er schien auf etwas zu warten und ließ ein paar Kabinen vorbeirattern, ehe er eine betrat. Stefan folgte ihm. Als er sich umsah, verstand er sofort. In die Decke dieser speziellen Kabine hatte jemand ein faustgroßes Loch gebohrt, eine ebenso einfache wie effektive Art des Rauchabzugs.

„Das ist Beschädigung von Staatseigentum, aber es ist genial“, meinte Stefan anerkennend.

„Und high werden kriegt eine völlig neue Bedeutung“, kicherte Schorsch.

Sie machten es sich auf dem Boden der Kabine gemütlich. Ein wenig Entspannung war jetzt genau das Richtige. Das Feuerzeug klickte, und während sie langsam nach oben schwebten, genossen sie ihren Trip in vollen Zügen.

Es wurde langsam heiß im Raum. Bei der angeregten Unterhaltung, ganz zu schweigen von der Tanzerei, floss der Schweiß in Strömen. Sogar Martin auf seinem Beobachterposten hatte einen weiteren Knopf seines dezent gestreiften Hemdes geöffnet. Aber nun war ihm nach frischer Luft. Vor der Eingangstür stieß er auf Schorsch, der hektisch den Rauch einer Zigarette inhalierte.

Schon seit einiger Zeit schlug sich Martin mit einem Problem herum, bei dem ihm Schorsch möglicherweise helfen konnte. Sollte er es wagen, ihn einfach anzusprechen? Er zögerte kurz, aber dann stellte er sich neben den Altrocker. „Alle Achtung, da hast du was Tolles auf die Beine gestellt mit dieser Disco“, lobte er.

Schorsch lachte. „Dass es so gut wird, damit habe ich nicht gerechnet. Muss ne Marktlücke sein.“

Hier draußen war kaum etwas von der Musik zu hören. Beide genossen den lauen Abend.

„Sag mal, du bist doch Automechaniker“, fing Martin vorsichtig an.

„Mit Leib und Seele“, bestätigte Schorsch.

„Kennst du dich eigentlich mit Oldtimern aus? Ich hab da nämlich ein Problem, bei dem ich dringend einen Fachmann bräuchte. Außerdem suche ich händeringend eine Quelle für Ersatzteile. Es wird immer schwieriger, etwas aufzutreiben.“

Schorsch war sofort interessiert. „Kommt darauf an. Was für einer ist es denn?“

„Ich habe ein richtiges Schätzchen in meiner Garage stehen. Einen Aston Martin.“

Schorsch pfiff so laut, dass es weithin zu hören war. „Welche Serie?“, fragte er wie aus der Pistole geschossen.

Martins Vater hatte den Wagen geliebt, er war zweifelsohne ein Schmuckstück. Allerdings auch sehr auffällig und damit nicht uneingeschränkt der Geschmack des Sohnes. Aber er musste zugeben, dass er die gelegentlichen Ausfahrten mit dem Sportwagen durchaus genoss.

„DB5. Ich weiß schon, was du sagen willst. Ja, der Bond-Wagen. Ich hab ihn nicht selbst gekauft, er stammt aus dem Erbe meiner Eltern.“

„Ein DB5 ist kein Grund, sich entschuldigen zu müssen. Das ist ja ein richtiges Sahneschnittchen. Was fehlt ihm denn?“ Man sah Schorsch an, wie sehr es ihn in den Fingern juckte, sich den Wagen einmal vorzuknöpfen.

„Tja, schwer zu sagen. Der Motor hat manchmal kurze Aussetzer. Er hört sich irgendwie nicht gesund an. Die Werkstatt, die den Wagen immer betreut hat, gibt es leider nicht mehr. Der Besitzer war schon fast siebzig, als er aufgehört hat.“

Schorsch kratzte sich am Kopf. „Könnte der Vergaser sein. Oder die Benzinleitung. Anschauen kann ich ihn mir mal. Ich kann natürlich nicht garantieren, dass ich was finde. Aber was die Ersatzteile betrifft, da habe ich ein paar Kumpels an der Hand. Die besorgen wirklich alles.“

Martin wurde lebhaft. „Komm doch einfach mal vorbei und schau ihn dir an.“

„Gute Idee. Ich ruf dich an, dann machen wir was aus.“

Allmählich wich der Nebel aus Schorschs Gehirn, er war total aufgekratzt. Irgendwo musste er noch Spezialwerkzeug haben. Bei diesen englischen Autos kam er mit seinen normalen Schraubenschlüsseln nicht weiter. Aber das musste alles warten. Er warf seine Kippe auf das Pflaster und trat die Glut aus. „Ich geh' wieder rein, sonst kriegt Hans die Krise.“

Das wurde ja immer besser! Erst diese sagenhafte Stimmung in der Bude und dann noch das Angebot, seine Mechanikerhände an einen echten DB5 legen zu dürfen! Selig eilte er zurück ans Mischpult.

Wie konnten sich Menschen im fortgeschrittenen Alter nur so idiotisch benehmen? Mit finsterem Gesicht beobachtete Eddie, wie ein paar Leute eine Art Indianertanz aufführten. Sie marschierten im

Kreis, warfen ihre Hände in die Höhe und streckten sie dann nach vorn, während sie gleichzeitig in lautes Geschrei ausbrachen. „Y-M-C-A...“ Monika war natürlich mitten drin und bog sich vor Lachen. Wo die war, konnte auch Pauline nicht weit sein. Seit neuestem klebten die beiden wie die Kletten zusammen, eine Entwicklung, die ihm gar nicht gefiel. Er verrenkte sich fast den Hals, bis er seine Angetraute endlich entdeckte. Ausnahmeweise war sie mal nicht mitten in diesem Pulk, sondern tanzte mit einem aus der Klasse in einer ruhigeren Ecke. Er hatte keine Ahnung, woher die Schlaghose stammte, die sie trug. Vermutlich hatte sie mal wieder was vom Haushaltsgeld abgezweigt. Oh, sie konnte ihn nicht für dumm verkaufen. Keinen Kassenzettel gekriegt, dass er nicht lachte! Er kannte alle ihre kleinen Schliche und Tricks und weidete sich an ihrem ängstlichen Bangen, ob sie damit bei ihm durchkam.

Jetzt legte Schorsch auch noch eine von diesen Soul-Nummern auf. Pauline nahm sofort den Beat auf, und ihre Hüften kreisten elegant, während sie die Hände nach oben und unten flattern ließ wie aufgeschreckte Vögel. Diese Hose saß an ihr wie eine zweite Haut, und im Gegenlicht der aufblitzenden Scheinwerfer konnte er durch den Stoff der Bluse ihre schmale Taille sehen. Offensichtlich hatte nicht nur er das bemerkt, ihr Partner ließ sie keine Sekunde aus den Augen und tanzte immer dichter an sie heran. Wenn er sie anfasst, hau' ich ihm eine rein, nahm sich Eddie vor und erhob sich vorsichtshalber. Aber kurz bevor der Kerl auf Tuchfühlung gehen konnte, machte Pauline eine elegante Drehung und verschwand aus dem Bereich der grabschenden Hände. Unwillkürlich musste Eddie grinsen. Tja, seine Frau war weder dumm noch naiv, auch wenn sie gerne so tat.

Als das Stück zu Ende war, kam sie an den Tisch zurück. Ihr Gesicht glänzte von Schweiß, und sie stürzte durstig ein Glas Wein hinunter.

„Dass du auch mal wieder auftauchst“, brummte Eddie. „Ich hocke hier alleine rum, aber das ist dir ja egal. Hauptsache, du amüsierst dich.“

„Du kannst doch auch tanzen. Oder dich mit den Leuten unterhalten, es sind doch genug hier, die du kennst.“

Pauline trocknete sich mit einer Papierserviette das Gesicht ab und dachte anscheinend überhaupt nicht daran, ein schlechtes Gewissen zu haben. Das wurde ja immer schöner. Das nächste Mal würden sie zu

Hause bleiben, nahm sich Eddie fest vor. Es war höchste Zeit, dass diese Hopserei ein Ende fand.

„Und nun für eine ganz spezielle Dame – Donna Summer", kündigte Schorsch an. Einer seiner DJ-Sprüche, der immer gut ankam.

„Oooh!", machte Pauline.

Eddie sah, dass sie schon wieder auf der Stuhlkante saß. Monika, die ihren Kriegstanz inzwischen eingestellt hatte, winkte aufmunternd herüber. Er legte seiner Frau die Hand in den Nacken und drückte zu. Nur ein bisschen, damit sie merkte, dass sie sitzenzubleiben hatte.

„Du tust mir weh", jammerte sie und versuchte, sich aus seinem Griff herauszuwinden. Aber er hielt eisern fest, und sie sank mit einem leisen Wimmern auf ihrem Stuhl zusammen.

„Darf ich bitten?"

Beide schauten hoch. Da stand Martin und hielt Pauline einladend eine Hand hin. Die andere hielt er merkwürdig verdreht vor seiner Hose. Den kurzen Moment, in dem Eddie ihn verdutzt anstarrte, nutzte Pauline, um sich von ihm freizumachen. Schnell stand sie auf und griff nach Martins Hand. Ehe Eddie reagieren konnte, hatten sie sich bereits zwischen den Tischen durchgeschlängelt. Wütend hieb er mit der Faust auf den Tisch, so dass Paulines Weinglas umkippte. Dieser elende Mistkerl! Am liebsten wäre er hinterher marschiert und hätte ihn sich vorgeknöpft.

Ganz automatisch hatte Pauline ihre Hand auf Martins Schulter gelegt, während er ihre Taille umfasste. Und dann legten sie los, so locker und entspannt, als hätten sie erst gestern zusammen getanzt. Disco-Fox, was sonst! Um Paulines Mund lag ein seliges Lächeln. Sie hatte das Gefühl, über die Tanzfläche zu schweben. Martins Gesicht war ganz nahe, und auch er lächelte, während er sie mit sicherer Hand durch die verschiedenen Figuren führte. Schnell bildete sich ein Kreis von Zuschauern, die im Takt klatschten. Das Dreamteam war endlich wieder zusammen.

Eddie sank auf seinen Stuhl zurück. Hasserfüllt beobachtete er, wie Martin etwas zu Pauline sagte, und dann beide lachten. Ohne Zweifel machten sie sich über ihn lustig. Sie hatten ihren Spaß, und er wurde zum Gespött der Leute. Vereinzelt drehten sich Köpfe zu ihm um, und er meinte, Häme in den Gesichtern zu lesen. Sein Herz klopfte ein schnelles, hartes Stakkato. Er würde sich rächen, wie, das wusste er noch nicht. Aber er würde seiner Frau dieses Lachen austreiben, ein für alle Mal.

Ein bisschen Schadenfreude spürte Monika tatsächlich, als sie die Szene beobachtete. Es tat Eddie bestimmt gut, wenn er sich seiner Pauline nicht absolut sicher war. Viel zu sehr hatte er sie viele Jahre lang vereinnahmt und klein gehalten. Zumindest war das der Eindruck, den Monika aus dem Wenigen gewonnen hatte, das Pauline preisgegeben hatte.

Irgendwie musste er sich Luft machen, bevor er platzte. Mit wütendem Blick schaute sich Eddie nach einem geeigneten Opfer um. Die laute Musik dröhnte in seinen Ohren, er hielt es kaum noch aus. Uschi und Friedrich, die zwei Unzertrennlichen, saßen am Nachbartisch. Er bemerkte, dass Friedrich unterm Tisch Händchen mit ihr hielt. Mit der anderen Hand fummelte sie mal wieder an ihrer Frisur herum, die ohnehin aussah wie festbetoniert. Aber ihn konnte sie nicht für dumm verkaufen. Das sah doch ein Blinder, dass das eine Perücke war. Er stand auf.

„Hör auf, an diesem Ding herumzuspielen. Da ist doch sowieso schon ein Pfund Haarspray drauf. Wie kann man in deinem Alter noch so eitel sein und sich einen Fiffi auf den Kopf setzen", bellte er sie an.

Es war ein unglücklicher Zufall, dass ausgerechnet in diesem Moment die Musikanlage einen Hänger hatte, so dass es eine kurze Unterbrechung gab. Eddies Brüllen war gut zu hören. Uschi war totenblass geworden und starrte ihn wortlos an. Friedrich sprang so schnell hoch, dass sein Stuhl umkippte. „Sie hat Krebs, verdammt nochmal. Hat gerade eine Chemo hinter sich. Mir ist es egal, wie sie aussieht. Ich bin froh, dass sie überhaupt noch da ist. Wer bist du eigentlich, dass du glaubst, so auf Menschen herumtrampeln zu können?"

Für einen Moment waren alle wie erstarrt. Selbst Eddie hatte es die Sprache verschlagen. Wortlos glotzte er von Friedrich zu Uschi, dann setzte er sich langsam wieder auf seinen Platz.

„So ein Mist! Ausgerechnet jetzt muss die Anlage streiken."

Hektisch fummelte Schorsch an den Reglern herum. Die Sekunden dehnten sich, die Stille in dem großen Raum wurde unerträglich. Endlich, nach einer gefühlten Ewigkeit, setzte wieder Musik ein. Der alberne Discotitel wirkte grotesk wie eine schmutzige Zote in der Kirche. Niemand tanzte, keiner bewegte sich. Alle hatten sich zu den dreien umgedreht.

Langsam erhob sich Uschi und stellte Friedrichs Stuhl wieder auf. Mit unbewegtem Gesicht ging sie an den Tischen vorbei in den Flur. Außer Sichtweite von den anderen hastete sie die Treppe hinauf.

Jetzt kam wieder Bewegung in die Leute. Getuschel lief von Tisch zu Tisch, empört oder mitleidig, und manch einer warf einen bösen Blick auf Eddie, der stur vor sich hin starrte.

Hilflos schaute Friedrich seiner Frau hinterher. Was konnte er tun, um ihr jetzt beizustehen? Es war ihr so wichtig gewesen, dass es keiner erfuhr. Dass sie normal behandelt wurde wie jeder andere. Mitleid war ihr verhasst. Die Fragen, die teilnahmsvollen Bemerkungen, all das hatte sie vermeiden wollen. Dieser verdammte Eddie hatte alles kaputt gemacht.

Die Tanzfläche leerte sich, auch Pauline ging zu ihrem Tisch zurück. Sie hatte einen solchen Zorn in sich, dass sie nicht wusste, wie sie an sich halten sollte. Schweigend setzte sie sich hin und starrte ihren Mann an. Unter ihrem Blick hob er endlich den Kopf und sah sie an. Seine Augen waren leer, völlig emotionslos, als sei er gar nicht anwesend.

„Na und?", sagte er teilnahmslos. „Ich hab's nicht gewusst. Das hat doch keiner ahnen können, oder?"

Mein Gott, dachte Pauline, sie war mit einem Ungeheuer verheiratet.

Tränenblind stürzte Uschi in eine Toilettenzelle und schloss mit zitternden Händen hinter sich ab. Es war lange her, seit sie das letzte Mal geweint hatte. Friedrich konnte das nicht gut aushalten, wusste dann nie, was er tun sollte. Nun war also passiert, wovor sie am meisten Angst gehabt hatte. Nicht vor dem Krebs, mit dem hatte sie gelernt umzugehen. Aber diese Bloßstellung vor allen Leuten und alles, was jetzt folgen würde, davor grauste ihr. Oh je, Friedrich! Sie hatte ihn einfach sitzen lassen. Er war bestimmt völlig außer sich, hoffentlich machte er nicht etwas, das die Situation noch verschlimmerte. Wenn es um sie ging, neigte er zu unüberlegten Handlungen.

Alles war still, die Damentoilette war leer. Wenigstens war ihr niemand nachgelaufen, um sie zu trösten. Sie entriegelte die Tür und trat vor das Waschbecken, um sich den Schaden zu besehen. Ihre Augen waren gerötet und etwas verquollen. Die Augenbrauen, die sie mit einem Stift sorgfältig gestrichelt hatte, waren verwischt. Mit einem

Finger behob sie den kleinen Schaden. Ihre tadellose Frisur passte nicht zu dem ramponierten Gesicht. Sie nahm ein Papierhandtuch und tränkte es mit kaltem Wasser, um es sich vorsichtig auf die Augen zu legen. So sah es schon besser aus. Sie stellte sich aufrecht hin und atmete ein paar Mal tief ein und aus. Den Supergau hatte sie hinter sich, jetzt konnte eigentlich nichts Schlimmeres mehr kommen. Ihr Gesicht sah wieder ruhig aus, von den Tränen war fast nichts mehr zu erkennen. Gut so, denn jetzt musste sie sich schnellstens um Friedrich kümmern. Langsam ging sie die Treppe wieder hinunter.

ACHT

Der Trödelbunker in Sachsenhausen, ein stadtbekanntes Relikt aus dem zweiten Weltkrieg, war schon vor vielen Jahren gesprengt worden. Schorsch trauerte immer noch um den hässlichen Betonklotz. Die reinste Fundgrube war das gewesen, und der Besitzer, Hans Leipold, ein Original. Ohne Punkt und Komma redend hatte er aus dem riesigen Lager mit traumwandlerischer Sicherheit immer genau das herausgeholt, was man gerade suchte. Schorsch empfand es geradezu als eine Kulturschande, dass es den Bunker nicht mehr gab. Wenigstens machte die Familie mit dem Handel weiter; das Leipold-Depot in der Darmstädter Landstraße war immer noch eine ausgezeichnete Adresse, wenn man etwas suchte, das sonst schwer zu bekommen war. Und genau das war der Punkt, denn Schorsch hatte sich etwas ganz Besonderes in den Kopf gesetzt: eine große Discokugel.

„Die sind heutzutage wieder schwer angesagt, allerdings mehr für private Partykeller“, klärte man ihn auf. Nach einiger Sucherei fand sich tatsächlich noch ein wahres Prachtexemplar, das den Verkäufer, der genauso viel babbelte wie Hans Leipold selig, in schieres Entzücken versetzte. Unter dem Siegel der Verschwiegenheit erzählte Schorsch ihm von seiner Rentner-Disco. „Ich ruf' Sie an, wenn der Termin fürs nächste Mal feststeht“, versprach er und freute sich darüber, dass er den Preis ein gutes Stück hatte herunterhandeln können. Außerdem herrschte Frauenüberschuss, und wenn der Mann nur halb so gut tanzen konnte wie er redete, war er sehr willkommen.

„Ei, isch bin en Fan von dene, ach wie haaße se denn bloß widder? Die Band aus Amerika, die war'n doch de große Renner. Nee, nee, mein Kopp wird aach immer bleeder! Na, is ja egal, auf jeden Fall tät isch misch sehr freue, wenn Se misch anrufe täte“, versicherte der Mann und kritzelte seine Telefonnummer auf einen Zettel.

Schorsch grinste und ließ den gedächtnistechnischen Ausfall unkommentiert. Gut gelaunt verstaute er seine Neuerwerbung im Auto. Das war das Glanzstück der Dekoration, Hans würde Augen machen!

Aber zunächst einmal musste er ihm erklären, was das für ein Monstrum war, das er da anschleppte.

Kurze Zeit später kam er damit in die ehemalige Kantine und Hans staunte nicht schlecht. „Siehst du die kleinen Spiegel? Wenn die Kugel sich dreht, siehst du überall die Lichtreflexe. Das ist ein toller Effekt. So etwas gab es früher in jedem besseren Tanzlokal."

Es ließ sich nicht ganz einfach an, die Discokugel zu montieren. Der ideale Platz dafür war direkt über der Tanzfläche. Hans schleppte die lange Leiter an. Auch ein stabiler Haken ließ sich auftreiben, und glücklicherweise gab es einen Stromanschluss in der Decke, von dem aus man ein Kabel ziehen konnte.

„Ich bin nicht schwindelfrei", gestand Hans. „Meinst du, du kriegst das allein hin?"

Es waren gut dreieinhalb Meter bis zur Decke, die Leiter reichte gerade so aus. Hans wieselte hektisch herum und versuchte, seinen Kumpel von unten irgendwie zu sichern. Aber bei seiner Körpergröße war das ein Problem.

„Hey, lass gefälligst meine Wade los", rief Schorsch von oben herunter.

Er schwitzte wie ein Affe, aber schließlich saß der Haken fest. Hans reichte ihm die verspiegelte Kugel samt Elektromotor, und nach weiteren zehn Minuten war alles fertig montiert für einen Probelauf. Das einzige Problem war das Ding zum Anschalten, eine lächerlich kurze Kette, an der man ziehen musste, damit die Discokugel begann, sich zu drehen. Schorsch kratzte sich am Kopf.

„Wir brauchen etwas als Verlängerung. Ich kann ja schließlich nicht jedes Mal hier hochklettern, um das Ding in Gang zu setzen."

„Bin gleich wieder da."

Hans verschwand in einem kleinen Kabuff, in dem er alles Mögliche aufbewahrte, und kramte eine Weile herum.

„Hier, geht das?"

Er hielt eine stabile Kette in die Höhe, an deren Ende ein Griff aus Porzellan baumelte.

„Eine Klokette. Na, besser als nichts", meinte Schorsch und montierte das Ding gleich an.

Gemeinsam betrachteten sie das Werk. Der Porzellangriff, der von der Decke baumelte, nahm sich reichlich merkwürdig aus, wie er in einer Höhe von gut zwei Metern völlig unmotiviert über der Tanzfläche schwebte.

„Los, mach mal an", forderte Hans Schorsch auf, der prompt am Griff zog. Sofort setzte sich die Discokugel in Bewegung. Viel war allerdings nicht zu sehen, schließlich war es heller Nachmittag. Hans war enttäuscht.

„Wart's ab. Wenn wir unsere Schummerbeleuchtung haben und die Spots, dann sieht das aus wie ein Sternenhimmel", versprach Schorsch. Im Halbdunkel würden die meisten die Kette vermutlich gar nicht bemerken.

Nach getaner Arbeit hatten sich die beiden ein Bier und eine Selbstgedrehte verdient. Automatisch kamen sie auf den Vorfall zu sprechen, der den letzten Tanzabend ziemlich abrupt hatte enden lassen.

„Uschi ist nicht der Typ, der jedem auf die Nase bindet, dass sie krank ist. Die macht das alles mit sich selbst aus. Da ist Friedrich schon eher ein Jammerlappen", meinte Schorsch.

„Ich finde, sie sieht klasse aus. Bei ihr wäre ich nie auf den Gedanken gekommen, dass sie ... ist ja wohl Krebs, oder?"

Schorsch nickte, aber Genaueres wusste er auch nicht. „Wenigstens hat sie jemanden, der sich um sie kümmert. Ich mag gar nicht darüber nachdenken, wenn ich mal was habe. Da würden sie mir dann einen Pfleger schicken. Oder so ne resolute Schwester mit Haaren auf den Zähnen, die einen rumkommandiert. Und dann hat sie bestimmt auch nur eine halbe Stunde Zeit und drängelt ständig. Der blanke Horror!"

Schorsch schüttelte sich bei der Vorstellung.

„Ich würd' mich um dich kümmern", versicherte Hans treuherzig.

Schorsch musterte ihn mit neuem Interesse. Trotz seines unregelmäßigen Lebenswandels erfreute er sich zwar bester Gesundheit, aber man wusste ja nie, was noch kam.

„Feiner Zug von dir. Umgekehrt gilt das natürlich auch. Aber schön ist das bestimmt nicht. Selbst wenn man Familie hat, Kinder und Enkel und sowas, man will doch niemand zur Last fallen."

„Dafür ist aber die Familie da", bemerkte Hans trocken.

„Erst mal eine haben", murmelte Schorsch. Das war kein Thema nach seinem Geschmack, und bisher war er sehr erfolgreich darin gewesen, das auszublenden.

Die Sonne hatte es dieses Jahr gut gemeint, die Ernte fiel gut aus. Monika wog das Eimerchen in der Hand, das fast voll war mit Johannisbeeren.

„Das sind bestimmt mehr als zwei Kilo", schätzte sie. „Das wird einige Liter Saft geben. Und noch mehr Marmelade."

Tim war gerade dabei, den letzten Zweig des Strauches von seiner süßen Last zu befreien. „Davon gibst du uns doch bestimmt wieder was ab, oder?“

Monika lachte. Johannisbeergelee mochte er gern, genau wie Krissi. Natürlich würden sie den Löwenanteil bekommen.

„Selbstgemacht schmeckt halt besser als gekauft.“

„Mama macht sowas nie selbst“, beschwerte sich Tim.

„Die hat auch weniger Zeit als ich.“

Ganz automatisch sprang Monika für ihre Tochter in die Bresche.

„Hast du früher auch Marmelade gemacht, also als Mama noch klein war?“

Sie wusste sofort, worauf er hinaus wollte. „Ja, schon...“, antwortete sie zögernd.

Tims Gesicht sprach Bände. „Sie hat einfach keinen Bock auf sowas. Sie hat auch keine Lust auf uns. Wir machen fast nie was zusammen. Ihre blöde Arbeit, das ist alles, was ihr wichtig ist.“

Da musste dringend etwas korrigiert werden, auch wenn es nicht Monikas innerer Überzeugung entsprach. „Mit der blöden Arbeit bezahlt sie deine Jeans. Und zwar die in der angesagten Marke. Und auch dieses hübsche Spielzeug hier, das fällt auch nicht vom Himmel.“

Sie zog an den Ohrstöpseln, die ihm wie immer um den Hals baumelten. Tim schob beleidigt seine Unterlippe vor. Er hatte eigentlich mit ihrer Unterstützung gerechnet.

„Es ist nicht einfach, seit euer Papa ausgezogen ist, gell?“

Tim zuckte mit den Schultern.

„Wenigstens haben wir Ruhe. Unsere Ellis haben sich ja nur noch gezofft. Dafür hat Mama jetzt noch weniger Zeit für uns. Aber wir kommen schon klar. Und du bist ja auch noch da.“

Sie drückte ihn an sich, nur ganz kurz. In seinem Alter war ihm das totenpeinlich.

„Das kann ja nicht mehr ewig dauern mit der Scheidung. Dann herrschen endlich klare Verhältnisse, und deiner Mutter wird es besser gehen“, warb sie um Verständnis.

„Mama hat nie Zeit. Ich glaube nicht, dass sich daran jemals was ändert.“

Monika wusste nicht, was sie darauf erwidern sollte. Sie sah das leider genauso. Schweigend beendeten sie ihre Arbeit. Verzweifelt suchte Monika nach etwas, womit sie Tim aufheitern konnte. Verschwiegen war er ja, und sie brannte darauf, sich ihm anzuvertrauen.

„Kann ich dir was erzählen, ohne dass deine Mutter etwas davon erfährt?“, fragte sie schließlich.

„Klaro. Das weißt du doch.“ Tim spitze die Ohren. Wenn Oma so komisch anfing, wurde es interessant.

„Du weißt doch, dass ich furchtbar gern Musik höre.“

Er nickte. Einerseits war das voll cool, andererseits aber auch ziemlich abgedreht, weil sie ja schon so alt war.

„Seit neuestem gehe ich auch manchmal tanzen.“

„Wie jetzt? In ‘ne Disco?“

Monika nickte. „Sogar eine ganz spezielle Disco. Nur für Rentner.“

„Ist ja irre. Ich wusste gar nicht, dass es sowas gibt.“ Er überlegte einen Moment. Vertrauen gegen Vertrauen; wenn es hart auf hart ging, konnte er sich auf die Verschwiegenheit seiner Oma verlassen. „Ich hab da einen Kumpel...“

„Ja?“

„Bisschen älter als ich. Also, der hat eine richtige DJ-Anlage. Da übe ich manchmal.“

„Aha.“

„Ich will später mal DJ werden. Damit kann man einen Haufen Kohle verdienen.“ Bis dahin war noch viel Zeit, um es sich anders zu überlegen. „Meinst du, ich könnte in eurer Disco mal auflegen?“ platzte er heraus.

Daher wehte also der Wind. Nun, sie hatte einen guten Draht zu Schorsch. Und Tim wäre ja unter Aufsicht.

„Ich denke schon, dass das geht.“

Sie sah seine Augen aufleuchten, und dann fiel er ihr tatsächlich um den Hals. Es war einer dieser seltenen Momente, wo ihr pubertierender Enkel seine Scheu vor Körperkontakt ganz vergessen hatte.

Die Sonne knallte mit voller Wucht in den kleinen Hof vor Schorschs Haus. Zum wiederholten Mal wischte er sich den Schweiß von der Stirn und verteilte dabei Schmieröl und Dreck gleichmäßig im Gesicht. Er war ganz auf das Lösen einer rostigen Schraube konzentriert. Endlich gab sie nach und lag wenig später in seiner Hand.

„Du kleines Miststück“, murmelte er zärtlich und legte sie vorsichtig auf einen Porzellanteller mit Blümchendekor, damit sie nicht verloren ging. Diese Gefahr bestand durchaus, denn um ihn herum herrschte ziemliches Chaos. Das sah Schorsch allerdings nicht so, für ihn hatte das Durcheinander aus Werkzeugen und Ersatzteilen System.

In der Chill-Ecke, die aus einem Holztisch, zwei wackeligen Gartenstühlen und einer ausgeblichenen Sonnenliege bestand, lag Spacey und döste vor sich hin.

Den größten Teil des Hofes nahm die Freiluftwerkstatt ein. Schorsch hatte einen alten Blechschrank zum Werkzeuglager umfunktioniert. Seine neueste Erfindung war ein Sonnenschirm, dem er einen fahrbaren Untersatz verpasst hatte. So konnte er ihn immer da platzieren, wo er Schatten brauchte – jetzt gerade über seinem Auto, an dessen Auspuff er herumbastelte.

Aus der offenen Haustür strömte lautstark Musik. Es war eine Aufnahme der Zauberflöte, eingespielt von der Oper Berlin. Papageno schmetterte eine Arie, und Schorsch pfiff leise mit, ohne dass er es richtig bemerkte. Er zog und zerrte an dem widerspenstigen Auspuff herum, als Spacey plötzlich die Ohren spitzte. Langsam öffnete sich das Tor zur Straße, und ein Fremder streckte den Kopf herein. Das hieß höchste Alarmstufe, mit einem Satz sprang der Hund unter dem Tisch hervor und hetzte los, um den Feind laut bellend zu stellen. Mit einem Ruck kam der Auspuff endlich frei.

„Spacey! Schluss jetzt! Du bist ja völlig durchgeknallt."

Schorsch, der auf einer alten Matratze unter seinem Auto lag, konnte nicht sehen, was los war. Als der Hund nicht aufhörte mit seinem Gekläff, schaffte er sich fluchend darunter hervor. Da stand Martin, der offensichtlich Spaceys Veitstanz nicht so recht einschätzen konnte. Der verrückte Hund wusste ja selbst nicht, ob er sich über den Besuch freuen oder ihm Angst einjagen sollte.

„Spacey!", rief Schorsch seinen Hund energisch zur Ordnung. Der drehte sich verwirrt zu ihm um. „Komm nur rein, der Hund ist völlig harmlos. Ein totaler Schaumschläger, da steckt nichts dahinter", versicherte er, während er sich mühsam hochrappelte und die ölverschmierten Hände an einem Lappen abwischte.

Nun war Spacey eingeschnappt. Er und harmlos, das war ja wohl das Letzte! Knurrend zeigte er seine spitzen Zähne, was soviel hieß wie: Du darfst näher kommen, aber sei vorsichtig. Sobald du etwas machst, das meinem Herrchen nicht gefällt, kriegst du es mit mir zu tun. Ich würde mich mit Wonne in deinen Weichteilen verbeißen.

„Ich komme wohl ungelegen", sagte Martin verlegen.

Er hatte seine Hände vorsichtshalber in den Taschen seines leichten Jacketts vergraben, unter dem ein hellblaues Hemd herausschaute. In seinen Designerjeans und braunen, durchbrochenen Lederschuhen sah er trotz der Hitze aus wie aus dem Ei gepellt. Vorsichtig bewegte er sich einen Schritt vorwärts.

„Nö, überhaupt nicht." Schorsch pfefferte den Lappen in eine Ecke. Genau in diesem Moment war Papageno auf dem lauten Höhepunkt seiner Arie angekommen. Martin war leicht verwundert, ein Altrocker und klassische Musik, diese Kombination war ungewöhnlich.

„Ich mach mal den Krach aus." Schnell wollte Schorsch im Haus verschwinden.

„Lass doch. Mozart ist nie verkehrt."

Es war jetzt sowieso schon egal, also lief die Musik weiter, während Schorsch seinem unverhofften Gast endlich die Hand zur Begrüßung hinstreckte. „Komm, setz dich. Ein Bier?"

„Nein, danke. Ich war nur gerade in der Gegend und dachte, ich komm' mal auf einen Sprung vorbei."

„Gute Idee. Ich freu mich immer über Besuch", versicherte Schorsch und griff nach seiner Bierflasche. Die Schrauberei machte ordentlich Durst, besonders bei dieser Hitze.

Martin suchte sich einen der Gartenstühle aus, und Schorsch ließ sich auf den anderen fallen. Sie musterten sich gegenseitig.

„Hast du ne eingebaute Klimaanlage?", fragte Schorsch. Martin sah so aufreizend frisch aus, als hätte er die letzte Stunde im Kühlschrank verbracht.

„Hab ich. Im Auto."

„Ach so!"

Das erklärte die Sache.

„Was machst du gerade?", wollte Martin wissen und betrachtete neugierig das betagte Auto.

„Der Auspuff hat ein paar Löcher, die nicht mehr zu flicken sind. Ich hab mir schon einen neuen besorgt. Jetzt bin ich dabei, ihn einzubauen." Martin nickte unsicher. „Nicht so dein Fachgebiet, gell?" Martin schüttelte den Kopf. „Mach dir nichts draus. Man kann nicht alles können", erklärte Schorsch großzügig.

„Ich wäre nie darauf gekommen, dass du ein Fan von klassischer Musik bist", platzte Martin heraus. Er war durchaus nicht frei von Vorurteilen, wie er mit Entsetzen feststellen musste, und diese Erkenntnis setzte ihm zu.

„Oooch, nur manchmal."

Schorsch wollte das eigentlich nicht vertiefen, aber sein Gast fand das Thema offenbar sehr spannend. Überhaupt, dieser chaotische Innenhof, das hatte was von südlicher Idylle. Interessiert schaute sich Martin um.

Zwei welke Geranien fristeten in ihren Töpfchen ein asketisches Leben und teilten sich den Tisch mit einem überquellenden Aschenbecher und einigen leeren Bierflaschen. Die vollen standen in einem Kasten in Griffweite der Liege. Schorsch genehmigte den Blumen einen kleinen Schluck Bier und schob den Sonnenschirm näher heran. Martin betrachtete die Konstruktion. „Genial", meinte er anerkennend.

Schorsch war wirklich ein seltenes Exemplar Mensch. Ein fantasiebegabter, hemdsärmeliger Bär von einem Mann, der offenbar ein Herz für Hunde und Pflanzen hatte und gern Mozart hörte. Das brachte ihn ins Grübeln.

„Bei Licht besehen kennen wir uns überhaupt nicht. Seit der Schule ist mehr als ein halbes Leben vergangen. Da ist es eigentlich logisch, dass man voneinander nichts mehr weiß."

Schorsch gab ein Brummen von sich, das man als Zustimmung deuten konnte.

„Magst du auch noch andere Klassiker außer Mozart?"

Verdammt, der Kerl war wirklich hartnäckig. „Alles Mögliche, Oper hauptsächlich", nuschelte Schorsch durch zusammengebissene Zähne und ging ins Haus, um die Musik jetzt doch abzustellen.

Als er wieder herauskam, betrachtete Martin gerade den Auspufftopf, der mehrere große Löcher aufwies. „Ich hab meinen alten Automechaniker noch mal überreden können, sich den Aston Martin anzusehen. Es ist der Vergaser, wie du schon vermutet hast."

„Wahrscheinlich muss er nur gereinigt werden. Das ist keine große Sache, nur eine ziemliche Fummelei." Das war endlich wieder sicheres Terrain für Schorsch. Mit seiner Ferndiagnose hatte er goldrichtig gelegen. „Wir können gleich was ausmachen. Ich komme vorbei und schau mir das an."

„Vielleicht kann ich dir ja dabei helfen. Werkzeug zureichen oder so etwas in der Art", bot Martin an.

„Es könnte aber sein, dass du dir dabei die Finger dreckig machst", neckte Schorsch.

„Das geht schon", murmelte Martin.

Schorsch gab sich großzügig. „Ist doch okay. Schließlich hat jeder seine Macken. Die muss man ja auch nicht jedem auf die Nase binden."

„Stimmt. Dass du ein Opernfan bist, wissen bestimmt auch nicht viele."

Wie kam das, dass sie plötzliche dieselbe Wellenlänge hatten? Schorsch ließ eine Erklärung vom Stapel. „Du weißt ja, dass ich Rocker bin und schon immer war. Das ist einfach mein Ding. Ich brauch meine Freiheit, und alles, was mit Regeln zu tun hat, ist mir zutiefst zuwider. Klassische Musik geht da eigentlich gar nicht. Aber es ist schließlich auch Musik, und die mag ich nun mal."

Martin lächelte verschmitzt. „Warst du eigentlich schon mal in der Alten Oper?"

„Bei diesen feinen Pinkeln?"

Schorschs entsetztes Gesicht brachte Martin zum Lachen. „Du darfst nicht nach dem Äußeren gehen, das ist doch völlig egal. Wichtig ist das Musikerlebnis, und da gibt es fast keinen schöneren Rahmen als die Alte Oper. Ich könnte mir durchaus vorstellen, dass dir das gefällt."

„Na, ich weiß nicht..."

Schorsch blieb skeptisch. Die Alte Oper kannte er natürlich, allerdings nur von außen. Da würde er schon mit seiner eigenwilligen Haartracht aus dem Rahmen fallen.

„Steht dein Angebot mit dem Bier noch?", fragte Martin.

„Aber klar!"

Schorsch langte neben sich in den Kasten. Der Öffner lag griffbereit auf dem Tisch. Martin nuckelte an seiner Flasche, als wäre das die normalste Sache der Welt. Er war schon ganz in Ordnung, schließlich konnte er nichts dafür, dass er dick Kohle hatte.

„Mein Lieblingskomponist ist Bach. Diese Musik hat etwas Analytisches. Wenn ich meinen Kopf mal wieder sortieren muss, hilft das ungemein, finde ich."

„Das ist doch dieser Kirchenkram. Das ist mir zu kompliziert und zu ernst."

Martin nickte. „Ernst, aber auch klar und logisch. In der Rationalität dieser Musik lösen sich negative Befindlichkeiten einfach auf. Alles wird wieder an seinen Platz gerückt. Das hört sich bestimmt merkwürdig an..."

„Ich weiß genau, was du meinst", fiel ihm Schorsch ins Wort. „Das ist wie ein Absacker nach dem Essen. Der putzt durch. Aber ganz ehrlich, dann nehme ich lieber ein Schnäpschen, der ist leichter zu verdauen."

Ein ungewöhnlicher Vergleich, dachte Martin, aber so falsch lag Schorsch damit nicht.

„Die haben damals nach strengen Regeln komponiert", packte Schorsch unverhofftes Fachwissen aus. „Die Kunst der Fuge und so."

Martin war verblüfft. Die Theorie des ‚Wohltemperierten Klaviers' war ziemlich anspruchsvoll, er hätte nicht unbedingt erwartet, dass Schorsch sich damit auseinander gesetzt hatte. „Alle Achtung! Dieser Punkt geht an dich", gab er unumwunden zu.

Darauf stießen sie mit ihren Bierflaschen an.

„Du bist ganz anders, als ich immer dachte", meinte Schorsch in schönster Offenheit.

„Und du bist viel sensibler, als du dir den Anschein gibst."

An diesem Satz musste Schorsch erst einmal herumkauen. Sensibel war ein Wort, das er nicht mit sich selbst in Einklang bringen konnte.

Gerade jetzt fand Spacey, dass es an der Zeit war, sich bei seinem Herrchen ins Gedächtnis zu rufen. Schwanzwedelnd kam er heran und legte seinen Kopf auf Schorschs Knie. Der streichelte ihn liebevoll.

„Siehst du, genau das meine ich", sagte Martin lächelnd.

Der dritte Discoabend war angesetzt, und alle kamen. Inzwischen kannte man sich schon aus, und es dauerte nicht lange, bis die ersten Paare auf der Tanzfläche loslegten. Die Discokugel war der große Knaller. Sogar Hans zeigte unverhohlen seine Begeisterung über die Lichtreflexe, die durch den Raum huschten. Und noch eine weitere Neuerung gab es: Heute stand nicht Schorsch am Plattenteller, der Kumpel, dem die Anlage gehörte, legte selbst auf. Das war seine Bedingung gewesen, dass die Anlage hier weiter laufen konnte. Außerdem wollte er Geld sehen. Schorsch hatte lange hin und her überlegt, musste dann aber einen kleinen Betrag für den Eintritt erheben, um die Kosten wieder herein zu bekommen. Zu seiner großen Erleichterung schien das für die Gäste in Ordnung zu sein. Niemand regte sich darüber auf, und brav lieferte jeder seine zwei Euro ab.

„Das sieht sehr schick aus, was du da anhast."

Bewundernd betrachtete Pauline das farbenfrohe Oberteil, das Monikas mollige Figur vorteilhaft umspielte. Die war gerade dabei, Lippenstift aufzutragen.

„Danke. Hab ich bei Ulla Poppken gekauft. Aber den Laden kennst du bestimmt nicht. Du hast ja immer noch ein Figürchen wie eine Zwanzigjährige."

Sie schaute an ihren Rundungen herunter. Die wenigen Sachen von früher, die sie aufgehoben hatte, passten ihr nicht mehr. Ein paar Jahresringe waren mit der Zeit schon dazugekommen. Pauline dagegen hatte sich fabelhaft gehalten. Allerdings war sie völlig ungeschminkt und sah blass und farblos aus. Auch die Haare konnten einen neuen, flotten Schnitt gebrauchen.

„Magst du mal meinen Lippenstift probieren? Oder hast du prinzipiell etwas gegen Schminke?"

Bedauernd schüttelte Pauline den Kopf. „Eddie mag das nicht. Er sagt, das sieht billig aus."

„Blödsinn!", regte sich Monika auf. „Ein dezentes Make-up, das die Augen betont ,und ein bisschen Lippenstift, was soll denn daran billig aussehen?"

Pauline zog eine Haarbürste aus ihrer Handtasche und versuchte, so etwas wie Form in ihre Haare zu bringen. „Ich begreife es ja auch nicht. Aber ich hab keine Lust, deswegen mit ihm Krach zu bekommen."

Monika schluckte eine giftige Bemerkung hinunter. Das half Pauline bestimmt nicht. Viel wichtiger war moralische Unterstützung. „Hast du Lust, mal mit mir bummeln zu gehen? Wir könnten in ein paar von diesen Vintageläden stöbern. Vielleicht finden wir ein paar schicke Klamotten."

Paulines Augen leuchteten auf. Eddie würde das gar nicht gefallen. Aber sie lechzte danach, wieder einmal vor die Tür zu kommen. Nach der Szene mit Uschi lag er sowieso im Salz. Und überhaupt, wie er in letzter Zeit mit ihr umgesprungen war, das ging selbst ihr zu weit. „Oh ja, das machen wir", sagte sie aufmüpfig.

„Und wenn wir Lust haben, gehen wir auch mal bei Stefan vorbei", schob Monika nach. „Der krempelt gerade seinen Salon um. Hier, schau mal. Ich hab mir sagen lassen, dass er ein richtiger Zauberer ist, was Haare angeht."

Der Flyer war schon leicht zerknittert, aber Pauline las ihn interessiert durch. ‚Seien Sie stolz auf Ihr Alter; so gut wie heute haben Sie noch nie ausgesehen.' Das klang einfach toll. Eine Typberatung war genau das, was sie brauchte. Ob sie allerdings den Mut dazu hatte, war noch die Frage.

„Sexy Eyes, sexy eyes..." Der Titel plätscherte im entspannten Groove vor sich hin. Uschi konnte sich nicht so recht auf die Musik konzentrieren. In den letzten Tagen ging ihr viel im Kopf herum. Hauptsächlich machte sie sich Sorgen um Friedrich. Er klebte an ihr in einer Weise, dass es sie schon fast erdrückte. Früher hatte sie es gar nicht so mitbekommen, wie er ständig von ihr erwartete, dass sie die Marschrichtung vorgab. Aber jetzt war sie erschöpft und müde, und es wurde ihr zu viel, jede Kleinigkeit für sie beide entscheiden zu müssen. Er war ein lieber, fürsorglicher Mann, aber so schrecklich unselbständig. Wenn ihr nun einmal etwas passierte, wie würde er allein zurechtkommen?

„Alles in Ordnung, Schatz?"

Ertappt zuckte sie zusammen. Sie war aus dem Takt gekommen und ihm auf den Fuß getreten. Das kam selten vor, und sofort sah sie Sorgenfalten auf seiner Stirn.

„Aber natürlich, alles bestens."

Automatisch lächelte sie ihn an. Beruhigt konzentrierte er sich wieder darauf, sie zu führen. Das war nochmal gut gegangen, aber solche Durchhänger durfte sie sich nicht zu oft erlauben.

Als die beiden Mädels die Treppe vom Klo herunter kamen, stand Schorsch lässig an die Wand des Flures gelehnt und drehte sich eine Zigarette. Pauline blieb stehen und schaute zu, wie er den Klebestreifen des Zigarettenpapiers ableckte. Ihr schwante, dass das nicht nur Tabak war, was er da einrollte.

„Na, amüsiert ihr euch gut?", fragte er gut gelaunt.

Monika starrte auf seine Finger, die den überschüssigen Tabak abzupften. „Ist das etwa ein Joint?"

„Bist du verrückt?", spielte er den Entrüsteten. „Kiffen? Ich? Niemals! Das ist doch verboten. Nee, das sind nur Kräuter, zur Entspannung. Hat mir der Arzt verordnet."

Monika ließ sich von seinem unschuldigen Blick nicht beirren. Auch wenn sie noch nie Gras geraucht hatte, erkannte sie einen Joint, wenn sie ihn sah.

„Entspannung ist gut. Die könnten wir auch brauchen." Sie zupfte Pauline am Ärmel. „Komm, da machen wir mit", sagte sie entschlossen.

„Aber ich hab noch nie geraucht", protestierte Pauline, allerdings wenig überzeugend. Neugierig starrte sie auf die etwas unförmige Zigarette.

Schorsch überlegte nicht lange. Seiner Meinung nach gab es Erfahrungen, die man zumindest einmal im Leben gemacht haben musste. Und dass die zwei absolute Neulinge waren, sah ein Blinder mit Krückstock.

„Meint ihr das ernst?" Die beiden nickten. „Na gut, dann kommt mit. Wir machen eine kleine Rundfahrt."

Erwartungsvoll schauten Monika und Pauline zu, wie Schorsch vor dem Paternoster stand und eine Kabine nach der anderen an sich vorbei rattern ließ. „Die nächste ist es. Rein da", kommandierte er, und nach einem großen Schritt standen sie zu dritt in einer Zelle, die sich ächzend nach oben bewegte.

Schorsch setzte sich in einer Ecke auf den Fußboden und ließ sein Feuerzeug klicken. Leise knisternd begann der Tabak zu glimmen. Monika schnupperte, es roch süßlich. Also doch, sie hatte sich nicht geirrt. Schorsch zog zweimal an dem Joint und gab ihn dann an sie weiter. „Nimm einen Zug und gib ihn dann Pauline."

Vorsichtig inhalierte sie den Rauch, der genau so schmeckte wie er roch. Sie schmatzte leicht, während sich die Aromen in ihrem Mund verteilten. Undefinierbar, leicht bitter, aber nicht unangenehm.

„Ist das wirklich das erste Mal für euch? Ihr habt das nie probiert früher?" Schorsch konnte es kaum glauben.

Sie schüttelte den Kopf. „Nee, wir haben nur manchmal so getan als ob." Sie schubste Pauline an. „Weißt du noch, der verklärte Blick?"

Pauline nickte eifrig.

„Was soll denn das sein?", fragte Schorsch neugierig.

„Na ja, wir haben so getan, als wären wir völlig high. Du weißt schon, halb geschlossene Augen, total entspannt und so."

Schorsch verstand nur Bahnhof. „Und wozu sollte das gut sein?"

„Um interessant zu sein. Für die Jungs."

„Das ist ja sowas von bekloppt. Ihr habt ja ne richtige Vollmeise."

Fassungslos starrte er sie an, dann lachte er los. Pauline und Monika schauten sich betreten an. Jetzt kam es ihnen selbst idiotisch vor, aber damals war es einfach toll gewesen, so abzuhängen.

Pauline nahm die Zigarette in Empfang. Sie kam gar nicht so richtig zum überlegen, was sie da eigentlich machte. Heute war sie in einer seltsamen Stimmung. Die Musik, die Tanzerei, die Aussicht auf einen Bummel mit Monika – es war alles so aufregend, dass sie das verkniffene Gesicht von Eddie völlig ausblenden konnte. Und nun noch den ersten Joint ihres Lebens, das passte.

„Du musst den Mund voll Rauch nehmen und dann einatmen." Monika machte es noch einmal vor.

Pauline atmete tief ein und aus und nahm einen kräftigen Zug. Sofort überfiel sie ein starker Würgereiz, Hals und Lunge protestierten gegen den ungewohnten Rauch. Tränen schossen ihr in die Augen, und sie fing an zu husten.

Schorsch war aufgesprungen und klopfte ihr auf den Rücken. „Hey, immer schön langsam. Wenn du es nicht gewohnt bist, musst du vorsichtig anfangen. Und setz dich besser hin. Es könnte sein, dass dir schwindlig wird."

Das war eine gute Idee. Sie spürte tatsächlich, dass die Holzwände anfingen zu verschwimmen. Langsam ließ sie sich auf den Boden gleiten, wo auch schon Monika lagerte.

Der Joint machte die Runde. Jeder nahm einen Zug und gab ihn dann weiter. Schnell füllte sich die kleine Zelle mit Rauch, der aber auf wundersame Weise abzog. Monika entdeckte das Loch in der Decke. „Das ist ja toll!", rief sie.

Auch Pauline schaute nach oben. Dieser merkwürdige Raum, der sich leicht schaukelnd bewegte, war größer geworden. Auf dem Boden rings umher sah sie plötzlich Farben. Nein, es waren Blumen, bunte Blüten und Blätter, die sich an den Wänden hochrankten. Das war wunderschön, so, als ob sie mitten in einem Dschungel säße. Die Decke konnte sie nur noch schemenhaft erkennen. Wie durch Watte hörte sie Schorsch reden, aber sie verstand kein Wort. Das war total komisch, sie musste lachen. Überhaupt war es sehr lustig hier. Der schwankende, vor sich hin röchelnde Paternoster, der Rauch, der sich zu seltsamen Gebilden formte, und Monika, die den verklärten Blick hatte. Aber dieses Mal in Echt.

Von unten hörten sie die Musik. „If you're going to San Francisco..." Selig lächelte Pauline vor sich hin. Sie schwebte auf einem Teppich voller duftender Blüten und summte mit. Es war so schön hier, so friedlich.

Monika hatte die Augen geschlossen und lauschte der Musik. Auch sie fühlte sich wunderbar entspannt, aber gleichzeitig auch müde. Ihr Kopf sank auf die Brust von Schorsch, der neben ihr saß. Ah, das war ein Platz, an dem man sich geborgen fühlte. Sie beugte sich zu ihm hinüber und schlang ihre Arme um ihn.

„Peace", flüsterte Pauline und schaute sich mit glänzenden Augen in ihrem bunten Dschungel um.

Schorsch wurde es allmählich mulmig. Was hatte er sich eigentlich dabei gedacht, diesen zwei Verrückten zu ihrem ersten Trip zu verhelfen? Hastig inhalierte er die letzten Züge und drückte die Zigarette dann auf dem Fußboden aus. Den Stummel ließ er in seiner Hosentasche verschwinden, wozu er sich etwas aufrichten musste. Monika wurde unsanft hoch gedrückt und protestierte leise maunzend wie eine Katze. Sie hatte erstaunlich viel Kraft und hielt sich eisern fest an ihm. Außer einem angenehmen Wärmegefühl spürte Schorsch keine Wirkung. Allerdings wurde ihm Monikas Gewicht zusehends lästig, sie lag auf seiner Brust wie ein Alp.

„Du wirst doch jetzt nicht einschlafen?", fragte er nervös und versuchte, sich aus ihrer Umklammerung zu lösen.

„Das ist schön", säuselte Pauline. „Ihr beide seid so schön." Sie schien die Situation total falsch zu verstehen und zwinkerte ihm zu. „Soll ich euch allein lassen? Ja klar, ihr wollt allein sein."

Sie machte Anstalten aufzustehen. Aber ihre Beine gehorchten ihr nicht mehr, sie kam nur auf alle Viere hoch. Im Zeitlupentempo kroch sie kichernd in der Kabine herum.

Monika hatte sich komplett auf Schorschs Bauch geschoben und schien sich dort sehr wohl zu fühlen. Panisch überlegte er, wie er aus dieser Nummer wieder herauskommen konnte. Der Paternoster war bereits im Keller, und in Kürze würden sie wieder ihren Ausgangspunkt erreichen. Nicht auszudenken, wenn gerade jemand im Flur stand und einsteigen wollte. Dieses Idyll, sie sahen ja aus wie eine Hippie-Kommune! Energisch löste er sich aus Monikas Umklammerung und stand auf. Wie ein Bündel Lumpen sackte sie zusammen und rollte sich schwach protestierend zusammen wie ein Baby.

„Los, steht auf!", kommandierte er, nahm Pauline bei der Hand und zog sie hoch. Sie schien ihn überhaupt nicht zu sehen, sondern starrte verzückt zur Decke. Er parkte sie in einer Ecke der Kabine. „Bleib da schön stehen!"

Nach einigen Versuchen gelang es ihm, auch Monika auf die Beine zu stellen. Das gefiel ihr überhaupt nicht. „Lass mich in Ruhe, ich will schlafen."

„Aber nicht hier. Reißt euch doch zusammen, Mädels. Wir müssen gleich aussteigen."

„Oh ja, aussteigen."

Selig lächelnd nahm Pauline das Stichwort auf. „Ich steig aus. Geh einfach weg. Das wollte ich schon immer. Aber Eddie muss hier bleiben, den kann ich nicht brauchen. Der ist immer so... so..."

Es blieb Schorsch nichts anderes übrig, als sich je eine Dame unter einen Arm zu klemmen, damit sie halbwegs stehen blieben. „Achtung, wir sind gleich da."

Er machte einen Schritt nach vorn. Pauline und Monika stolperten mit. Glück gehabt, der Flur war leer. Aber wie ging es jetzt weiter? Er konnte die beiden unmöglich in diesem Zustand zurück in die Kantine bringen, da kam er in Teufels Küche.

„Ich muss mal", jammerte Pauline plötzlich.

Auch das noch! Schorsch verdrehte genervt die Augen. „Moni! Hallo! Komm zu dir!"

Verzweifelt tätschelte er Monikas Wangen. Immerhin, sie reagierte, wenn auch nur schwach.

„Was'n los?", lallte sie.

„Kannst du Pauline aufs Klo bringen?"

Sie starrte ihn an und nickte zeitverzögert. „Klar kann ich. Aber ich bleib viel lieber bei dir."

Sie schmiegte sich wieder an ihn. Pauline lehnte in merkwürdig gekrümmter Haltung an der Wand. „Mir ist schlecht. Und ich muss mal. Dringend", stöhnte sie, nun schon deutlich verzweifelt.

Schorsch packte Monika an der Schulter. „Autsch, du tust mir weh", beschwerte die sich.

„Entschuldige, das wollte ich nicht. Aber jetzt fährst du mit Pauline nach oben. Sofort. Schüttet euch kaltes Wasser ins Gesicht, das wird helfen."

Die nächste Kabine rumpelte heran, und Schorsch schubste erst Monika, dann Pauline sachte hinein. Er beobachtete, wie sie entschwebten. Wenigstens blieben sie stehen, es bestand also Hoffnung, dass sie heil ankommen würden. Mit einem mulmigen Gefühl im Bauch schlenderte er zurück zu den anderen. Das war eine einmalige Aktion gewesen, die er nie mehr wiederholen würde, das schwor er sich. Er warf einen Blick in die Runde, während er sich möglichst unauffällig zwischen den Tischen hindurch schlängelte. Aber anscheinend hatte niemand mitbekommen, dass zwei der Damen schon eine Weile verschwunden waren.

Prustend hing Pauline über den Waschbecken und schaufelte sich kaltes Wasser ins Gesicht. Übelkeit und der Druck auf der Blase hatte ihrem Heiterkeitsanfall ein jähes Ende bereitet. Auch Monika schien wieder halbwegs bei Sinnen zu sein.

„Dieses Zeug wird überbewertet", verkündete sie. „Zwei Gläser Rotwein, und ich bin genauso weg." Sie versuchte, sich an Einzelheiten zu erinnern. „Hab ich irgendwas gemacht? Da war doch was mit Schorsch..."

Pauline sah sie erschrocken an. „Ich weiß nicht genau."

Im Spiegel betrachteten sie ihre roten, nassen Gesichter. Dann kam der Sinn fürs Praktische bei Monika wieder durch. „Und wenn schon, wär auch Wurscht. Nur schade, dass ich nichts mehr davon weiß." Sie bogen sich vor Lachen. „Komm, lass uns runter gehen. Unserem Teddybären wird schon die Muffe gehen."

Eddie! Pauline schnüffelte hektisch an ihrer Kleidung. Wenn er etwas mitbekam von diesem Ausflug, die Szene mochte sie sich gar nicht vorstellen. Sie wühlte in ihrer Tasche und förderte eine Parfümflasche zutage. Großzügig sprühte sie sich mit der Flüssigkeit ein, bis Monika die Nase rümpfte.

„Das reicht jetzt", entschied sie und nahm ihr die Flasche ab. „Damit kannst du sogar einen Polizeihund narkotisieren."

Als Schorsch sie ein paar Minuten später sah, tobten sie bereits wieder auf der Tanzfläche herum. Eddie saß mit dem üblichen, missgelaunten Gesichtsausdruck an seinem Tisch. Erleichtert, dass keiner die Abwesenheit der beiden Mädels bemerkt hatte, nahm Schorsch einen langen Schluck aus seiner Bierflasche.

Allmählich rüsteten sich die ersten zum Gehen. Schorsch griff zum Mikrofon. Es war Zeit für eine letzte Ansage. „Ich glaube, ihr hattet heute alle wieder viel Spaß. Vielleicht sollten wir nicht so lange Pausen zwischen unseren Discoabenden machen, schließlich wird ja keiner von uns jünger. Also – was haltet ihr davon: nächsten Montag wieder?" Stürmischer Applaus und Zustimmung waren die Reaktion. „Na, dann haben wir ab jetzt eine Montags-Disco. Kommt gut heim, und bis zum nächsten Mal"

Hans rang innerlich die Hände. Die ganze Zeit schon hatte er hin und her überlegt und sich sehr zusammengerissen, um sich nichts anmerken zu lassen. Alles lief so gut, ausgerechnet jetzt musste er mit einer

Hiobsbotschaft kommen. Bisher hatte sich noch keine Gelegenheit ergeben, sie Schorsch schonend beizubringen. Aber was hieß schon schonend? Es hatte keinen Sinn, es länger vor sich herzuschieben.

Als Schorsch bestens gelaunt anfing, seine Platten zusammenzuräumen, ergab sich endlich eine Gelegenheit. „Ich muss dir dringend was erzählen. Mir ist da was zu Ohren gekommen."

Schorsch schaute ihn mit glänzenden Augen an. „Haste ein Auge auf jemand geworfen? Welche isses denn? Moni?"

„Nee, hör auf mit dem Quatsch. Es geht um unsere Kantine."

„Welche Kantine?"

Er schien sich köstlich zu amüsieren. Was war nur los mit dem Kerl? „Ich hab da was läuten hören. Es scheint, als gäbe es jetzt doch Pläne, dass der Kasten bald abgerissen wird."

„Läuten? Ding-dong, ding-ding-dong...", sang Schorsch vor sich hin. Er hatte den ganzen Abend über nur zwei Bier getrunken, da war sich Hans sicher. „Ist alles in Ordnung mit dir?", fragte er besorgt und versuchte, Schorsch davon abzuhalten, sich eine Zigarette zu drehen.

„Du solltest auch mal einen durchziehen. Ist ungeheuer entspannend."

„Was soll ich durchziehen?"

Schorsch kniff die Augen zusammen und wischte sich über das Gesicht. Wirklich erstklassig, dieser schwarze Afghane. Allerdings konnte er sich im Moment überhaupt nicht darauf konzentrieren, was Hans ihm sagen wollte. Er war müde und hatte keine Lust mehr zu reden. „Sei mir nicht böse, aber erzähl mir das morgen, ja?"

Er griff nach dem Karton mit den Platten, um ihn in sein Auto zu tragen. Aber dann stellte er ihn wieder hin.

„Vielleicht ist es besser, wenn ich das morgen abhole. Ich brauch noch ein bisschen frische Luft."

Hans schaute ihm nach, wie er die Straße hinunter schlenderte. Resigniert zuckte er die Schultern. Er hatte es gesagt, mehr konnte er nicht tun. Warum Schorsch so merkwürdig reagiert hatte, konnte er sich allerdings nicht erklären.

NEUN

Martin drückte auf den Schalter neben der Haustür. In der Eingangshalle ging das Deckenlicht an. Nach der lauten Musik der letzten Stunden kam ihm das große Haus besonders still vor. Wann war das letzte Mal hier drinnen gelacht worden? Als er noch ein Junge war, hatte es große Gesellschaften gegeben. Eine Einladung vom alten Herboltz war begehrt, und alles, was Rang und Namen hatte, war gern gekommen. Da wurde geklotzt und geprotzt, was das Zeug hielt. Aber stets war es steif und formell zugegangen. Er hatte nie herausbekommen, ob sich seine Mutter wirklich wohl gefühlt hatte in dieser Umgebung oder ob sie nur der Pflicht Genüge getan hatte.

Seine Mutter, eigentlich kannte er sie gar nicht richtig. Unter dem despotischen Regiment ihres Mannes hatte sie sich stets im Hintergrund gehalten. Wenn er sich mehr um sie gekümmert hätte, das Gespräch gesucht, vielleicht hätte sich dann so etwas wie ein Vertrauensverhältnis zwischen Mutter und Sohn entwickeln können. Aber nun war es zu spät. Seit einem Jahr lebte sie gut versorgt in einem Heim, dessen Luxus vergeudet war an einen Verstand, der nur noch selten die Wirklichkeit wahrnahm. Nun, sie hatte ihr Leben gewählt. Sich in seinen Vater verliebt, obwohl Martin sich nur schwer vorstellen konnte, dass er einmal liebenswert gewesen war. Aber letztlich hatte jeder Mensch sein Schicksal selbst in der Hand. Genauso, wie jeder Mensch in letzter Konsequenz allein war.

Er war wieder einmal in dieser merkwürdigen Stimmung, die ihn schon seit vielen Jahren regelmäßig heimsuchte. Die Farben des Lebens verblassten dann zu einem dunklen Grau, und der Strudel der Gedanken zog ihn immer weiter hinab. Es drängte ihn heute, Bilanz zu ziehen. Der Großteil seines Lebens war vorbei, und er stand mit leeren Händen da. Was hatte er erreicht, das wirklich von Bedeutung war? Das Bestand hatte?

Zu aufgewühlt, um schlafen zu können, schenkte er sich einen Whisky ein. Dies würde wieder eine Nacht werden, in der es ihn umtrieb. Es gab nur ein Mittel, um den inneren Druck zu lindern.

Die Hülle des Albums war abgegriffen. Man sah ihr an, dass die Platten oft gespielt wurden. Es war das ‚Wohltemperierte Klavier', eine erstklassige Aufnahme von Svjatoslav Richter. Mit einer knappen Handbewegung setzte er das Glas an den Mund und trank es aus. Die Halbautomatik des Plattenspielers setzte sich in Bewegung. Präludium und Fuge I, C-Dur BWV 846. Mit der Präzision kleiner Schlaghämmer perlten die Töne durch den Raum. Klaviertasten, die Saiten anrissen, es war ein einfacher mechanischer Vorgang. Aber die Musik hatte in ihrer Sachlichkeit etwas Eindringliches.

Martin lehnte sich zurück und schloss die Augen. Bach, dieser wundervolle, unerbittliche und konsequente Tröster umarmte ihn. Der Abend mit seinen Eindrücken wich allmählich, und sein Atem wurde ruhiger. Er schaute sich um in dem Raum, den er seit vielen Jahren kannte. Es gab nichts Persönliches hier. Nach dem Auszug der Mutter hatte er alles entfernen lassen, was an seine Eltern erinnerte. Nur ein einziges Foto stand auf dem Kaminsims, verblasst und alt im silbernen Rahmen. Es zeigte Vater und Mutter in jungen Jahren und ihn in der Mitte als kleinen Jungen. So viele Möglichkeiten, so viel Talent und Intelligenz. Wie hatte es geschehen können, dass er nichts daraus gemacht hatte? Es drückte ihm die Kehle zu. Er wischte sich das Feuchte aus den Augen. Aber das nützte nichts, es strömte weiter aus ihm heraus.

Er stand auf und holte ein Handtuch aus dem Gästebad neben dem Eingang. Damit setzte er sich auf die Treppe zum oberen Stockwerk und drückte es sich aufs Gesicht. Während die Bach'sche Musik immer weiter durch den Quintenzirkel voranschritt, krümmte er sich zusammen wie unter großen Schmerzen. Das Handtuch erstickte jeden Laut, nur seine Schultern zuckten.

Mit einem leisen Klacken schaltete sich endlich die Anlage aus. Die Stille hing schwer im Raum. Leer und endlich müde stand Martin auf. Er ließ das Handtuch in den Wäschebehälter im Gästebad fallen. Es war vorbei. Der Gedanke an Pauline, ihre herzliche, liebe Art, zauberte ein Lächeln auf sein Gesicht. Nach einem weiteren Drink würde er endlich schlafen können.

Die Sonne war gerade hinter den Fichten am Ende des Gartens aufgegangen. Das war Monikas liebste Tageszeit. Wie jeden Morgen wollte sie munter aus dem Bett springen, aber sofort sank sie mit einem Stöhnen wieder zurück. Ihr war übel, und ihr Kopf fühlte sich an, als würden ein paar Spechte darin um die Wette hacken. Muskelkater hatte sie außerdem, vermutlich von der Gartenarbeit. Aber auch die ausgelassene Tanzerei gestern Abend war ihr nicht gut bekommen. Tja, sie war eben nicht mehr die Jüngste. Der Joint fiel ihr wieder ein. Was hatte sie da bloß geritten?

In Zeitlupe quälte sie sich aus dem Bett und bereitete in der Küche das Frühstück zu. Zwei Scheiben Brot mit Wurst und Käse belegt, dazu – wie immer – zwei Becher Kaffee, die sie nebeneinander auf einem Tablett platzierte. Es war eine Marotte, über die sie selbst manchmal den Kopf schüttelte. Während sie den ersten Kaffee trank, wurde der im zweiten Becher langsam kalt, aber das war besser als noch einmal aufzustehen. Sie holte die Tageszeitung aus dem Briefkasten, schaltete das Radio ein und verzog sich dann wieder ins Bett.

Lustlos blätterte sie durch die gedruckten Nachrichten und konnte sich nicht konzentrieren. Heute war der schlimmste Tag der Woche. Noch müde vom gestrigen Disco-Abend musste sie nachmittags die Kinder von der Schule abholen und versorgen. Susi hatte ihre wöchentliche Gehirnwäsche. Monika wusste natürlich, dass es eigentlich Brainstorming hieß. Seit Wochen ging das schon so, Susis neuer Auftraggeber legte großen Wert darauf, dass auch die freien Mitarbeiter diesen Termin wahrnahmen. Die Spechte im Kopf spielten jetzt Nachlauf, und Monikas Laune wurde immer schlechter.

Die Johannisbeeren standen noch in der Küche und warteten darauf, zu Gelee verarbeitet zu werden. Außerdem hatte es ein paar Tage lang nicht geregnet, und die Gemüsebeete mussten dringend gewässert werden. Immer mehr fiel ihr ein, was ausgerechnet heute dringend zu erledigen war. Schließlich packte sie die blanke Wut, und sie warf die Zeitung auf den Fußboden. Wieso hatte sie bloß zugesagt, die Kinder zu übernehmen? Und überhaupt, wieso war Susi zu diesem Termin verpflichtet? Sie war doch schließlich selbständige Grafikerin und damit unabhängig von bürokratischem Ballast, wie sie es immer so blumig formulierte. Das gemütliche Frühstück im Bett fand ein jähes Ende. Stocksauer schlug Monika die Bettdecke zurück.

Für ihren Anruf wählte sie den späten Vormittag. Meistens hatte Susi da viel zu tun, vielleicht würde das die Diskussion abkürzen. Schon bei der Begrüßung war klar, dass auch ihre Tochter schlechte Laune hatte.

„Es tut mir leid, aber ich schaffe das heute nicht. Ich kann die Kinder von der Schule abholen, aber dann muss ich wieder heim. Kochen ist nicht drin", erklärte Monika mit fester Stimme. Einen Moment war Funkstille. Dann brach das Gewitter los.

„Das darf ja wohl nicht wahr sein. Bisher hat es doch auch immer geklappt. Du hast das übernommen, und ich verlasse mich fest auf dich. Es kommt gar nicht in Frage, dass du kneifst."

Susanne ließ keinen Zweifel daran, wie sie die Angelegenheit sah. Das war starker Tobak, nun war es auch bei Monika aus mit der Diplomatie. „Ich habe gesagt, dass ich es mache, wenn ich kann. Und heute geht es eben nicht."

„Wieso? Was hast du denn Dringendes zu tun?"

Monika holte tief Luft. „Das geht dich überhaupt nichts an, ich bin dir schließlich keine Rechenschaft schuldig. Und da wir gerade dabei sind: Ich habe in letzter Zeit weiß Gott genug für dich getan. Wenn ich nur an diesen unsäglichen Karton mit den Steuerbelegen denke, wird mir ganz anders. Das ist eine Zumutung! Stunden hat mich das gekostet, Ordnung da reinzubringen", bellte sie in den Hörer.

„Ich hab eben keine Zeit", knotterte Susi, „alles zu sortieren und mit Schleifchen zu versehen."

Beide schnauften hörbar. Monika beruhigte sich als erste wieder. „Das hat doch keinen Sinn, dass wir uns anschreien", versuchte sie es im Guten.

„Na, endlich kommst du zur Vernunft." Die Erleichterung war Susi deutlich anzuhören. „Dann bleibt es also dabei: Du holst die Kinder ab und machst was zu essen."

„Nein", knurrte Monika mit zusammengebissenen Zähnen.

Sie hörte einen dumpfen Schlag, als würde ihre Tochter mit der Faust eine Tischplatte bearbeiten. „Was bist du eigentlich für eine Oma, dass du noch nicht einmal Zeit für deine Enkel hast?"

Foulspiel! Ein Schlag unter die Gürtellinie. Das musste sie sich nicht bieten lassen. „Und was bist du für eine Mutter, der ein blödsinniger Termin wichtiger ist als die eigenen Kinder?"

Und dann legte sie einfach auf.

Die Seniorinnen-Gymnastikgruppe war mal wieder abgrundtief langweilig. Der ältere Herr, der mit gichtigen Fingern das Klavier bearbeitete, gab sein Bestes. Aber das machte dieses alberne Herumschlendern auch nicht besser, fand Uschi.

„Und nun wieder alle im Kreis. Und rechts herum, zwei-drei, und links herum, zwei-drei..."

Die Stimme der Kursleiterin, Frau Schneiderhannes, klang aufreizend fröhlich. Ein Dutzend ältere Damen versuchte, sich zum dreivierteltaktigen Geklimper anmutig zu bewegen. Uschi nahm Blickkontakt zu ihrer Freundin Rita auf und verdrehte genervt die

Augen. Die zwinkerte ihr zu, und Uschi wusste, dass es ihr genauso ging.

„Das ist wie Schongang mit kaltem Wasser. Bringt überhaupt nichts“, flüsterte Uschi, als sie nach dem fröhlichen Reigen nebeneinander auf dem Rücken lagen, um weisungsgemäß tief durchzuatmen.

„Ich wünschte, ihr würde mal etwas Interessanteres einfallen als dieser Ringelreihen. Dabei kommt ja noch nicht mal mein Kreislauf richtig in Schwung.“

Nach dem Ausatmen folgte die übliche Pause, bei der sich alle am Tisch versammelten. Frau Schneiderhannes schenkte koffeinfreien Kaffee ein und wachte mit Argusaugen über die Verteilung des Kuchens.

„Möchtest du ein Passionsfruchtschnittchen?“, fragte Rita Uschi in gespielt affektiertem Ton.

„Nein danke. Ich bin schon vor Jahren aus der Kirche ausgetreten“, kam es prompt im gleichen Ton zurück.

Die beiden wollten sich ausschütten vor Lachen, und ein paar andere Damen lachten mit.

Frau Schneiderhannes schaute pikiert. Vielleicht war sie streng religiös und nahm den Witz übel. Aber ganz sicher war sie eine echte Schlaftablette. Obwohl sie schon des Öfteren versucht hatten, etwas Lebhafteres anzugehen als Schlenderschritt zum Schellentamburin, hatte sich am Standardprogramm der Kursleiterin nichts geändert.

Uschi nippte an ihrem Kaffee. Wenn die wüssten, wie bei uns montagabends die Post abgeht, dachte sie. Rita war das letzte Mal dabei gewesen und ganz begeistert von der Senioren-Disco. Da kam ihr ein Gedanke. Sie hatten doch früher diese Formationstänze einstudiert. Es war in der Tanzstunde gewesen, sie konnte sich noch ziemlich gut daran erinnern. Was war das doch gleich für ein Musiktitel gewesen? Sie fing an zu grübeln.

„Venus!“

Endlich war es ihr wieder eingefallen. Die anderen schauten sie erstaunt an.

„Was ist los?“, fragte Rita.

Es war Uschi gar nicht bewusst gewesen, dass sie laut gedacht hatte. Aber die Idee war gar nicht so dumm. Man könnte doch versuchen, so etwas einzuüben. Vielleicht hatten ja noch mehr Frauen Lust darauf.

„Mir ist gerade eingefallen, was wir früher in der Tanzstunde gemacht haben. So Formationstänze. Alle standen in Reihen hintereinander und haben dieselben Schrittfolgen getanzt. Das hat toll ausgesehen. Und hat viel Spaß gemacht. Warum versuchen wir das hier nicht auch einmal?"

Nun war es heraus, und Uschi wartete gespannt auf die Reaktionen. Einige Gesichter hellten sich auf.

„Ja, ich kann mich auch noch erinnern", sagte eine Frau, und andere stimmten ihr zu. Das ließ sich vielversprechend an. Ein Blick auf Frau Schneiderhannes zeigte ihr allerdings, dass sie nicht davon angetan war. Logisch, es bedeutete zusätzliche Arbeit. Aber wenn sie sich selbst um die Musik kümmerten? Gemeinsam könnten sie sich auch eine Choreografie ausdenken.

„Frau Hasselbach, können Sie mir verraten, um was es eigentlich geht?", fragte Frau Schneiderhannes unwillig.

Uschi lächelte sie freundlich an. „Das war nur so ein Gedanke, wie wir Sie mal entlasten könnten. Als kleines Dankeschön, weil Sie doch immer so viel Arbeit mit uns haben."

Es kam nur darauf an, wie man die Sache verpackte. Die Kursleiterin stutzte, dann verklärte sich ihr Gesicht. „Entlasten? Das ist ja ganz reizend von Ihnen", sagte sie geziert. Und damit war sozusagen die Katze im Sack.

„Hast du eine Idee, wo ich ‚Venus' herkriege?"

„Was für eine Venus?"

Friedrich war verwirrt. Wovon redete Uschi eigentlich? Sie war total aufgekratzt von ihrer Gymnastikstunde nach Hause gekommen, irgendwie hatte er ein dummes Gefühl, dass da was im Busch war.

„Na, dieses Lied. Von der Tanzstunde. Kannst du dich nicht mehr erinnern?"

„Ach, die Venus! Ja klar, kenne ich."

„Und? Wo kriegen wir das her?"

Was wollte sie damit? Er traute sich nicht zu fragen. Wenn sie diesen leicht nervösen Ton drauf hatte, war es vielleicht besser, sie nicht noch mehr aufzuregen. In ihrer schlechten gesundheitlichen Verfassung musste sie sich schonen. Besorgt betrachtete er die roten Flecken auf ihren Wangen. Sie war heute später als sonst heimgekommen, hoffentlich war nichts vorgefallen. Wenn er bohrte, würde sie sofort auf ihn losgehen, dass er ihr gefälligst nicht hinterher spionieren solle. Dabei machte er sich doch nur Sorgen um sie. Ach, manchmal war es gar nicht einfach, auf seine temperamentvolle Frau aufzupassen.

„Friedrich, was ist los?"

Er zuckte zusammen. „Hm?"

„Ich kann mich nicht mehr erinnern, wie diese Band heißt. Aber das muss doch rauszukriegen sein. Vielleicht im Internet. Machst du das für mich, ja? Du kannst das doch so gut", schmeichelte sie.

Er schmunzelte. „Nur wenn du mir erzählst, was eigentlich los ist. Du hast doch was vor, das sehe ich dir an."

Es sprudelte nur so aus ihr heraus. Diese langweilige Gymnastikstunde, es hing ihr zum Halse raus. Sie wollte das endlich mal aufpeppen.

Er zögerte. „Ich halte das nicht für gut. Du bist noch angeschlagen und solltest dich schonen. Wir haben doch jetzt die Montags-Disco, da kannst du dich austoben."

Sie warf ihm einen genervten Blick zu. „Schonen kann ich mich, wenn ich tot bin. Dann hab ich viel Zeit dafür."

Er riss entsetzt die Augen auf. „Sag doch sowas nicht!"

Der Gedanke, dass sie sterben könnte, war ihm unerträglich. Sein ganzes Leben drehte sich doch nur um sie, er brauchte sie wie die Luft zum atmen.

„Es kommt, wie es kommt. Da will ich die Zeit, die mir bleibt, genießen. Alles andere ist Vergeudung, findest du nicht?"

Er war nicht imstande, ihr eine Antwort zu geben. Starr schaute er ihr nach, wie sie fröhlich vor sich hin singend ins Schlafzimmer ging, um ihre Gymnastiksachen wegzuräumen.

„A goddess on a mountain top..."

Sie strotzte nur so vor guter Laune. Plötzlich kam er sich unglaublich dumm vor. Wenn er so weiter machte mit seiner ewigen Schwarzseherei, vermieste er sich wirklich sein Leben. Und ihres noch dazu.

Pfeifend stand Stefan in seiner Küche. Er schwebte auf Wolke Sieben, denn Fred war wieder aufgetaucht. Als wäre nichts gewesen, stand er heute Mittag plötzlich im Salon und begutachtete mit großen Augen die Veränderungen, die es inzwischen gab. Stefan wäre ihm am liebsten um den Hals gefallen, aber vor der Kundschaft ging das natürlich nicht. Nur für einen kurzen Moment hatte er ihn in den Lagerraum gezerrt und ihm flüsternd Vorwürfe gemacht, bevor er ihn liebevoll umarmte.

Fred kam zum Abendessen. Und Stefan war wild entschlossen, sein Bestes zu geben. Der Nachmittag war eine einzige Hetze gewesen. Zwischen Strähnchen wickeln und auswaschen hatte er sich aus dem Internet ein paar schöne, wenn auch nicht gerade einfache Rezepte herausgesucht. Einer Kundin hatte er kurzerhand telefonisch abgesagt und den Laden zwei Stunden früher geschlossen. Nach einem Dauerlauf durch die Geschäfte war er nach Hause geeilt. Es war höchste Zeit, mit dem Kochen zu beginnen.

Loup de Mer auf einem Bett von Blattspinat sollte es geben. Dazu getrüffeltes Kartoffelgratin und eine Weißweinsoße, die geradezu göttlich schmecken sollte, so versprach es zumindest das Rezept, das er gefunden hatte. Das Kartoffelgratin blubberte bereits im Ofen vor sich hin, und Stefan schaute alle zwei Minuten durch die Glastür, ob sich schon eine leichte Bräune zeigte. Zwei Finger hatte er mit Heftpflaster bekleben müssen; der neue High-Tech-Schneider für die Kartoffeln war schärfer gewesen, als er vermutet hatte.

Mit gerunzelter Stirn betrachtete er den Fisch. Was für ein hässliches Ding! Er hatte keine Ahnung, wie er ihn zerlegen sollte, und auch die Anleitung gab nicht viel her. Da war von Filettieren die Rede, er hatte nur eine vage Vorstellung davon, was das hieß. Mit einem spitzen Messer vollführte er einen kühnen Schnitt entlang der Mittelgräte. Er entfernte die Haut und versuchte, das weiße Fleisch darunter auszulösen. Aber irgendwie wollte es nicht so wie er. Er pulte und zerrte, setzte einen neuen Schnitt und führte einen verzweifelten Kampf, der nicht zu gewinnen war. Das Massaker nahm seinen Lauf. Unglücklich schaute er auf das Ergebnis, ein Haufen Fischfragmente, der bestenfalls zu Frikadellen verarbeitet werden konnte. Mit Filet hatte das bestimmt nichts mehr zu tun. Vielleicht konnte man die Kleinteile in den Spinat einwickeln? Aber auch die Spinatblätter erwiesen sich als widerspenstig und wehrten sich erfolgreich dagegen, mit den winzigen Fischteilchen gefüllt zu werden. Ratlos tupfte er sich mit einem Küchenhandtuch den Schweiß von der Stirn und nippte an seinem Weinglas. Ein guter Koch kann aus allem etwas machen. Er brauchte nur eine Idee, dann würde alles gut werden. Vielleicht sollte er noch mal im Internet...

Ein stechender Geruch riss ihn aus seinen Überlegungen. Er schnüffelte aufgeregt – das Gratin! Schnell riss er die Backofentür auf.

Er hatte wohl zu viel Sahne genommen. Die war über den Rand der Form gekocht und hatte sich als schwarze Masse im Ofen verteilt. Er griff nach den Topflappen und beförderte das Gratin eine Etage höher auf die Herdplatte. Es stank erbärmlich, und der Geruch verteilte sich schnell in der ganzen Wohnung. Wohin mit dem Zeug? Der Balkon! Er rannte ins Wohnzimmer und riss die Glastür auf. Dort auf dem Boden fand die verkrustete Auflaufform ihre vorläufig letzte Ruhestätte. Stefan schloss die Tür und zog die Vorhänge zu. Spontan beschloss er, dass das heute kein Abend sein durfte, an dem sie den Espresso draußen zu sich nehmen würden.

Er musste den Tatsachen ins Auge sehen. Zum Koch war er einfach nicht geboren, da konnte er sich noch so viel Mühe geben. Resigniert schaute er sich in der Küche um, die einem Schlachtfeld glich. Was soll's? Es war ja schließlich nicht das erste Mal, dass er beim Kochen völlig versagte. Er schaute auf die Uhr. Es konnte gerade noch klappen. Die Telefonnummer von Oscar's kannte er auswendig.

Als Fred zur Tür herein kam, war von dem Chaos nichts mehr zu sehen. Sie begrüßten sich freundlich, aber Stefan spürte eine ungewohnte Kühle, während sie sich umarmten.

Mit schlechtem Gewissen servierte er ein Filet Wellington, das Fred ausgiebig lobte.

„Dass du nach einem anstrengenden Tag noch die Energie hast, so etwas auf den Tisch zu zaubern, das ist unglaublich."

„Och, das ging ganz fix", murmelte Stefan und wechselte schnell das Thema. Sein neues Salonprojekt ließ sich erfreulich gut an. „Die Damen sind begeistert von der Idee. Ich habe immer ein paar Flyer dabei und lege sie überall aus. Gestern kam wieder eine Neukundin, die sich umstylen lassen wollte. Ich glaube, ich habe seit zehn Jahren zum ersten Mal wieder einen Bob geschnitten. Dazu ein dezentes Makeup – du hättest sehen sollen, wie die gestrahlt hat, als sie ging. Und für nächste Woche hab ich schon drei Vormerkungen."

Er nippte an seinem Wein und sah Fred erwartungsvoll an.

„Es hat dir offensichtlich gut getan, dass ich ein paar Tage weg war", meinte sein Freund trocken.

Vor Schreck hätte sich Stefan fast verschluckt.

„Aber ... das ist doch Quatsch! Es war schrecklich, als du nicht da warst. Ich hab mich ganz elend gefühlt." Er langte über den Tisch und drückte die Hand des Freundes. „So etwas darfst du nicht wieder machen, hörst du?"

Sie schauten sich an, und endlich sah er wieder den liebevollen Glanz in Freds Augen. „Mir ging es auch nicht besonders. Aber ich wusste nicht mehr, was ich machen sollte. Und wenn ich ehrlich bin, weiß ich es immer noch nicht."

„Kannst du mir nicht noch ein bisschen Zeit lassen?", bat Stefan.

Fred zog seine Hand zurück. „Wie lange noch? Willst du dich auf deinem Grabstein outen? Schau dich doch um. Es gibt so viele gleichgeschlechtliche Pärchen, die glücklich zusammen leben. Kein Hahn kräht danach. Und selbst wenn, sind denn ein paar blöde Bemerkungen so wichtig?"

Jetzt war es soweit. Stefan stand auf und holte einen Zettel. Es war eine Wohnungsanzeige. Fred studierte den Text. „Textorstraße, das ist doch gar nicht weit von hier."

Stefan nickte langsam. „Der Mietvertrag ist schon vorbereitet. Wir müssen nur noch unterschreiben."

Der Anruf kam am Sonntagabend, als es sich Monika gerade vor dem Fernseher gemütlich gemacht hatte. In den letzten Tagen war sie ständig um das Telefon herumgeschlichen. Natürlich war es normal, dass man sich ab und zu stritt, aber die letzte Auseinandersetzung mit Susi hatte sie schwer belastet. Es musste etwas grundsätzlich geklärt werden zwischen ihnen beiden, aber sie wusste nicht, wie sie es angehen sollte.

Der betont neutrale Ton, in dem sich ihre Tochter meldete, zeigte, dass auch bei ihr noch kein Gras über die Sache gewachsen war. „Alles okay bei dir?"

Das war ja ganz neu, dass sich Susi danach erkundigte, wie es ihr ging. „Ja, ja, natürlich." Es entstand eine unangenehme Pause, die Monika schnell mit Belanglosem überbrückte. „Dieses Jahr gibt es so viele Johannisbeeren wie schon lange nicht mehr. Ich hab Gelee gekocht, das reicht für eine ganze Kompanie."

„Da werden sich die Kinder aber freuen."

„Ja."

„Du, unser letztes Telefonat, das war..."

„Du hast recht, das war nicht schön", ergänzte Monika erleichtert. Der Anfang war gemacht. Und wenn Susi sich entschuldigen wollte, würde sie nicht nachstehen und zugeben, dass sie sich auch vergaloppiert hatte.

„Wir hatten beide einen schlechten Tag", hörte sie die Tochter sagen. So richtig nach Entschuldigung klang das nicht, aber immerhin. Gerade wollte sie zum Thema Neuanfang ansetzen, als Susi weiter redete. „Ich hab heute einen Anruf bekommen. Vom Art Director dieser neuen Firma..."

„Am Sonntag?" entrüstete sie sich.

„Das ist nun mal so heutzutage", kam es schnippisch zurück.

Oha! Das ging ja genau so los wie beim letzten Telefonat. Monikas Nackenhaare sträubten sich. „Und? Was wollte er?", fragte sie leicht pikiert.

„Er hat ein paar neue, ganz heiße Ideen, die er morgen Abend unbedingt mit mir durchgehen will."

„Wie schön für dich."

Sie wusste genau, auf was das hinauslief. Aber sie dachte nicht im Traum daran, Susi auch nur einen Schritt entgegenzukommen. Siedend heiß fiel ihr ein, dass am Montagabend ja Disco war. Na, das kam ja überhaupt nicht in Frage, dass sie wegen der heißen Ideen eines Werbefuzzis auf die schönsten Stunden der ganzen Woche verzichtete.

„Du weißt doch genau, um was es geht."

„Nö. Ich hab keine Ahnung von Werbung", stellte sie sich taub und stur.

Wohl oder übel musste Susi nun sagen, was Sache war. „Tim und Krissi, nur zwei Stunden, ich schwöre es. Das ist wirklich brenzlig im Moment. Eventuell geht der ganze Auftrag den Bach runter, wenn ich nicht mitspiele. Du brauchst auch nichts zu kochen. Nur dass einer da ist, damit die beiden keinen Unfug machen."

Das klang ernst, und es tat Monika auch leid, aber sie blieb hart. „Mein liebes Kind, ob du es glaubst oder nicht, ich würde dir sehr gerne helfen. Aber ausgerechnet morgen Abend kann ich nicht. An jedem anderen Tag, aber nicht Montag."

„Wieso? Was ist denn da?"

Susi war hellhörig geworden, Monika druckste herum. „Ah ... das ist ... also darüber möchte ich nicht reden."

Die Stille in der Leitung war greifbar. Es war noch nie da gewesen, dass Monika Geheimnisse vor ihrer Tochter hatte, sie merkte selbst, dass das nicht gut klang. Aber die Alternative ging schon gar nicht. Nie hätte sie Susi begreiflich machen können, warum ihr diese paar ausgelassenen Stunden wichtiger waren als die eigene Familie. Außerdem hatte sie sich inzwischen schon viel zu weit aus dem Fenster gelehnt als dass sie noch hätte zurückrudern können.

„Na gut. Wenn du nicht darüber reden willst, dann ist das deine Sache", kam es gekränkt aus dem Hörer. „Dann will ich auch nicht weiter stören."

„Hör mal, einen winzig kleinen Rest meines Lebens will ich wirklich für mich behalten. Das wirst du doch verstehen!"

Mitten im Satz hörte sie das Klacken. Dieses Mal hatte Susi aufgelegt.

„So viele Jahre hab ich mich gekümmert, gemacht und getan, als Mutter. Hab das Geld verdient. Ich selbst stand immer hinten an. Aber jetzt hab ich ein Recht auf ein bisschen Glück und Freude. Daran ist doch nichts Schlimmes."

Monika redete weiter. Es war ihr egal, dass niemand zuhörte, die Wörter sprudelten einfach aus ihr heraus.

Sie legte das Telefon zurück auf die Ladestation. Natürlich hab ich das Recht darauf, dachte sie trotzig. Dass sie sich trotzdem schlecht fühlte, stand auf einem anderen Blatt.

Unruhig tigerte Eddie im Wohnzimmer herum. Vor einer Weile hatte Pauline noch im Garten gearbeitet, während er vor dem Fernseher gedöst hatte. Als er hochgeschreckt war und sie suchen ging, war sie unauffindbar. Es war nicht das erste Mal, dass sie einfach so für eine Weile verschwunden war, seit einiger Zeit kam das immer häufiger vor. Wenn er sie zur Rede stellte, schlich sie in ihrer linkischen Art wortlos an ihm vorbei und gab keine Auskunft. Dass einfach nichts aus ihr herauszukriegen war, irritierte ihn. Aber er hatte es ihr ja selbst abgewöhnt, seinen Anordnungen zu widersprechen. Nein, er konnte nicht den Finger darauf legen, was genau mit ihr los war. Aber sein Gefühl sagte ihm, dass die neueste Entwicklung nicht gut war. Nicht gut für ihn.

Sie musste sich leise zur Haustür hereingeschlichen haben, jedenfalls hörte er sie erst, als sie in der Küche herumhantierte. Sofort schoss er auf sie los. „Wo warst du?"

Sie schrak sichtbar zusammen, und er suchte ihr Gesicht nach Anzeichen von schlechtem Gewissen ab. „Ich war doch da, die ganze Zeit."

Sie konnte ihn nicht ansehen, griff nach einer Wasserflasche und goss sich ein Glas voll.

„Du warst eben nicht da. Ich hab dich gesucht. Hältst du mich für blöde? Glaubst du, ich merke nicht, dass du dich rumtreibst?“ Er packte sie so heftig am Arm, dass das Wasser aus dem halbvollen Glas schwappte, das sie hielt. „Schau mich gefälligst an, wenn ich mit dir rede!“, brüllte er los.

Mit schreckgeweiteten Augen starrte sie ihn an, den Mund zu einer Grimasse verzerrt. „Du tust mir weh“, wehrte sie sich.

Er ließ sie los. Das hatte ja keinen Sinn. So würde er kein vernünftiges Wort aus ihr rauskriegen. „Also sag schon“, fuhr er in ruhigerem Ton fort. „Wo warst du?“

Ihr Blick schweifte über den Fußboden. „Ich war nur...“, fing sie an.

„Ja?“

Etwas schwarz-weiß Geflecktes strich um ihre Beine. Dieses Mistviech von Katze! Er konnte sie nicht ausstehen. „Fleckchen ... sie war weg. Ich hab sie gesucht.“

Sie schaute hoch, und etwas wie Trotz lag plötzlich in ihrem Blick. Wollte sie herausfinden, ob er diese Lüge schluckte? Oder war es tatsächlich so, dass sie die Katze gesucht hatte? Plötzlich war er unsicher. Verdammt, er hatte gedacht, dass er sie in- und auswendig kannte, aber da war plötzlich etwas Neues an ihr, das sich ihm entzog.

„Das muss diese Monika sein“, mutmaßte er, und als er ihren fragenden Blick sah, wiederholte er es lauter, drohender. „Diese Monika, deine neue Freundin, es passt mir nicht, dass ihr dauernd zusammengluckt. Alle paar Tage ruft sie an. Und in diesem Finanzamt, also dieser Disco, da seid ihr über Stunden wie vom Erdboden verschluckt.“

„Sie ist meine Freundin, da hast du recht. Die erste, die ich seit vielen Jahren habe.“

Schon wieder dieses Aufmüpfige, als ob sie es darauf anlegte, Ärger zu bekommen. „Sie hat einen schlechten Einfluss auf dich. Du bist irgendwie ... ich weiß auch nicht. Du bist nicht mehr du selbst. Das gefällt mir nicht.“

„Da kann ich dich beruhigen. Ich bin so sehr ich selbst wie schon seit langem nicht mehr.“

Lässig lehnte sie sich an die Spüle, scheinbar ganz entspannt. Die Shorts, die sie trug, gaben den Blick auf ihre braun gebrannten Beine frei. Ihr Gesicht war von der Sonne gerötet, und ein paar Sommersprossen hatten sich auf dem Nasenrücken breit gemacht. Sie war immer noch eine attraktive Frau, das war ihm schon lange nicht mehr aufgefallen. Ein Grund mehr, sie wieder einmal daran zu erinnern, wer der Herr im Haus war. „Ich wünsche nicht, dass die Katze in der Küche herumschleicht. Nachher hab ich noch Haare im Essen.“ Es war ein Versuchsballon, er wollte sehen, wie sie reagierte.

„Fleckchen würde nie hochspringen. Sie bleibt auf dem Fußboden. Du brauchst keine Angst zu haben, dass du ein Haar findest.“

Mit fast aufreizender Ruhe hatte sie gekontert. Da war nichts Kuschendes an ihr wie sonst. Sie ging an ihm vorbei in den Flur, ließ ihn einfach stehen. Bei Eddie schrillten die Alarmglocken. Irgendwas lief da schief, das war ja schon fast Meuterei. Krampfhaft suchte er nach etwas, irgendetwas, mit dem er sie kriegen konnte. „Was gibt's heute zu essen?“ Auf die Schnelle war ihm nichts anderes eingefallen.

Sie drehte sich nicht einmal um. „Heute ist Sonntag. Kalte Küche, wie immer.“

Er ging ihr nach ins Wohnzimmer. „Aber ich hab Hunger. So ein labberiges Wurstbrot, davon werde ich nicht satt. Mach was Anständiges.“

Sie hatte die Klinke der Terrassentür schon in der Hand. „Aber das ist doch schon seit Jahren so, dass du sonntags nur was Kaltes isst. Du hast es doch selbst so angeordnet.“

Zufrieden bemerkte er die Verunsicherung auf ihrem Gesicht. „Dann ist es heute halt mal anders. Ich will, dass du was kochst.“

„Ich hab nichts vorbereitet.“ Unschlüssig stand sie da.

„Das ist mir egal. Du wirst doch wohl in der Lage sein, etwas Warmes zu essen zu machen“, sagte er hitzig.

Sie machte die Terrassentür auf. „Nein, kann ich nicht. Und wenn's dir nicht passt, dann mach dir doch selber was.“

Er erwischte sie am Arm, bevor sie noch richtig draußen war. „Was?“, brüllte er sie an. „Was hast du gerade gesagt? Ich soll kochen?“ Mit hochrotem Gesicht stand er vor ihr. „Der Tag, an dem ich freiwillig die Küche betrete, ist der Tag, an dem die Welt untergeht!“

Für eine Sekunde war da etwas in ihren Augen. Hass? Aber er musste sich wohl getäuscht haben, denn gleich darauf kam wieder dieser ängstliche Blick, den er kannte, die gekrümmte Haltung, der gesenkte Kopf. Das hatte er sich doch gleich gedacht, dass diese kleinen aufmüpfigen Anwandlungen nichts weiter waren als heiße Luft.

„Ich glaube, wir haben noch Tiefkühlpizza." Ihre Stimme klang dünn und hoch.

Großzügig nickte er. „Das ist okay."

Wortlos verschwand sie in der Küche. Eddie schenkte sich einen Cognac ein. Nach der Aufregung hatte er sich einen verdient.

ZEHN

Im ehemaligen Finanzamt lief alles wie am Schnürchen. Der nächste Disco-Abend war gestartet. Mit einer Kippe in der Hand tauchte Schorsch in der Eingangstür auf. „Na, wie macht es sich?", fragte er.

Hans thronte hinter einem Tisch, vor sich eine Handkasse. „Bisher hat noch keiner gemeckert." Auch heute war wieder ein kleines Eintrittsgeld für die Disco fällig.

„Ich glaube, zwei Euro kann jeder erübrigen. Es ist ja wirklich nur, weil wir unsere Kosten decken müssen."

Hans nickte bedächtig. „Ja, das erkläre ich auch jedem. Strom, Wasser, an sowas denkt halt niemand."

Aus der Kantine schallte die Musik bis zu ihnen heraus. Hans hob den Kopf und lauschte.

„Die Streisand", klärte ihn Schorsch auf. „Auch die hat ihre Fans. Mein Fall ist sie allerdings nicht."

Hans grinste. „Ist dir wohl zu schmusig, gell? Zarte Töne sind halt nichts für Rockerohren."

Spontan fielen Schorsch ein paar Stellen aus der Zauberflöte ein, aber er hielt wohlweislich den Mund. „Auf jeden Fall sieht es heute ganz nach einem neuen Besucherrekord aus. Es ist noch nicht mal acht Uhr, und die meisten Tische sind bereits besetzt."

Hans überschlug im Kopf seine Einnahmen. „Wir werden Plus machen. Das ist gut, falls es mal wieder schlechter laufen sollte."

Schorsch runzelte die Stirn. „Meinst du, wir haben genug Getränke? Es ist ziemlich heiß da drinnen, da trinken die Leute mehr."

„Na klar. Die vom Schluckspecht liefern ja jetzt palettenweise an. Also Limo, Cola, Wasser. Das reicht auch noch fürs nächste Mal. Wie ist das eigentlich, sind wir jetzt eine Firma oder so?"

„Das ist eine gute Frage", bemerkte Martin, der gerade herauskam und die Frage gehört hatte.

Das merkliche Zusammenzucken von Schorsch sprach Bände. So langsam konnte man diesen Menschenauflauf wirklich nicht mehr als private Veranstaltung bezeichnen.

„Ich fürchte, wir werden bald Probleme bekommen", hakte Martin nach. „Bei Licht besehen bräuchten wir eine Konzession für den Laden. Firmengründung, Pachtvertrag, die Steuer natürlich. Und wie sieht es eigentlich mit der GEMA aus?"

Hans hatte keine Ahnung, wovon er eigentlich redete, Schorsch dagegen schon. Das Thema hatte ihm schon leichte Kopfschmerzen bereitet. Sie bewegten sich hart am Rande der Legalität, so viel stand fest. „Und wenn wir die Gewinne spenden? Irgendwas Gemeinnütziges, dann müsste das doch okay sein."

Martin schüttelte den Kopf. „Ich fürchte, so einfach ist das nicht. Ich hatte vor ein paar Tagen ein Gespräch mit meinem Steuerberater. Der warnt dringend davor, einfach so weiterzumachen."

„Tja, aber was sollen wir machen? Du bist doch Unternehmer, da kannst du doch sicher was deichseln", lockte Schorsch.

Aber so schnell wollte sich Martin vor diesem verfahrenen Karren nicht einspannen lassen. „In erster Linie bist du es, der das Ganze angefangen hat. Und dann erhebt sich die Frage, wie lange diese Rentner-Disco überhaupt noch läuft."

Plötzlich fühlte Hans die Blicke der beiden auf sich gerichtet. „Ich hab nichts mehr gehört in letzter Zeit. Seit dem einen Mal, wo mir der Mann was von Abriss erzählt hat, also der von der Stadt", murmelte er.

Schorsch hatte genug von dem Thema. „Ich geh wieder rein", verkündete er und verschwand. Schließlich musste man sich ja nicht unbedingt den Abend verderben lassen.

Stefan und Fred hatten sich an einem Tisch gleich neben der Spiegelgalerie niedergelassen. Während Stefan von einigen Damen überschwänglich begrüßt wurde, war Fred ganz mit Gucken und Staunen beschäftigt. „Das war mal eine Kantine? Nicht zu glauben!"

Stefan nickte und strahlte. Er fühlte sich so glücklich wie seit langem nicht mehr. Und er war so aufgekratzt, dass es ihn kaum noch auf seinem Stuhl hielt.

Viel war von dem ursprünglich nüchternen Raum wirklich nicht mehr zu sehen. Mit zunehmender Besucherzahl waren mehr und mehr Tische und Stühle aufgestellt worden, so dass der Raum inzwischen weitgehend gefüllt war. Entsprechend musste auch die Tanzfläche vergrößert werden, auf der sich jetzt gut zwei Dutzend Leute tummelten. Schorsch hatte ein paar Poster für die Wände aufgetrieben, und auch die Lichtanlage war aufgerüstet worden. Die Spots, das Schwarzlicht und natürlich die rotierende Discokugel schafften eine Atmosphäre, in der man sich tatsächlich in die 70er Jahre versetzt fühlte. Die Musik tat ein Übriges.

„Hallo Stefan! Ach, und Fred, Sie sind ja auch da. Das wurde aber auch Zeit, dass Sie sich unsere tolle Disco mal anschauen." Eine rothaarige Frau war auf die beiden aufmerksam geworden und verteilte großzügig Küsschen auf die Wangen der beiden Männer. „Man sieht sich." Neckisch winkend verschwand sie wieder.

„Bisschen zu viel Make-up. Aber den Haarschnitt hab ich toll hingekriegt. Der passt genau zu ihrem Typ", kommentierte Stefan mit einem Schuss Rührung in der Stimme und stolzgeschwellter Brust. Er konnte sich genau daran erinnern, wie sie vor der Typberatung ausgesehen hatte, eine klassische Rothaarige mit milchweißer Haut. Das scheckige Grau, die natürliche Farbe ihrer Haare, hatte sie richtig krank aussehen lassen. „Schau mal, da drüben ist Monika. Das war eine harte Nuss. Diese Naturlocken sind genauso störrisch wie sie selbst." Er betrachtete kritisch ihre Frisur. „Ich muss ihr noch mal zeigen, wie über die Rundbürste geföhnt wird."

Monika stand am Rande der Tanzfläche in einem angeregten Gespräch mit ein paar Leuten. Die gepflegten, kinnlangen Haare umschmeichelten ihr Gesicht und wippten bei jeder Bewegung mit.

„Oh, und da drüben ist eine von meinen Kundinnen." Je länger er schaute, desto mehr bekannte Gesichter entdeckte auch Fred. Liebevoll drückte er Stefans Hand. „Deine Idee mit dem Salon war einfach genial."

Aber noch mehr freute es ihn, dass Stefan zum ersten Mal nicht zusammenzuckte bei einer solchen Berührung in der Öffentlichkeit. Es hatten gewaltige Veränderungen stattgefunden, nicht nur im Salon, sondern auch im Kopf seines Freundes.

Im Hintergrund der Kantine tat sich etwas. Ein Rudel Damen sammelte sich um Uschi, die sichtlich nervös versuchte, die Häupter ihrer Lieben durchzuzählen. Alle waren in schwarze Hosen und blaue Oberteile gekleidet.

„Ich bin so aufgeregt. Hoffentlich klappt alles."

Es hatte eine Weile gedauert, bis die Gymnastikgruppe den Formationstanz aus der Tanzstundenzeit eingeübt hatte. Aber dann war sogar Frau Schneiderhannes regelrecht entzückt von dem Ergebnis gewesen.

„Meine Damen, nie hätte ich erwartet, dass Sie so etwas auf die Beine stellen", hatte sie geflötet.

Angespornt von dem Lob hatte Uschis Truppe einen Auftritt in der Disco geplant, der nun unmittelbar bevorstand. Allerdings hätten die meisten nun liebend gern darauf verzichtet. Aufregung und Lampenfieber waren groß, und die Gruppendynamik tat ein Übriges, um die Nervosität ins Unendliche zu steigern. Hektisch redeten alle durcheinander, richteten Kleidung und Haare und versicherten sich gegenseitig, dass es eigentlich völlig egal war, wie die Sache lief. Was natürlich nicht stimmte.

Endlich waren alle da und bereit. Hektisch winkte Uschi Friedrich zu, den sie am Tresen postiert hatte. Es konnte losgehen.

„...rollin' on a River." Die letzten Töne von ‚Proud Mary' verklangen, und der DJ griff zum Mikrofon. „Und jetzt der Höhepunkt des heutigen Abends: Bitte die Tanzfläche räumen für eine Darbietung unserer Tanzformation!"

Schlagartig herrschte Ruhe, während man die Fläche frei machte. Sogar Hans klemmte sich die Kasse unter den Arm und hastete von seinem Außenposten hinein. Das wollte er sich nicht entgehen lassen. Viele standen auf und reckten ihre Hälse, um besser sehen zu können. Die Damen marschierten auf und formierten sich in vier Dreierreihen.

„A Goddess on a Mountain Top..."

Kick-Rück-Step, Kick-Rück-Step, ein Ausfallschritt nach rechts, Promenade, Kreuzen und halbe Drehung – es lief wie am Schnürchen. Konzentriert performte die Truppe die Nummer, die jede Einzelne im Schlaf konnte. Nur ja im Takt bleiben, nicht aus der Reihe tanzen, damit es auch wirklich wie ein Formationstanz aussah. Es klappte bestens. Nur gegen Ende unterlief ausgerechnet Rita ein kleiner Fehler, wodurch auch ein paar andere aus dem Rhythmus kamen. Aber das war wirklich nicht mehr als ein kleiner Schönheitsfehler, über den man großzügig lachte.

Als der Titel ausklang, brandete Applaus auf, und sogar ein paar anerkennende Pfiffe waren zu hören. Graziös verbeugten sich die Damen und marschierten zurück in ihre Ecke. Den strahlenden Gesichtern war deutlich die Erleichterung über den gelungenen Auftritt anzusehen. Nur Rita ließ den Kopf hängen.

„So was Blödes! Ich weiß gar nicht, wie mir das passieren konnte...", ärgerte sie sich.

Uschi nahm sie in den Arm. „Reg dich nicht auf. Das hat kaum einer gemerkt."

Aber dann hatte sie keine Zeit mehr, sich um die Freundin zu kümmern, denn ein Pulk von Leuten umlagerte sie förmlich, um ihr zu gratulieren. Es hatte sich herumgesprochen, dass sie die Idee zu dieser Vorstellung gehabt hatte. Vor lauter Lächeln tat ihr schon der Mund weh, als sich schließlich Friedrich mit einem Glas Sekt bis zu ihr durchgekämpft hatte.

„Meine Uschi!" Seine Augen glänzten verräterisch, während er ihr das Glas reichte und ihr gleichzeitig einen Kuss aufdrückte. „Das hast du toll gemacht. Ich bin so stolz auf dich!", beteuerte er gleich ein paar Mal hintereinander.

„Wir", korrigierte sie lachend. „Das war ja nicht ich allein."

Aber man sah ihr an, wie sehr sie die vielen Komplimente und die Aufmerksamkeit genoss.

„Genau wie in der Tanzschule Bauer", schwärmte Monika. „Wie habt ihr das nur hingekriegt? Ich könnte mich an keinen einzigen Schritt mehr erinnern."

„Das war echte Teamarbeit", erklärte Uschi und machte sie gleich noch mit Frau Schneiderhannes bekannt. Die hatte zwar nicht so richtig mitgewirkt, aber schließlich war sie die Leiterin der Gymnastikgruppe und strahlte vor mütterlichem Stolz auf ihre Küken.

Während man sich noch gegenseitig gratulierte, lief das Discoprogramm weiter.

„Ah, CCR. Das ist schon eher meine Gangart", schwärmte Schorsch. Auch Hans lauschte begeistert, diese Musik gefiel ihm.

„Wie heißen die?", fragte er nach.

„Creedence Clearwater Revival, abgekürzt CCR."

„Die Gitarre klingt gut", fand Hans.

„Schau an, du hast schon ein Ohr für die Feinheiten entwickelt. Aus dir machen wir noch einen richtigen Musikjunkie."

Schorsch klopfte ihm anerkennend auf die Schulter. So ganz ohne Musik zu leben, wie Hans es ja viele Jahre getan hatte, konnte er sich überhaupt nicht vorstellen. Da fiel ihm etwas ein. „Hast du vielleicht Lust, Luftgitarre zu lernen?", fragte er hoffnungsvoll. Das wäre doch ein Spaß, wenn sie beide zusammen so richtig loslegten.

„Was iss'n das?"

„Ganz einfach: Du tust so, als ob du Gitarre spielst. Obwohl du keine hast."

„Hä?"

Die Faszination dieser Sache erschloss sich Hans nicht direkt. Schorsch zog ihn aus der Nähe eines Lautsprechers weg. Für eine ausführliche Erläuterung brauchte er ein bisschen mehr Ruhe.

Fred hielt es kaum noch auf seinem Platz. Auch wenn er ein paar Jahre jünger war als die meisten hier, begeisterte er sich doch für die Musik der 70er und 80er Jahre. Viele Stücke kannte er, denn die wurden auch heute noch im Radio rauf und runter gespielt. Er tippte Stefan auf den Arm. „Wollen wir nicht auch mal tanzen?"

Das kam etwas überraschend für den Freund. Und zwischen dem Entschluss, sich endlich zu outen, und einer öffentlichen Demonstration, dass sie ein Paar waren, klaffte ein kleiner Spalt. Das würde jede Menge Getuschel bringen bei seiner alten Klasse. Er brauchte noch einen Moment, um sich zu wappnen.

Bevor er etwas sagen konnte, stand plötzlich Monika am Tisch. „Ein neues Gesicht, wie schön. Willst du uns nicht bekannt machen?", fragte sie fröhlich.

Als sie im Salon war, hatte sie Fred nicht kennengelernt. Stefan war dankbar für die Galgenfrist gewesen, obwohl Monika für alles und jeden Verständnis hatte.

„Das ist Fred, mein Partner im Laden. Und auch im Leben." Das klang ganz locker, er war richtig stolz auf sich.

„Das wurde ja auch Zeit, dass du ihn mal mitbringst. Ich konnte es schon nicht mehr mit ansehen, wie du hier immer so traurig allein herumgesessen bist."

Fred warf ihm einen bedeutungsvollen Blick zu.

„Du hast gewusst...?", stotterte Stefan perplex.

Monika lachte. „Da ist doch nichts dabei. Ihr seid der reinste Segen für uns Frauen, sensibel und einfühlsam. Und in punkto Stil und Geschmack könnte so manche Frau noch von euch lernen. Außerdem besteht keine Gefahr, dass ihr uns anmachen wollt. Das ist zur Abwechslung richtig erholsam."

So hatte Stefan das noch nie gesehen. Staunend schaute er zwischen Monika und Fred hin und her. Es war unverkennbar, dass die beiden sich auf Anhieb sympathisch waren. Er spürte, wie der Druck, den er den ganzen Abend gespürt hatte, wich.

„Wir wollten gerade tanzen gehen", meldete sich Fred.

„Na, dann nichts wie los!"

Mit einer einladenden Handbewegung zeigte Monika auf die Tanzfläche, und die beiden Männer erhoben sich.

Die ersten Takte einer Hot Chocolate-Nummer erklangen, und Eddie zuckte zusammen. Schon wieder diese Negermusik! Da würde Pauline völlig ausrasten. Ihr Faible für diesen sogenannten Soul war ihm schon immer ein Dorn im Auge gewesen.

Er brauchte nicht lange nach ihr Ausschau zu halten. Sie stand auf der Tanzfläche und hampelte herum, als hätte sie sich ein paar Flöhe eingefangen. Im Licht der aufblitzenden Scheinwerfer sah er ihr schweißnasses Gesicht. Offensichtlich genoss sie es, sich zur Schau zu stellen. Wie sie ihre Brüste nach vorn schob und mit den Hüften kreiste, das war einfach widerlich.

Er schaute sich um. Da gab es noch andere, die genauso wild tanzten. Sollten die machen, was sie wollten, aber seiner Frau würde er das nicht erlauben. Schon viel zu lange hatte er tatenlos zugesehen, nun musste dem ein Ende gesetzt werden.

Entschlossen stand er auf und steuerte auf die Tanzfläche zu. Unsanft schob er die Tanzenden zur Seite, bis er Pauline erreicht hatte. Die hatte die Augen halb geschlossen und bekam gar nicht mit, welches Unheil nahte.

„Hör sofort auf damit!“, brüllte er gegen die laute Musik an, und als sie nicht sofort reagierte, packte er sie am Arm.

Sie stoppte in ihrer Bewegung und schaute ihn mit schreckgeweiteten Augen an.

Dieser Blick! Wie ein waidwundes Reh, die personifizierte Unschuld. Dieses Aas, dieses raffinierte Luder!

„Komm mit!“, brüllte er ihr ins Ohr.

Sie schüttelte den Kopf und versuchte, ihren Arm aus seinem Griff zu befreien. Aber er drückte fester zu, so dass sie leicht in den Knien einsackte.

„Lass sie los. Du tust ihr weh“, mischte sich einer der Umstehenden ein.

„Halt dich da raus“, knurrte er, ohne sich auch nur nach ihm umzudrehen. Doch da waren noch mehr, die sich jetzt zwischen ihn und seine Frau schoben. Widerstrebend musste er sie loslassen. Sie rieb sich den schmerzenden Oberarm, während man versuchte, ihn von der Tanzfläche zu bugsieren. Er schaute in verzerrte Gesichter, einige ernst, andere höhnisch lachend. Wie eine Front standen plötzlich alle gegen ihn. Aber so leicht gab er nicht auf. Pauline war schließlich seine Frau, und er hatte das Sagen. Unvermittelt begann er, um sich zu schlagen. Seine Fäuste flogen durch die Luft. Allerdings waren seine Bewegungen so langsam und unkontrolliert, dass er kaum jemanden traf.

„Du bist ja total besoffen“, brachte es Schorsch auf den Punkt.

Gerade noch rechtzeitig hatte er bemerkt, was sich da zusammenbraute und war gemeinsam mit Hans auf die Tanzfläche gestürmt.

„Lasst mich los, ihr Schweine!“, brüllte Eddie.

Aber gegen die Kraft zweier entschlossener Männer kam er nicht an. Sie packten seine Arme und führten ihn zurück an seinen Tisch.

„Ich bestelle am besten ein Taxi“, meinte Schorsch und zückte sein Handy. Wie ein Wachhund blieb Hans neben Eddie stehen, der ihm hasserfüllte Blicke zuwarf. Was für ein mieser Typ! Auf eine Frau loszugehen war wirklich das Allerletzte.

Da es nichts mehr zu sehen gab, gingen die Gäste zur Tagesordnung über und tanzten weiter. Pauline stand regungslos zwischen den Leuten. Sie fühlte sich völlig taub, als wäre das, was ihr gerade widerfahren war, gar nicht wirklich passiert. Plötzlich war Monika da und nahm sie in den Arm. Sie sah das besorgte Gesicht von Martin, und endlich löste sich ihre Erstarrung. Sie fing an zu zittern. Die beiden führten sie zu Martins Tisch. Eine Hand stellte ein Glas Wasser vor sie hin.

„Trink!“

Gehorsam nahm sie ein paar Schlucke. Es ging besser, sie hatte das Gefühl, endlich wieder Luft zu bekommen.

„So kann das nicht weiter gehen.“ Monika klang energisch.

„Lass nur, ich bin schon wieder okay“, wehrte Pauline ab, die Augen fest auf das Glas gerichtet.

„Gar nichts ist okay.“ So schnell ließ sich die Freundin nicht abwimmeln. „Dein Mann ist Alkoholiker. Das ist eine Tatsache. Und wenn du nicht aufpasst, zieht er dich mit runter.“

„Ist das schon öfter passiert, so ein Ausraster?“, mischte sich jetzt Martin ein.

Paulines Schweigen sprach Bände.

Als Hans und Schorsch kurz darauf Eddie in die Mitte nahmen und aus der Disco führten, starrte sie ihnen schweigend nach. Ihr Kopf war völlig leer, sie konnte nicht denken. Nicht jetzt. Nur ihre Hand tastete nach der von Monika und klammerte sich daran fest.

ELF

„Hast du schon unsere neuen Nachbarn gesehen?“

An Friedrichs Gesicht konnte Uschi ablesen, dass er alles andere als begeistert war. Sie schüttelte den Kopf. „Nö. Was sind denn das für Leute?“

„Ausländer.“

Damit hatte Friedrich seine Meinung klar zum Ausdruck gebracht. Er hatte nichts gegen Ausländer, solange er nicht direkt etwas mit ihnen zu tun hatte. Aber ein Nichtdeutscher als Nachbar, das verhieß fremdartige, unangenehme Essensgerüche, wenn nicht Schlimmeres wie Lärm und Streitereien oder gar ein Haufen Sperrmüll im Treppenhaus.

„Woher sind sie denn“, wollte Uschi wissen.

„Irgendwas Asiatisches. Schwarze Haare und Schlitzaugen.“

Friedrich war die Laune verhagelt. Mit finsterem Gesicht packte er die Einkäufe aus seiner Tasche.

„Nun warte doch erst mal ab. Vielleicht sind sie ja ganz nett.“

„Auf jeden Fall haben sie Kinder. Kleine Kinder“, maulte er weiter.

Uschi stemmte die Hände in die Hüften. Das ging denn doch ein bisschen weit. „Hast du vergessen, dass wir auch ein Kind haben? Das war auch mal klein und hat geweint oder ist in der Wohnung herumgetobt.“

Friedrich hielt es für besser, nichts mehr zu sagen. Als ob er das vergessen hatte! Erst kam die Hausordnung, dann die Kleinen, das war ein ungeschriebenes Gesetz, an das sich jeder gehalten hatte. Zwischen ein und drei Uhr mittags hätte nie ein Kind im Haus gewagt, sich zu mucksen. Heutzutage sah das ganz anders aus. Freie Erziehung und solche Sachen, das hieß, dass schon die Windelscheißer ihren Eltern auf der Nase herumtanzten. Und die ließen sie auch noch gewähren, damit sie ihre Persönlichkeit entfalten konnten. Na, er würde ja sehen, wie lange Uschis Gelassenheit vorhielt.

Es war ungewöhnlich, dass Susanne sich die Zeit nahm, ausführlich mit ihrer Tochter zu plaudern. Sie hatten es sich auf der Couch im Wohnzimmer gemütlich gemacht und tranken Tee aus dem guten Geschirr. Krissi hatte sogar ihre zwei Lieblingspuppen mitbringen dürfen, eigentlich ein absolutes No-Go. Ein paar Sätze zwischen ihren Kindern, zufällig aufgeschnappt, hatten Susanne darauf gebracht, dass die beiden Genaueres wussten über diese merkwürdigen Montagsaktivitäten ihrer Oma. Nun versuchte sie, aus Krissi ein paar Informationen herauszuholen. Aber so einfach war das nicht.

„Omi hat gesagt, das ist ein Geheimnis. Und Tim sagt das auch. Und dann darf man es niemandem erzählen“, beharrte Krissi.

„Aber ich gehöre doch zur Familie. Ich bin doch die Tochter von der Omi.“

Krissi schaute sie mit großen Augen an. Dass ihre Mutter selbst eine Tochter war und auch mal so klein gewesen war wie sie jetzt, konnte sie sich gar nicht vorstellen. Aber sie wollte die gute Stimmung nicht durch Fragen kaputt machen. Mama wurde manchmal richtig böse, wenn man zu viel fragte.

„Ich kann dir ja zeigen, was sie macht. Dann hab ich nichts gesagt.“

Krissis Zahnlücke blitzte, als sie vom Sofa herunterrutschte.

Schau mal an, die Kleine war schon ganz schön raffiniert für ihre sieben Jahre. Gespannt beugte sich Susanne vor. Was Krissi da vollführte, sah aus wie Gymnastikübungen. Oder Hoola-Hoop-Reifen. Oder...

„Sie geht tanzen?“, fragte sie entgeistert.

Krissi hüpfte herum wie ein Gummiball und nickte heftig. „Ich hab's dir nicht verraten, ich hab's dir nicht verraten!“, krähte sie lautstark.

„Wohin geht sie denn zum tanzen?“

Sie wird sich doch wohl nicht in einer Tanzschule angemeldet haben? Da gab es zwar Kurse für Senioren, aber das konnte sich Susanne beim besten Willen nicht vorstellen.

Krissi zuckte die Schultern. „Weiß nicht“, sagte sie und steckte einen Finger in den Mund.

„Hör mal auf, so rumzutoben und setz dich ordentlich hin.“

Oh je, diesen Ton kannte Krissi nur allzu gut. Sie kletterte auf die Couch und zog ihre beiden Puppen ganz dicht an sich heran. Die Kekse auf dem Tisch sahen sehr verlockend aus, aber sie traute sich nicht, noch einen zu nehmen. Wenn sie krümelte, konnte Mama ganz schön ungemütlich werden.

Mutter ging also tanzen, folgerte Susanne. Am Montagabend. Und das offenbar regelmäßig jede Woche. Sie zog eine Augenbraue hoch.

Die Teestunde mit Krissi und ihren Puppen fand ein abruptes Ende. Es passte gut, dass Monika nachher vorbeikommen wollte, um die

Belege für die Steuer abzuholen. Da konnte sie ihr gleich mal auf den Zahn fühlen.

Während Susanne unkonzentriert einen Salat zusammenhaute, kreisten ihre Gedanken unentwegt. Vielleicht war das etwas von der Kirche? Aber nein, mit denen hatte Mutter schon lange nichts mehr am Hut. Also dann doch so ein Seniorendings, vermutlich in einer Tanzschule. Wie war sie nur auf so etwas gekommen? Fühlte sie sich allein? Suchte sie am Ende gar noch einen neuen Lebenspartner? Das konnte doch nicht wahr sein. Mutter war immer so selbständig und aktiv gewesen, dass Susanne nie auf die Idee gekommen wäre, dass sie Sehnsucht nach einem Mann an ihrer Seite haben könnte. Vielleicht war sie ... schon leicht verwirrt? Aber nein, sie stand mit beiden Beinen im Leben. Aber wieso machte sie so ein Geheimnis daraus? Je mehr sich Susanne in das Thema hineinsteigerte, desto heftiger brodelte es in ihr. Als es klingelte und sie ihrer Mutter die Tür aufmachte, gingen die Pferde mit ihr durch.

„Seit wann geht das schon mit dieser Tanzerei?“, blökte sie sofort los.

Monika blieb vor Überraschung der Mund offen stehen, aber dann schwante ihr etwas. Eines der Kinder hatte geplaudert. Und genau wie sie gedacht hatte, war das bei Susanne gar nicht gut angekommen.

„Das geht dich überhaupt nichts an“, wehrte sie ab.

„Ach. Das ist ja interessant.“ Susanne holte tief Luft. „Ich dachte eigentlich, dass wir keine Geheimnisse voreinander haben. Das hast du doch immer gepredigt: Offen und ehrlich, das ist das Wichtigste überhaupt.“

Monika schob sich an ihr vorbei ins Wohnzimmer. Direkt an der Tür so beschossen zu werden, das war wirklich das Letzte. Wie kam sie dazu, ihrer Tochter Rechenschaft ablegen zu müssen?

Sie stellte ihre Tasche ab und gab Krissi einen Schmatzer auf die Wange. „Hallo, Kleines.“

„Was ist jetzt?“, wollte Susanne wissen.

Ganz langsam drehte sich Monika zu ihr um. „Offen und ehrlich, das ist richtig. Und dazu stehe ich auch. Aber das heißt nicht, dass ich dich um Erlaubnis fragen muss für das, was ich tue. Ich bin ein freier Mensch und treffe meine eigenen Entscheidungen. Und ich mache, was mir Spaß macht. Solange ich damit niemandem wehtue, wüsste ich nicht, was daran falsch sein sollte.“

„Aber du tust mir weh", ereiferte sich Susanne. „Du weißt genau, dass ich dich brauche. Kannst du deine Tanzerei nicht auf einen anderen Tag verlegen?"

Das war nun wirklich der Gipfel an Egoismus, fand Monika. Aber ihre Tochter war noch nicht fertig.

„Ich habe hart gearbeitet und Ewigkeiten gebraucht, bis ich nach Krissis Geburt wieder halbwegs Fuß gefasst habe in der Branche. Und das lasse ich mir von niemandem wieder kaputt machen, am allerwenigsten von dir."

Am liebsten hätte Monika ihrer Tochter eine runtergehauen. Das war im höchsten Maß frech und unverschämt. Aus den Augenwinkeln sah sie, wie Krissi ihre Puppen an sich drückte und unter den Couchtisch abtauchte. Nur ihr ängstliches Gesicht lugte hervor. Monika streichelte ihr die Wange. „Bis bald, meine Kleine", sagte sie liebevoll. Dann griff sie nach ihrer Tasche und drehte sich zum Flur um. „Und für dich hab ich nur eine Antwort: Such dir einen anderen Dummen. Ich kündige."

Ehe Susanne reagieren konnte, schlug die Haustür zu. Ihr Blick fiel auf den Schuhkarton mit Belegen, den sie für ihre Mutter auf dem Esstisch bereitgestellt hatte.

„Aber..." Ihr schwante, dass sie sich ab sofort selbst um ihre Steuer kümmern musste. Plötzlich war die Luft raus, und geknickt setzte sie sich auf die Couch.

„Hast du's endlich geschafft?"

Sie hatte Tim gar nicht kommen gehört. Offenbar hatte ihn der lautstarke Wortwechsel aus seinem Zimmer gelockt.

Susanne schaute ihren Großen geistesabwesend an. „Die kommt schon wieder."

„Da kannst du lange warten. Du hast sie richtig mies behandelt." Er langte unter den Couchtisch und zog Krissi sanft am Arm heraus. „Alles ist gut, du musst nicht weinen", tröstete er seine Schwester. „Ich bin ja bei dir. Und um die Omi musst du dir auch keine Sorgen machen."

Susanne schaute ihm mit brennenden Augen hinterher.

„Zwei Wochen Hausarrest, schon klar", sagte er lakonisch, bevor er mit Krissi in seinem Zimmer verschwand.

Schorsch vergewisserte sich zweimal, dass er auch vor dem richtigen Haus stand, bevor er auf den Klingelknopf drückte. Mein lieber

Schwan, das war doch mal eine Hütte. Schon ein bisschen in die Jahre gekommen, aber einfach gewaltig. Der Garten mit den alten, hohen Bäumen sah aus wie ein Park. Hier gab es bestimmt einen Gärtner, der sich darum kümmerte. Und sicher noch mehr Personal.

Ein Summen ertönte, und er drückte die schmiedeeiserne Pforte auf. Während er den in Ornamenten gepflasterten Vorplatz überquerte, schaute er sich neugierig um. Man kam schließlich nicht jeden Tag in solch eine Villa.

Als er unter dem von zwei Säulen getragenen Vordach angekommen war, öffnete sich die Haustür, und Martin erschien. „Hallo Schorsch! Schön, dass du gekommen bist."

Er freute sich offensichtlich wirklich, und auch Schorsch strahlte wie ein Honigkuchenpferd. Die Aussicht auf den Aston Martin ließ ihn vergessen, dass er eigentlich schlechte Laune hatte. „Hat dein Butler Ausgang?", feixte er und weidete sich an Martins Verlegenheit.

„Ich hab nur eine Zugehfrau, die das Haus sauber hält. Sie kauft auch ein und kocht. Für so etwas bin ich absolut untauglich."

„Hey, das war ein Scherz! Ist ja ein enormes Teil, in dem du wohnst. Das hält ne ganze Menge Regen ab. Klar brauchst du da Hilfe." Er pfiff anerkennend.

„Komm erst mal rein." Martin schüttelte ihm die Hand und zog ihn gleichzeitig in die Eingangshalle.

Schorsch betrachtete den hellen Marmorboden. „Soll ich die Schuhe ausziehen?", fragte er und überlegte, ob seine Socken noch halbwegs sauber waren.

„Aber nein!" Martin musste lächeln.

Ehrfürchtig betrachtete Schorsch zwei riesige Gemälde mit Jagdszenen in reich verzierten Goldrahmen, die eine ganze Wand einnahmen. „Alles echt antik, was?"

„Ja, und absolut unpraktisch. Ich könnte gut darauf verzichten, aber es ist nun mal das Haus meiner Familie. Davon trennt man sich nicht."

Schorsch nickte. „Der Vergleich hinkt zwar, aber mein Häuschen habe ich von meiner Oma geerbt. Da kriegt mich auch keiner raus, auch wenn so einiges klemmt und schief ist, und es im Winter zieht wie Hechtsuppe."

Martin ging voraus ins Wohnzimmer. Durch die großen Verandatüren fiel der Blick auf den gepflegten Garten. „Setz dich. Magst du ein Bier?"

„Lieber Wasser. Das Bier gibt's hinterher, wenn wir fertig sind."

Martin verschwand, und Schorsch betrachtete unschlüssig die diversen Sitzgelegenheiten. Schließlich ließ er sich in einen Sessel mit hoher Lehne und grünem Samtbezug fallen. Dieser Raum hatte etwas von einem Luxushotel. Zwei dick gepolsterte Sofas mit hohen Lehnen standen sich gegenüber, dazwischen gab es kleine Glastischchen, auf denen teuer aussehende Bildbände lagen. Auf einem Sideboard waren in einer Kupfervase weiße Lilien arrangiert, die schweren Duft verströmten. Das Gegenstück zu seinem Sessel vervollständigte die Sitzgruppe, die allein schon so viel Platz einnahm wie die gesamte Grundfläche seines Häuschens. Alles war ziemlich plüschig, aber gleichzeitig auch unpersönlich. Da fühlte er sich in seinem kunterbunten Chaos eindeutig wohler.

Mit einer Wasserflasche und zwei Gläsern tauchte Martin wieder auf. „Sag nichts. Das reinste Mausoleum, ich weiß. Es müsste dringend mal was getan werden hier drinnen. Aber ich lebe allein hier, und irgendwie fehlt mir der Antrieb, alles umfassend zu modernisieren."

Schorsch verstand genau, was er meinte. „Ich hab auch wenig Bock, was zu machen. Omas Vertiko tut's noch. Warum also was Neues kaufen?"

„Womit wir beim Thema wären. Der Aston Martin ist wie eine Spardose ohne Boden. Ich habe schon ein paar Mal überlegt, ihn zu verkaufen."

„Hör mal, so ein Schätzchen verkauft man doch nicht!", entsetzte sich Schorsch.

„Die wenigen Male, die ich ihn im Sommer fahre, lohnen nicht den ganzen Aufwand der Instandhaltung. Aber du hast schon recht, bei manchen Dingen darf man einfach nicht auf die Kosten schauen. Ich bin nur froh, dass du ihn dir mal ansehen willst."

Ein Opfer war es ja nun nicht gerade. „Hör mal, wenn es an deinem Schätzchen was zu schrauben gibt, komme ich. Das ist das reinste Vergnügen", beteuerte Schorsch wahrheitsgemäß und rieb sich voller Vorfreude die Hände.

Die Doppelgarage war blitzsauber, und eine ganze Batterie von Neonröhren sorgte für bestes Licht zum Arbeiten. Aber erst einmal genoss Schorsch den Anblick des Traumautos. „Flaschengrün. Wäre nicht meine erste Wahl, aber ich muss zugeben, die Farbe steht ihm gut."

Er umrundete das Auto und strich liebevoll über die Konturen. Fast hätte man denken können, es würde sich um ein edles Rassepferd handeln.

„Es ist schön. Aber es ist nur ein Auto und zum Fahren da. Genug mit Ehrfurcht, jetzt geht es an die Eingeweide." Martin hörte sich ungewohnt unternehmungslustig an.

Schorsch ließ den Motor an und lauschte konzentriert, während er mit dem Gaspedal spielte. „Der Vergaser. Hab ich mir schon gedacht. Wenn der sauber ist, wird das Kätzchen wieder schnurren", meinte er.

Er zog einen Blaumann über und packte das Spezialwerkzeug aus seiner abgewetzten Tasche.

„Musik gefällig?", fragte Martin. Schorsch nickte und öffnete schon mal die Motorhaube. Zu den Klängen von Vivaldis Vierjahreszeiten machte er sich an die Arbeit. Sein frisch gebackener Azubi hielt sich wacker und reichte ihm die Schraubenschlüssel zu. Was gab es Schöneres als zusammen mit einem Kumpel an einem Traumauto herumzuschrauben? Schorsch fühlte sich ganz in seinem Element.

Die Arbeit flutschte, und schon eine Stunde später war der Fall erledigt. „Hör dir nur diesen Klang an. In den könnte man sich glatt verlieben", schwärmte Schorsch, als er den Motor versuchsweise wieder gestartet hatte.

„Verlieben? Ich dachte, du stehst mehr auf Frauen", neckte Martin.

Schorsch fiel wieder ein, dass er schlechte Laune hatte. „Weiber!", knurre er. „Die kannst du in der Pfeife rauchen. Tolle Fassade, aber meistens nichts dahinter."

Er wischte seine schmutzigen Finger an einem Lappen ab.

Martin betrachtete unbehaglich seine Hände, die auch reichlich Öl und Schmiere abbekommen hatten. Er streckte sie möglichst unauffällig von sich. Erst jetzt stellte er fest, dass auch seine Kleidung den einen oder anderen Fleck abbekommen hatte. Heroisch kämpfte er den Impuls nieder, sofort alles auszuziehen und sich unter die Dusche zu stellen. Stattdessen kramte er in einem Schränkchen herum. „Hier muss irgendwo Waschpaste sein." Triumphierend hielt er kurz darauf eine Tube in die Höhe. „Damit kriegt man auch den hartnäckigsten Dreck weg", erklärte er.

Traulich standen sie nebeneinander an dem kleinen Waschbecken und seiften sich Hände und Arme bis zu den Ellenbogen ein.

„Wir sehen aus wie zwei Chirurgen", amüsierte sich Martin.

„Das war ja auch eine Operation. Was sich da an Dreck angesammelt hat, kein Wunder, dass der Kleine verschnupft war."

Martin reichte ihm ein Handtuch. „Was ist denn nun mit den Damen? Hast du Probleme?"

„Wie man's nimmt. Vielleicht bin ich auch selbst das Problem. In letzter Zeit habe ich manchmal das Gefühl, dass ich alt werde. Das mit den Frauen wird immer komplizierter. Irgendwie sind sie nicht mehr so interessiert an mir."

In der entspannten Stimmung war Schorsch ungewohnt offen. Es erstaunte ihn selbst, wie gut man mit Martin reden konnte. Der hörte wirklich zu. Und klug war er außerdem.

„Vielleicht suchst du dir den falschen Jahrgang aus. Was willst du denn mit diesen halben Kindern? Die haben doch noch keinerlei Lebenserfahrung. Ich wüsste gar nicht, worüber ich mich mit einer Dreißigjährigen unterhalten sollte. Also auf der Mann-Frau-Ebene."

Schorsch kratzte sich nachdenklich am Kinn. Das war ein Punkt, der ihm noch gar nicht aufgefallen war. Wenn er mit einer Frau ausging, landeten sie meistens in einer Bar oder einem anderen Schuppen, wo es laut war. Ein vernünftiges Gespräch war da gar nicht möglich.

„Ich schätze ein schönes Essen in netter Umgebung. Wenn mir dann noch jemand gegenüber sitzt, mit dem ich mich gut unterhalten kann, ist das für mich ein perfekter Abend."

„Aber das ist doch zum Einschlafen langweilig!", rutschte es Schorsch heraus.

„Das finde ich nicht", beharrte Martin. „Unsere Montags-Disco ist toll. Aber dort kann man natürlich nicht miteinander reden. Ich tanze immer noch gerne Disco-Fox, aber eben nicht mehr dreimal pro Woche. Mit anderen Sachen ist das ähnlich. Ein gutes Glas Wein oder zwei trinke ich auch noch gerne. Aber ich bin nicht mehr versessen auf den Brummschädel, wenn ich zu viel Alkohol erwischt habe. Das Maß der Dinge hat sich verändert im Laufe der Zeit. Und ich habe neue Sachen entdeckt, die ich jetzt schätze."

„Aha." Das musste Schorsch erst einmal durchdenken.

„Dieser Nachmittag zum Beispiel."

„Stimmt. Das war ein cooler Nachmittag. Vivaldi und Schrauben, das hätte mir früher mal jemand sagen sollen. Ich hätte nie gedacht, dass das passt."

Schorsch packte sein Werkzeug zusammen und knüllte den Blaumann in seine Tasche.

„Hast du nächsten Samstagabend schon was vor?", fragte Martin vorsichtig, als sie es sich auf der Terrasse gemütlich gemacht hatten.

Schorsch schüttelte den Kopf. „Nicht, dass ich wüsste. Wieso?"

„Ich habe zwei Karten für die Alte Oper. Als kleines Dankeschön für deine Hilfe."

Alarmiert setzte sich Schorsch auf. „Alte Oper? Ich? Da lachen ja die Hühner."

Sie lachten, aber dann wurde Martin wieder ernst. „Du hast mehr Ahnung von klassischer Musik als die meisten Leute dort. Darauf könnte ich wetten."

„Ich wüsste nicht mal, was ich anziehen sollte." Schorsch fiel auf, dass er sich anhörte wie ein Mädchen vor dem ersten Rendezvous.

Aber Martin nahm ihn durchaus ernst. „Was dein Äußeres betrifft, da wird uns sicher was einfallen."

Er warf einen nachdenklichen Blick auf Schorschs Haare. Ein Besuch bei Stefan und Fred schien unumgänglich.

Schorsch wurde es ganz anders unter dieser Begutachtung. Seine Haare, das war ein Problem. Es war ihm klar, dass die hintere Länge angesichts des massiven vorderen Schwunds nicht mehr passte. „Das bleibt aber unter uns!" Es war ein letztes Aufbäumen, bevor er sich in das unwiderstehlich Lockende fügte. „Was spielen sie denn überhaupt?", fragte er neugierig.

Martin lächelte siegessicher. „Was wohl? Mozart natürlich!"

Dieser Ausraster vor den ganzen Leuten in der Disco war nicht gut gewesen, aber es war nicht mehr zu ändern. Vielleicht sollte er für eine Weile aufpassen mit dem Trinken. Trübsinnig betrachtete Eddie die Wasserflasche vor sich auf dem Tisch. Der fade Geschmack nervte ihn, obwohl er noch kaum etwas davon getrunken hatte.

Es war totenstill im Haus. Wo war eigentlich Pauline? Als er vom Büro nach Hause gekommen war, hatte er sie nicht vorgefunden. Verdammt, dieses Weib war nicht greifbar. Sonst hatte sie immer an der Tür gestanden, um ihn zu begrüßen, wenn er von der Arbeit gekommen war. Aber in den letzten Tagen, genauer seit dem letzten Disco-Abend, bekam er sie kaum noch zu Gesicht.

Genervt schlenderte er in die Küche. Das Katzenvieh saß da und schaute ihn scheel an, bevor es sich aus dem Staub machte. Er wühlte im Kühlschrank, fand aber nichts, das seinen Appetit anregte. Zurück im Wohnzimmer griff er nach dem Fernsehprogramm. Nur Mist, wie immer. Wofür zahlte er eigentlich Gebühren?

Er machte die Glastür auf und betrat die Terrasse. Überall Blumen und Grünzeug, aber keine Pauline. Wenn sie jetzt da wäre, könnten sie zusammen Kaffee trinken. Aber das war es nicht, was er wirklich wollte, wenn er ehrlich war, musste er das zugeben. Er knallte die Tür wieder zu. Einen Mann, der müde von der Arbeit kommt, einfach allein zu lassen, das war nicht in Ordnung. Wenn sie einkaufen musste, hätte sie das vormittags erledigen können.

Er versuchte, sich zu erinnern. Wann genau hatte es angefangen, dass sie ihm entglitt? Seit einiger Zeit schon gab sie Widerworte, kleine Häkchen, die sich ihm in den Kopf bohrten und scheuerten wie Juckpulver. In den letzten Tagen hatte sie kaum noch mit ihm geredet und sich in die Küche oder sonst wohin verkrümelt. Sie schmollte wohl noch immer, spielte die beleidigte Leberwurst. Dabei war sie es doch gewesen, die sich unmöglich benommen hatte. Und die anderen auch. Wie sie ihn alle angeglotzt hatten, er konnte sich noch gut an die Szene erinnern. Auffliegen lassen sollte man sie, das ganze Pack gehörte eingesperrt. Die Polizei? Er lächelte böse. Oh nein, da gab es noch eine bessere Möglichkeit.

Er nahm die Wasserflasche und brachte sie in die Küche. Jetzt brauchte er unbedingt ein Bier. Er hatte eine Idee, die ihn ungemein faszinierte. Mit zitternden Händen öffnete er die Flasche und setzte an.

„Hallo!"

Schon von weitem sah Monika Pauline eilig über den Rossmarkt kommen und winkte ihr zu. In dem mausgrauen Trenchcoat sah sie so zerbrechlich aus, als könne sie der nächste Windstoß um pusten. Sie hielt sich an ihrer Handtasche fest, die sie über der Schulter trug. Einen Stoffbeutel hatte sie auch noch dabei. Ihr Lächeln war klein und zaghaft. Spontan nahm Monika sie in den Arm und drückte sie. „Dass das endlich mal geklappt hat, ist fast ein Wunder", freute sie sich.

Schon seit einer Weile hatten sie geplant, einmal gemeinsam bummeln zu gehen. Aber immer hatte Pauline Bedenken, was Eddie dazu sagen würde. Der Anruf heute Morgen hatte Monika sehr überrascht, aber natürlich war sie sofort dabei.

„Ich muss mich erst mal hinsetzen", sagte Pauline und schaute sich nach einer freien Bank um.

Sie streifte ihre bequemen schwarzen Schuhe ab, die schon ein wenig abgelaufen waren. Aus dem Beutel holte sie rote Pumps heraus. Die waren offensichtlich neu und hatten beachtliche Absätze. Sie lachte über das verblüffte Gesicht der Freundin, stand auf und ging ein paar Schritte hin und her. „Ich liebe hochhackige Schuhe. Eddie leider nicht. Deshalb ziehe ich sie heimlich an."

„Du meine Güte. Schreibt er dir etwa vor, was du anziehen sollst?" So etwas konnte sich Monika gar nicht vorstellen.

„Er glaubt, dass er alles über mich weiß. Aber das ist ein Irrtum." Pauline zwinkerte ihr verschwörerisch zu. „Drei Paar wirklich schöne Pumps habe ich inzwischen. Und er hat keine Ahnung davon. Es war gar nicht so einfach, das Geld dafür abzuknapsen."

„Musst du alles abrechnen?"

„Ja klar. Ich führe ein Haushaltsbuch und lege ihm regelmäßig die Kassenzettel vor. Außer wenn ich mal einen vergessen habe." Sie malte Anführungsstriche in die Luft. Anscheinend war das für sie die normalste Sache der Welt. Monika raubte es den Atem. Das wurde ja immer schöner mit diesem Kerl.

„Wo wollen wir anfangen?", fragte Pauline unternehmungslustig.

Was war heute los mit ihr, sie war wie ausgewechselt. Aber so gefiel sie ihr entschieden besser. „Ich dachte, wir schauen erstmal in den kleinen Gässchen hinter der Zeil. Da gibt es ein paar ganz nette Vintageläden. Dann wüsste ich noch ein Geschäft hinter der Konstabler, aber das ist ein schönes Stück zu laufen", erklärte Monika ihren Schlachtplan.

Pauline nickte eifrig. „Ich mach alles mit. Es ist schon Ewigkeiten her, seit ich das letzte Mal bummeln war. Du kennst dich bestimmt viel besser aus."

Im Gegensatz zu Pauline, die ja noch in ihre alten Sachen passte, brauchte Monika dringend ein paar neue ‚alte' Klamotten, die sich für die Disco eigneten. Das wollten sie heute in Angriff nehmen. Und wenn Pauline auch etwas fand, das ihr gefiel, war das umso besser. Obwohl ihr Budget eng begrenzt war, wie Monika gerade erfahren hatte.

Sie hakten sich Arm in Arm ein und marschierten los. Heimlich warf Monika hin und wieder einen Blick auf Pauline, die leichtfüßig in diesen Mörderschuhen neben ihr her stöckelte. Sie bewunderte sie neidlos. So etwas sollte sie öfter tragen, irgendwas passierte mit ihrem Gang, einfach göttlich.

In den ersten beiden Läden sahen sie nichts nach ihrem Geschmack, aber dann wurde Monika fündig. „Eine Blümchenhose!“, rief sie und betrachtete entzückt den blau-gelb bedruckten Stoff. Aber nach einem Blick auf das Etikett mit der Größe hängte sie das Teil wieder zurück. „Die haben doch hoffentlich nicht nur Kindergrößen“, murmelte sie frustriert.

„Wir finden schon was.“ Pauline stürzte sich entschlossen auf einen anderen Kleiderständer. „Hier, guck mal. Ist das nicht Pannesamt?“

Sie hielt einen Hosenanzug aus leicht glänzendem, hellgrauem Stoff hoch. Monika war interessiert. Damit konnte man alle Farben kombinieren, ein echtes Basisteil. Sie nahm es Pauline aus der Hand und verschwand in der Umkleidekabine.

Während Pauline wartete, schaute sie sich weiter um. Diese meterlangen Schals aus leichtem Stoff, so etwas hatte sie früher gern getragen. Probeweise wickelte sie sich einen um den Hals. Und weiche Schlapphüte von früher gab es hier auch!

„Steht dir echt gut. Nicht mal Eddie würde dich so erkennen“, kommentierte Monika, der der Hosenanzug ausgezeichnet stand. „Die längere Jacke ist wirklich vorteilhaft. Da sieht man die Speckröllchen nicht so.“ Sie drehte sich vor dem Spiegel und warf dann Pauline einen fragenden Blick zu. „Was meinst du? Kann ich das tragen?“

„Aber ja! Zum Aufpeppen kannst du es mit starken Farben kombinieren. Oberteile gibt's ja hier genug.“

Das stimmte. Binnen kurzer Zeit hatten sie ein halbes Dutzend Blusen und Shirts gefunden. Die mussten jetzt nur noch anprobiert werden.

Monika war auf dem Weg zur Umkleide, als die altmodische Ladenglocke bimmelnd das Eintreffen neuer Kunden verkündete.

„Ach sieh mal an! Wir sind offenbar nicht die einzigen, die aufrüsten.“

Sie hatte die zwei älteren Frauen sofort wiedererkannt. Ihre Namen wusste sie nicht, aber sie gehörten zu Uschis Gymnastiktruppe. Man begrüßte sich mit lautem Hallo, bevor der Anprobemarathon weiterging.

In der Kabine war es eng und stickig, sie bekam kaum Luft. Aber tapfer zog sie die Anzugjacke aus und schlüpfte in die erste Bluse. Es war ein ziemlich verwegenes Teil in Magentarot, das an einigen Stellen mit Pailletten bestickt war.

„Das passt schon mal“, murmelte sie zufrieden und betrachtete sich im Spiegel.

Nebenan betraten zwei heftig diskutierende Frauen die Kabine. „Das kann doch nicht sein. Eine einfache schwarze Schlaghose, sowas muss es doch zu kaufen geben.“ Die Stimme klang tief enttäuscht.

„Geh doch zu H&M. Die haben bestimmt was in der Art.“

„Aber ich will eine echte Retrohose, nichts Nachgemachtes“, quengelte die Stimme.

„Du hast doch gehört, was die Verkäuferin gesagt hat. Die sind ausverkauft, die Omas rennen ihnen die Bude ein. Ich find das sowas von unfair, die hatten das doch schließlich früher schon. Dass die uns das Zeug vor der Nase wegschnappen, ist eine Unverschämtheit. Was wollen die überhaupt damit?“

Monika musste sich das Lachen verbeißen. Ob dieses neue Interesse an Vintage-Klamotten etwas mit ihrer Disco zu tun hatte? Vorstellen konnte sie es sich, denn so wahnsinnig viele Läden gab es nicht, die diese Art Kleidung verkauften.

Während die Jugend nebenan weiter über ausverkaufte Klamotten jammerte, probierte Monika schwitzend ein Oberteil nach dem anderen an. Endlich ein Laden nach ihrem Geschmack, und die Sachen passten auch noch – ein echter Glücksfall.

„Das ging ja schneller als gedacht“, strahlte sie, als sie, bepackt mit einer großen Tüte, gemeinsam mit Pauline den Laden verließ. „Komm doch noch auf einen Sprung mit zu mir. Ein Kaffee würde uns jetzt gut tun. Und ich hab gestern Kuchen gebacken.“

Pauline schaute auf ihre Uhr. Aber im Grunde war es egal, so oder so würde ihr Eddie eine Szene machen. Da konnte sie ihren kleinen Ausflug auch noch ein wenig ausdehnen. Unterwegs berichtete Monika lachend von der Unterhaltung der beiden jungen Frauen. „Die waren sowas von sauer, dass wir Alten die Sachen aufkaufen.“

Auch Pauline amüsierte sich köstlich. „Geschieht denen ganz recht“, meinte sie. „Die sollen sich gefälligst ihre eigene Mode ausdenken.“

Wenig später saßen sie in Monikas gemütlichem Wohnzimmer. Die Beute des Einkaufsfeldzugs lag gut sichtbar über einem Sessel drapiert. Überraschenderweise hatte sich auch der bunte Schal in der Einkaufstüte befunden, der Pauline so gut gefallen hatte. Als kleines Dankeschön für die Beratung, meinte Monika und stopfte ihn ihr trotz Protest in den Stoffbeutel.

„Das hat Spaß gemacht. Wir sollten öfter was zusammen unternehmen." Doch seit sie hier etwas zur Ruhe gekommen waren, war Pauline wieder schweigsam geworden. „Du kriegst bestimmt Ärger mit Eddie", mutmaßte Monika. „Er gönnt dir nicht das kleinste Bisschen Spaß."

„Eigentlich ist er ein netter Kerl. Aber der Job hat ihn fertig gemacht. Die große Karriere, die er sich immer erhofft hatte, da wurde leider nichts draus." Mit gesenktem Kopf saß Pauline vor ihrem halb aufgegessenen Kuchen.

„Ja und? Das geht anderen auch so. Die Bäume wachsen nun mal nicht in den Himmel, bei keinem von uns. Oder hattest du nicht auch früher Träume, aus denen dann nichts wurde? Das ist doch keine Generalentschuldigung dafür, dass man andere quälen und piesacken darf."

„Er kann eben nicht aus seiner Haut", verteidigte Pauline ihren Mann.

„Und nicht jeder wird zum Alkoholiker. Da wäre ja die Welt voll von Säufern." Monika sah, wie die Freundin zusammenzuckte.

„Also habe ich recht. Er ist ein Mistkerl. Du solltest dir gut überlegen, ob du bei ihm bleiben willst."

Pauline schaute hoch. „Ich bin fast sechzig. Da kann man nicht mehr einfach seine Sachen packen und gehen."

In ihrer Stimme lag so viel Resignation, dass es Monika den Magen umdrehte. Wo war die attraktive, strahlende Frau geblieben, die noch vor kurzem mit ihr durch die Stadt gestöckelt war?

„Niemand hat gesagt, dass das einfach ist. Aber bevor du selbst vor die Hunde gehst, solltest du ernsthaft darüber nachdenken. Es gibt immer einen anderen Weg."

„Du hast gut reden", widersprach Pauline, aber dann fiel ihr ein, dass Monika verwitwet war. „Entschuldige", murmelte sie kleinlaut.

Monika tätschelte ihr die Hand. „Ist schon gut. Es ist viele Jahre her, dass mein Mann gestorben ist. Solange ich nicht darüber nachdenke, was hätte sein können, bin ich ganz zufrieden mit meinem Leben. Das heißt aber nicht, dass ich nicht auch so meine Probleme habe. Man darf sich nur nicht unterkriegen lassen."

Das Telefon klingelte, und beide zuckten zusammen. Monika griff zum Hörer und schaute auf die Nummer. Das kam ja wie aufs Stichwort.

„Winkelmann", meldete sie sich.

„Mutter, schön, dass ich dich erreiche. Ich hab's schon ein paar Mal probiert."

Fast hätte sie den Hörer fallen lassen. Was war denn mit Susi los? Die zirpte ja ins Telefon, als könne sie kein Wässerchen trüben.

„Ich war unterwegs", sagte sie knapp.

„Ja, das hab ich mir gedacht. Und eigentlich redest du ja nicht mehr mit mir. Aber ich bin in einer echten Notlage."

„Das ist ja was ganz Neues." Ihre Stimme troff vor Ironie.

Susi stockte mit ihrem Süßholzraspeln. „Bitte, werd jetzt nicht zickig."

Na, das war doch endlich wieder der übliche Ton.

„Ich brauch dich. Sofort. Es ist dringend. Nur dieses eine Mal, bis ich was anderes organisiert habe."

Monika holte tief Luft. „Es tut mir leid, mein Kind. Aber ich habe gerade Besuch. Und den werde ich wegen dir ganz bestimmt nicht rausschmeißen."

„Wieso? Wer ist denn da?", kam es prompt.

Sie drückte die Austaste und knallte das Telefon zurück auf die Ladestation.

Pauline hatte sich schon halb erhoben, es war ihr sehr unangenehm, dass sie ungewollt mithören musste. „Ich wollte sowieso gehen", sagte sie zaghaft.

Aber Monika achtete nicht darauf. „Siehst du, damit bin ich gesegnet. Eine Tochter, die auf dem totalen Egotrip ist. So gefühlsarm wie ein Computer, und auch genauso berechnend. Ich habe keine Ahnung, warum sie so ist. Aber die Schuld dafür muss ich wohl bei mir suchen."

Erschüttert setzte sich Pauline wieder hin. „Ich glaube, jetzt bist du mal dran mit erzählen. Im Zuhören bin ich gar nicht so schlecht."

„Du bist ja ein richtiges Riesenbaby!"

Monika konnte sich das Lachen nicht verkneifen, als sie Schorschs ängstliches Gesicht sah. Schon als er sie angerufen und um Hilfe gebeten hatte, hatte sie sich köstlich amüsiert. Es war ihr schon lange klar, dass in dem raubeinigen Kerl eine zarte Seele steckte.

„Ich muss mich auftunen", hatte er gesagt. „Die Haare müssen ab. Und du weißt wie."

Sie hatte es förmlich durchs Telefon hören können, wie er die Zähne zusammenbiss. Allerdings war nicht aus ihm herauszukriegen, was der Anlass für diese Runderneuerung war.

Nun standen sie also vor Stefans Salon, und der fast zwei Meter große Mann stellte sich an wie ein Dreijähriger, der zum ersten Mal zum Friseur sollte. Er stemmte seine Beine fest in den Boden und betrachtete misstrauisch das Schaufenster, in dem neben bunter Deko einige Hochglanzposter ausgestellt waren.

„Silver Bird, was für ein affiger Name", knurrte er.

„Es wird dir gefallen. Tut auch gar nicht weh", versicherte sie und drückte die Tür auf.

Misstrauisch schaute sich Schorsch um. Hier war die Hölle los. Er zählte mindestens fünf Damen, die in den verschiedensten Stadien der Verschönerung vor ihren Spiegeln saßen. Sofort stellte er fest, dass er weit und breit der einzige Mann war, wenn man von Stefan und Fred einmal absah. Alle Köpfe drehten sich zu ihm um, und er wäre am liebsten sofort wieder raus gestürmt. Aber da kam schon Stefan auf ihn zu geschossen wie ein Lämmergeier auf Beutejagd.

„Da seid ihr ja. Nur einen winzigen Moment, es wird sofort ein Platz frei." Er deutete auf eine Sitzecke. „Was zu trinken? Espresso? Prosecco?"

Schorschs Finger wären fast im Henkel der winzigen Espressotasse stecken geblieben, die die Azubine vor ihn hin stellte. Wie ein großer, unglücklicher Klops saß er da und wagte nicht, sich zu rühren, bis Stefan ihn abholte und vor einen Spiegel setzte.

Die Stunde der Wahrheit war gekommen, das geblümte Tüchlein musste runter. Er schluckte seinen Protest mannhaft hinunter und ließ es in seiner Hosentasche verschwinden. Zum Vorschein kam feines, am Kopf angeklatschtes Haar von undefinierbarer Farbe, das in einem dünnen Zopf endete.

„Was soll denn gemacht werden?", erkundigte sich Stefan und wechselte einen bedeutsamen Blick mit Monika, die sich auf einen Stuhl neben Schorsch platziert hatte, um ihn moralisch zu unterstützen.

Schorsch schluckte schwer. Jetzt war Showdown. Die Geschichte von Samson fiel ihm ein, aber das war ja Unfug. Auch mit kurzen Haaren konnte er sich immer noch als Rocker fühlen. Das war schließlich eine Lebenseinstellung und keine Haartracht. Warum fühlte er sich dann bloß so elend? Er kniff die Augen zusammen.

„Ab. Was Modernes."

Eine klare Ansage, die umgehend in die Tat umgesetzt wurde.

Das Abschneiden des Zöpfchens tat Schorsch fast körperlich weh. Es schien ihm wie das unrühmliche Ende eines jahrzehntelangen Kampfes um Freiheit und dem Leben nach eigenen Gesetzen. Blass und stumm schaute er zu, wie seine spärlichen Haare immer kürzer wurden.

„Du hast einen richtigen Charakterkopf. Das hat man vorher gar nicht gesehen", staunte Monika.

Schorsch betrachtete den fremden Mann vor sich im Spiegel. Selbst er musste zugeben, dass es gar nicht so schlecht aussah. Sein Gesicht hatte plötzlich etwas Markantes und sah deutlich jünger aus.

„Was machen wir mit dem Bart?" Stefan tauchte in seinem Blickfeld auf, lässig schwang er seine Schere wie ein Cowboy.

„Der bleibt", entschied Schorsch mit fester Stimme. Sonst würde er sich vermutlich wirklich selbst nicht mehr erkennen.

Zwei gut gekleidete ältere Herren saßen an einem der kleinen Marmortische im Bistro der Alten Oper und warteten auf ihre Getränke. Nach der Vorstellung war das Lokal gut besucht, und die Kellner eilten geschäftig hin und her.

Schorsch nahm seine Umgebung kaum zur Kenntnis, so benommen war er noch von dem Erlebnis der letzten Stunden. Er hatte sich nicht vorstellen können, wie viel intensiver es war, eine Oper, das Orchester, die Sänger, live zu hören und zu sehen. Auch Martin schwieg. Er spürte, dass sein Begleiter Zeit brauchte, um den Abend zu verarbeiten. Dass der Opernbesuch ein Erfolg war, hatte er schon nach den ersten Minuten bemerkt und freute sich sehr darüber.

Der Kellner stellte zwei Pils vor sie hin und riss Schorsch damit aus seiner Verzückung.

„Zum Wohl! Auf dich und die Alte Oper." Martin hob sein Glas und prostete ihm zu.

„Ich kann dir gar nicht sagen, wie toll das war." Der sonst nie um Worte verlegene Schorsch brach ab. Durstig tranken beide. „Das bleibt aber unter uns", verlangte er und wischte sich mit dem Handrücken den Schaum vom Mund.

„Wieso eigentlich? Ist doch nichts Schlimmes dabei."

Aber Martin wusste genau, was Schorsch meinte. Dabei stand ihm der dunkle Blazer richtig gut. Und heutzutage war es keineswegs mehr ein Fauxpas, mit Jeans in die Oper zu gehen.

„Wenn die Musik nicht wäre, hättest du mich nie hierher gekriegt", stellte Schorsch fest.

Aber genau die hatte den Unterschied ausgemacht, so dass er sogar das etwas zu enge Jackett und die noch ungewohnte, luftige Freiheit auf seinem Kopf zeitweise vergessen hatte.

Er zog ein Päckchen aus der Tasche und fing an, eine Zigarette zu drehen. „Ich geh mal kurz raus, bin gleich wieder da", verkündete er.

Martin hatte ihm mit hochgezogener Augenbraue zugeschaut. „Hast du schon mal versucht, das aufzugeben?"

Schorsch zuckte nonchalant mit den Schultern. „Ach weißt du, es wäre mir peinlich, gesund zu sterben. Ich rauche schon so lange, dass es darauf jetzt auch nicht mehr ankommt."

Martin hielt wohlweislich den Mund. Entspannt lehnte er sich zurück. Er hatte den Abend sehr genossen. Es fühlte sich anders und sehr viel besser an, zusammen mit einem Freund die wundervolle Musik zu hören. Und nachdem er die begeisterte Reaktion von Schorsch erlebt hatte, hoffte er sehr, dass das keine einmalige Sache bleiben würde.

Viele Leute flanierten auf dem Platz vor der Alten Oper, es war ein schöner warmer Sommerabend. Schorsch lehnte sich an einen Pfeiler und sah dem Treiben zu. Ein Stückchen weiter standen zwei Damen ins Gespräch vertieft. Schorsch riskierte einen Seitenblick. Es war schwer zu sagen, wie alt sie waren. Gute Figur, alle beide, registrierte er. Die Kleidung war auch okay, edel, aber nicht mit Gewalt auf jung getrimmt. Der Schmuck war vermutlich echt.

„Kann ich mal Feuer haben?"

Die eine Frau stand plötzlich vor ihm. Ihr intensiver Blick ließ ihn wissen, dass sie einem Kennenlernen nicht abgeneigt war. Hoppla, das war ja was ganz Neues! Dieser Typ Frau hatte ihn bisher kein zweites Mal angesehen. Automatisch stellte er sich aufrechter hin, als er sein Feuerzeug klicken ließ. Aber dieser Abend gehörte ihm und Martin, und er hatte keine Lust auf Bekanntschaften.

„Ist schon verblüffend, was Klamotten ausmachen", berichtete er Martin nach seiner Rückkehr. „Plötzlich hat man ganz andere Chancen bei den Damen."

Martin lachte. „Das kann man so oder so sehen. Wenn eine zu viel Wert aufs Äußere legt, wäre das nicht mein Fall."

Schorsch bemerkte einen weichen Schimmer in seinen Augen und hatte das Gefühl, dass er mit den Gedanken ganz woanders war. „Erde an Raumschiff: Kannst du mich hören?", feixte er.

„Ich kreise irgendwo im Orbit und weiß nicht, wo ich landen soll", bekam er zur Antwort. Es klang leicht melancholisch.

Schorsch riskierte einen Blindschuss. „Ist schon verblüffend, wie man an einer Jugendliebe hängen kann. Wenn das anders gelaufen wäre..."

Er sah, wie sich Martins Unterkiefer anspannte.

„Aber es ist ja noch nicht aller Tage Abend", fuhr er fort. „Du weißt ja, wie es zwischen Pauline und Eddie steht."

„Es geht ihr nicht gut mit ihm, das ist unverkennbar", bestätigte Martin zögernd. „Aber ich will sie nicht noch mehr durcheinander bringen."

Schorsch lehnte sich zurück. Dieser Martin war schon ein merkwürdiger Kerl. Einerseits ein cleverer Geschäftsmann, andererseits blind für die naheliegenden Dinge.

„Vielleicht braucht sie nur eine Perspektive. Etwas, das ihr zeigt, dass es noch etwas anderes gibt als einen versoffenen Ehemann, der sie nieder macht. Du siehst ja, wie sie schon unsere Disco-Abende verändert haben. Und seit sie sich mit Monika angefreundet hat, ist sie viel lebhafter geworden."

Weiter wollte er nicht vorpreschen. Es lag an Martin zu entscheiden, ob er mit diesem Hinweis etwas anfangen wollte.

Der Friseursalon Silver Bird hatte einen perfekten Neustart hingelegt, selbst der ewig pessimistische Stefan konnte das nicht mehr bestreiten. Der Laden war jeden Tag gerammelt voll, und das Terminbuch quoll über. Jede zufriedene Kundin, und das waren die meisten, erzählte weiter, dass da Fachleute tätig waren, die ein Händchen für ältere Semester hatten.

Dabei war es fast lächerlich einfach gewesen. Die Umgestaltung der Räumlichkeiten hatte nicht lange gedauert. Gerade waren die Grafiktapeten der 70er Jahre wieder schwer in Mode, Stefan hatte die gesamte Rückwand damit bekleben lassen. Jeder Sitzplatz war hippiemäßig mit viel Flowerpower dekoriert worden, und in der kleinen Loungeecke luden Retromöbel zum Sitzen ein. Am besten kam jedoch die Musik an, die den ganzen Tag dudelte. Stefan hatte sich von einem Profi die Hits der 70er zusammenmixen lassen. Die versetzten viele Kundinnen zurück in ihre Jugend, ein todsicheres Mittel zur Entspannung.

Nachdem das Grundkonzept stand, fiel es leicht, sich Sonderaktionen einfallen zu lassen, wie eine Modenschau für stärkere Figuren, die es zweimal im Monat gab. Die Vollmondparty mit Champagnercocktails und eine Schmuckausstellung wurden sogar in der Zeitung erwähnt.

Für Stefan war der unerwartete Erfolg eine zweischneidige Sache. Nur zu deutlich bekam er zu spüren, dass sein Arbeitspensum wuchs. Er wachte oft schon mit Magenschmerzen auf, dafür konnte er abends schlecht einschlafen, weil ihm so vieles im Kopf herum ging. Sogar abgenommen hatte er, die Zeit für eine ruhige Mahlzeit fehlte einfach. Nachdem er einige Male aus purer Erschöpfung am Esstisch eingeschlafen war, kaum, dass Fred den Tisch abgeräumt hatte, machte der sich ernsthaft Sorgen. „Du musst mehr auf dich achten, sonst wirst du dieses Tempo nicht lange durchhalten“, bat er.

Aber davon wollte Stefan nichts wissen. Es trieb ihn, jede wache Stunde mit Arbeit auszufüllen. Wenn sie vorher schon nicht oft ausgegangen waren, hatte sich das Thema jetzt komplett erledigt.

Oft hatte er ein schlechtes Gewissen Fred gegenüber. Nie war ihm der Altersunterschied so deutlich bewusst geworden. Ohne den Freund damit beunruhigen zu wollen, machte er sich Gedanken über die Zukunft. Es war ihm wichtig, dass alles geregelt war für den Fall der Fälle.

„Ich hab mir den Nachmittag frei genommen“, informierte er Fred zwei Wochen später. Der schaute erstaunt von seiner Arbeit hoch.

„Geheimprojekt Küche. Mach dich auf was gefasst heute Abend.“

Lächelnd ließ der Freund ihn ziehen.

Es wurden hektische Stunden. Nach dem Termin beim Notar hatte er eine umfangreiche Einkaufsliste abzuarbeiten. Als er gegen fünf Uhr beladen mit Tüten und Taschen endlich in seiner Wohnung ankam, war er restlos geschafft, aber es blieb keine Zeit für eine Pause. Er hatte sich noch einmal diesen Loup de Mer vorgenommen. Grimmig betrachtete er den dicken Kopf des Fisches, aus dem spitze Zähne ragten. Dann griff er entschlossen zum Messer.

Es gibt Tage, da läuft einfach alles, sogar das Filettieren eines widerspenstigen Meeresgetiers. Oder ein getrüffeltes Kartoffelgratin, das im Backofen zu sanfter Bräune hochbrutzelte.

Als Fred die Wohnung betrat, umwehten ihn Düfte, die ihn freudig stimmten. Überhaupt hätte die Stimmung nicht besser sein können. Ein perfekt gedeckter Tisch, ein wundervolles Essen bei Kerzenschein und zum Espresso Pläne für die gemeinsame Wohnung. Als Stefan ein letztes Mal in die Küche ging, um die leeren Tassen in den Geschirrspüler zu räumen, fiel ihm das Blinken des Anrufbeantworters auf.

„Praxis Dr. Siebert. Herr Scholz, wir haben die Ergebnisse Ihrer Untersuchung vorliegen. Bitte rufen Sie uns möglichst umgehend an."

Fred runzelte die Stirn. „Dein Internist?" fragte er.

Stefan nickte. „Ich war mal wieder zum Durchchecken."

„Wahrscheinlich brauchst du Vitamine. Und ganz bestimmt fehlen dir ein paar Stunden Schlaf. Das ist der Preis, wenn man erfolgreich ist", neckte Fred liebevoll.

In letzter Zeit hatte sich Stefan so miserabel gefühlt, dass er sogar seine chronische Scheu vor Arztbesuchen überwunden hatte. Die Nachricht der Arztpraxis bedeutete nichts Gutes. Eine böse Vermutung drückte ihm auf den Magen, so dass er dachte, vor Schmerzen keine Luft mehr zu bekommen. Schnell schluckte er ein paar Tabletten aus seinem ansehnlichen Vorrat und spülte sie mit Wein hinunter. Es durfte nichts passieren, nicht jetzt, wo gerade alles so perfekt war.

Aus den Boxen dröhnte ZZ-Top, und auf die Tanzfläche hätte kein Handtuch mehr gepasst. „Gimme all your lovin'", erklang es aus einem Dutzend Kehlen und übertönte sogar die Musik.

Mitten in der Menge atmete Monika förmlich den Rhythmus mit. Ihr silberner Hosenanzug war durchgeschwitzt, und von ihrem Make-up war nicht mehr viel übrig. Aber das war ihr egal, so lebendig hatte sie sich seit Jahren nicht mehr gefühlt. Auch Pauline drehte voll auf. Mit ihren roten Pumps, die perfekt zu der schwarzen Satinhose und einem eng anliegenden Paillettenoberteil passten, sah sie einfach sensationell aus. Sie trug die Schuhe heute das erste Mal im Beisein von Eddie.

Monika war stolz auf sie, der graubraune Spatz hatte sich zu einem attraktiven Paradiesvogel gemausert. Sie hoffte nur, dass Paulines wachsendes Selbstbewusstsein auf Dauer Bestand haben würde.

Sogar Martin hatte sich heute ans Freistiltanzen gewagt, ein eher seltenes Ereignis. Disco-Fox war einfacher, da gab es feste Figuren und Schrittfolgen. Die Musik individuell in Bewegungen umzusetzen erforderte einen Schuss Extrovertiertheit und Fantasie, den er sich nicht zutraute. Er tanzte mit sparsamen Bewegungen, während er seine Augen nicht von Pauline ließ. Und die lachte und strahlte ihn an, dass es sogar Monika ganz schwindlig wurde. Lief da etwas zwi-schen den beiden? Sie konnte es sich nicht vorstellen, auch wenn der Haussegen bei Sengers ganz gewaltig schief hing.

Schorsch und Hans hatten sich aus dem Trubel zurückgezogen und schauten aus der Entfernung zu. Wieder einmal schüttelte der Altrocker den Kopf. „Das hätte ich mir nie träumen lassen, dass das hier mal so ein Knaller wird. Und wie schnell das gegangen ist..."

Hans grinste. „Tja, manchmal braucht es nur eine gute Idee. Und schon geht die Post ab – das sagt man doch so?"

Schorsch war begeistert. „Du hast es schon richtig drauf, Alter."

Er trug wieder sein geblümtes Tuch auf dem Kopf, so ganz geheuer waren ihm seine kurzen Haare noch nicht. Außerdem sollte heute eine ganz besondere Vorstellung stattfinden, deshalb hatte er sich auch in seine beste Bikerkluft gezwängt. „Ich denke, noch zwei Titel, und dann fange ich an."

„Ich bin schon sehr gespannt. So richtig kann ich mir das gar nicht vorstellen."

Wer konnte Hans das verdenken? Eine Luftgitarrennummer, was sollte das eigentlich sein? So zu tun, als ob man Gitarre spielte, das erschien ihm reichlich albern.

Heute war von Schorschs üblicher Coolness nicht viel zu merken. Nervös begann er mit ein paar Lockerungsübungen. Er drehte die Hüften, beugte sich nach vorn und hinten, dass es nur so krachte, und ließ die Arme kreisen.

Natürlich war es Monika gewesen, die ihn da reingequatscht hatte. Sein Auftritt auf dem Schulfest vor vielen Jahren, der Skandal, der ihm bei den strengen Zeiten damals fast einen Schulverweis eingebracht hatte, das war ihm total egal gewesen. Heute allerdings kribbelte das Lampenfieber ganz gehörig in seinem Bauch.

Der Musiktitel war zu Ende, und Ruhe kehrte ein. Da nichts Neues aufgelegt wurde, gingen die Leute zu ihren Tischen zurück. Man hatte so etwas läuten hören, dass Schorsch eine Vorführung geben würde. Aber niemand wusste Genaueres.

„Showtime!"

Ein letztes Mal überprüfte Schorsch den Sitz seiner Garderobe, die aus schwarzem Leder, einer großzügigen Portion Nieten und Ketten und derben Stiefeln bestand. Dann betrat er mit schweren Schritten die leere Tanzfläche.

Einen Moment lang starrten ihn die Leute an, dann schwante manchen etwas, und Applaus und Pfiffe ertönten.

Mit roten Wangen und glitzernden Augen saß Monika auf der Stuhlkante. Schorsch sah gut aus. Er strotzte nur so vor Kraft, fast wie in alten Zeiten. Sie war überzeugt: Er hatte es immer noch drauf.

Der DJ hatte ein Händchen für Dramatik. Genau mit der richtigen Verzögerung, um die Spannung möglichst lange zu halten, erklangen die ersten Töne von Led Zeppelins ‚Whole Lotta Love': Ta-taa-ta-taaah. Und Schorsch legte los.

Er gab wirklich alles. Breitbeinig stand er da, den Oberkörper nach vorne gebeugt. Seine linke Hand tanzte virtuos über die Lagen der nicht vorhandenen Gitarre. Mit der rechten Hand zupfte er unsichtbare Saiten, dann wieder schlug er mit weit ausholender Armbewegung Akkorde an. Aber das war erst der Anfang. Der Titel nahm Fahrt auf, und er zog voll mit. Schnelle Headbangs begleiteten den Rhythmus der Bässe, er vollführte waghalsige Schritte und Verrenkungen, beugte sich nach hinten und vorn. Nun ging er in die Hocke und bewegte sich hüpfend vorwärts. Verdammt, dieser Duckwalk brannte wie Feuer in seinen Oberschenkeln. Glücklicherweise wurde sein immer lauter werdendes Keuchen von der Musik übertönt.

Bei dem langgezogenen Schrei nach ‚LOOOVE', der in einem Hall verklang, erstarrte er in großer Pose, die Arme samt der unsichtbaren Gitarre über den Kopf gestreckt. Dann folgte das Solo der Leadgitarre. In mörderischem Tempo bewegten sich seine Finger durch die Luft. Exakt mit dem ersten Beat des wieder einsetzenden Schlagzeugs ließ er sich auf die Knie fallen. Da durchzuckte ihn ein wahnsinniger Schmerz. Er hatte sich eine saubere Prellung eingehandelt. Tapfer biss er die Zähne zusammen und rollte sich zur Seite ab. So war das allerdings nicht geplant. Er fühlte sich wie ein Maikäfer, den es auf den Rücken gelegt hatte. Während er weiter mit den Händen in der Luft herumfuchtelte, überlegte er krampfhaft, wie er aus dieser Lage wieder auf die Beine kommen sollte. „Way down inside, honey, you need it", klang es aus den Boxen, der blanke Hohn. Ein-, zweimal holte er Schwung, dann knallte seine Hüfte hart auf den Boden. Aber wenigstens reichte die Bewegung aus, um wieder in eine kniende Position zu kommen.

Der Schluss war nahe, und spontan beschloss er, seine Vorstellung in dieser Haltung zu beenden. Er hatte sowieso keine Wahl, denn ohne Hilfe seiner Hände hätte er nicht wieder aufstehen können. Er lehnte sich weit zurück und hoffte inbrünstig, dass sein Kreuz die ungewohnte Biegung ohne weitere Schmerzattacken aushielt.

Gerade als er das Gefühl hatte, sein Rückgrat würde durchbrechen, drehte der DJ die Lautstärke herunter und blendete den Song langsam aus.

Wie durch Watte hörte Schorsch Applaus und Bravorufe. Der Schmerz ebbte in Wellen durch seinen geschundenen Körper, und er schnaufte wie ein asthmatisches Walross. Ehe er wusste, wie ihm geschah, fiel eine schwere Masse auf ihn. Monika! Sie hatte sich nicht länger zurückhalten können und stürzte begeistert auf den immer noch am Boden Knieenden.

„Das war einfach sensationell!“, schrie sie.

Er packte sie und zerrte ihr Ohr nahe an seinen Mund. „Hilf mir hoch!“, flüsterte er mit schmerzverzerrter Stimme.

„Was?“

Der Krach rundherum war mörderisch.

„Zieh mich hoch, irgendwie. Ich kann nicht mehr aufstehen.“

Endlich kapierte sie, dass da was nicht stimmte. Sie krabbelte von ihm herunter und griff energisch zu. Aber so einfach war das nicht, den großen, schweren Mann wieder auf die Beine zu stellen. Da tauchten zwei weitere Arme auf, Hans hatte die Lage erkannt. Keuchend standen die drei da, während die Zuschauer sich immer noch nicht beruhigt hatten. Rechts und links gestützt und schwer angeschlagen, aber mit einem breiten Grinsen auf dem Gesicht, humpelte Schorsch zu einem Stuhl. Jemand stellte ein Bier vor ihn hin, und er trank es auf ex. Ah, das tat gut. Er atmete immer noch schwer, und der Schweiß kroch ihm aus allen Poren.

„Wo tut’s weh?“, fragte Monika und fing an, ihn abzutasten.

„Frag lieber, was mir nicht weh tut.“

Ratlos hörte sie mit ihrer Untersuchung auf. Hans tauchte in seinem Blickfeld auf. „Brauchst du einen Arzt?“

„Nee, halb so wild. Geht schon wieder“, wiegelte Schorsch ab. „Schaut nicht so besorgt, das braucht ja nicht jeder mitzukriegen.“

Was hatte er sich eigentlich dabei gedacht, diese Nummer aufzuführen, und das in seinem fortgeschrittenen Alter? Er musste über sich selbst den Kopf schütteln. Dabei machten sich üble Kopfschmerzen bemerkbar. Das waren die Nachwirkungen dieser verflixten Headbangs. Aber das Kopfkreisen gehörte zu einer Luftgitarrennummer unbedingt dazu.

„Wie war's denn? Hat es wenigstens halbwegs ausgesehen?“, wollte er wissen.

„Oh ja. Die Leute sind hin und weg. Du hast ja gehört, dass sie sich gar nicht wieder eingekriegt haben. Ach Schorsch, du warst so toll!“

Im Überschwang der Gefühle schmiss sich Monika wieder auf ihn und drückte ihm einen Schmatzer auf die Wange. Aufstöhnend schob er sie weg. „Du bringst mich ja um.“

Sie ging erschrocken auf Abstand. „Entschuldige“, stammelte sie.

„Geh nur wieder tanzen, mir geht's gut.“ Er wedelte mit der Hand und atmete auf, als sie verschwand.

„Brauchst du was? Noch ein Bier?“ Hans beäugte ihn kritisch.

„Hast du Eiswürfel? Ich glaube, meine Knie sind schon ganz dick.“

Der Freund nickte und eilte davon.

Zwei Tische weiter beobachtete ein älterer Herr höchst interessiert die Szene. Der Tipp, den er bekommen hatte, war Gold wert. Diese alten Leutchen waren ja völlig außer Rand und Band. Er fingerte nach der kleinen Digitalkamera, die locker in seine Jackentasche passte. Ein paar wirklich sensationelle Fotos hatte er bereits geschossen. Die würden gutes Geld bringen, da war er sicher. Und der Abend war noch nicht zu Ende, wer weiß, was noch so alles passierte. Er schaute auf seine Armbanduhr. Bis Redaktionsschluss hatte er noch eine gute Stunde Zeit.

Die Stimmung war aufgeheizt, und sobald der DJ wieder Musik auflegte, strömte alles auf die Tanzfläche. Pauline schob sich besorgt an Monika heran. „Alles in Ordnung mit Schorsch? Er sah zum Schluss nicht mehr so frisch aus“, schrie sie ihr ins Ohr, um sich verständlich zu machen.

Monika nickte und machte mit den Händen das okay-Zeichen. Auch Martin, der wie ein Schatten an Pauline klebte, war erleichtert.

So ein verrückter Kerl, dieser Schorsch! Da hätte sonst was passieren können. Gerade fing ein neuer Titel an, und er griff nach Paulines Hand. Es war ein schöner Disco-Fox. Leichtfüßig drehte sie sich in seinen Arm und strahlte ihn an. Da wurde sie rüde zur Seite gedrängt. Eddies wutverzerrtes Gesicht tauchte vor ihr auf.

Auch Martin war überrascht, aber er fing sich schnell. Paulines Mann schwankte, offensichtlich hatte er schwer getankt. So, wie er die Fäuste hob und ihn herausfordernd anschaute, wollte er es jetzt wissen.

Eddie nahm seine Umgebung nur noch verschwommen wahr. Aber was er sah, versetzte ihn in blinde Rage. Seine Frau lag lachend in den Armen dieses Mistkerls. In aller Öffentlichkeit setzte sie ihm Hörner auf, das konnte er sich nicht bieten lassen. Es war Zeit, diesem Lackaffen gründlich die Fresse zu polieren. Er holte aus und schlug in das Gesicht seines Widersachers. Jedenfalls war das seine Absicht, aber irgendwie traf er daneben und wurde von der Wucht seiner eigenen Bewegung nach vorn geworfen. Martin schob ihn weg von sich und hob die Fäuste vor die Brust. Eddie konzentrierte sich. Das Kinn, er musste das Kinn treffen, dann wäre die Sache schnell beendet.

„Ihr seid wohl verrückt geworden!"

Monika versuchte, sich zwischen die beiden zu schieben. Einen Moment war Martin abgelenkt, der Schlag auf die Nase traf ihn völlig unvorbereitet. Sein Kopf brummte, und er spürte, dass seine Nase blutete. Nun wurde auch er wütend. Aber Eddie erwies sich als zäher Gegner. Den Schlag vor die Brust stand er problemlos aus und trat nun seinerseits Martin mit voller Wucht gegen das Schienbein. Der kam kurzfristig aus dem Gleichgewicht und krachte gegen Eddie. Als Knäuel landeten beide auf dem Boden. Entsetzt wichen die Leute zurück und starrten auf die Kämpfenden, die jetzt im Liegen aufeinander einprügelten. Auch Eddies Nase fing jetzt an zu bluten, es sah dramatisch aus. Er griff beherzt in Martins Haare und zerrte daran. Der schrie vor Schmerz auf. Sie wälzten sich herum und verhakten ihre Beine in dem Versuch, die Oberhand zu gewinnen.

Endlich kam Bewegung in die Umstehenden. Je zwei Männer zerrten die Kontrahenten auseinander und schoben sie auf Abstand. Wütend starrten sich die Kontrahenten an.

Hans rang verzweifelt die Hände. Gerade als er Schorsch ein Handtuch mit Eiswürfeln gebracht hatte, war die Sache zwischen Eddie und Martin eskaliert. Er hatte keine Chance gehabt, einzugreifen.

Der ältere Herr im Hintergrund stand auf und bewegte sich unauffällig in Richtung Ausgang. Er klopfte zufrieden auf seine Jackentasche, wo der Fotoapparat steckte. Die Schlagzeile war ihm sicher!

ZWÖLF

Hartnäckig bimmelte das Telefon und holte Schorsch aus dem Tiefschlaf. Mit verquollenen Augen tastete er danach. Wer auch immer etwas von ihm wollte, sollte besser einen triftigen Grund für diesen nächtlichen Überfall haben.

„Wass'n los?", murmelte er in den Hörer.

„Mensch Schorsch, das ist ja der Hammer. Ich hab gedacht, ich seh nicht richtig. Du bist jetzt berühmt."

Das war eindeutig die Stimme seines früheren Arbeitskollegen aus der Werkstatt. Aber wovon redete er bloß?

„Ich hab mir gleich drei Stück gekauft. Passiert ja nicht alle Tage, dass mein alter Kumpel in der Zeitung steht", blubberte es munter weiter aus dem Hörer.

„Hast du was geraucht?", erkundigte sich Schorsch, aber bei dem Wort Zeitung machte sein Magen einen kleinen Salto, der sich gar nicht gut anfühlte.

„So klar war ich schon lange nicht mehr. Ich kann's dir vorlesen: ‚Zum alten Eisen gehört dieser Rocker bestimmt noch nicht. Die Luftgitarrennummer hätte auf jeder Meisterschaft einen Preis bekommen.' Na, was sagst du? Ist das nicht irre?"

Irre war das richtige Wort, allerdings in einem anderen Sinn.

So allmählich checkte es Schorsch. Irgendjemand musste gestern Abend ein Foto von ihm gemacht haben, und das war jetzt in der Zeitung. Das roch nach gewaltigem Ärger.

„Und dann auch noch ne handfeste Schlägerei. Also ich muss schon sagen, dass du kein Wort von dieser Disco erzählt hast, nehm ich dir übel. Wir sind doch schließlich Kumpels."

Schorsch hielt es nicht mehr im Bett. Er musste wissen, was Sache war. Allerdings, eines war jetzt schon sonnenklar: Jemand hatte sie verpfiffen. Sie waren aufgeflogen, und das bedeutete wohl das Ende der Rentner-Disco.

Im Sitzungszimmer des Liegenschaftsamtes wurde Kaffee getrunken, man rüstete für einen neuen Arbeitstag. Aber das ruhig plätschernde Stimmengemurmel wurde unsanft unterbrochen, als einer der leitenden Herren die Tür aufriss und die Tageszeitung auf den Konferenztisch knallte. Schlagartig waren die Herren und Damen munter.

„Das wird Konsequenzen haben. Da werden Köpfe rollen", tobte er los.

Neugierig beugten sich einige Mitarbeiter über die Zeitung. Ein merkwürdig aussehender, älterer Mann in seltsam verrenkter Pose war da zu sehen. Und dann gab es ein Foto von einer Schlägerei, wobei die ineinander verkeilten Männer auch nicht mehr taufrisch waren. Im Text war von illegalen Partys die Rede, die offenbar schon häufiger stattgefunden hatten. Und das sozusagen in behördlichen Räumen, auch wenn diese derzeit leer standen.

Das alte Finanzamt, ja, man suchte schon seit geraumer Zeit einen Pächter oder Käufer. Aber da gab es doch diesen Hausmeister, der nach dem Rechten schauen sollte. Der hatte eindeutig seine Pflichten vernachlässigt. War das jetzt nur peinlich oder handelte es sich um eine Straftat? Auf jeden Fall war es ein gefundenes Fressen für die Opposition, denn in diesen angespannten Zeiten war Verschwendung von Steuergeldern kein Kavaliersdelikt.

Hans traf es völlig unvorbereitet, er las keine Zeitung. Und da die beiden Herren aus dem Römer bereits vormittags bei ihm auftauchten, hatte auch Schorsch keine Chance gehabt, ihn zu warnen.

Er hatte Stühle und Tische zusammengeschoben und war gerade mit Kehren fertig. Schrubber und Lauge würden dann die letzten Spuren des vergangenen Abends tilgen.

„Herr Karelin?"

Verdutzt drehte er sich um, er hatte sie gar nicht hereinkommen hören. Aber er wusste sofort, was die Stunde geschlagen hatte.

Bereitwillig gab er alles zu, was zuzugeben war. Er hatte es zumindest geduldet, dass fremde Personen sich hier trafen. Es sei ja nur ein harmloses Tanzvergnügen gewesen, beteuerte er. Die Fotos in der Zeitung, ja, da war die Sache etwas aus dem Ruder gelaufen. Während ein Anzugträger überall herumschnüffelte und alles auf etwaige Schäden untersuchte, machte sich der andere unentwegt Notizen. Hans wurde es ganz anders, er saß gehörig in der Tinte.

„Was passiert denn jetzt?", fragte er kleinlaut, als die beiden Herren sich zum Gehen anschickten.

„Das werden Sie noch früh genug erfahren", sagte einer. Das blasse, erschrockene Gesicht des Alten erregte dann aber doch so etwas wie Mitleid in ihm. „Machen Sie sich mal nicht zu viele Gedanken. Soweit wir gesehen haben, gab es keine größeren Sachbeschädigungen. Und bereichert haben Sie sich ja auch nicht durch diese Partys. Ich denke, dass man Sie in Rente schickt. Das ist doch nicht das Schlechteste, oder?"

Er klopfte Hans auf den Rücken und folgte seinem Kollegen nach draußen.

Schorsch war bestürzt.

„In Rente? Was heißt das? Wo kommst du denn da hin?"

Hans zuckte mit den Schultern. „Irgendein Seniorenheim. Was einfaches, für mehr reicht's sicher nicht."

Die Gewissensbisse machten den Rocker fertig. Er hatte den ganzen Schlamassel angezettelt, und nun musste Hans es ausbaden.

„Was hältst du davon, wenn du zu mir ziehst? Es ist nicht der Frankfurter Hof, aber immer noch besser als so ein Dings, wo sie dich herumscheuchen. Oder mit irgendwelchen Tabletten ruhigstellen."

Hans rang sich ein Lächeln ab. „Das ist wirklich sehr großzügig von dir. Aber ich will niemandem zur Last fallen. Lass mal..."

Schorsch drehte zwei Zigaretten, und nach kurzem Zögern nahm Hans ihm eine ab.

„Jetzt isses eh schon Wurscht."

Sie pafften schweigend vor sich hin, aber nach ein paar Zügen hielt es Schorsch nicht mehr aus. „Also erstens: Du fällst mir nicht zur Last. Und zweitens: Ich bin schließlich schuld an dem Ganzen..."

„Und drittens", fiel ihm Hans ins Wort. „Warten wir erstmal ab, was die da oben beschließen. Noch ist ja nichts amtlich."

Damit musste Schorsch sich vorerst begnügen.

Die Wohnungstür fiel ins Schloss, und zeitgleich ließ sich Uschi auf die Couch fallen. Friedrich war endlich weg, und sie konnte aufhören, ihm entspanntes Leben vorzuspielen. Die Tränen schossen ihr in die Augen, bevor sie es verhindern konnte. Sie ließ sie einfach laufen.

Vor ein paar Tagen hatte sie unter der Dusche etwas bemerkt. Es war nur eine kleine Veränderung im Gewebe, aber ihren sensiblen Fingern und ihrer verstärkten Aufmerksamkeit war sie trotzdem nicht entgangen. Der Krebs war also zurück. Noch lag das Ergebnis der Biopsie nicht vor. Die hatte sie sofort machen lassen, obwohl es nicht einfach gewesen war, den Termin vor Friedrich geheimzuhalten. Sie wollte ihn nicht in Panik versetzen, und außerdem hatte sie mit sich selbst genug zu tun.

Verzweifelt rollte sie sich auf der Couch zusammen. Noch einmal das ganze Karussell, die Untersuchungen, das Warten, die Hoffnung, die vielleicht jäh zerstört werden würde, das war einfach unmenschlich. Dann kamen die quälenden Behandlungen, die man nur überstehen konnte, wenn man an das Leben glaubte. Sie spürte, dass sie mit ihrer Kraft am Ende war, noch einmal würde sie das nicht schaffen.

Auch Friedrich würde leiden. Ohne etwas tun zu können, würde er zusehen müssen, wie sie langsam starb. Nein, das wollte sie auf keinen Fall. Das war es nicht, was er als Erinnerung an sie im Gedächtnis behalten sollte.

Es war stickig im Zimmer. Sie öffnete die Balkontür und trat hinaus. Die Geranien in den Blumenkästen blühten in herrlichen Farben, trotz ihrer Verzweiflung sah sie, wie schön sie waren. Ihr Blick schweifte in den gepflasterten Hof, der drei Stockwerke unter ihr lag. Ob das reichen würde? Ein Sturz aus dieser Höhe, ein kurzer Moment nur, dann wäre alles vorbei. Sie stellte sich dicht an die Brüstung und starrte hinunter. Es musste wie ein Unfall aussehen, so, als habe sie sich zu weit übergelehnt und das Gleichgewicht verloren. Es war wichtig, dass Friedrich daran glauben konnte.

Sie zog einen der Stühle näher heran. An der Decke des Balkons hatte Friedrich einen Hängekorb mit Blühpflanzen angebracht. Die langen Weihrauchrispen mit ihren panaschierten Blättern streiften fast ihren Kopf. Zierliche Blauglöckchen und die bunten Blüten des Elfenspiegels rankten sich zu ihr herab.

Es würde so aussehen, als wäre sie auf den Stuhl geklettert, um die Blumen dort oben zu gießen.

Würde sie den Aufprall noch spüren? Vermutlich, aber es würde schnell gehen, wenn die Wirbelsäule brach, oder der Kopf.

Ein Schauder lief ihr den Rücken hinunter. Waren das nur Gedankenspiele? Wenn sie das wirklich machen wollte, dann jetzt sofort. Je länger sie darüber nachdachte, desto grauenvoller erschien es ihr.

Etwas unterbrach ihre immer verwirrter werdenden Gedanken. Sie spürte, dass sie beobachtet wurde. Aus den Augenwinkeln sah sie eine kleine Bewegung und drehte sich um. Auf dem Nachbarbalkon stand ein Mann und schaute herüber.

Er war nicht sehr groß, und mit seinen schwarzen Haaren und der olivfarbenen Haut sah er eindeutig asiatisch aus. Das musste der neue Nachbar sein, den Friedrich schon gesehen hatte.

Der Mann hatte natürlich mitbekommen, dass sie ihn bemerkt hatte. Er legte seine Handflächen vor der Brust zusammen und verbeugte sich in ihre Richtung. Sie zögerte, wusste nicht, was sie tun sollte. Dann ahmte sie seine Bewegung einfach nach. Er lächelte sie an, sie sah, wie seine Augen aufleuchteten. Dann verschwand er in seiner Wohnung.

Sie war fassungslos. Was immer sie vorgehabt hatte zu tun, war jetzt unmöglich geworden. Dass womöglich jemand dabei zuschaute, wie sie in den Hof stürzte, kam ihr im höchsten Maß anstößig vor. Plötzlich verursachte ihr der Blick hinunter auf die kalten, grauen Platten ein Schwindelgefühl, und zitternd trat sie einen Schritt zurück.

Panisch floh sie in die Wohnung. Sie ließ die Balkontür offen stehen und ging in die Küche. Ihr Mund war trocken, und ihr Atem ging stoßweise, als wäre sie zu schnell gelaufen.

Es klingelte an der Tür. Sie schrak so heftig zusammen, dass sie die Wasserflasche auf den Tisch knallen ließ. Das war dieser Nachbar, da war sie ganz sicher. Sie musste aufmachen, er hatte schließlich gesehen, dass sie zu Hause war.

„Guten Tag. Ich und meine Familie sind neu hier im Haus, und ich möchte mich gerne den geehrten Nachbarn vorstellen. Mein Name ist Thanawat Sangsumranwadee." Er lächelte verstehend, als er ihr verdattertes Gesicht sah. „Nennen Sie mich einfach Than. So sagen alle zu mir."

Uschi war wie hypnotisiert von den dunklen, mandelförmigen Augen. Der Mann hatte unglaublich lange, dichte Wimpern. Sie bemerkte, dass sie ihn anstarrte und trat peinlich berührt einen Schritt zurück. Jetzt erst sah sie, dass der neue Nachbar offenbar ein Geschenk mitgebracht hatte, er streckte ihr ein kleines, geflochtenes Körbchen entgegen. Die gegenüber liegende Wohnungstür war nur angelehnt, und durch den Spalt schoben sich zwei kleine Köpfe. Er bemerkte ihren Blick und drehte sich um. „Rein mit euch! Vielleicht stört ihr die nette Frau, und das wollen wir doch nicht", sagte er freundlich. Die Gesichter verschwanden. „Die Kinder sind neugierig und wollen wissen, wer hier wohnt", bat er um Verständnis.

„Oh, ich mag Kinder gern." Ganz automatisch hatte sie das gesagt. Hoffentlich verstand er das nicht als Aufforderung, seine ganze Sippe anzuschleppen.

„Mögen Sie Tee?", fragte er.

„Oh!"

Wie konnte sie nur so unhöflich sein. Sie ließ ja den neuen Nachbarn vor der Tür stehen wie einen Bittsteller.

„Kommen Sie doch herein", bat sie und gab den Weg frei. Da sie keine Anstalten machte, ihm das Körbchen abzunehmen, stellte er es auf den Wohnzimmertisch.

Was sollte sie bloß mit ihm anfangen? Plötzlich fühlte sie sich unsicher und wünschte sich Friedrich herbei.

„Sie sind Frau Hasselbach? So steht es auf dem Türschild."

„Uschi Hasselbach, ja. Mein Mann, Friedrich, ist gerade nicht da."

Sollte sie ihm etwas anbieten? Aber ihr war so gar nicht nach Besuch und Plaudern, die Sache eben auf dem Balkon hatte sie völlig aus der Bahn geworfen.

Er schaute sie an. „Sie sind müde. Vielleicht gehe ich besser."

Das konnte sie nicht machen, ihn einfach wieder fortzuschicken. „Nein, das geht schon. Bitte nehmen Sie doch Platz."

Er setzte sich auf die Couch und schaute sich interessiert um. „Sie haben eine schöne Wohnung, so hell und freundlich. Ich sehe viele Bücher, Sie lesen gerne, das ist gut."

„Sie sprechen aber gut Deutsch", versuchte sie, ihm ein Kompliment zu machen.

Er lachte. „Das liegt daran, dass ich hier aufgewachsen bin. Meine Eltern sind von Thailand nach Deutschland gekommen, als ich noch ganz klein war."

„Ach?"

Dass er quasi hier aufgewachsen war, beruhigte sie etwas. Dann war er ja sozusagen nur halb exotisch. Andererseits, viele Ausländer hatten sich ja gar nicht angepasst an die hiesigen Verhältnisse. Es war Vorsicht geboten.

„Meine Frau heißt Sumalee. Sie werden sie bestimmt auch bald kennenlernen. Meine zwei Kinder haben Sie ja schon gesehen. Wenn wir Ihnen irgendwie helfen können, wenn Sie einmal etwas brauchen oder wenn wir etwas für Sie erledigen können, dann klingeln Sie einfach bei uns."

Das kam überraschend. Sie wusste auch nicht, wie sie das auffassen sollte. Sah sie so gebrechlich aus? „Wir kommen ganz gut zurecht, danke. Auch wenn wir schon etwas älter sind", sagte sie steif.

Er hob die Hände in einer beschwichtigenden Geste. „Bitte, ich wollte Sie nicht kränken. In Thailand werden ältere Leute geehrt, und man kümmert sich gut um sie. Auch meine Eltern haben mich Achtung vor dem Alter gelehrt."

„Na, da habe ich aber schon ganz andere Erfahrungen gemacht." Sie konnte den bitteren Unterton nicht ganz vermeiden.

Er seufzte. „Ich weiß, dass in Deutschland Leistung mehr zählt als Lebenserfahrung. Aber da bin ich ganz anderer Meinung. Meine Frau übrigens auch."

Das waren ja ungewöhnliche Ansichten, diesen Mann musste man sich genauer anschauen. Sie setzte sich ihm gegenüber in einen Sessel. Sein Alter war schwer zu schätzen, aber da er zwei ziemlich kleine Kinder hatte, musste er noch ziemlich jung sein. Plötzlich wollte sie gerne mehr über ihn erfahren.

„Ich arbeite in der Computerbranche", fing er an, als habe sie laut gedacht. „Und mit einer besser bezahlten Stelle können wir uns jetzt eine größere Wohnung leisten. So sind wir hierher gezogen."

„Wir wohnen schon ziemlich lange hier", erwiderte Uschi. „Es ist eine gute Gegend, wir sind ganz zufrieden."

Er lächelte wieder, überhaupt schien er das oft zu tun. Und er strahlte eine große Ruhe aus, als könne ihn nichts erschüttern. „Es ist wichtig, dass man zufrieden ist. Viele Menschen wollen immer mehr und erreichen niemals den Punkt, wo sie genug haben." Er zögerte einen Moment, bevor er weiter sprach. „Ist es nicht das Ziel des Lebens, glücklich zu sein? Sich keine Sorgen zu machen, frei zu sein von Gier und Ichsucht, das erleichtert das Glücklichsein sehr."

Das waren seltsame, exotische Ansichten. Sie klangen gut und kamen ihr auch vage bekannt vor. Wo hatte sie so etwas schon einmal gehört? Es wurde zu viel, was sie in ihrem Kopf verarbeiten musste.

Er schien zu spüren, dass sie allein sein wollte, stand auf und verbeugte sich ein wenig wie vorhin auf dem Balkon. „Ich freue mich, dass wir gute Nachbarn werden."

Er wartete nicht darauf, dass sie ihn verabschiedete, sondern zog leise die Wohnungstür hinter sich zu.

Leben, um glücklich zu sein, sich keine Sorgen machen, plötzlich fiel Uschi vieles dazu ein. Sehet die Lerchen im Felde. Sie säen nicht, sie ernten nicht...

War es nicht das, was jeder Mensch wollte, in Frieden leben, in Harmonie mit sich selbst und seiner Umwelt? Mit jedem Gedanken, der ihr durch den Kopf ging, fühlte sie sich leichter, als habe dieser komische Mann ein Ventil in ihr geöffnet. Etwas Frisches durchströmte sie, neue Kraft, und sie fühlte sich plötzlich gut und lebendig. Egal was kam, jetzt war das Leben schön, und man musste es genießen.

Als Friedrich die Wohnungstür aufschloss, spürte er sofort, dass etwas anders war. Er hastete durch den Flur auf der Suche nach Uschi und fand sie in der Küche. Sie brühte Tee auf.

„Ist alles okay?“

„Aber ja“, antwortete sie heiter. „Alles ist in schönster Ordnung. Möchtest du auch einen Tee?“

So entspannt hatte er sie seit Tagen nicht erlebt. Es war ihm so vorgekommen, als wolle sie krampfhaft gute Laune verbreiten, aber das war wie weggeblasen. Er registrierte, dass Musik lief. Aber heute war mal nicht Abba dran, sondern Mick Jagger röhrte herum wie ein pubertierender Hirsch.

„Du hast ja das gute Teegeschirr herausgeholt. Das ostfriesische“, stellte er erstaunt fest.

„Es ist dafür da, dass man Tee daraus trinkt. Und du weißt, ich liebe diese hübschen Tassen. Wir sollten die schönen Dinge, die wir haben, auch benutzen. Nur zum Anschauen sind sie zu schade.“

Friedrich kam aus dem Staunen nicht heraus. Etwas was vorgefallen, da war er ganz sicher. Tee und Kekse und dazu die kleine rote Öllampe, es war lange her, dass sie es sich so gemütlich gemacht hatten.

„Ich hatte heute Besuch“, bemerkte Uschi wie nebenbei, als sie sich die zweite Tasse Tee einschenkte.

Er hatte also recht gehabt. „Wer?“

„Unser neuer Nachbar. Du weißt schon, dieser Asiate. Than heißt er und kommt aus Thailand, aber aufgewachsen ist er hier. Ein sehr netter Mensch, angenehm und gebildet. Als Begrüßungsgeschenk hat er uns den Tee mitgebracht, den du gerade trinkst.“

Ruckartig setzte Friedrich die Tasse ab und betrachtete misstrauisch die braune Flüssigkeit.

Uschi lachte. „Keine Angst, er will uns nicht vergiften. Ganz im Gegenteil, ich glaube, diese Nachbarschaft könnte wirklich ganz wunderbar werden.“

Mehr war aus ihr nicht herauszukriegen.

Schon zum zweiten Mal binnen kurzer Zeit hatte sich Schorsch in sein dunkles Jackett gezwängt und dazu seine beste Jeans angezogen. Er wollte neben Martin nicht gar zu stark abfallen und auch einen guten Eindruck machen, denn von diesem Termin heute hing eine Menge ab.

Es war nicht schwierig gewesen herauszufinden, wer dafür verantwortlich war, dass Hans in Rente geschickt wurde. Der Plan, den sie daraufhin geschmiedet hatten, war ebenso logisch wie abenteuerlich. Sie wollten mit der Stadt Frankfurt über eine Anmietung des Finanzamtes reden. Der Stadtsäckel hatte chronische Schwindsucht. Vielleicht ließ man sich ja auf einen Deal ein. Auch kleine Einnahmen waren besser als gar keine, wie Martin das treffend formulierte. Denn allzu viel Gewinn würden sie mit der Senioren-Disco wohl kaum erwirtschaften.

Bereitwillig ließ Schorsch seinem Kumpel den Vortritt. Diese ganze Bürokratie machte ihn nervös. Wenn er sich vorstellte, dass in diesen vielen kleinen Räumen, umgeben von tonnenweise Papier, lauter Leute saßen, die mit Stempel und Tinte Entscheidungen trafen über das Leben von Tausenden von Bürgern, dann wurde er ganz kribbelig, kriegte einen dicken Kloß im Hals, und es juckte ihn in den Fäusten, in diesen Laden mal reinzuschlagen. Das durfte natürlich nicht passieren, klar. Martin nahm die Sache mit stoischem Gleichmut und fragte sich bis zu dem zuständigen Sachbearbeiter durch.

„Sie sind also die Initiatoren dieses illegalen Tanzschuppens."

Der Mann lugte neugierig über seinen Brillenrand. So etwas hatte man nicht alle Tage, dass ausgerechnet ältere Mitbürger derart über die Stränge schlugen.

„Von einem illegalen Tanzschuppen, wie Sie das nennen, ist uns nichts bekannt. Wir interessieren uns nur für eine Anmietung des Gebäudes", antwortete Martin ganz souverän.

Schorsch hoffte inständig, dass er in seinen guten Klamotten nur vage Ähnlichkeit mit dem Foto in der Zeitung hatte. Er staunte, wie cool Martin diesem Schlipsträger den Wind aus den Segeln nahm.

„Das ist ja interessant. Es geht doch um das ehemalige Finanzamt Nord?", vergewisserte sich der Beamte.

Synchrones Nicken.

Endlich kam Leben in den Typen. Er wühlte eine Weile in einem Stapel auf seinem Tisch und zog dann triumphierend eine Mappe hervor. Feierlich schlug er den Deckel auf und studierte ein Papier. Dann sah er hoch.

„Tja, ich fürchte, da ist Ihnen jemand zuvor gekommen."

„Hä? Kann ja wohl nicht sein", entfuhr es Schorsch, der eigentlich den Mund halten wollte.

„Vor zwei Tagen, genau, an dem Tag, an dem dieser Artikel in der Zeitung erschien, ist ein Unternehmer auf uns zu gekommen und hat ein Angebot für die Verpachtung des Gebäudes gemacht. Soweit ich das hier sehe, ist bereits ein Termin für den Vorvertrag vereinbart worden."

Schorsch und Martin wechselten einen Blick. Verdammt, sie waren zu spät gekommen!

„Sie sagten Vorvertrag, dann ist ja das letzte Wort noch nicht gesprochen", versuchte es Martin dennoch.

Der Beamte war sichtlich irritiert. „Was ist da eigentlich los? Monatelang meldet sich keine Menschenseele, und jetzt haben wir binnen einiger Tagen gleich zwei Interessenten. Da stimmt doch was nicht."

Er erhielt keine Antwort.

„Nun", sagte er schließlich, „wenn sie uns nicht ein besseres Angebot machen können als Ihr Mitbewerber, wird das wohl nichts. Die Berger Straße, ziemlich weit oben, das ist eine eher ruhige Gegend, da ist doch nichts zu holen. Keine Laufkundschaft, meist ältere Leute, die da wohnen..."

Verwirrt nahm er seine Brille ab und putzte sie ausgiebig. Aber das half Martin und Schorsch auch nicht weiter. Sie waren schon an der Tür, als der Mann ihnen noch eine Information mit auf den Weg gab.

„Übrigens, sollten Sie jemand von den Leuten kennen, die da illegal gefeiert haben, dann sagen Sie denen besser Bescheid. In ein paar Tagen geht es bereits los mit den Umbauarbeiten. Ich schätze, da wird alles raus fliegen, was da noch rumsteht."

Erst als die beiden Besucher die Tür hinter sich geschlossen hatten, erlaubte er sich ein hämisches Grinsen. Dieser große, schwere Kerl sah ja direkt gemeingefährlich aus. Keinen Moment hatte er sich täuschen lassen, das war dieser Rocker vom Zeitungsfoto. Der wäre glatt imstande gewesen, ihm an die Gurgel zu gehen.

Martin schob und zerrte den vor Wut schnaubenden Schorsch durch die Flure des Amtes. Erst als sie vor dem Gebäude standen, ließ er ihn los.

Schorsch spuckte sofort Gift und Galle. „Ich könnt mich sonst wohin beißen. Warum sind wir nicht sofort hergekommen? Ich schwör's dir, irgendjemand hat uns unsere Idee geklaut und will jetzt den großen Reibach machen."

„Wenn da wirklich eine Rentner-Disco eröffnet wird, ist das doch gut. Wir können weiter Tanzen gehen, ohne dass wir uns um die Organisation kümmern müssen. Ich finde das gar nicht so schlecht."

Aber Schorsch sah das ganz anders. „Mensch, da hing unser Herzblut dran. Du glaubst doch nicht im Ernst, dass das nochmal so gut wird."

Die letzte Bemerkung des Beamten fiel ihm ein.

„Wir müssen schnellstens unsere Sachen rausholen, bevor alles über die Wupper geht."

Zumindest damit gab es keine Probleme. Die Spiegelgalerie, die Discokugel und die ganzen anderen Sachen, die Schorsch liebevoll zusammengesucht hatte, fanden Platz in Martins geräumigem Keller. Und da etliche Leute mithalfen, war der Abtransport innerhalb eines Tages geschafft.

„Ewig schade." Schorsch betrachtete tieftraurig den großen Raum, der nun wieder eine geschmacksneutrale Kantine war.

Hans, der ebenfalls am Packen war, setzte sich neben ihn. „Lass die Nase nicht hängen. Irgendwie geht's schon weiter."

Aber das war reiner Zweckoptimismus, es ging ihm ja selbst nicht gut. Man hatte ihn in einem Seniorenheim untergebracht. Nur für Männer, schon bei dem Gedanken daran, wie es dort miefen würde, schauderte es ihn. Sein einziger Trost war, dass es nicht weit weg lag. Wenn er flott marschierte, konnte er in zwanzig Minuten bei Schorsch und Spacey sein.

Irgendwie schienen alle im Aufbruch zu sein. Auch in Stefans Wohnung stapelten sich die Umzugskartons. Der einzige Wermutstropfen war der Routineeingriff, dem er sich unterziehen musste. Unglücklich starrte er auf den kleinen Koffer, in dem Waschzeug und ein paar Kleidungsstücke für das Krankenhaus lagen. Den schönen Bademantel, den ihm Fred mitgebracht hatte, hielt er wie einen Rettungsring. Aber auch dieser Versuch, sich selbst aufzumuntern, war vergeblich.

„In ein paar Tagen bist du schon wieder draußen. Du hast es gut, du kannst dich ausruhen, endlich mal ausschlafen. Ich werde in der Zwischenzeit die Maler antreiben, damit unsere Wohnung pünktlich fertig ist. Und dann geht's rund." Liebevoll nahm Fred seinen Freund in den

Arm. „Wir werden eine Einweihungsparty machen, über die man noch lange reden wird. Was hältst du davon?“

Stefan lächelte zaghaft. „Meinst du?“

„Aber klar, das muss sein. Und ein paar von deiner Truppe laden wir auch dazu ein.“

Fred holte eine Flasche Champagner aus dem Kühlschrank und schenkte zwei Gläser voll. „Auf den begnadeten Friseur, den gewieften Geschäftsmann – und meinen geliebten Mann.“

Er schaute Stefan zärtlich an, und endlich schien er aus seinem dunklen Tunnel herauszukommen. „Wir werden es uns schön machen, gell?“

Fred nickte, und mit einem hellen Ton stießen ihre Gläser aneinander. In Stefans Augen glitzerte es verdächtig. Schnell leerte er sein Glas und schenkte gleich noch einmal nach.

‚Es gibt immer einen anderen Weg‘, hatte Monika gesagt. Dieser Satz hatte sich in Paulines Kopf festgesetzt und ließ sie nicht mehr los. Seit einiger Zeit sah sie ihren Mann mit anderen Augen, nüchtern und distanziert. Sie registrierte, wie viel er trank. Seine Wutausbrüche, die ewig gleiche Leier an Schimpftiraden über alles und jeden, wurden mehr und mehr zum Albtraum. Erstaunt bemerkte sie, dass ihre Angst vor ihm kleiner geworden war. Sie verkroch sich nicht mehr, wenn es wieder losging, sondern beobachtete ihn mit fast wissenschaftlichem Interesse. Was für ein Unterschied zu früher, und das nur, weil ihr jemand den Rücken stärkte und sie unerschütterlich aufbaute, wenn sie einzuknicken drohte. Ihre neue Freundschaft mit Monika war durchaus tragfähig. Und seit sie wusste, dass auch sie Probleme hatte, waren Aussprache und Trost keine Einbahnstraße mehr.

Es war keine Überraschung, dass Eddie die Veränderungen an ihr bemerkte. „Du bist kalt wie ein Fisch“, beklagte er sich weinerlich, wenn sie ihn in seinem Suff ungerührt im Wohnzimmer liegen ließ, anstatt ihm wie früher beim Ausziehen zu helfen und ihn ins Bett zu bugsieren. Auch seinen Kater und die Kreuzschmerzen am nächsten Tag nahm sie wortlos zur Kenntnis. Wenn er von der Arbeit kam, hatte er sich wieder so weit erholt, dass er neuen Durst hatte.

Das Abräumen der Flaschen und Gläser gehörte zu ihrer morgendlichen Routine. Mit spitzen Fingern trug sie alles in die Küche und griff zum Lappen, um wie jeden Tag die klebrigen Ringe auf dem

Tisch zu entfernen. Da lag ein Brief, geöffnet und achtlos liegengelassen.

„Nicht mal das macht er mehr", murmelte sie.

Von Anfang an hatte Eddie darauf bestanden, alles Schriftliche selbst zu erledigen. Er bezahlte Rechnungen, kümmerte sich um Versicherungen und alles, was sonst zu regeln war.

„Da hältst du dich raus", hatte er ihr eingeschärft, und sie hatte sich widerspruchslos gefügt. Es war ja auch alles gut gelaufen, sie konnte sich nicht beklagen, außer vielleicht über das äußerst knappe Haushaltsgeld.

Langsam zog sie den Brief aus seinem Umschlag. Sie las ihn ein paar Mal durch, um sicher zu sein, dass sie alles richtig verstanden hatte. Es war eine Benachrichtigung der Rentenstelle, dass Eddie ab November eine Frührente beziehen würde. Krankheitsbedingt, wie es da hieß.

Ihre Beine knickten weg, und sie plumpste auf die Couch. November, bis dahin waren es nur noch ein paar Wochen. Dann würde er den ganzen Tag zu Hause sein, das war ein Schock. Sie spürte, wie Widerwille in ihr hochkroch wie ein Geschwür. Nein, das konnte sie nicht ertragen. Er hatte keinen Ton gesagt. Ihr Blick wanderte zu Eddies Sekretär. Noch nie hatte sie es gewagt, dort hineinzusehen. Plötzlich zogen sie die Fächer und Schubladen magisch an. Was schlummerte dort sonst noch, von dem sie nichts wusste?

Als Eddie die Haustür aufschloss, war sie gewappnet.

„Was glotzt du so?", fragte er, als er sie auf der Couch sitzen sah. Misstrauisch kam er näher. Meistens werkelte sie irgendwo herum und ließ ihn links liegen, aber heute schien sie auf ihn gewartet zu haben.

„Setz dich! Wir müssen reden." Zum ersten Mal, seit sie ihn kannte, entdeckte sie eine Spur von Unsicherheit in seinem Gesicht. „Wieso hast du mir nicht erzählt, dass du in ein paar Wochen in Frührente gehst?", wollte sie wissen. „Und da steht etwas von krankheitsbedingt."

„Das hättest du schon noch rechtzeitig erfahren", schnauzte er. „Außerdem bin ich nicht krank, das sind nur ein paar Kreislaufstörungen. Ich lass mich doch von denen nicht in irgendeinen Entzug schicken. Das wäre ja noch schöner!"

Dann dämmerte es ihm. „Du hast rumgeschnüffelt."

Sie hob den Umschlag hoch, in den sie das Schreiben zurückgesteckt hatte. „Das da lag auf dem Tisch. Und ich habe es gelesen. Ich bin deine Frau. Noch. Es ist mein gutes Recht, so etwas zu erfahren."

„Höhöhö“, grölte er. „Was soll denn das werden, Zwergenaufstand? Dein Recht, deins, du, du! Immer soll sich alles nur um dich drehen.“

Dass er so die Tatsachen verdrehte, raubte ihr die Sprache. Aber sie musste das jetzt durchstehen, nicht mehr klein beigeben. „Ich werde mich nicht mit dir streiten“, sagte sie ruhig.

„Da bin ich aber beruhigt. Ich hatte schon Angst.“

Der Zynismus war unüberhörbar. „Ich will mich von dir trennen.“

Er zuckte nicht mit der Wimper, und für einen Moment war sie nicht sicher, ob er sie überhaupt verstanden hatte. Er starrte sie aus rot umränderten Augen an. Sein faltiges Gesicht hatte eine ungesunde, blasse Farbe.

„Reisende soll man nicht aufhalten.“ Er stand auf und ging in die Küche, ließ sie einfach sitzen. Den ganzen Tag lang hatte sie sich ausgemalt, wie er wohl reagieren würde, schreien, toben, ihr eine runterhauen. Aber mit dieser Gleichgültigkeit kam sie nicht zurecht.

Völlig perplex saß sie da, er hatte ihr den Wind aus den Segeln genommen. Sollte sie jetzt wirklich aufstehen, ein paar Sachen packen und gehen? Sie wusste nicht wohin.

Mit einem Bierglas in der Hand kam er zurück und sah mit einem Blick ihre Verunsicherung. „Na, immer noch da?“, feixte er.

Panisch stand sie auf und ging ins Schlafzimmer. Die große Reisetasche würde fürs erste genügen, nur ein paar Sachen zum Übernachten. Erstmal weg hier.

Sie kam bis ins Bad, wo sie ihren Kulturbeutel packte. Da stand er plötzlich in der Tür, kalkweiß im Gesicht.

„Das meinst du doch nicht ernst.“ In seiner Stimme war keine Spur mehr von Hohn. Sie starrte wortlos vor sich hin.

Wie in Zeitlupe sank er auf die Knie. Er faltete die Hände vor der Brust, und sein Rücken krümmte sich. „Tu das nicht. Bleib hier. Du kannst doch nicht einfach weggehen. Was soll ich denn machen ohne dich, ich...“ Er brach ab, und sie sah, dass er am ganzen Körper zitterte. Sein Gesicht war verzerrt. „Ich lieb dich doch.“

Diese Stimme, rau und brüchig, ging ihr durch und durch. Aber außer dem Erbarmen für einen kranken, alten Mann war da – nichts. Wie ein Schlag traf sie die Erkenntnis, dass ihre Gefühle für diesen Mann tot waren. Außer Mitleid hatte sie nichts, was sie ihm noch geben konnte.

Als Monika bei Susi klingelte, schlug ihr das Herz bis zum Hals. Das war wie eine Igelhochzeit. Nach den Verletzungen, die sie sich gegenseitig zugefügt hatten, und einer tagelangen sprachlosen Eiszeit musste nun wieder eine Annäherung kommen. Monika hielt es jedenfalls nicht mehr länger aus.

Tim öffnete die Tür und strahlte, als er sie sah. „Hallo, komm rein."

War sie willkommen? Sie war nicht sicher, aber auf Susis Gesicht spiegelten sich erst Überraschung und dann Erleichterung. Trotzdem blieb Monika vorsichtig. Das musste noch nichts heißen, vielleicht nahm ihre Tochter nur an, dass sie zu Kreuze kriechen wollte. Wenn sie ehrlich war, würde sie sogar das tun, wenn sie nur wieder gut miteinander waren.

Keine wusste wie anfangen, und so blieben sie stumm voreinander stehen. Tim erfasste die Situation. „Ich geh dann mal. Hab noch Hausaufgaben", erklärte er in einem seltenen Anfall von Taktgefühl und verschwand in seinem Zimmer.

„Hausaufgaben? Freiwillig? Hab ich was verpasst?", fragte Monika verblüfft. Mutter und Tochter lächelten sich an, das Eis war gebrochen. „Ich hab vergessen, die Belege für deine Steuer mitzunehmen..."

„Das hättest du mir doch sagen können, dass du Tanzen gehst..."

Beide redeten gleichzeitig los. Sie setzten sich an einen Tisch, und Susi schenkte Kaffee ein.

„Ich hab das nicht so gemeint mit der Kündigung. Natürlich helfe ich dir weiter bei der Steuer", fing Monika an. „Ich war nur wirklich sauer, weil ich den Eindruck hatte, dass du nichts und niemanden mehr wahrnimmst außer deiner Arbeit. Und das finde ich nicht in Ordnung."

Susi seufzte. So richtig wollte sie dazu nichts sagen. „Vielleicht hat das so den Anschein, aber das stimmt nicht. Ich kümmere mich schon um Tim und Krissi, ganz bestimmt. Deshalb brauche ich dich ja auch so dringend. Wenn du da bist, bin ich sicher, dass alles in Ordnung ist mit ihnen."

„Tja, und bei mir hast du wohl den Eindruck, dass außer Enkeln, Haus und Garten nichts mehr stattfindet. Aber das stimmt genauso wenig. Ich bin ja außerdem noch ein Mensch mit vielen Interessen. Und eine Frau", fügte Monika mit einer gewissen Würde in der Stimme hinzu.

„Was wird das jetzt, eine Diskussionsrunde über generationsbedingte Probleme?“ Susi zwinkerte ihrer Mutter zu.

„So was ähnliches.“ Erleichtert ging Monika auf den lockeren Ton ein. „Ich hab mich nicht getraut, dir was von der Disco zu sagen. Woher weißt du das überhaupt?“, fiel ihr plötzlich ein.

Die Zeitung lag auf dem Sideboard. „Tim hat sich nicht mehr eingekriegt, als er das gelesen hat. Und aus lauter Sorge, dass dir was passiert sein könnte, hat er gebeichtet.“

Monika senkte den Kopf. „Du bist immer so ... ich weiß gar nicht, wie ich das sagen soll. Du hast so eine strenge Art an dir, so was Perfektionistisches. Selbst ich als deine Mutter verstehe dich oft nicht. Du bist so ganz anders als ich.“

Susi lachte leise. „Vielleicht sind wir uns ähnlicher als du denkst. Kannst du dir nicht vorstellen, dass ich auch mal gern was Verrücktes machen würde? Ausgehen, durch die Stadt bummeln. Aber im Moment geht das halt nicht.“ Sie schaute gedankenverloren aus dem Fenster. „Ich mach das doch für meine Kinder. Ein guter Job, das bedeutet Geld. Und Geld ist eine wichtige Grundlage für die beiden. Es ist ja keiner da außer mir.“

Monika schwieg betroffen. „Da machst du mich auch sehr stolz auf dich“, sagte sie nach einer Weile.

Susi drehte sich zu ihr um. „Danke. Aber manchmal beneide ich dich. Das hört sich vielleicht blöd an, aber du hast das Alter und die Lebenssituation, wo du alles machen kannst, was du willst. Ohne Rücksicht auf Verluste. Wenn du morgen beschließt, eine Radtour durch Lappland zu machen, dann fährst du einfach los. Du hängst nicht mehr drin in dieser täglichen Tretmühle. Diesem dauernden Funktionieren-müssen.“

„Dafür zahle ich allerdings den Preis des Alters. Es gibt nichts umsonst im Leben. Aber du hast recht, ich bin jetzt freier in meinen Entscheidungen als ich das früher je war. Und das will ich auskosten.“

Susi schaute ein bisschen erschrocken, so dass Monika ihr beruhigend eine Hand auf den Arm legte. „Das heißt nicht, dass ich dir nicht weiter helfe, wo ich kann.“

Susi betrachtete Schorschs Foto mit der Luftgitarrennummer. „War es schön?“

Monika nickte. „Der absolute Knaller. Aber Schorsch hat schwer gebüßt. Dicke Knie, Rückenschmerzen und was weiß ich noch alles. Er behauptet, das war es ihm wert.“

Nun, da das Kriegsbeil begraben war, konnten sie auch wieder einträglich schweigen. Da ging leise die Tür von Tims Zimmer auf. „Alles okay bei euch? Ich hab keinen Kampflärm gehört..."

Die beiden drehten sich zu ihm um.

„Komm nur her", forderte ihn Susi auf. „Wir haben alles besprochen. Im Übrigen finde ich, dass du jetzt alt genug bist, um mal ein paar Stunden allein auf Krissi aufzupassen. Oma braucht den Montagabend für sich."

Tims Gesicht leuchtete auf. Das war ein seltener Vertrauensbeweis von seiner strengen und immer misstrauischen Mutter.

Aber Monika schüttelte traurig den Kopf. „Das wisst ihr ja noch gar nicht. Mit der Disco ist es vorbei. Jemand hat das Finanzamt gepachtet. Da mussten wir natürlich raus."

Stefan sah so friedlich aus. Fred betrachtete das vertraute Gesicht, das heute blasser war als sonst. Sanft strich er seinem geliebten Freund über die Wange. „Schlaf schön. Du hast es hinter dir. Von jetzt an geht es wieder aufwärts."

Eine Schwester kam herein. Zögernd stand er auf. „Kommen Sie morgen wieder, dann ist er wach", flüsterte sie und schob ihn aus dem Zimmer.

Vor Erleichterung hatte Fred ganz wackelige Knie, als er spät abends das Krankenhaus verließ. Ein Magengeschwür kurz vor dem Durchbruch, Stefan hatte sicher schon lange höllische Schmerzen gehabt und nie einen Ton gesagt. Und er hatte irrsinnig Glück gehabt, dass es in letzter Minute entdeckt worden war. Wenn sie erst zusammen wohnten, würde er besser auf ihn aufpassen, das nahm sich Fred fest vor. Vor der Tür atmete er tief durch. Jetzt galt es, einen Umzug zu organisieren.

Das Café war nur spärlich besetzt, eine Oase in der hektischen Schillerstraßenpassage. Die klaren Formen der modernen Möbel strahlten Ruhe aus, ohne ungemütlich zu wirken.

Martin hatte einen Ecktisch ganz hinten ausgesucht. Er bestellte einen Cappuccino und zwang sich, wenigstens äußerlich gelassen zu wirken. Aber er war nervös, wäre am liebsten hin und her getigert. Als er nach der Tasse griff, registriert er verwundert, dass er zitterte. So viele Jahre, bei so vielen Krisen und weit reichenden Entschlüssen war er stets ruhig geblieben und hatte kühlen Kopf bewahrt. Aber das hier, das war etwas ganz anderes. Wenn es um Gefühle ging, war nichts kalkulierbar.

Er hatte lange gezögert, bevor er Monika angerufen hatte. Aber es gab keine andere Möglichkeit, an Pauline heranzukommen, jetzt, wo die Rentner-Disco Geschichte war. Am Telefon hatte er herumgestammelt wie ein verliebter Idiot. Etwas gemurmelt von ‚nur ein Kaffee und ein bisschen reden'. Wem wollte er etwas vormachen? Monika hatte sofort kapiert und ohne zu zögern diese Verabredung mit Pauline für ihn arrangiert.

Das ruhige Leben, die geordneten Bahnen, damit hatte er sich abgefunden. Auch an das Alleinsein hatte er sich gewöhnt und sich eingeredet, dass es ihm nichts ausmachte. Aber das war, bevor er Pauline wieder gesehen hatte. Bevor er diese große Traurigkeit in sich entdeckt hatte, die er nicht mehr loswurde. Jetzt war ihm klar, dass er schon seit der Schulzeit ein tiefes Gefühl für Pauline hatte, so versteckt, dass er es selbst über viele Jahre vergessen hatte.

Sie kam durch die Glastür, hatte ihn noch nicht gesehen. Er schaute ihr zu, wie sie durch den Raum ging. Sie strahlte etwas aus, das ihn magisch anzog. In der schmalen, zerbrechlich wirkenden Figur steckten Wärme, Lebensfreude und ein großes Herz. Jetzt, als sie ihn sah, hob sie die Hand zum Gruß.

„Hallo Martin."

Er sah sie zögern, ob sie ihm die Hand geben sollte. Aber dann ließ sie es und setzte sich einfach ihm gegenüber hin. Er zog die Karte näher.

„Was möchtest du trinken?"

Sie schaute auf seine Tasse. „Auch einen Cappuccino."

Sie lehnte sich zurück und schaute ihn stumm an.

Wie anfangen? Er hatte das Gefühl, dass es auf jedes Wort ankam. Nur jetzt nicht das Falsche sagen, etwas, das sie abschreckte und vertrieb. Aber wie bändigte man einen Sturzbach von Gefühlen?

„Schön, dass du gekommen bist."

„Ja." Auch ihre Hand zitterte, schnell versteckte sie sie unter dem Tisch.

„Wie geht es dir?" Er fragte das nicht nur so dahin, sondern wartete besorgt auf ihre Antwort.

Sie senkte den Kopf. „Das mit Stefan nimmt mich ziemlich mit. Es ging um Haaresbreite, das gibt einem schon zu denken. Es kann so schnell zu Ende sein..."

Sie sprach nicht weiter, aber er verstand sehr gut, was sie sagen wollte. Genau dieser Gedanke hatte ihn letztlich auch dazu gebracht, sie anzurufen. Zeit war etwas Kostbares und stand in ihrem Alter nicht mehr unbegrenzt zur Verfügung. „Deswegen sind wir hier."

„Wegen Stefan?" Sie hob den Kopf.

„Keiner weiß ja, wie lange er noch hat. Das Schlimmste wäre, wenn man bereut, etwas nicht gemacht zu haben." Sie nickte schweigend. „Ich habe vor langer Zeit etwas versäumt", fuhr er fort. „Ich hätte dich gleich damals in der Schule festhalten sollen. Stattdessen bin ich nach Amerika gegangen, um Karriere zu machen."

Er war entsetzt über sich. Wie konnte er sie nur derart überfallen? Aber sie schien ihm seine Offenheit nicht übel zu nehmen.

„Ach, weißt du, es kommt alles, wie es kommen soll. Diese Gedankenspiele, was wäre gewesen wenn, die führen doch zu nichts. Man wird nur unzufriedener mit dem, was man hat."

Sie hatte recht. „Es ist so schade, dass es unsere Disco nicht mehr gibt."

„Ja, die Disco." Sie lächelte versonnen. „Es war ein schöner Traum, die Zeit zurückdrehen zu können. Aber eigentlich war es klar, dass der irgendwann platzen musste."

„Ich glaube nicht", entgegnete er, „dass es darum ging. Wir haben nur die Lebensfreude wieder entdeckt, die wir auch heute noch in uns haben. Auch wenn wir älter geworden sind. Diese Disco hat etwas freigelegt, das im Laufe der Jahre verschüttet wurde. Aber es war immer dagewesen."

„Aber das stimmt doch gar nicht", widersprach sie. „Jeder hat einen Haufen Probleme und Sorgen. Die kann man für ein paar Stunden vergessen, aber dann sind sie wieder da."

Es stimmte, was sie sagte, aber gleichzeitig auch wieder nicht. „Du solltest das nicht so schwarz-weiß sehen", fuhr er fort. „Wir machen alle gute und weniger gute Zeiten durch, das ist nun einmal so. Aber wenn es die Gelegenheit gibt, ein paar Stunden auf der Sonnenseite zu verbringen, dann muss man das nutzen..." Es kam ihm vor, als hätten sie die Seiten getauscht. Sachliche Kommentare waren sonst doch immer sein Part gewesen.

Sie nickte. „Kann sein, dass ich das ein bisschen zu negativ sehe. Bei mir läuft es im Moment nicht so gut. Ich bin gerade bei den weniger guten Zeiten angekommen." Ihre Hand, die auf dem Tisch lag, ballte sich zur Faust. Sanft legte er seine darauf, als wolle er sie beschützen.

„Es hat sich also schon herumgesprochen", murmelte sie, und ihre Stimme verriet unterdrückte Anspannung.

„Lass es raus", sagte er liebevoll.

Er sah ihr Zögern, aber dann brach der Damm. Die ganze Bitterkeit, die Verletzungen der vielen Jahre, die sich angesammelt hatten, kamen in schockierender Offenheit ans Tageslicht. Sie hielt seine Hand fest umklammert. Dann war es vorbei, sie war erschöpft und leer geredet. Traurig sank ihr Kopf nach unten.

„Wie kann sich ein Mensch von Grund auf so ändern?", fragte sie hilflos. „Am Anfang war ich wirklich berührt von seiner Feinfühligkeit. Er hatte Sinn für Poesie und Romantik." Die Briefe, ihr Schatz, schon abgegriffen vom vielen Lesen, fielen ihr ein. „Ich würde Jahrtausende lang die Sterne durchwandern, in alle Formen mich kleiden, in alle Sprachen des Lebens, um dir einmal wieder zu begegnen", zitierte sie. Ihre Augen glänzten in Erinnerung an eine längst vergangene Zeit.

„Aber ich denke, was sich gleich ist, findet sich bald", ergänzte er.

Sie sah den merkwürdigen Ausdruck in seinem Gesicht. „Du kennst das?"

„Hölderlin."

Unsicher spielte sie mit ihrer leeren Tasse. „Er hat mir Briefe geschrieben. Damals, als es anfing mit uns. Durch sie habe ich erst entdeckt, was für ein sensibler Mensch er wirklich ist."

„Bist du sicher, dass diese Briefe von ihm stammten?"

Sie starrte ihn an. „Sechs solcher Briefe habe ich gefunden, immer in meiner Schultasche. Und als Eddie dann anfing, mich auf seine sehr direkte Art anzubaggern, da dachte ich..."

„Hat er gesagt, dass die Briefe von ihm waren?"

Sie schwieg lange. „Er hat es nicht abgestritten, als ich ihn danach fragte. Ich dachte, er sei verlegen, weil er ja sonst eher laut war und eine große Klappe hatte. Dass das eine Seite an ihm war, die er nicht gerne zeigte." Sie wurde totenblass.

Besorgt beugte sich Martin vor. „Ist dir nicht gut?"

„Das kann doch nicht sein. Du? Das war alles von dir?"

„Es ist schon so lange her, aber ich kann mich noch gut daran erinnern. Lange habe ich gesucht, bis ich das Passende gefunden hatte. Etwas, das meine Gefühle für dich richtig ausdrückte."

Er sah, wie es in ihr arbeitete, und es tat ihm leid, dass er ihr die Wahrheit sagen musste. Aber er hatte nur noch diese eine Chance und war entschlossen, sie zu ergreifen.

„Dann war meine ganze Ehe mit Eddie auf einer schamlosen Lüge aufgebaut. Er hat mir etwas vorgemacht, mich angelogen von Anfang an. Und ich dumme Kuh bin ihm auf den Leim gegangen." Sie lachte, es klang fast hysterisch. Einen Moment lang starrte sie Martin an, dann stand sie abrupt auf. „Ich muss gehen."

Auch Martin erhob sich, überrumpelt und auch verletzt von diesem überhasteten Aufbruch. „Darf ich dich anrufen?", fragte er.

Sie schüttelte wild den Kopf und stürmte aus dem Café. Er setzte sich wieder und hob die Hand nach der Rechnung. Er hatte es vermasselt, so viel stand fest.

„Wieso hast du nicht einfach gesagt, dass wir schon was anderes vorhaben?"

Unwirsch zerrte Friedrich an den Ärmeln seines weißen Oberhemds herum. Was war bloß in seine Frau gefahren? Sonst war sie sehr zurückhaltend, wenn es darum ging, neue Bekanntschaften zu schließen. Eine Einladung von diesen Nachbarn, das brauchte er so nötig wie einen Kropf. Auch noch zum Essen, wahrscheinlich war das Zeug ungenießbar. Er spürte schon jetzt, wie sein Magen sich zusammenzog.

„Die sind nett, du wirst sehen. Du machst dir völlig unnötig Gedanken."

Uschi legte eine Halskette an und lächelte ihrem Spiegelbild zu. Dieser Than war wirklich eine Seele von Mensch. Nach seinem Besuch in ihrer Wohnung hatte sie ihn einige Male im Treppenhaus getroffen. Jedes Mal hatte er sie angestrahlt, als gäbe es nichts Interessanteres für ihn, als ein paar Worte mit ihr zu wechseln. Auch seine Frau hatte sie inzwischen kennengelernt, eine zarte Schönheit. Und sie war genau so nett wie ihr Mann.

„Nimmst du die Blumen?", bat sie Friedrich, der immer noch verzweifelt nach einer Ausrede suchte, um nicht mitgehen zu müssen. Seufzend fügte er sich in das Unvermeidliche.

Auf ihr Klingeln öffnete sich sofort die Tür, und ein kleines Gesicht starrte sie mit unverhohlener Neugierde an. „Kommt ihr zum Essen?", fragte das etwa fünfjährige Mädchen.

„Ja, dein Papa hat uns eingeladen", antwortete Uschi freundlich.

Das Mädchen machte die Tür weiter auf. „Ihr könnt reinkommen", erklärte sie großzügig.

Uschi lachte, und selbst Friedrich konnte sich ein Lächeln nicht verkneifen. Die Kleine war aber auch zu goldig.

Im Flur tauchte jetzt der Nachbar auf und verbeugte sich mit aneinander gelegten Handflächen. „Wie schön, dass Sie gekommen sind. Wir sind sehr geehrt."

Uschi stellte Friedrich vor, und die Herren gaben sich die Hand. „Sagen Sie einfach Than zu mir. Und hier ist meine Frau Sumalu. Aber meistens sage ich Nu zu ihr."

Friedrich war verwirrt. Was war das bloß mit diesen Namen? Than erklärte ihm die thailändische Sitte, dass jeder mit einem kurzen, prägnanten Spitznamen gerufen wurde. „Selbst uns sind diese Wörter zu lang", meinte er lächelnd.

„Kommen Sie doch weiter", bat Nu. „Ich stelle Ihnen die Kinder vor."

Das kleine Mädchen hieß Sirikit. Das war doch endlich mal ein Name, den Friedrich sich merken konnte. Hatte nicht eine Königin so geheißen? Allerdings wurde sie Lek gerufen, was einfach nur ‚die Kleine' bedeutete. Der Junge war schon etwas größer, vielleicht sieben oder acht Jahre alt. Er hieß Ganji.

„Und wie wirst du genannt?", fragte Uschi, die das Prinzip verstanden hatte.

„Wenn ich was angestellt habe, sagt meine Mutter Rak zu mir. Weil ich älter bin als meine Schwester und keine dummen Sachen mehr machen soll", antwortete er in schönster Offenheit.

Alle lachten, und Friedrichs Spannung ließ ein wenig nach. Er schaute sich um und stellte erleichtert fest, dass es einen Tisch und Stühle und richtige Möbel gab. Wenigstens mussten sie nicht auf dem Fußboden sitzen. Die Wohnung war farbenfroh eingerichtet, für seinen Geschmack etwas zu bunt. Aber darüber ließ sich ja bekanntlich nicht streiten. So richtig fremdartig sah das Wohnzimmer gar nicht aus, nur in einer Ecke gab es eine Art Altar. Ein Buddha thronte da, davor standen Behälter mit Räucherstäbchen, die zu seiner Erleichterung jedoch nicht brannten. Trotzdem blieb er auf der Hut. Man konnte nie wissen, was als nächstes passieren würde.

„Ein Bier? Oder lieber Wein?", fragte Than, während er seine Besucher zur Sitzecke dirigierte.

Nun war Friedrich doch verblüfft. „Ich dachte, hier gibt's irgendwas Exotisches. Aber Sie trinken ja anscheinend das gleiche wie wir", platzte er heraus.

„Bier wird auch in Thailand gern getrunken. Es tut mir leid, wenn Sie enttäuscht sind."

Than machte ein bekümmertes Gesicht, und seine Frau kam aus der Küche herausgeschossen.

„Wir haben auch Wasser oder Cola, wenn Sie das lieber mögen."

„Nein, nein", wehrte Friedrich verlegen ab. „Ein Bier ist mir sehr recht. Und du, Uschi, einen Wein?"

Ausgesprochen appetitliche Düfte zogen durchs Zimmer, und Friedrich merkte, dass er großen Hunger hatte.

Das Essen war schon ein wenig anders als das, was Uschi kochte, aber Friedrich ließ es sich schmecken. Nach einer Zitronengrassuppe gab es ein Curry mit Hühnchen, von dem er sich sogar Nachschlag geben ließ. Und der Nachtisch bestand aus Banana Pancakes, einer Art knuspriger Pfannkuchen, die wundervoll nach Bananen schmeckten. Ungewohnt war nur, dass es keine Messer gab. Alle Zutaten waren klein geschnitten, und Sumalu zeigte ihm, wie man das Essen mit der Gabel auf den Löffel schob, den man dann in den Mund beförderte.

Die kleine Lek kicherte.

„Du lässt ja alles wieder runter fallen. Ich kann das viel besser als du", krähte sie vorlaut und erntete einen tadelnden Blick ihrer Mutter.

Nach dem Essen siedelte man wieder in die Sitzecke über.

„Haben Sie auch Kinder?", fragte Than, während er Wein nachschenkte.

„Wir haben eine Tochter, aber die wohnt ziemlich weit weg. Wir telefonieren oft, sie hat wenig Zeit, uns besuchen zu kommen."

Friedrich erklärte sachlich, wie die Dinge lagen. Than machte ein bedauerndes Gesicht. „Das ist sehr schade."

„Das ist der Lauf der Welt", mischte sich Uschi ein. „Die Kinder werden erwachsen, und dann müssen sie lernen, auf eigenen Füßen zu stehen."

„Ja, das ist sicher richtig. Aber die Familie ist doch das Wichtigste, das es gibt."

„Mit dieser Meinung gehören Sie einer Minderheit an. Heutzutage sind Freunde die neue Familie."

Das hatte Friedrich irgendwo gelesen. Allerdings sah es bei ihm und Uschi damit auch nicht gerade üppig aus.

„Magst du mein Opa sein?“ Lek hatte genau zugehört, und wie sie Friedrich jetzt ansah, einen Finger in den Mund gesteckt, sah sie so nett aus, dass alle lachten.

„Nur wenn du mir das mit der Gabel und dem Löffel beibringst.“

„Das lernst du ganz schnell“, versicherte Lek großzügig.

Sie setzte sich neben Uschi auf die Couch und studierte eingehend ihr Gesicht. „Du kennst bestimmt viele Geschichten. Kannst du mir was erzählen?“

Die strich ihr sanft eine Haarsträhne aus den Augen. „Das mache ich“, versicherte sie.

Der Junge hatte sich zu seinem Vater in einen Sessel gezwängt. Schon während des Essens hatte er kaum etwas gesagt, und auch jetzt verfolgte er schweigend die Unterhaltung.

„Na und du, junger Mann? Interessierst du dich auch für Geschichten?“, erkundigte sich Friedrich.

Ganji nickte zögerlich.

„Unser Sohn ist ein bisschen schüchtern“, erklärte sein Vater. „Der braucht seine Zeit, bis er auftaut, das hat nichts mit Ihnen zu tun. Aber er mag Geschichten über Tiere sehr gern.“

„Wir waren schon ewig nicht mehr im Zoo“, fiel Uschi ein, und sofort hob der Junge interessiert den Kopf.

Sie wechselte einen Blick mit ihrem Mann, der unmerklich nickte.

„Ich finde sowas ohne Kinder langweilig. Wenn wir uns ein bisschen besser kennen, würden Sie uns Ihre Kinder für einen Besuch im Zoo ausleihen?“

„Mit dem größten Vergnügen. Und wenn die beiden nicht brav sind, werfen Sie sie einfach zu den Löwen in den Käfig.“

Lek kreischte vor Vergnügen, und auf Ganjis Gesicht erschien ein Lächeln.

„Ich packe sie lieber zu den Affen. Oder zum Nilpferd. Du kannst doch schwimmen, Ganji?“, fragte Friedrich.

Er nickte mit glänzenden Augen. Man sah ihm an, dass ihn die Aussicht auf einen Zoobesuch schwer begeisterte.

Eine Weile später verabschiedeten sich Friedrich und Uschi.

Than brachte sie zur Tür und verneigte sich vor ihnen. „Ich hoffe, meine Kinder haben Sie nicht zu sehr angestrengt.“

„Oh nein, überhaupt nicht“, widersprach Uschi. „Sie haben wirklich nette Kinder.“

„Und das mit dem Zoo besprechen wir in den nächsten Tagen", ergänzte Friedrich eifrig.

Than lächelte. „Bei uns sagt man, dass manche Menschen eine wärmere Seele haben als andere. Es ist schön, dass wir gerade neben solchen Menschen wohnen dürfen."

Während Uschi sich im Bad fertig machte, hörte sie Friedrich im Schlafzimmer vor sich hin pfeifen. So vergnügt hatte sie ihn schon lange nicht mehr erlebt. Der Besuch bei den Nachbarn hatte ihm gut getan, genau wie ihr.

„Ausländer, hm?", neckte sie ihn.

„Ich konnte doch nicht ahnen, dass die so nett sind", verteidigte sich Friedrich.

Sie kam herein und setzte sich auf ihre Bettseite.

„Ist schon gut, mein Lieber. Ich hatte ja auch so meine Vorbehalte. Aber nun finde ich es sehr schön, dass diese Familie hier wohnt."

Verlegen drehte er sich zu ihr um. „Ich weiß schon, dass ich ein sturer, alter Mann bin. Du hast es nicht einfach mit mir. Du nicht, und andere auch nicht."

„Ach komm her, du alter Mann mit deiner warmen Seele", sagte sie lachend und nahm ihn in den Arm.

Spacey war begeistert von dem Besucher, der jetzt häufig kam. Der brachte Leckerlis mit, ganz abgesehen davon, dass er auch Ball mit ihm spielte, und es auch die eine oder andere Streicheleinheit gab. Er wusste immer schon ein bisschen früher als sein Herrchen, wer sich da dem Hoftor näherte und fing freudig an zu kläffen. Das war dann das Signal für Schorsch, seine Schraubarbeiten einzustellen.

„Genau dreizehn Minuten brauche ich vom Heim bis hierher."

Hans hatte die Zeit gestoppt, es war jedes Mal ein schöner Spaziergang, der ihn fit hielt. Er hatte mittlerweile seinen Stammplatz in Schorschs Chill-Ecke. Und da auch Martin des Öfteren hereinschneite, lagen die Skatkarten immer in Griffweite.

Schorsch empfand diese Altherrenrunde als sehr angenehm. Es ging ganz zwanglos dabei zu. Sie hatten ein gemeinsames Faible für die alten Western entdeckt, und manchmal brachte Martin eine DVD aus seinem reichen Fundus mit. Clint Eastwood, Charles Bronson und noch ein paar andere Helden vergangener Zeiten konnten sie immer wieder begeistern. Aber meistens spielten sie Karten, dass die Buben nur so auf den Tisch flogen.

An anderen Tagen kamen sie ins Reden, erzählten und diskutierten. Zudem hatte sich Hans als talentierter Koch entpuppt, der sogar aus ein paar Resten etwas Essbares zaubern konnte. Ab und zu wurde der Grill angeworfen, dann stand der Hausherr höchstpersönlich am Feuer und drehte die Würstchen um. Martin war ein brauchbarer Helfer und machte sich klaglos an alle ungeliebten Aufgaben. Wer den Abwasch machen musste, wurde beim Skat entschieden.

„Wenn ich nur mal ein gescheites Blatt bekommen hätte, wäre es ein richtig netter Nachmittag geworden."

Schorsch, warf die restlichen Karten auf den Tisch und streckte genüsslich seine langen Beine in die warme Herbstsonne. Die Skatrunde war für heute beendet. Während Martin die Karten zusammenschob, warf er einen Blick auf den Schreibblock.

„Hör bloß auf mit dem Jammern. Du hast doch sowieso gewonnen, was willst du eigentlich?"

Schorsch grinste. „So gehört sich das auch. Schließlich bin ich ja der Chef hier."

Die beiden anderen protestierten. „Das träumst du wohl!"

Hans schaute in der Küche nach dem Schweinebraten, der im Backofen vor sich hin brutzelte. Angetan mit einer geblümten Rüschenschürze, die noch von Schorschs Oma stammte, kam er wieder herausgetigert. „Noch eine halbe Stunde, dann ist er fertig", verkündete er.

„Du siehst zum Anbeißen aus", neckte ihn Schorsch. Seine Großmutter war ziemlich groß gewesen, und die Schürze reichte Hans bis über die Knöchel.

Hans verzog das Gesicht. „Immer noch besser als Fettspritzer, die kriegt man so schwer wieder raus", brummte er.

Schorsch klaubte zwei Handvoll Kartoffeln aus einem Korb. „Reicht das?"

Martin nickte und machte sich ans Schälen. Emsig schnitzte er an den Knollen herum.

„Lass noch was zum Essen übrig", mahnte Schorsch, der in einer Schüssel Salat herummengte.

Gegessen wurde heute wieder einmal im Hof. In freudiger Erwartung ließ Spacey seinen Kopf auf die Schuhe von Hans sinken.

Erfahrungsgemäß fiel immer mal etwas unter den Tisch, ganz aus Versehen natürlich.

Die drei Männer langten herzhaft zu.

„Was haste denn an den Braten gemacht, das schmeckt ja sensationell", wollte Schorsch wissen.

„Nichts Besonderes. Ein Bisschen Kümmel und Majoran. Und eine Chilischote."

Satt und zufrieden lehnte sich Hans endlich zurück. „Ach Kinder, dass es mir noch mal so gut gehen würde, hätte ich nie gedacht", sagte er versonnen. „Das war mein Glückstag, als ich dich getroffen habe." Er warf Schorsch einen dankbaren Blick zu.

„Mach's dir nur nicht zu bequem. Du bist heute dran mit Spülen." Schorsch war da ganz konsequent.

„Ich helfe dir", bot Martin an. „Du hast schließlich diesen tollen Braten gezaubert."

Gemeinsam schafften sie das Geschirr in die Küche, und Hans krempelte die Ärmel hoch. Während das Wasser in die Spüle lief, packte Martin die Reste weg und stellte die abgegessenen Teller ineinander.

„Schorsch ist ein echter Freund", sinnierte Hans, während er einen Spritzer Spülmittel dazu gab. „Und du auch. Ich hätte nie gedacht, dass ein Studierter so nett und normal sein kann. Schade um unsere Disco, das war wirklich schön. Aber unsere Männerrunde, das ist auch was ganz Besonderes."

„Gib mal den Wischlappen rüber", funkte Martin dazwischen, bevor es zu rührselig wurde.

Wenig später saßen sie vor ihrem Kaffee. Wie so oft grub Hans Geschichten von früher aus. Die anderen hörten aufmerksam zu, das war eine Welt, die ihnen völlig fremd war. „Wenn ihr nur mal ein paar Kartoffeln von meinem Hof probieren könntet! Das war eine Delikatesse, was ganz anderes als dieses Zeug aus dem Supermarkt." Dankbar nahm er eine Zigarette entgegen, die Schorsch gedreht hatte. „Kennt ihr eigentlich noch ein richtiges Kartoffelfeuer? Das war immer das Schönste im Herbst. Wie das geduftet hat, ich hab den Geruch immer noch in der Nase."

„Erzähl mal", forderte Schorsch ihn auf.

„Erst wurde das Kartoffelkraut verbrannt. Und in die Glut haben wir Kinder dann Kartoffeln reingeworfen. Die wurden außen ganz schwarz, und wenn man sie gepellt hat, hat man sich höllisch die Finger verbrannt. Aber geschmeckt haben die…"

„So was ist heutzutage verboten. Feuer machen, da hast du sofort eine Anzeige am Hals", warf Schorsch ein.

„Das hätte ich auch gern mal ausprobiert." Martin wurde wieder einmal klar, was er so alles verpasst hatte.

„Du musst doch ganz ruhig sein, du hast Sachen erlebt, von denen der Mensch nur träumen kann. Warst sogar in Amerika, so weit weg haben wir es nie geschafft."

Hans nickte zustimmend. Er schaute mit großer Begeisterung alle Reiseberichte, die es im Fernsehen gab.

„Ach wisst ihr, das ist alles halb so wild mit den fremden Ländern. Die Menschen sind letztlich überall gleich, alle wollen ein bisschen Glück und Zufriedenheit. Und sie haben die gleichen Sorgen, ein Dach über dem Kopf, genug zu essen, gesund bleiben und ein paar Menschen um sich herum, die man gern hat."

Schorsch schaute in die Runde. „Na, das haben wir hier doch alles. Bis auf die Tatsache, dass ihr miserable Skatspieler seid, der Hund verfettet, weil ihn Hans heimlich füttert, und Martin nicht kochen kann."

Lachend fielen die beiden Freunde über ihn her und boxten ihn in die Rippen. Mitten im Getümmel bimmelte das Telefon. Ärgerlich über die Störung stampfte Schorsch nach drinnen und meldete sich kurz angebunden.

„Ja?"

„Rate mal, wer hier ist", klang es neckisch aus dem Hörer.

Oh Mann, das brauchte er jetzt gar nicht.

„Keine Ahnung", knurrte er.

„Denk mal nach", lockte die Stimme.

„Hör mal, ich hab gerade Besuch. Die Jungs sind da. Kannst du später nochmal anrufen?"

Als er das Knacken hörte, war ihm das total egal. Weiber, wer brauchte die schon!

„War was Wichtiges?", erkundigte sich Hans.

„Nee. Irgend sowas Blondes, Sandra oder Isi oder Betty."

„Woher weißt du denn, dass sie blond ist, wenn du nicht einmal weißt, wer dran war?"

Hans war verwirrt.

Schorsch grinste. „Das erkläre ich dir ein anderes Mal."

Am hintersten Frisiertisch, vom Gewusel des Ladens abgeschirmt durch ein größeres Blumenarrangement, saß Uschi und starrte fasziniert in den Spiegel. Lange, dunkle Haare umrahmten in großen Wellen ihr Gesicht. Das war ein sehr ungewohnter Anblick, aber einer, an den sie sich durchaus gewöhnen konnte. Allerdings, ob sie so etwas in ihrem Alter noch tragen konnte? Unsicher schaute sie zu Stefan, der mit einem Stielkamm noch ein paar Strähnchen richtete.

„Meinst du wirklich, dass ich so rumlaufen kann?"

Er hob erstaunt eine Augenbraue. „Du siehst doch selbst, wie gut dir das steht."

Sie seufzte leise. Das waren die Traumhaare, die sie immer hatte haben wollen. Unpraktisch, aufwendig in Pflege und Styling, aber einfach wunderschön. „Vor dreißig Jahren hätte ich keinen Moment überlegt", sagte sie zögerlich.

„Na, dann wird es aber höchste Zeit." Er nickte ihr aufmunternd zu. „Ich wüsste keinen Grund, warum du das nicht tragen kannst." Eine Palette mit Lidschatten lag schon bereit. „Halt still. Ich mach dir noch ein kleines Make-up, dann ist es perfekt."

Gehorsam schloss sie die Augen, während Stefan ein wenig Lidschatten, Wimperntusche und Lippenstift auftrug. „Das war's schon. Schau dich an."

Die Frau, die ihr aus dem Spiegel entgegenschaute, sah sehr gut aus. Ihre graublauen Augen wurden durch leicht rauchigen Lidschatten betont, und die Lippen glänzten in einem hellen Rot. Das war wirklich sie, Uschi, und sie sah genauso aus wie sie sich fühlte. Ein unternehmungslustiges Funkeln stahl sich in ihre Augen.

„Du bist ein richtiger Künstler", lobte sie.

Stefan winkte ab. „Nicht der Rede wert. Du bist einfach der Typ für sowas. Und nun geh und zeig dich deinem Friedrich. Ich bin gespannt, was er sagt."

Sie konnte sich gar nicht losreißen von ihrem Spiegelbild. Das war sie, ganz und gar, aber gleichzeitig war es auch sehr ungewohnt. „Meinst du wirklich?"

„Los!" Er bot ihr den Arm, und gehorsam stand sie auf, um sich ihrem Mann zu präsentieren.

Friedrich blätterte in einer Zeitschrift. Er kam sich völlig deplatziert vor, der Salon war fest in Damenhand. Ungeduldig schaute er sich um, irgendwann musste Uschi doch mal fertig sein.

In dem Moment kam sie hinter der Blumenwand hervor. Sprachlos starrte er seine Frau an. Sie war wunderschön, wie sie lächelnd auf ihn zuging und sich einmal um die eigene Achse drehte, um sich ihm zu präsentieren. Wie glücklich sie aussah!

Friedrich steckte plötzlich ein dicker Kloß im Hals. „Uschi", stammelte er. „Du siehst so ... irgendwie siehst du hübsch aus. So wie früher."

Uschi musste lachen. Komplimente machen war noch nie seine starke Seite gewesen. Aber trotzdem war dieses Gestotter das Schönste, das sie seit langem gehört hatte.

DREIZEHN

„Nächste Woche ist Eröffnung!"

Hans schwenkte einen Flyer, der in seinem Seniorenheim verteilt worden war. Vor lauter Aufregung kam er gar nicht zum Luft holen.

„Golden Disco, hier, steht alles drauf."

Martin studierte die knappe Information. Besonders viel Mühe hatte man sich damit nicht gegeben. Das Abendvergnügen für Senioren, was hatte das zu bedeuten? Trotzdem war er wie elektrisiert. Wenn im alten Finanzamt tatsächlich eine Disco eröffnete, war das die Gelegenheit, Pauline wieder zu sehen. Seit der Verabredung im Café hatte er nicht mehr mit ihr gesprochen.

Schorsch verzog das Gesicht. „Das wird der totale Reinfall, ich sag's euch."

Jeden Tag drehte er mit Spacey seine Runde und hatte sehr genau registriert, was sich am ehemaligen Finanzamt tat. Als erstes hatte man die alten Buchstaben an der Fassade entfernt. Er hatte ernsthaft überlegt, ob er sich die nicht unter den Nagel reißen sollte. Irgendwie hing er an dem schiefen ‚F'. Aber das war natürlich Blödsinn. Drinnen wurde gehämmert und gebohrt, was das Zeug hielt. Und als es ihm schließlich glückte, mit ein paar Arbeitern ins Gespräch zu kommen, hatte es sich bestätigt: Jemand hatte seine Idee von der Senioren-Disco geklaut.

„Die sind doch nur darauf aus, die Leute abzuzocken", orakelte er finster.

„Nun warte doch erstmal ab, vielleicht wird es ganz toll." So leicht war Hans in seiner Begeisterung nicht zu stoppen.

„Ich glaub nicht an Wunder, schon gar nicht, wenn's ums Geschäft geht", beharrte Schorsch. „Aber wir werden uns die Sache mal näher ansehen."

Wieder einmal kam die Telefonliste zum Einsatz. Die meisten waren neugierig, wie es jetzt im Finanzamt aussehen mochte.

Müde, aber hoch zufrieden saß Stefan auf einem Stapel Kartons in seinem neuen Wohnzimmer und schaute sich um. Er konnte sich schon genau vorstellen, wie alles aussehen würde, wenn das Chaos erst einmal beseitigt war. Die geräumige Altbauwohnung war ein echter Glücksgriff gewesen, und der Vermieter hatte sich als ausgesprochen nett entpuppt. Auch die Nachbarschaft war schon aufgetaucht, zwei ältere Damen, die genau über ihnen wohnten. Während des Umzugs war man sich im Treppenhaus begegnet und hatte sich bekannt gemacht.

„Sagen Sie Bescheid, wenn wir irgendwie helfen können", hatte die eine angeboten.

Stefan schüttelte den Kopf über sich selbst. Das hätte er schon viel früher haben können, Fred hatte absolut recht gehabt mit seiner Meinung, dass er ein notorischer Schwarzseher war.

Die Wohnungstür fiel ins Schloss, und der Freund kam schwer atmend mit einem Plastikkorb voller Lebensmittel herein. „Wir sind durch, das sind die letzten Sachen aus dem Kühlschrank", verkündete er. Auch ihm war die Erschöpfung anzumerken.

Stefan sprang auf. „Gib her, ich mach das."

In der Küche sah es chaotisch aus. Er stellte den Korb auf dem Boden ab und räumte die Lebensmittel in den Kühlschrank, der bereits seit ein paar Stunden lief. Die Flasche Sekt, die er dort deponiert hatte, war perfekt gekühlt. Sein Blick schweifte über die Kisten und Körbe, es war ein aussichtsloses Unterfangen, jetzt nach zwei Sektgläsern suchen zu wollen. Er entdeckte die hässlichen Whiskygläser, die er eigentlich vor dem Umzug hatte entsorgen wollen, und lächelte. Heute war es egal, woraus sie tranken. Gekonnt öffnete er die Sektflasche und schenkte zwei Gläser ein.

Fred hatte sich nicht von der Stelle bewegt. Er griff nach dem Glas, das Stefan ihm hinhielt. „Das ist der schönste Anlass für einen Sekt, den ich mir vorstellen kann."

„Sag das nicht", bremste ihn Stefan. „Es gibt noch eine Steigerung."

Er stellte sein Glas auf einem Karton ab und ließ sich ächzend auf ein Knie sinken. „Setz dich wieder, sonst kriege ich Genickstarre."

Gespannt ließ sich Fred wieder auf seinem Karton nieder. Stefan griff nach seiner Hand. „Es ist Zeit, dir endlich danke zu sagen. Dafür, dass es dich gibt. Dass wir uns getroffen haben. Und dass du mich liebst. Du hast auch den Löwenanteil daran, dass wir jetzt endlich zusammen wohnen." Er räusperte sich. „Ich kann mir mein Leben nicht mehr ohne dich vorstellen. Und deshalb möchte ich dich fragen, ob du mich heiraten willst. Wenn du mich alten Kerl überhaupt noch nimmst."

Mit gesenktem Kopf blieb er knien.

Stille.

Stefan hörte sein eigenes Herz einen wilden Trommelwirbel schlagen. Was, wenn Fred nicht mehr wollte, wenn es zu spät war? Es überlief ihn heiß. Was für eine idiotische Idee, ihn ausgerechnet heute, nach einem mörderisch anstrengenden Umzug und in diesem totalen Durcheinander zu fragen.

Nervös ließ er Freds Hand los und zog aus seiner Hosentasche ein kleines Etui heraus. Der Deckel schnappte auf.

Fred starrte auf die beiden Ringe.

„Mein Gott, ich hatte die Hoffnung schon aufgegeben." Seine Stimme klang heiser. Er stand auf und zog Stefan sanft zu sich hoch. In seinen Augen schimmerte es verdächtig.

„Ja, ich will."

An einem Freitagabend öffnete die Golden Disco erstmals ihre Pforten. Grelles Neonlicht zuckte über den Vorplatz, der immer noch unkrautüberwuchert war. Dort hatte sich der harte Kern der Truppe fast vollzählig versammelt. Nur Stefan hatte sich entschuldigt. Er hatte mit seiner Genesung, den Hochzeitsvorbereitungen und der Einrichtung der neuen Wohnung alle Hände voll zu tun.

Schorsch postierte sich in seiner schwarzen Lederkluft und mit geblümtem Kopftuch breitbeinig vor dem Gebäude und betrachtete die Fassade, an der man noch schwach die Umrisse der abmontierten Buchstaben erkennen konnte. Martin tigerte unruhig hin und her und hielt offensichtlich Ausschau nach Pauline. Hans und Monika kümmerte das alles wenig. Sie waren in eine angeregte Unterhaltung über das Veredeln von Obstbäumen vertieft. Ein wenig abseits standen Uschi und Friedrich herum und warteten darauf, dass endlich alle da waren. Endlich bog Pauline auf den Vorplatz ein, dicht gefolgt von ihrem laut keuchenden Eddie.

„Uns ist der Bus vor der Nase weggefahren", entschuldigte sie sich, aber niemanden interessierte das.

„Es geht los", gab Schorsch den Marschbefehl und schritt auf den Eingang zu.

„Guten Abend." Ein muskulöser Türsteher trat ihm in den Weg und musterte ihn mit regungslosem Gesicht. „Dass wir uns gleich richtig verstehen, Freundchen. Hier drinnen gibt's keine Randale. Wenn du dich benimmst, werden wir blendend miteinander auskommen."

Der Typ war fast so groß wie Schorsch.

„Hey, was is'n das für ne Begrüßung? Wir sind hier, um uns zu amüsieren. Gute Mucke, bisschen Schwof, ein paar Bierchen. Ist das vielleicht verboten?“

So leicht ließ er sich von so einem Kleiderschrank nicht die Butter vom Brot nehmen. Er wollte sich an ihm vorbei schieben, aber der Türsteher drehte ihn mit einer lässigen Bewegung um zu einem Kassenschalter. „Ohne Eintritt läuft schon mal gar nichts. Drück erst einmal ein paar Mäuse ab.“

Schorsch knirschte mit den Zähnen. „Was soll's denn kosten, schöne Frau?“, fragte er mit seinem charmantesten Lächeln die Kassiererin, eine ziemlich bunt gestylte Mittvierzigerin.

„Fünfzehn Euro.“

Schorsch schnappte nach Luft.

„Da ist das erste Getränk schon mit drin“, erklärte sie, bevor er protestieren konnte.

„Dann ist es ja das reinste Schnäppchen.“ Er zückte sein Portemonnaie.

Die Information über den horrenden Eintrittspreis machte die Runde bis zu Pauline und Eddie, der sofort auf dem Absatz kehrtmachen wollte.

„Ich bezahle doch nicht dreißig Euro für etwas, das ich gar nicht will. In diesen Affenstall kann sonstwer gehen!“ Wortlos öffnete Pauline ihre Handtasche. Da legte er seine Hand auf ihren Arm. „Lass mal, ich mach schon.“

Monika zog erstaunt die Augenbrauen hoch. Was war denn da los? Dass Eddie freiwillig bezahlte, war ja ganz neu.

Es dauerte eine Weile, bis alle am Türsteher vorbei waren und ihre Eintrittskarte gelöst hatten. Es gab auch eine Garderobe, an der sie weitere zwei Euro loswurden. Endlich standen sie in der ehemaligen Kantine und schauten sich um.

Auf den ersten Blick war zu erkennen, dass von der netten, stimmungsvollen Rentner-Disco nichts übrig geblieben war. Alles war in Schwarz und Silber gehalten, der Raum vermittelte den Eindruck eines begehbaren Kühlschranks.

Schorschs Ohren klingelten. ‚Cherry Cherry Lady‘, du meine Güte, da dudelte ja Modern Talking. Als nächstes würden dann womöglich Cindy und Bert oder die Flippers kommen. Sein Fluchtinstinkt schlug Alarm, aber noch hielt er tapfer Stand. Erst mal sehen, was hier so lief.

„Sieht aus wie in einem Science Fiction-Film", brachte er es auf den Punkt. „Vielleicht haben sie E.T. als DJ organisiert."

Trotz des nicht mehr warmen Herbstwetters blies eine Klimaanlage munter vor sich hin. Prompt stellte Uschi den Kragen ihrer Jacke hoch. „Hier zieht es wie auf dem Bahnhofsvorplatz", stellte sie fest.

„Nur, dass es da voller ist", ergänzte Martin.

Es war wirklich nicht viel los. Nur wenige Tische waren besetzt, und die metallisch glänzende Tanzfläche war leer.

„Wo wollen wir platzen?" Unschlüssig schaute sich Schorsch um.

„Nicht so nah an die Lautsprecher", bat Monika.

Das konnte sogar er verstehen, denn der Lärmpegel war extrem hoch. Sie verteilten sich auf zwei nebeneinander stehende Tische. Sofort kam eine Bedienung angelaufen und zückte ein kleines Kästchen, auf den sie mit einem kleinen Stift einhackte. „Was darf's denn sein, die Herrschaften?", schrie sie gegen die Musik an.

„Die ist in einer Stunde stockheiser", bemerkte Monika trocken.

Nach der Bestellung hielt es Schorsch nicht mehr auf seinem Sitz. „Ich geh mich mal umschauen", verkündete er und wanderte auf den Gang zu, in dem immer noch der Paternoster sein musste. Eine Sperrholzplatte mit der Aufschrift ‚Nur für Personal' versperrte ihm jedoch den Weg.

„Suchen Sie was?" Ein Kellner stoppte seinen Versuch, sich an dem Schild vorbeizumogeln.

„Das Klo."

Der Mann wies auf den Eingangsbereich. „Da drüben. Hier geht's nicht weiter."

Er blieb stehen, bis sich Schorsch wieder entfernt hatte. Das war ja hier das reinste Gefängnis, überall gab es Aufpasser, die einem sagten, was man alles nicht durfte.

Den Holztresen hatte man abgerissen, und der Blick auf die Küche dahinter war auch versperrt. Dort war eine Wand eingezogen und eine Art gläserne Kanzel errichtet worden, in der ein DJ eifrig herumhantierte. Der Typ konnte nicht älter als Mitte Zwanzig sein, zu ihren Discozeiten war der noch im großen Teich herumgepaddelt. Schorschs Gesicht verfinsterte sich immer mehr. Hier war rein gar nichts nach seinem Geschmack. Er schlenderte zurück zu den anderen. „Alles zu da hinten. Die Klos sind beim Eingang", berichtete er Hans.

Der nickte. „Die haben sie bestimmt repariert."

Die Getränke kamen. Man nippte an Bier und Wein, aber so richtig wollte keine Stimmung aufkommen.

Martin hatte sich seitlich von Pauline gesetzt. So konnte er sie beobachten, ohne dass es zu auffällig war. Kein Wort hatte sie bisher mit Eddie gewechselt. Aber wenigstens war ihr Gatte heute nüchtern, zumindest im Moment noch. Er stellte fest, dass auch Monika die beiden beobachtete. Ob sie genauer wusste, was da los war?

„Hast du Lust zu tanzen?", fragte Friedrich halbherzig. Uschi schüttelte den Kopf. „Vielleicht später."

Friedrich war nicht böse drum. In diesem Pseudo-Raumschiff kam er auch nicht recht in Stimmung.

Die Musik schwenkte um auf ein paar englische Titel aus der Pop-Fraktion. Besser wurde sie dadurch nicht unbedingt. Man gab sich der gepflegten Langeweile hin, denn auch zu sehen gab es nicht viel. Ein bisschen Lametta an den Wänden, ein paar Spots und viel schwarze Farbe, dieser Schuppen war lieblos zusammengeschustert worden. Was ihn besonders attraktiv für Senioren machen sollte, hätte keiner in der Runde sagen können.

Eigentlich hatte Monika bereits die Nase voll. Sie war tief enttäuscht, und wenn sie in die Gesichter der anderen schaute, ging ihnen das wohl ähnlich.

„Vielleicht sollten wir irgendwo gemütlich was trinken gehen", schlug sie vor. Uschi und Friedrich nickten sofort.

Da zog Hans den Flyer aus seiner Tasche. „Wir müssen noch bleiben. Jetzt kommt bald diese Sängerin. Hier steht es: Stargast Zoe van Tiffany. Kennst du die?", fragte er Schorsch, aber der schüttelte den Kopf. „Nie gehört."

Also blieben sie weiter sitzen.

Endlich verkündete der DJ den Auftritt des heutigen Stargastes. Hans war erleichtert, dass sich endlich was tat und beugte sich gespannt vor, um besser sehen zu können. Und er wurde nicht enttäuscht.

Zoe van Tiffany war – eine lebende Barbiepuppe, und das war vielleicht noch die beste Beschreibung. Blond, kurvig und nur mit einem absoluten Minimum an Textilien bekleidet.

Ihre Auftrittsmusik erklang, eine typische Bla-bla-Nummer. Nichtssagend. Austauschbar. Fahrstuhlmusik, schon nach den ersten Takten hatte Schorsch das einsortiert. Allerdings, ein Hingucker war diese Zoe allemal, daran bestand kein Zweifel. Hans, Friedrich, Eddie, alle stierten sie an.

Martin beugte sich zu Schorsch hinüber. „Meinst du, die macht automatisch die Augen zu, wenn man sie hinlegt?“, fragte er augenzwinkernd.

„Kannst du Gedanken lesen?“, kam prompt die Antwort. Die beiden grinsten sich an.

„Dass die nicht nach vorne über kippt, ist das reinste Wunder“, bemerkte Monika mit zusammengekniffenem Mund, aber die Männer waren zu sehr mit Gaffen beschäftigt, um sie zu hören.

Nun kam ihr Einsatz, man hörte auch die Stimme, aber gleichzeitig lächelte sie immer noch. Es sah so aus, als habe sie ein paar Zähne zu viel im Mund.

„Vollplayback“, erklärte Schorsch dem staunenden Hans. „Die macht nur den Mund auf und zu. Vermutlich würde sich dieser Gesang sonst anhören wie eine Heulboje. Die haben sie nur wegen der Optik da hingestellt. Das allerdings...“ Er redete nicht weiter, sondern glotzte wieder auf das Singpüppchen.

„Jetzt reicht's mir aber.“ Monika haute mit der Faust auf den Tisch. Sie legte die Hände zu einem Schalltrichter um den Mund und rief ein lautes „Buuhhh!“

Nach dem ersten Schrecken und auf Monikas aufmunternde Blicke hin machte Uschi mit. Pauline schaute sich verunsichert um. Da gab es auch andere, die mitmachten. Ein paar schrille Pfiffe untermalten das Ganze noch.

Monika schaute Schorsch verächtlich an. „Ich dachte immer, du bist so ein großer Musikkenner. Aber dir geht's wohl auch nur um die Verpackung.“

Das wollte Schorsch nicht auf sich sitzen lassen. „Buuhhh!“, machte er nun eifrig mit und stieß Hans auffordernd einen Ellenbogen in die Rippen.

Blondie kam aus dem Takt, ihre geschmeidigen Hüftbewegungen gerieten immer schiefer und brachen dann ganz ab. Sie stellte auch ihre Gesangsübung ein. Das Band lief unterdessen munter weiter. „Du bist der Einzige für mich...“, schallte es den Besuchern um die Ohren, während sich die Sängerin hilfesuchend nach dem DJ umsah.

„Herrschaften, ich muss doch sehr bitten!“, kam prompt seine Ansage. „Sie wollen doch unsere bekannte Künstlerin nicht beleidigen. Da stimmt was nicht mit dem Mikro, der Fehler wird sofort behoben.“

Er gab Zoe ein Zeichen, dass sie sich von der Tanzfläche entfernen sollte. Das tat sie auch, und jeder männliche Gast beobachtete atemlos, wie sich dabei ihr Popo an diesem lächerlichen Stückchen Stoff rieb, das man beim besten Willen nicht mehr als Rock bezeichnen konnte. Die Musik war erstorben, nur ihre Absätze klackten in der plötzlich einsetzenden Stille auf dem Metallboden. Dann setzte ein anderer Musiktitel ein.

Monika lehnte sich zufrieden zurück. Der hatten sie es aber gegeben! Man durfte sich doch nicht alles bieten lassen. Meinten die Chefs hier, dass ältere Leute zu blöd waren, um mitzukriegen, dass dieses Mädchen so wenig singen konnte wie eine Schaufensterpuppe?

„Bitte machen Sie kein Aufsehen. Stehen Sie einfach auf und gehen Sie."

Wie ein Geist aus der Flasche war der Türsteher vor ihrem Tisch aufgetaucht. Verstärkung in Form zweier ebenso gut gepolsterter Typen hatte er gleich mitgebracht.

Pauline fasste sich als erste. Sie griff nach ihrer Handtasche und stand auf. Die anderen folgten, und im Gänsemarsch wurden sie aus dem Raum geleitet.

„Es ist Ihnen ja wohl klar, dass Sie ab sofort Lokalverbot haben." Der Muskelprotz konnte sich ein hämisches Grinsen nicht verkneifen.

„Das trifft sich gut", konterte Schorsch. „Keinen Fuß setze ich mehr in diesen Neppladen. Fünfzehn Euro für ein warmes Bier und eine Bordsteinschwalbe. Hammer!"

Die Anzugnähte des Türstehers kamen in ernsthafte Nöte, so sehr plusterte er sich auf. Die anderen zogen Schorsch schnell aus der Gefahrenzone.

„Ist doch wahr", maulte er, aber dann erstarb jedes Gespräch. Die acht standen schweigend und betröppelt auf der Straße.

„Und wie geht's jetzt weiter?", fragte Friedrich.

„Mir ist kalt. Ich will heim", erklärte Uschi und hakte sich bei ihm ein. Auch Monika wandte sich zum Gehen. Martin suchte Blickkontakt zu Pauline, die jedoch auf den Boden starrte.

„Bis zu mir sind es nur ein paar Minuten. Wenn noch jemand Lust hat auf ein Bier?", bot Schorsch an, aber außer Hans reagierte niemand darauf. Es gab noch ein halbherziges „Bis bald mal", und dann zerstreute sich die Gruppe in alle Richtungen.

„Ist lange her, dass ich mich so mies gefühlt habe", brachte es Schorsch auf den Punkt, während er zusammen mit Hans nach Hause lief. „Es sieht ganz so aus, als würde sich unsere schöne Truppe wieder auflösen."

Traurig schlich Hans neben ihm her. Noch nicht einmal Spaceys freudige Begrüßung konnte die beiden aus ihrem Frust herausholen.

Uschi konnte selbst nicht mehr verstehen, warum sie noch vor ein paar Wochen so deprimiert gewesen war. Jetzt jedenfalls lachte sie das Leben wieder an.

„Entwarnung, der Arzt war sehr zufrieden mit mir. Ich kann dir gar nicht sagen, wie froh ich bin", erzählte sie, während Sumalee ihre Kopfhaut vorsichtig mit einem Kräuteröl massierte. Zwischen den beiden Frauen hatte sich schnell eine Freundschaft entwickelt. Schon bald hatte Uschi ihr von der Krankheit erzählt, die nun hoffentlich endgültig besiegt war. Ganz langsam wuchsen auch die Haare nach, erst nur als Flaum und unregelmäßig, aber dieses Öl, mit dem die Thailänderin sie alle paar Tage behandelte, schien ihnen gut zu tun. Mit ein wenig Fantasie konnte man sogar schon wieder von einer Frisur reden, wenn auch von einer extrem kurzen.

„Deine Haare werden immer kräftiger", bestätigte Sumalee mit diesem sanften Lächeln, das Uschi stets aufs Neue faszinierte. Noch nie hatte sie jemanden kennengelernt, der so sanftmütig und freundlich war wie diese Frau.

Sie drehte den Kopf, um nach Friedrich zu schauen. Zusammen mit dem Jungen blätterte er in einem Tierbuch. Wie sie so die Köpfe zusammensteckten, sahen sie fast aus wie Opa und Enkel.

Der Zoobesuch war ein großer Erfolg gewesen. Zu Ganjis elftem Geburtstag hatte Friedrich klammheimlich einen Rundgang hinter die Kulissen arrangiert und sich sehr darauf gefreut, den Jungen damit zu überraschen.

Sumalees erfahrene Finger massierten die kleinen Verspannungen in Uschis Nacken weg. Sie spürte förmlich, wie die Muskeln sich entspannten und schloss genüsslich die Augen. Wie viel sich doch in wenigen Wochen geändert hatte. Sie registrierte genau, wie gut es Friedrich tat, sich mit dem Nachbarjungen zu beschäftigen. Und die kleine Lek wickelte sie beide sowieso um den Finger.

Wie aufs Stichwort kam sie angelaufen, den Mund mit Schokolade verschmiert. „Oma Uschi, der Kuchen ist soooo gut!", schwärmte sie.

„Das sieht man", bemerkte ihre Mutter trocken. „Geh dir das Gesicht waschen."

Fröhlich zog die Kleine ab. Sumalee beendete die Massage. „Wenn es zu viel wird mit den Kindern, musst du es sagen."

Uschi schüttelte den Kopf. „Du siehst doch, wie gut es uns tut." Es verblüffte sie immer noch, wie sehr der Kontakt zu den neuen Nachbarn Friedrich und auch sie selbst verändert hatte. „Wir sind irgendwie lockerer geworden", versuchte sie, Sumalee zu erklären. „Wenn man älter wird, wächst das Misstrauen, dagegen kommt man nur schwer an. Vielleicht sind es die schlechten Erfahrungen, die man im Leben nun mal macht. Wenn ich ganz ehrlich bin, waren wir nicht gerade begeistert, als ihr hier eingezogen seid. Das hat sich dann sehr schnell geändert. Aber wenn Than nicht einfach bei uns geklingelt hätte..."

Sie mochte den Gedanken nicht weiter verfolgen.

Sumalee lachte. „Ja, er geht geradewegs auf andere Menschen zu. Ich bin da auch ein wenig zurückhaltender."

Uschi seufzte. „Warum stehen wir uns eigentlich oft selbst im Weg?"

Sumalee lächelte ihr unergründliches asiatisches Lächeln. „Das ist eine schwierige Frage. Es braucht ein langes Leben, um vielleicht eine Antwort darauf zu finden."

„Das kann's doch nicht gewesen sein. Mensch, da muss sich doch noch was machen lassen!"

Schweigend sah Hans zu, wie Schorsch Trampelpfade in seinem Wohnzimmer lief. Natürlich bedauerte er es auch, dass es die Rentner-Disco nicht mehr gab, aber an den Tatsachen ließ sich nun einmal nichts ändern.

Der dickköpfige Altrocker wollte das partout nicht einsehen. „Ich trommele alle nochmal zusammen. Vielleicht fällt jemand was ein. Es muss doch einen Weg geben, unsere Disco fortzusetzen."

Trotzig griff der Altrocker zu seiner Telefonliste.

„Was immer du vorhast, ich bin dabei", versicherte Hans treuherzig.

„Wir haben nicht mehr alle Zeit der Welt", erklärte Schorsch jedem, den er anrief. Das stimmte zwar, aber trotzdem winkten die meisten ab, das Thema war einfach durch.

So saß nur der harte Kern als trübsinniger Haufen zusammen im Hinterzimmer des ‚No Way Out'. Einen Plan, wie es weitergehen sollte, konnte auch Schorsch nicht vorweisen, und das Treffen dümpelte vor sich hin.

Pauline war allein gekommen. Niemand vermisste Eddie, und niemand fragte nach ihm. Nur Martins Puls ging schlagartig hoch, als er sie sah. Blass und schmal sah sie aus, es war ihr deutlich anzusehen, dass es ihr nicht gut ging. Es drängte ihn, ihr seine Hilfe anzubieten. Aber sie wich seinem Blick aus und setzte sich neben Monika.

Als Stefan und Fred den Raum betraten, gab es ein großes Hallo. Ihre Heiratspläne hatten sich herumgesprochen.

„Endlich mal was Positives!", freute sich Schorsch. „Ansonsten versinken wir hier in Trübsinn."

Der Umzug und die Gründung ihres gemeinsamen Hausstandes wurden ausführlich besprochen. Stefan gab ein paar Geschichten zum Besten, und auch Fred steuerte Anekdoten bei. „Stefan ist ja nicht gerade das, was man einen Meisterkoch nennt", erzählte er. „Aber irgendwie hat er seinen Ehrgeiz entdeckt, ab und zu was Tolles zu kochen. Das geht natürlich häufig in die Hose, wie ihr euch vorstellen könnt. Wisst ihr, was er dann macht?" Fred vergewisserte sich mit einem Seitenblick, dass Stefan einverstanden war. „Lieferservice vom Frankfurter Hof!", verkündete er.

Alle prusteten los. Das war typisch Stefan, der sich schon in der Schule gerne mal durchgemogelt hatte.

„Wie bist du denn dahinter gekommen?", wollte Monika wissen.

„Ich habe einen verdächtigen Styroporbehälter im Mülleimer entdeckt, da stand ‚Oscars' drauf. Da hab ich recherchiert, was das für ein Laden ist."

„Hat er dich zur Rede gestellt?", wollte Martin von Stefan wissen.

„Kurz bevor ich ins Krankenhaus gegangen bin, wollte ich es ihm beichten. Ich war völlig baff, dass er schon Bescheid wusste."

Sie lachten. Aber dann breitete sich wieder Schweigen in der Runde aus.

Monika fiel ein, was ihr Tim neulich erzählt hatte. „Apropos, von meinem Enkel weiß ich, da gibt es in London was Neues. Da wird irgendwo privat gekocht, und dann werden wildfremde Leute zum Essen eingeladen. Ich glaube, das hat was mit dem Internet zu tun."

„Meinst du Guerrilla Cooking?", fragte Martin.

„Ja genau, das war es", bestätigte sie.

„Das ist eine spannende Sache", erklärte Martin. „Auf der einen Seite sind da die Leute, die Spaß am Kochen haben. Und auf der anderen Seite gibt's die Genießer, die gerne gut essen."

Schorsch starrte in sein Bierglas, und plötzlich erhellte sich seine Miene. „Das wär's doch. Genau so etwas müssen wir auch machen. Wir gehen einfach in den Untergrund. Man müsste so etwas wie eine fahrbare Diskothek haben", murmelte er.

„Meinst du einen Bus?", fragte Martin amüsiert.

„Nee, so viel Platz bräuchte man gar nicht. Leer stehende Gebäude gibt's weiß Gott genug in Frankfurt, da müsste man halt was ausbaldowern. Dann verabredet man sich, packt die Musik ins Auto, und ab geht die Post. Aufbauen, Party, und wieder abhauen." Er redete sich richtig in Rage.

Von allen Seiten kamen Bedenken. Das war doch wohl nicht sein Ernst!

Nur Fred grinste und stimmte zu. „Ja genau."

Hans sah das von der praktischen Seite. „Das ist aber eine Menge Arbeit, die Sachen immer ein- und auszuladen. Vom Aufbau ganz zu schweigen."

Aber Schorsch ließ sich nicht beirren. „Ich habe eine kleine Kompaktanlage, die würde fürs erste reichen. Ist zwar nicht die super Klangqualität, aber zumindest könnten wir mit unserer Disco weitermachen."

Monika war entsetzt. „Und wie stellst du dir das praktisch vor? Sollen wir uns in irgendwelchen Abrisshäusern rumdrücken, wo es keine Heizung und keinen Strom mehr gibt? Darauf hat doch keiner Lust."

„Und wie willst du es organisieren, den Leuten Bescheid zu sagen?", wollte Friedrich wissen. „Ich zumindest kenne mich im Internet nicht aus."

„Dafür ließe sich ja vielleicht noch eine Lösung finden. Aber in erster Linie ist es illegal. Wir könnten alle in Teufels Küche kommen." Martin nahm das nicht auf die leichte Schulter.

Schorsch schaute finster in die Runde. „Ihr seid richtige Miesepeter. Lasst es uns doch wenigstens mal versuchen. Oder hat jemand eine bessere Idee?"

Widerwillig stimmten alle zu, dass Schorsch die Sache in Angriff nahm. Hans wollte dabei helfen, die Musikanlage zu transportieren. Und der Friseursalon sollte als eine Art Kommunikationszentrale dienen.

„Ob das funktioniert?" Monika hatte ihre Zweifel, als sie zusammen mit Uschi und Friedrich das Hinterzimmer verließ. Auch Uschi schaute nicht sehr glücklich drein. Sie musste immer noch sehr darauf achten, sich nicht zu erkälten.

Nur Schorsch übte sich in Zweckoptimismus. Er klopfte Hans auf die Schulter. „Das wird schon klappen. Wenn du mir hilfst, kann nichts schief gehen."

Die Tür fiel ins Schloss. Von der Disco nebenan war das Wummern der Bässe zu hören, aber Pauline nahm es gar nicht wahr. Ihr Herz klopfte bis zum Hals. Sie war einfach im Hinterzimmer sitzen geblieben, genau wie Martin, der jetzt aufstand und zu ihr kam.

„Ich hab dich vermisst", sagte er leise.

Sie hob den Kopf und schaute ihn an, zum ersten Mal an diesem Abend. Aber er konnte nichts lesen in diesem Blick. Verunsichert griff er nach seinem Wasserglas. Sie war da geblieben, das war ein gutes Zeichen. Aber er wartete vergeblich, dass sie etwas sagte.

„Ich fühle mich einsam", fing er schließlich an. „Das ist eine neue Erfahrung, eine, die nicht besonders schön ist. In den letzten Jahren war ich oft allein, aber das ist nicht dasselbe. Seitdem ich dich wiedergetroffen habe, weiß ich, dass jemand fehlt." Weiter konnte er sich nicht vorwagen. Aber sie lächelte nur traurig vor sich hin. „Du weißt, dass du mich immer anrufen kannst. Wenn du es nicht mehr aushältst, ich komme und hole dich da raus."

Sie schüttelte den Kopf. „Nein, so funktioniert das nicht. Ich muss selbst den Schritt machen. Mein ganzes Leben lang hat mich immer jemand gezerrt und geschoben. Nun muss ich endlich lernen, für mich selbst zu sorgen."

Er legte seine Hand auf ihre und bemerkte glücklich, dass sie es zuließ. Ihr schmales Gesicht war ganz weich, als sie ihn anlächelte. Er spürte deutlich, dass sie etwas für ihn empfand, aber er sah auch ihre Angst.

„Ich bin noch nicht fertig mit ihm. Das geht nicht so einfach nach so vielen Jahren. Und daran, wie es jetzt zwischen uns ist, habe ich auch einen Anteil. Es gehören immer zwei dazu..."

Es war nicht das, was er hören wollte, auch wenn ihm ihre Haltung große Achtung abrang.

„Du musst nur ganz sicher wissen, dass ich da bin für dich. Das ist das einzige, das zählt im Moment."

„Danke." Sie beugte sich vor und hauchte ihm einen Kuss auf die Wange.

Pauline hatte nicht damit gerechnet, dass Eddie noch wach war. Meistens schlief er vor dem Fernseher ein, wenn er genug Alkohol intus hatte. Heute schien er noch halbwegs nüchtern zu sein.

„Und? Wie war's?", wollte er wissen.

Sein Interesse erstaunte sie. Aber sie hatte gelernt, nicht an Wunder zu glauben. Diese kleinen Anzeichen hatten nichts zu bedeuten, da musste schon mehr kommen.

Trotzdem erzählte sie von Schorschs Idee mit der Guerilla-Disco. Eddie verzog das Gesicht. „Irgendeine Bruchbude wird sich schon auftreiben lassen. Sowas mit eingeschlagenen Fensterscheiben und nacktem Betonfußboden, das wird sicher urgemütlich."

„Ich bin auch nicht begeistert. Aber immerhin versucht Schorsch, unsere Gruppe zusammenzuhalten. Das muss man doch anerkennen."

„Ja klar. Verrückt war er ja schon immer."

Sie wurde zornig. „Es ist einfach, alles nur runterzumachen. Wann hast du das letzte Mal etwas für andere gemacht? Dich gekümmert?"

Er hörte gar nicht zu. „Hat euch der eine Zeitungsartikel nicht gereicht?", tobte er los. „Wollt ihr wieder Schlagzeilen machen? Ein Anruf genügt, ich hab die Nummer noch..." Er verstummte.

Sie schaute ihn mit großen Augen an. „Du? Du hast bei der Zeitung angerufen?" Sein Schweigen genügte ihr als Antwort. „Das ist so erbärmlich", spie sie ihm ins Gesicht.

Sie wollte sich wegdrehen, aber er hielt sie fest. „Begreifst du denn nicht, dass ich das nur für uns gemacht habe? Ich kann doch nicht tatenlos zuschauen, wie mir dieser Kerl meine Frau wegnimmt."

„Dir nimmt niemand etwas weg", konterte sie. „Du selbst bist es doch, der alles kaputt macht."

„Schon gut, mir ist jetzt alles klar." Er verschränkte die Arme vor der Brust. Aber sie wollte das so nicht stehen lassen.

„Gar nichts ist klar. Wann kapierst du endlich, dass es nicht um Martin geht? Hier geht es um uns, um dich und mich." Sie holte tief Luft. „Ob es weiter geht."

Er lachte höhnisch. „Du scheinheiliges Aas, mach mir doch nichts vor. Ich hab keine Chance mehr, seit dieser Schönling wieder aufgetaucht ist."

Er griff nach der Cognacflasche und zog den Stöpsel heraus. „Ich trink auf euch. Wer bin ich denn, dass ich deinem neuen Glück im Wege stehen will?"

Er nahm einen langen Schluck und hielt ihr die Flasche in einem zynischen Prost vor die Nase. Sie drehte sich um und ging hinaus. Er hörte, wie der Schlüssel in der Schlafzimmertür herumgedreht wurde. Langsam ließ er sich auf die Couch sinken und starrte die Flasche an.

Martin legte die Frankfurter Rundschau beiseite und nahm wenig begeistert die Telefonliste zur Hand. Seine Immobiliensuche musste vorerst warten, vor einer halben Stunde hatte ihm Schorsch verkündet, dass er einen Platz für die Guerilla-Disco gefunden hatte.

„Bist du sicher, dass da nichts passieren kann?", hatte sich Martin vergewissert. „Auf einen Polizeieinsatz hat bestimmt niemand Lust."

Schorschs Optimismus war unüberhörbar. „Der Laden ist leer und von der Straße her nicht einsehbar. Was soll schon passieren? Wir machen ja nichts kaputt, sondern borgen uns nur die Räumlichkeiten für ein paar Stunden."

Wirklich beruhigt war Martin nicht, aber er hatte nun einmal zugesagt, die Telefonkette zu übernehmen.

„Silver Bird – der Salon für die reifere Frau. Was kann ich für Sie tun?", meldete sich Stefan.

„Du kannst anfangen, die frohe Botschaft zu verkünden", eröffnete ihm Martin.

Stefan stutzte, dann lachte er. „Hallo Martin, das ist aber eine nette Überraschung! Hat Schorsch tatsächlich was gefunden? Das ist ja nicht zu fassen."

Im Hintergrund sangen die Who gerade über ihre ‚Generation', und automatisch wippte Martins Fuß den Takt mit.

„Wir werden sehen." Er wollte nicht unken, aber das ganze Unternehmen war für seinen Geschmack doch etwas zu abenteuerlich. „Nimm dir mal einen großen Zettel zum Mitschreiben. Das ist nicht ganz einfach zu finden..."

Stefan schrieb alles auf, was Martin ihm diktierte. Das Stück Papier wurde tatsächlich ziemlich voll. „Na, wenn das mal gut geht", sagte er zweifelnd.

„Mir ist auch nicht wohl bei dem Ganzen." Dass Stefan auch Bedenken hatte bestätigte nur Martins mulmiges Gefühl. Aber er wollte kein Spielverderber sein. „.. Schorsch hat mir versprochen, dass er nichts Kriminelles machen wird. Er hat sogar geschworen, bei allem, was ihm heilig ist."

„Glaubst du, dass ihm überhaupt was heilig ist?", fragte Stefan zweifelnd.

Es war nur gut, dass man Martins Gesicht durchs Telefon nicht sehen konnte. „Schlimmstenfalls haben wir unsere Disco dann in einer gemütlichen, warmen Zelle", versuchte er einen Scherz. Aber das Lachen blieb beiden im Halse stecken.

Durch die triste Hochhaussiedlung am Rande Frankfurts pfiff ein eiskalter Wind. Nur vereinzelt spendeten Straßenlaternen trübes Licht, das eher dekorativ als erhellend war. Bewaffnet mit einigen Taschenlampen schlich eine Gruppe vermummter Gestalten die kleine Straße entlang.

„Das ist doch nicht dein Ernst", schimpfte Monika mit gedämpfter Stimme. „Wir laufen hier herum wie eine Bande von Einbrechern."

Sie hatte ein robustes Gemüt, aber was Schorsch ihr und den anderen zumutete, ging entschieden zu weit. Außerdem hatte sie wie immer ihren Henkelkorb mit Fressalien dabei, der mit jedem Schritt schwerer wurde.

Hinter sich hörte sie Hans schnaufen. Nach vorn gebeugt und mit einem Rucksack auf der Schulter hatte er in der Dunkelheit etwas von einem zu groß geratenen Zwerg. Auch er schleppte schwer an seiner Last. Die kleine Stereoanlage, von der Schorsch gesprochen hatte, wog gewaltig, die Lautsprecherboxen und diverse Kabel gehörten schließlich auch noch dazu.

„Nun habt euch nicht so. Wir sind ja gleich da." Schorsch, der vorneweg marschierte, hatte sich auf unerschütterlich gute Laune eingeschossen. Von oben bis unten schwarz angezogen und ausgestattet mit einer Kopflampe sah er aus wie ein Grubenarbeiter auf dem Weg zur Schicht. Selbstverständlich trug er seine Schallplatten selbst. Da er aber als einziger vorher gewusst hatte, welchen Fußmarsch sie vor sich hatten, war die Anzahl der Scheiben erheblich geschrumpft.

Friedrich trippelte aufgeregt um Uschi herum, damit sie nur ja nicht stürzte. Am liebsten hätte er sie wohl getragen. Schließlich hatte sie genug davon. „Du machst mich ganz nervös. Ich sehe durchaus, wohin ich trete."

Prompt geriet sie ins Stolpern, Friedrich konnte sie gerade noch am Arm erwischen. „Wir gehen keinen Schritt mehr weiter", protestierte er.

„Pst! Nicht so laut."

Schorsch hatte allen eingeschärft, sich möglichst ruhig zu verhalten. Dies war eine Gegend, in der sich abends niemand mehr gern auf der Straße aufhielt. Er hatte alles genau ausbaldowert. Leider war die Sackgasse chronisch zugeparkt, so dass sie ihre Autos weiter weg hatten abstellen müssen.

Stefan, der gemeinsam mit Martin das Schlusslicht der Truppe bildete, betrachtete fassungslos die trostlose Umgebung. Stinkende Müllberge neben überquellenden Abfalltonnen, beschmierte Fassaden und dunkle Hauseingänge, hier wohnte bestimmt niemand freiwillig.

„Kein Wunder, dass der Laden dicht gemacht hat", bemerkte er. „Ich wusste gar nicht, dass es in Frankfurt solche üblen Viertel gibt. Als ob ich's geahnt hätte."

Er brach ab, und Martin warf ihm einen Seitenblick zu. „Du hast deinen Kunden also nichts gesagt?"

Stefan schüttelte den Kopf. „Ich bin doch nicht verrückt."

Martin musste ihm insgeheim recht geben, dieses ganze Vorhaben passte ihm selbst nicht. Worauf hatte er sich da eingelassen? Nur Schorsch und den anderen zuliebe war er mitgekommen, aber vielleicht war das der falsche Moment, um Loyalität zu zeigen. „Wir sind halt eine eingeschworene Truppe. Und alle ein bisschen verrückt, jeder auf seine Art", gab er widerwillig zu.

„Was ist das denn eigentlich für ein Schuppen, den Schorsch da aufgetan hat?", erkundigte sich Stefan.

Viel wusste Martin auch nicht. „Ein leer stehender Laden. Der gehörte zu dieser Drogeriekette, die Pleite gemacht hat."

„Na toll! Genau das Richtige für ein paar ausgeflippte, ältere Semester wie uns. Der hat sie doch nicht mehr alle." Stefan ließ keinen Zweifel daran, dass er alles andere als begeistert war.

Schorsch blieb vor einem Parkplatz stehen, der mit einem Tor verschlossen war. „Wir sind da. Packt mal mit an", forderte er die Männer auf.

Gemeinsam schoben sie das Tor auf.

„Da ist ja gar kein Schloss dran", wunderte sich Martin.

„Sag ich doch. Steht alles offen und wartet nur auf uns."

Der Parkplatz lag in tiefer Dunkelheit, nur die Lichtkegel der Taschenlampen huschten über den Asphalt. Schemenhaft konnte man ein niedriges Gebäude mit Glasfassade erkennen.

„Und jetzt?", wollte Martin wissen, als sie sich glücklich bis zur Eingangstür vorgekämpft hatten.

Monika stellte ihren Korb ab und rieb sich die schmerzende Hand. „Ich gehe keinen Schritt weiter. Von mir aus können wir hier draußen Picknick machen."

„Das wird aber reichlich frisch", warnte Friedrich.

„Tataaaa!" Triumphierend zog Schorsch einen Flügel der Glastür auf.

„Das gibt's doch nicht. Wieso ist denn hier nichts abgeschlossen?" Stefan war verblüfft.

„Keine Ahnung", meinte Schorsch achselzuckend. „Ist doch auch egal. Auf jeden Fall ist das der ideale Ort für unsere Guerilla-Disco."

„Na ja." Zweifelnd schaute sich Martin um. Der große Raum war komplett leer geräumt bis auf ein paar Wandregale. Auch Hans war geschockt. Da war ja sogar der Aufenthaltsraum seines Seniorenheims gemütlicher.

„Gibt's hier Strom?", wollte Uschi wissen.

Schorsch schüttelte den Kopf, wobei der Lichtkegel seiner Kopflampe wild durch den Laden tanzte. Er streifte seinen Rucksack ab. „Aber ich hab an alles gedacht", erklärte er und zog eine Großpackung Haushaltskerzen heraus.

„Mach mal Licht", bat er Hans und warf ihm ein Päckchen Streichhölzer zu.

„Und wie soll hier Musik laufen?", erkundigte er sich.

Im Schein der Taschenlampen sah Schorschs Grinsen fast diabolisch aus. „Du hast dich doch bestimmt gewundert, warum die Anlage so schwer ist. Ich hab einfach ein paar Akkus dran gehängt. Und was soll ich euch sagen? Es funktioniert."

Beleuchtet von einem Dutzend brennender Kerzen standen die Freunde herum und schauten zu, wie Schorsch seinen Plattenspieler mit den Boxen verkabelte. Das hier hatte nichts mit einer Disco zu tun. Und mit Spaß sowieso nicht. In einer Ecke raschelte es, und Uschi flüchtete blitzartig in Friedrichs Arme. „Gibt's hier Mäuse?", fragte sie leicht hysterisch.

„Die tun dir nichts", beruhigte Schorsch.

„Dann gibt es also welche", folgerte sie messerscharf und krallte sich an Friedrich fest. Im Schein der flackernden Lichter schien sich in jeder Ecke etwas zu bewegen. Eiskalt kroch es ihr den Rücken hinauf. Vorsichtshalber schob Monika den Fresskorb weiter in die Mitte und behielt ihn scharf im Auge. Sie hatte keine Angst vor Mäusen, aber es sollte auch keine wagen, eines ihrer wundervollen Sandwiches anzunagen.

Die Stimmung war auf dem Nullpunkt, frostiges Schweigen breitete sich aus. Nur Schorsch, der emsig weiterbastelte, bekam davon nichts mit.

Endlich gab die Musikanlage ein paar krächzende Geräusche von sich, und dann tobte plötzlich AC/DC los: ‚Highway to Hell'. Den Titel hatte Schorsch extra ausgesucht, damit sie in Stimmung kamen. Aber an diesem kalten, düsteren Ort klang es wie purer Zynismus.

„Mach das leiser!", brüllte Friedrich.

„Aber die muss man laut hören", schrie Schorsch zurück. Was war eigentlich los mit den Leuten? Sie hatten sich noch nie so angestellt. Widerwillig drehte er den Regler herunter.

Stefan hatte eine angerostete Konservendose entdeckt und kickte sie mit einem gezielten Schuss in ein Metallregal. Der Knall klang wie ein Schuss, und alle zuckten zusammen.

„Schwarzlicht brauchen wir auf jeden Fall nicht, hier sieht man sowieso nicht die Hand vor Augen." Martins Stimme tropfte vor Zynismus. Nur gut, dass Pauline heute nicht dabei war, diese herbe Enttäuschung blieb ihr erspart.

„Gibt es eigentlich was zu trinken?", fragte Monika und packte entschlossen ihre Sandwiches aus.

„Das konnten wir nicht auch noch tragen", gab Schorsch kleinlaut zu.

Schweigend kauten alle an den Broten. In der Stille hörte man plötzlich einen hohen Ton, ein kurzes Fiepen. Uschi schaute wild um sich, aber das klang nicht nach einer Maus, sondern eher nach – einem Hund!

Krallen scharrten an der Glastür, eine starke Lampe blendete die kleine Gruppe, und dann geschah alles blitzschnell. Die Tür wurde aufgerissen, ein Schäferhund stürzte herein und eine große, kräftige Person hechtete hinterher.

„Was haben Sie hier zu suchen?", bellte eine Männerstimme. „Emma – hierher!" Gehorsam trabte der Hund zu ihm und setzte sich.

„Die Tür war auf", stotterte Schorsch.

„Das weiß ich. Das Schloss haben vor einer Woche ein paar Jugendliche geknackt. Deshalb gehe ich hier auch auf Runde. Also nochmal, was machen Sie hier?" Der Lichtkegel schwenkte einmal in die Runde und senkte sich dann etwas. „Sind Sie aus einem Altersheim ausgebrochen?“

„Ich muss doch sehr bitten“, protestierte Monika.

„Wir machen hier ein Picknick, das sehen Sie doch. Wollen Sie auch was essen?“ Scheinbar ganz entspannt hielt Stefan ihm ein Sandwich entgegen. Aber nur der Hund schnüffelte interessiert. Der Wachmann ließ den Lichtkegel prüfend weiter durch den Raum wandern. „Lassen Sie sich keine Dummheiten einfallen. Die Polizei ist schon unterwegs.“

Bei dem Wort ‚Polizei‘ wurde Monika ganz schlecht, und Martin spielte mit dem Gedanken, seinen Anwalt telefonisch aus dem Bett zu scheuchen.

Draußen hörte man das Motorengeräusch eines Kleinbusses, und Blaulicht zuckte. Reifen quietschten, dann rissen zwei uniformierte Beamte mit Pistolen im Anschlag die Glastür auf. Der eine war klein und dicklich, der andere jünger und athletisch.

„Keine Bewegung“, brüllte der Dicke.

„Ich hab alles im Griff“, informierte sie der Wachmann. „Unbefugtes Eindringen auf Privatgelände. Aber das sind nur ein paar alte Leutchen.“

„Der denkt wohl, wir leiden unter seniler Bettflucht“, raunte Friedrich seiner Uschi zu. „Einfach unglaublich!“

„Das ist ja eine tolle Truppe“, stellte der jüngere Polizist fest. „Aber die Personalien müssen wir trotzdem feststellen. Also dann, alle mal raus und zum Einsatzwagen. Aber schön langsam, wenn ich bitten darf.“

Uschi war am Rande einer Ohnmacht, und Friedrich musste sie stützen. „Meiner Frau geht es nicht gut“, klagte er.

„Achtung, vielleicht ist das eine Finte!“, warnte der dicke Polizist seinen jüngeren Kollegen. Der leuchtete mit seiner Taschenlampe direkt in Uschis Gesicht, die geblendet eine Hand vor die Augen hob.

„Hey, lassen Sie die Frau in Ruhe!“, brüllte Schorsch los. „Sie sehen doch, dass es ihr nicht gut geht. Oder habt ihr Deppen keine Augen im Kopf?“

Der Lichtkegel wanderte sofort zu ihm. „Das ist Beamtenbeleidigung“, stellte der junge Polizist sachlich fest. „Kann Sie ne schöne Stange Geld kosten.“

Schorsch klappte seinen Mund wieder zu und zerrte auch Hans zurück, dessen Gesicht eine gefährlich rote Farbe angenommen hatte. „Halt ja den Mund. Das kann wirklich teuer werden", flüsterte er.

Im Gänsemarsch und mit erhobenen Händen marschierte die Gruppe auf den Parkplatz hinaus. Außer Schorsch hatten alle ihre Ausweise dabei.

„Gegen keinen von denen liegt etwas vor. Nur mit diesem Früchtchen hier", ein Polizist wies auf Schorsch, „werden wir uns eingehender befassen." Widerstandslos ließ sich der Altrocker auf den Rücksitz des Streifenwagens verfrachten.

„Was ist mit den anderen? Wollen Sie Anzeige erstatten?", fragte der Polizist den Wachmann.

Der zuckte mit den Schultern. „Es ist kein Schaden entstanden. Und ich denke, die haben ihre Lektion gelernt. Vielleicht können wir auf den ganzen Papierkram verzichten."

Der Polizist nickte. „Das ist uns auch lieber. Wir haben momentan genug andere Fälle am Laufen."

Er wandte sich an die Rentner, die sich erschrocken zusammengedrängt hatten. „Entfernen Sie sich zügig vom Grundstück. Sie haben ja gehört, von einer Anzeige wird abgesehen. Aber lassen Sie sich solch eine Aktion nicht wieder einfallen."

„Dürfen wir unsere Sachen mitnehmen?", fragte Hans zaghaft.

Unter den wachsamen Augen der Polizei stopften er und Martin die Einzelteile der Stereoanlage hastig zurück in den Rucksack. Stefan klemmte sich die Schallplatten unter den Arm.

„Und jetzt Abmarsch, aber ein bisschen plötzlich!", befahl der Wachmann.

„Komm Uschi, wir gehen. Das ist kein Ort für uns." Friedrich hakte seine Frau unter. Die anderen schlossen sich an und verließen eilends den Ort des Schreckens.

Vor Erleichterung sackten Monika die Knie weg, als sie endlich ihr Auto wiedersah. Den ganzen Rückweg über hatte sie befürchtet, dass es sich der Wachmann noch anders überlegen würde. Den anderen war es nicht besser gegangen.

„Was sie wohl mit Schorsch machen?", fragte sie besorgt.

„Den nehmen sie mit aufs Revier zur Feststellung der Personalien. Wenn er Glück hat, lassen sie ihn bald wieder laufen. Ein Segen, dass wenigstens wir unsere Ausweise dabei hatten." Martin machte sich größere Sorgen um Schorsch, als er zeigte. Mit seiner großen Klappe konnte sich der Altrocker leicht um Kopf und Kragen reden. Er nahm sich vor, am nächsten Morgen sofort nachzuforschen, was mit seinem Freund war.

Unschlüssig standen alle herum, und die Kälte kroch ihnen in die Knochen. Die Gesichter sahen grau und übermüdet aus.

„Das war's dann wohl. Endgültig." Die Verbitterung war Monika deutlich anzuhören. „Schluss mit Musik. Wir werden noch ein paar Jährchen vor uns hin dümpeln, bis wir so klapprig sind, dass wir uns sowieso nicht mehr bewegen können."

„Vielleicht ist es besser so." Friedrich legte seinen Arm um Uschis Schultern, hob kurz die Hand zu einem Gruß und verschwand in der Dunkelheit.

„Hoffentlich ist morgen wieder Treffen bei Schorsch", sorgte sich Hans.

Zerstreut nickte Martin. Ihre Herrenabende waren eine nette Sache, aber er war mit seinen Gedanken ganz woanders. Mit dem endgültigen Aus der Disco waren seine Chancen, Pauline wiederzusehen, auf null gesunken.

Monika wusste genau, was ihm durch den Kopf ging. Kurzerhand nahm sie ihn in den Arm. „Das wird schon. Du musst nur fest daran glauben."

Er nickte, wenn auch wenig überzeugt. Ohne ein weiteres Wort stieg er in sein Auto, in dem Stefan bereits wartete. Das Radio dudelte leise, während sie sich auf den Rückweg machten.

„Es ist so schade, dass sich das alles jetzt zerschlägt", sagte Stefan bedauernd. „Gerade, wo wir angefangen haben, uns wieder besser kennenzulernen." Er bekam keine Antwort.

Tief in Gedanken versunken lenkte Martin das Auto durch die leeren Straßen. Schorsch war am Ende, das war ihm klar geworden, als er das totenblasse Gesicht des Freundes gesehen hatte. Es wurde Zeit, dass er selbst die Sache in die Hand nahm.

FÜNFZEHN

Martins Anruf riss Schorsch aus dem Tiefschlaf.

„Oh Mann, das wünsche ich nicht mal meinem schlimmsten Feind. Bei der Polizei haben die mich behandelt wie einen Schwerverbrecher", jammerte er sofort los.

„Und jetzt? Ist alles in Ordnung?", wollte Martin wissen. „Oder musst du nochmal hin?"

Schorsch hatte sich als unbescholtener Bürger erwiesen. Da nichts gegen ihn vorlag, hatte man ihn nach einer strengen Ermahnung gehen lassen. Martin atmete auf, da waren sie mit einem blauen Auge davongekommen.

„Kommst du so gegen vier, wie immer?", fragte Schorsch.

„Tut mir leid, heute wird es nicht klappen. Dringende Geschäfte."

Fast hätte Martin ein „Halt mir die Daumen" hinterher geschickt, aber das schluckte er schnell hinunter. Er redete nicht gern über ungelegte Eier.

Geld muss arbeiten. Das war einer der Sätze, die sich in Martins Gedächtnis eingebrannt hatten. Auch wenn er nie ein gutes Verhältnis zu seinem Vater gehabt hatte, in geschäftlichen Dingen hatte er viel von ihm lernen können. Seit dem Verkauf der Firma hatte er die Dinge einfach laufen lassen. Viel zu lange war er nicht ernsthaft daran interessiert gewesen, etwas Neues anzupacken, aber nun wurde es Zeit, wieder aktiv ins Geschäftsleben einzusteigen.

Das Gespräch mit Frank Claasen, das sie vor einiger Zeit beim Essen in der Villa Merton geführt hatten, war ihm nicht mehr aus dem Kopf gegangen. Immobilien als Anlageobjekte, das war durchaus ein Vorschlag, der ihm zusagte. Aber was genau? Es war kein Geheimnis, dass in Frankfurt viele Büroflächen leer standen; die Preise gingen durch die Decke, und etliche Firmen hatten als Konsequenz ihre Räumlichkeiten in den Grüngürtel der Stadt verlegt. Er beschloss deshalb, sich auf Wohnraum zu konzentrieren, aber auch da wollte eine Investition sehr genau überlegt sein.

Die Innenstadt hatten sich die Großbanken und Immobilienkonzerne unter den Nagel gerissen. Nur noch wenige alt eingesessene Familien konnten sich hier behaupten, und die saßen auf den Grundstücken und Häusern wie Glucken auf ihren Eiern. Auch wenn Martin gute Kontakte hatte, da war nicht ins Geschäft zu kommen. Die besten Chancen gab es in den Stadtteilen, die sich um die City herum gruppierten. Wo Wohnraum zwar auch teuer, aber noch im Rahmen seiner Möglichkeiten lag. Martin krempelte die Ärmel hoch und stürzte sich in die Recherche.

Dem Termin bei seiner Hausbank einige Zeit später sah er gelassen entgegen. Er hatte seine Hausaufgaben gemacht.

„Herr Herboltz, wie schön, Sie wieder einmal in unserem Haus begrüßen zu dürfen."

Herr Walther, der langjährige Leiter der Kreditabteilung, strahlte übers ganze Gesicht. Geschäftspartner dieses Formats waren immer gern gesehen. „Darf ich Sie mit Herrn Kaiser bekannt machen, meinem jungen Kollegen?"

Beim Händeschütteln warf Herr Kaiser einen neugierigen Blick auf Martin in seinem eleganten, grauen Einreiher. Dieser Kunde hatte ohne Zweifel einen guten Schneider, aber ansonsten war der ältere Herr schwer einzuschätzen. Vermutlich gehörte er eher zu der konservativen Sorte, die die ganz hohen Risiken scheuten.

Sie machten es sich auf der Sitzgruppe des großzügigen Büros bequem. Eine Sekretärin servierte Kaffee und entschwebte wieder.

„Ich spiele mit dem Gedanken, eine Investition im Wohnungsbau zu tätigen", begann Martin seine Rede. „Die demographische Verteilung der Einwohnerzahl Frankfurts gibt dafür interessante Informationen her. Schauen Sie, ich habe einige Daten zusammengestellt. Von den momentan knapp über 700.000 Einwohnern sind mehr als 16 Prozent älter als 65 Jahre."

Die beiden Banker warfen einen Blick auf das Blatt, das Martin ihnen hinschob. Noch wussten sie nicht, wohin das führen sollte.

„Wir reden also über mehr als 100.000 Menschen, von denen eine große Zahl allein lebt", erklärte Martin weiter.

„Planen Sie eine Einrichtung für Senioren, eine Residenz oder etwas in der Art?", fragte Herr Walther nun mit deutlich mehr Interesse. Das war ein äußerst lukrativer Markt, von dem allerdings viele Investoren profitieren wollten.

„So könnte man es bezeichnen." Martin erlaubte sich ein Schmunzeln. „Allerdings schwebt mir keine Seniorenresidenz im herkömmlichen Sinn vor. Es soll darüber hinaus eine Art Begegnungsstätte werden, in der sich auch Menschen treffen, die nicht in der Einrichtung leben."

„Das halte ich für einen ausgezeichneten Gedanken“, lobte Herr Walther.

Herr Kaiser wollte auch etwas sagen, blieb aber still. Er fasste Martin genauer ins Auge. Irgendwie kam er ihm vage bekannt vor. War der nicht in diese Schlägerei in einer Disko verwickelt gewesen? Er hatte das Bild aus der Zeitung nicht mehr so genau im Kopf, aber er war sich ziemlich sicher, dass dieser seriös wirkende ältere Herr einer der Schläger auf dem Foto gewesen war. Sollte er die Rede darauf bringen? Er konnte es sich nicht verkneifen.

„Denken Sie dabei an ein Restaurant?“, fragte Herr Walther.
Gespannt beugte sich Herr Kaiser vor. „Sicher etwas Gediegenes, in dem sich ältere Herrschaften wohl fühlen.“

Herr Walther sah seinen jungen Kollegen erstaunt an. „Selbstverständlich, etwas anderes kommt nicht infrage.“

„Das weiß man heutzutage nie“, kicherte Kaiser. „Je oller, je doller…“ Er lachte schallend.

Auch Herr Walther lächelte. Aber dann stellten sie beide fest, dass Martin ernst blieb und kein Wort sagte.

Während Herr Kaiser immer noch schmunzelte, wurde Herr Walther plötzlich unsicher. Er hatte das Gefühl, in ein tiefes Fettnäpfchen getreten zu sein.

„Sie haben wohl wenig Kontakt zu Ihren Eltern?“, fragte Martin den jungen Banker.

Der runzelte die Stirn. „Wieso?“

Martin räusperte sich. „Ich glaube, Ihre Vorstellung von den heutigen Senioren sind, hm, sagen wir, etwas antiquiert.“

Ein warnender Blick seines älteren Kollegen brachte den jungen Banker endgültig zum Schweigen.

„So ist das mit den jungen Leuten!“ Mit einem verbindlichen Lächeln übernahm der Senior wieder die Gesprächsführung. „Aber lassen Sie uns zurück auf Ihr Thema kommen, Herr Herboltz. Ich habe das Gefühl, dass Sie bereits sehr genau wissen, was Sie wollen.“

Monika räumte die letzten Gemüsebeete ab. Wie immer im Spätherbst war sie in melancholischer Stimmung. Der Winter stand unweigerlich vor der Tür, und sie war so gar kein Fan von Eis und Schnee und dem Herumhocken im Zimmer. Sie schaute zum Himmel hoch. Die Wolken sahen so dick und schwer aus, als müssten sie im nächsten

Moment aufplatzen. Keine Chance für die Sonne, auch nur ein kurzes Gastspiel zu geben.

Die heutige Ausbeute bestand aus den letzten Karotten und einer Handvoll Kräuter. Sie brachte alles in die Küche. Erst einmal ein heißer Tee, um die klamm gewordenen Hände wieder aufzutauen. Sie hatte gerade den Wasserkocher angestellt, als das Telefon klingelte.

„Hallo Moni, wie schön, dass ich dich erreiche." Paulines Stimme klang sehr ruhig, ein sicheres Zeichen, dass wieder etwas vorgefallen war. So halbwegs war Monika im Bilde, wie es bei den Sengers stand. „Bist du heute Nachmittag zu Hause? Ich würde gern vorbeikommen, wenn es dir recht ist."

„Ja, natürlich." Sie wartete auf weitere Details, aber Pauline schwieg. „Ist etwas passiert?", fragte sie nach. Wieder Schweigen. „Pauline? Bist du noch dran?" Sie hörte die Freundin tief Luft holen.

„Könnte ich meine Katze mitbringen?" Paulines Stimme klang plötzlich ganz leise.

„Aber natürlich! Kommt nur alle beide. Wir machen es uns gemütlich."

„Oh, ich danke dir." Die Erleichterung war deutlich durchs Telefon zu hören.

Nachdenklich blieb Monika mit dem Hörer in der Hand sitzen. Dass Pauline sich bei ihr einlud, war noch nie dagewesen. So sehr sie sich auf den Besuch freute, da war gehörig etwas aus dem Ruder gelaufen. Und was hatte es mit der Katze auf sich?

Paulines totenblasses Gesicht, neben sich zwei Koffer und eine Transportbox, dazu ein Taxi, das gerade weg fuhr – Monika war sofort im Bilde.

„Das wurde auch Zeit!"

Sie zog die Freundin an der Hand herein und bugsierte die Box und das Gepäck hinterher. „Ich bin richtig froh, dass du es endlich gemacht hast."

Monika redete ununterbrochen weiter, während sie Paulines Mantel aufknöpfte wie bei einer Puppe. Sie sah, dass die Freundin am ganzen Körper bebte. Das musste eine Art Schockzustand sein.

Ein paar Minuten später saß Pauline, bis zum Hals in eine Decke eingewickelt und mit einer Tasse Tee in der Hand, auf der Couch. Gesprochen hatte sie bisher noch kein Wort. Man musste ihr Zeit geben, bis sie so weit war.

„Ein Stück Marmorkuchen? Er ist vom Sonntag, aber ich mag es ganz gern, wenn er schon ein bisschen trocken ist."

Sie schob Pauline einen Kuchenteller hin. Mechanisch begann die zu kauen. Erleichtert sah Monika, dass langsam wieder etwas Farbe in ihr Gesicht kam. Nach ihrer Erfahrung gab es kaum eine Situation, die sich nicht durch etwas Ordentliches zu essen verbessern ließ. Und die Baldriantropfen, die sie in Paulines Tee geträufelt hatte, konnten auch nicht schaden. Endlich fing die Freundin an, stockend zu erzählen. „Es tut mir leid, ich konnte am Telefon nichts sagen. Ich hab's nicht mehr ausgehalten mit ihm. Wenn du nein gesagt hättest, ich hätte nicht gewusst..."

Monika legte ihre Hand beruhigend auf die von Pauline. „Du brauchst mir nichts zu erklären. Ich kann mir gut vorstellen, was bei euch los war. Weiß Eddie, dass du weg bist?"

Pauline nickte. „Es ist ihm egal. Ich glaube, er kriegt fast nichts mehr mit von dem, was um ihn herum passiert. Er fängt jetzt schon morgens mit dem Trinken an. Seit er nicht mehr arbeiten geht, liegt er nur noch auf der Couch. Wenn er überhaupt aus dem Bett kommt. Es hat mich angeekelt, dieser dauernde Alkoholdunst um ihn herum. Ich hab alles versucht, ihn davon wegzukriegen, aber ich hab's nicht geschafft."

Ihre Stimme war rau, aber ihre Augen blieben trocken.

Monika wurde energisch. „Du wirst dir doch wohl nicht noch die Schuld an seiner Misere geben! Das wäre ja noch schöner. Wenn jemand nicht kapiert, dass er sich selbst zugrunde richtet, dann kann man nichts machen."

„Wieso macht er das? Ich dachte, ich kenne ihn, aber jetzt erscheint er mir wie ein völlig fremder Mensch."

Monika seufzte. „Ich glaube, Eddie hatte schon immer ein übersteigertes Ego, um es mal nett auszudrücken. Er hat sich als der große Zampano und Überflieger gesehen und sich selbst etwas vorgemacht. Irgendwann kommt zwangsläufig der große Knall, und dann bricht das Kartenhaus zusammen."

Pauline schaute sie mit großen Augen an. „Wieso hab ich das nicht gesehen? Früher wäre es vielleicht noch möglich gewesen, ihm zu helfen."

„Du kannst niemanden an die Hand nehmen und für ihn Entscheidungen treffen. Jeder Mensch macht letztlich, was er will.

Ohne Wenn und Aber. Auch für einen Ehepartner gibt es Grenzen, was er tun und wo er helfen kann."

Pauline holte tief Luft. „Ich brauche ein Hotelzimmer", platzte sie heraus.

Energisch schüttelte Monika den Kopf. „Das kommt überhaupt nicht in Frage. Du bleibst erst mal hier. Ich habe reichlich Platz."

Auch wenn die Umstände mehr als traurig waren, gefiel ihr der Gedanke sehr, eine Mitbewohnerin zu haben, noch dazu eine so nette.

„Aber die Katze...", wandte Pauline ein. „Das kann ich dir nicht zumuten."

„Das ist absolut keine Zumutung", lachte Monika. „Wir hatten früher selbst einen Stubentiger. Das ist allerdings schon sehr lange her. Irgendwo muss noch ein Katzenklo rumstehen. Und ein paar andere Sachen. Ich mach mich nachher gleich mal auf die Suche."

„Ich weiß gar nicht, was ich sagen soll." Pauline schaute sie erleichtert an und bekam umgehend ein neues Stück Kuchen auf ihren Teller gelegt.

„Das wird sich schon alles fügen. Wie heißt sie denn, deine Katze?"

Monika hob die Transportbox auf den Tisch und spähte neugierig hinein. Ein leises Maunzen war zu hören. Erkennen konnte sie nur zwei grüne Augen, die sie ängstlich anschauten.

„Ach Gott, die ist ja niedlich."

„Das ist Fleckchen", erklärte Pauline. „Ich hab sie jetzt seit drei Jahren. Sie ist wirklich lieb und total verschmust. Ich konnte sie nicht bei Eddie lassen. Er hat sie noch nie gemocht."

„Wir behalten sie am besten die erste Zeit im Haus, bis sie sich eingewöhnt hat", schlug Monika vor. „Sie ist doch bestimmt Freigänger?"

Pauline nickte.

Monika vergewisserte sich, dass die Terrassentür verschlossen war, bevor Pauline die Klappe der Box öffnete. Es dauerte ein paar Minuten, bis sich die kleine Katze endlich heraus traute. Sie schaute sich um, machte einen Buckel und lief dann auf leisen Pfoten zu Pauline auf die Couch. Auf der Decke machte sie es sich gemütlich und fing an, leise zu schnurren. Die beiden Frauen lachten.

„Es scheint ihr hier zu gefallen", sagte Monika. „Damit ist wohl klar, wer hier in Kürze die Chefin sein wird."

Der Aston Martin wurde in den Winterschlaf geschickt. Schorsch warf noch einen letzten Blick auf das Traumauto, bevor er Martin half, eine Plane darüber zu ziehen.

„Das ist schon ein Spitzenwagen", schwärmte er. „Schade, dass das Wetter jetzt schlechter wird."

Zweimal hatte ihn Martin auf eine Spritztour mitgenommen. Sich bei offenem Verdeck den Wind um die Nase wehen zu lassen, war ein tolles Gefühl. Natürlich schätzte Schorsch auch sein gutes, altes Motorrad, aber das war noch eine andere Kategorie. Vor dem zweiten Ausflug hatte er klammheimlich einen Joint durchgezogen und war auf den Megatrip gegangen. Vom Beifahrersitz aus hatte er die Landschaft betrachtet, die in Technicolor an ihm vorbeirauschte. Es war ein Gefühl, als könne er fliegen. Die ganze Zeit hatte er wie irre vor sich hin gelacht, ab und zu lauthals gesungen und sich so wohl gefühlt wie lange nicht mehr. Martin hatte ihn scharf im Auge behalten, aber nichts dazu gesagt.

Ein kalter Wind blies ihnen entgegen, als sie von der Garage zum Haus gingen.

„Ich mach uns einen Tee. Geh schon mal in den Wintergarten", schlug Martin vor.

Schorsch schlenderte durch das Wohnzimmer, vorbei an einem großen Schreibtisch, der heute bedeckt war mit etlichen Papieren und großen Zeichnungen. Das war ungewöhnlich in diesem stets akribisch aufgeräumten Haus. Neugierig nahm er einen der großen Bögen in die Hand. Es war der Grundriss eines Hauses, auf dem in verschiedenen Farben zahlreiche Änderungen eingezeichnet waren.

„Hast du ein neues Bauprojekt?", fragte er Martin, der gerade herein kam.

Martin nahm ihm das Blatt aus der Hand und legte es zurück auf den Schreibtisch. „Das ist nur ein Entwurf und noch nicht spruchreif. Manchmal bist du ein bisschen zu neugierig."

Schorsch hob die Hände in gespielter Entrüstung. „Hey, ich wollte nicht spionieren. Es interessiert mich halt, was du so machst."

Martin lachte. „Schon gut, war nicht böse gemeint."

Sie machten es sich im Wintergarten gemütlich und schauten zu, wie der Wind durch die kahlen Äste der Bäume fegte.

„Ich hasse diese Jahreszeit", sagte Schorsch inbrünstig. „Wenn ich zu Hause eingesperrt bin, kriege ich regelmäßig einen Budenkoller."

„Im Winter ist Opernsaison“, erinnerte ihn Martin. „Ich hoffe doch sehr, dass du gelegentlich mitkommst.“

Schorschs Augen leuchteten auf. „Oh ja! Daran hab ich noch gar nicht gedacht. Das machen wir.“

„Ich besorge die Spielpläne von der Alten und der Neuen Oper. Da ist bestimmt etwas Interessantes dabei.“

Abende mit klassischer Musik, das war für Schorsch ein völlig neuer und sehr attraktiver Aspekt des ungeliebten Winters. Und dann gab es ja noch die Skatrunden, bei denen es sich herrlich entspannen ließ. Und die Filmabende mit ihren gemeinsamen Lieblingshelden. Wenn er da an seine früheren Ausflüge in die Frankfurter Barszene dachte, da gefielen ihm seine neuen Aktivitäten sehr viel besser. Ja, das würde ein schöner Winter werden, er freute sich richtig darauf.

„Wann darf ich denn endlich gucken?“ Uschi hielt es vor Spannung kaum noch aus.

„Gleich ist es soweit.“

Dass Stefan sie mit dem Rücken zum Spiegel platziert hatte, schmeckte ihr gar nicht, aber sie vertraute ihm und seinen Zauberhänden.

Es erschien ihr wie ein Wunder, dass sie wieder Haare auf dem Kopf hatte. Erst war nur ein Flaum zu sehen gewesen, dünne Fusseln, die bald wieder ausgefallen waren. Aber dann kam ein richtiger Schub. Es war gerade so, als ob sich jede Wurzel besonders anstrengte, nach der langen Zeit wieder aktiv zu werden.

Schon der Anruf bei Stefan war ein Triumph gewesen, endlich konnte wieder etwas geschnitten werden. Auch wenn sie sich mit der Zeit an die Perücken gewöhnt hatte und mit Farben und Längen experimentierte, freute sie sich darauf, wieder ganz sie selbst zu sein.

„Du darfst natürlich noch keine Wunder erwarten. Aber dieser Garcon-Schnitt passt fantastisch zu deinem Typ. Ein kleines Make-up, damit dein feines Gesicht besser zur Geltung kommt, und die Männer werden Schlange stehen.“

Uschi lachte. Das konnte sie sich beim besten Willen nicht vorstellen, aber es war auch nicht nötig. Das Gefühl, zu leben und den Krebs besiegt zu haben, war durch nichts zu überbieten.

Es kitzelte ein wenig, als Pinsel und Stifte über ihr Gesicht fuhren. Wie gut es sich anfühlte, endlich wieder Frau und nicht nur Patientin zu sein.

„Fertig“, verkündete Stefan. Er trat einen Schritt zurück und betrachtete sein Werk. Zufrieden nickte er. „Mach die Augen zu“, forderte er sie auf. Und dann drehte er den Stuhl zum Spiegel herum.

Sie konnte nicht glauben, was sie sah. Eine ältere Dame mit lebhaften Augen, die von einem leichten Make-up betont wurden. Kurze, hellgraue Haare, die fedrig das Gesicht einrahmten. Und dazu hellrote, glänzende Lippen, die sich zu einem Lächeln öffneten.

„Oh“, sagte sie, und dann flossen ein paar Tränen.

„Das ganze Make-up verläuft“, jammerte Stefan. „Sieht es denn so schrecklich aus?“

Sie schüttelte den Kopf. „Ach Stefan, du kannst wirklich Wunder vollbringen. Es ist wunderschön. Ich weiß gar nicht, was ich sagen soll.“

Fred kam dazu und betrachtete sie. Dann legte er einen Arm um Stefan und drückte ihn an sich.

„Du hast es einfach drauf“, sagte er bewundernd.

Gleichzeitig schauten sie zu einem großen, gerahmten Foto, das seit kurzem den Mittelpunkt der hinteren Wand bildete. Stefan und Fred, die sich im Arm hielten und selig in die Kamera lachten. Das Bild war bei ihrer Verlobungsfeier gemacht worden.

„Oma Uschi, du siehst aber toll aus.“ Ein kleines Mädchen mit schwarzen Haaren versuchte, auf Uschis Schoss zu klettern.

Lachend half sie der Kleinen. „Hallo Lek, das ist aber schön, dass du mich abholst.“

Sie entdeckte Friedrich, der langsam näher kam. Er war ganz versunken in ihren Anblick. Sie war immer eine attraktive Frau gewesen. Aber jetzt hatte sie ein Strahlen an sich, das ganz von innen heraus kam.

„Was hast du mit meiner Frau gemacht? Gibt’s hier irgendwo einen Jungbrunnen?“, fragte er Stefan.

Der lachte. „Zieh dich warm an, du wirst deinen Kampf haben, um die Jungs von ihr fern zu halten.“

Friedrichs sorgenvolles Nicken sah so drollig aus, dass alle lachen mussten.

Der große Tisch in Martins Speisezimmer war bedeckt mit Papier. Einen ganzen Satz Grundrisse und noch mehr Listen, Kalkulationen und Entwürfe hatte Herr Schmitt-Blohm, der Architekt, mitgebracht. Geduldig gingen sie einen Punkt nach dem anderen durch.

„Das gesamte Objekt muss auf den neuesten Stand gebracht werden. Sie wissen, was das bedeutet: Eine lange To-do-Liste, angefangen von der Außenisolierung, den Fenstern, den Sanitärbereichen und der Heizung bis zu den Auflagen, die heutzutage von Vermietern erfüllt werden müssen. Und das sind nicht wenige." Der Architekt kratzte sich am Kopf. „Da kommt einiges an Kosten auf Sie zu."

Damit hatte Martin gerechnet. „Aber die Kernsubstanz ist gesund, und wir werden etwas Schönes aus diesem langweiligen Gebäude machen, da bin ich sicher."

Stunden später waren endlich die wichtigsten Punkte zu beider Zufriedenheit abgehandelt. Nun ging es an die detaillierte Planung der Räume. Herr Schmitt-Blohm hatte dreidimensionale Entwürfe vorbereitet, die er Martin auf seinem Laptop zeigte. Der war ganz begeistert von den hellen, barrierefreien Wohnungen, die in den oberen zwei Geschossen des Hauses entstehen sollten. Die schon viele Jahre währende Zusammenarbeit zahlte sich aus; der Architekt kannte Martins Geschmack genau.

„Der erste Stock soll ja nach Ihren Wünschen zu einer Art Begegnungsebene ausgebaut werden. Ich hatte da in erster Linie an ein kleines Café gedacht", erklärte Herr Schmitt-Blohm. „Dazu eventuell eine Bibliothek, und wie wäre es mit einem Billardzimmer?" Er wartete Martins Nicken ab, ehe er fortfuhr. „Der größte Teil der Fläche wäre dann ein Multifunktionsraum für alle Arten von Veranstaltungen. Ausgestattet mit modernster Raumtechnik wie Beamer, flexiblen Stellwänden und entsprechender Schalldämmung bietet sich hier eine ganze Palette an Nutzungsmöglichkeiten."

Der Architekt legte Martin die entsprechenden Zeichnungen vor, und sie beugten sich konzentriert darüber.

„Gute Arbeit. Sie haben wirklich an alles gedacht", lobte Martin schließlich, nachdem die Einzelheiten besprochen waren.

Es war höchste Zeit für eine kleine Pause, beiden rauchte der Kopf. Auf der Terrasse tranken sie Espresso, und der Architekt steckte sich eine Zigarette an. „Wir sind fast durch. Es bleibt nur noch das Erdgeschoss." Er machte eine Pause und schaute seinen Auftraggeber von der Seite an. „Sind Sie sicher, dass Sie sich allein darum kümmern wollen?"

Martin beobachtete amüsiert das Mienenspiel seines Gegenübers. Eine Spur Unsicherheit, ein leichter Ausdruck von Gekränktheit, aber hauptsächlich nackte Neugier waren darin zu lesen. Er klopfte seinem

Architekten auf die Schulter. „Ich zweifle nicht daran, dass Sie das auch hinkriegen würden. Sie wissen, wie sehr ich Ihre Arbeit schätze. Nennen Sie es den Spleen eines älteren Herren, aber diese Planung möchte ich tatsächlich selbst machen."

Schulterzuckend musste sich Herr Schmitt-Blohm mit dieser Auskunft zufrieden geben. Er griff zur Tasse und trank den letzten Rest des Espressos aus.

Martin schaute gedankenverloren auf den Garten. „Wissen Sie, für manche Dinge braucht man ein gewisses Alter. Um zu wissen, wie etwas auszusehen hat, um ein Gespür zu haben, wie etwas wirkt, welche Stimmung es vermitteln soll." Er wandte sich lächelnd zu dem Architekten. „Sie sind einfach zu jung, um das zu verstehen. Aber machen Sie sich nichts draus, das ist ein Problem, das sich von selbst erledigt. Und ich darf Ihnen noch einmal versichern, dass Sie wirklich gute Arbeit geleistet haben. Ich bin sehr zufrieden."

Immer noch leicht verwirrt schloss Herr Schmitt-Blohm eine Weile später sein Auto auf. Er wusste nicht recht, wie er das Ende ihrer Arbeitssitzung einschätzen sollte. Martin Herboltz war alles andere als ein Exzentriker. Und ihre Zusammenarbeit hatte stets auf Offenheit und klaren Worten basiert. Aber als sie auf dieses ominöse Erdgeschoss zu sprechen kamen, war dem sonst besonnenen, fast kühlen Herrn Herboltz fast so etwas wie Enthusiasmus anzumerken gewesen. Nun, früher oder später würde sich herausstellen, was da im Busch war.

Martin ließ sich auf die Couch sinken und breitete vor sich auf dem niedrigen Tisch die Entwürfe aus. Zufrieden nickte er, es sah alles sehr gut aus. Er schob die Blätter zusammen und schaffte Platz für einen großen Papierbogen, auf dem der Grundriss und die Aufmaße des Erdgeschosses eingezeichnet waren. Ein Lächeln huschte über sein Gesicht, dann griff er zu einem Stift und begann zu arbeiten.

Pauline hatte sich bei Monika gut eingelebt, und langsam erholte sie sich. Allerdings blieb die Sorge um die Zukunft ihr ständiger Begleiter. Erst als sie sah, wie die Freundin routiniert eine Kiste mit Belegen ihrer Tochter auseinandernahm, kam sie auf die Idee, um Hilfe zu bitten.

„Ich habe mich nie um unsere Finanzen gekümmert. Und bis ich zufällig mal in Eddies Schreibtisch geschaut habe, hatte ich auch keine Ahnung, wie viel Geld er eigentlich hat."

„Na endlich. Du fängst an, deine Zukunft zu planen", sagte Monika erleichtert. „Und das ist nicht sein Geld, sondern das gehört euch gemeinsam. Dir steht die Hälfte davon zu, so etwas nennt man Zugewinngemeinschaft. Oder habt ihr einen Ehevertrag?"

Pauline zuckte hilflos mit den Schultern. „Keine Ahnung."

„Na, das lässt sich ja klären."

„Aber ich will sein Geld nicht", protestierte Pauline.

Monika sah sie verständnislos an. „Bist du verrückt? Wovon willst du denn leben?"

Der Steuerberater, den Pauline zusammen mit Monika aufsuchte, bestätigte, dass sie nach der Scheidung finanziell gar nicht schlecht dastehen würde.

„Du wirst eine Weile brauchen, um das Ganze zu verarbeiten. Aber ich wette, dass es dir dann besser gehen wird als in den letzten zehn Jahren", orakelte Monika. „Und das eine oder andere Paar High Heels ist finanziell bestimmt noch drin."

Untätigkeit war das Schlimmste. Nichts über Pauline zu erfahren, nichts tun zu können, das zermürbte Martin. Das neue Projekt kam ihm gerade recht, voller Energie stürzte er sich in die Arbeit. Er brütete gerade über einer Kalkulation, als das Telefon klingelte. Es war Monika. Sofort schoss sein Puls höher.

„Pauline hat es endlich gemacht. Sie hat Eddie verlassen", hörte er sie sagen.

„Eine Trennung auf Zeit?", fragte er vorsichtig.

„Nein, nein. Es ist wirklich vorbei. Sie ist noch ziemlich durcheinander und muss jetzt erst einmal sehen, wie es weitergeht. Aber da gibt es keinen Weg mehr zurück."

Er sprang auf. Es drängte ihn, sie zu sehen. Sie in den Arm zu nehmen und ihr zu sagen, wie sehr er sie liebte. „Wo ist sie jetzt?", fragte er atemlos.

„Sie wohnt vorübergehend bei mir. Aber sie sucht eine Wohnung."

„Kann ich sie sehen? Jetzt gleich?"

Er war schon im Flur, um seine Jacke anzuziehen, aber Monika bremste ihn. „Das halte ich für keine gute Idee. Gib ihr Zeit zum Nachdenken. Im Moment weiß sie nicht mehr, wo oben und unten ist. Sie muss erst einmal herausfinden, was sie will."

„Aber...“, wollte er protestieren und brach dann ab. Monika hatte ja recht. „Dann muss ich mich eben gedulden“, seufzte er. „Und meinen Tatendrang auf andere Gebiete konzentrieren.“

„Andere Gebiete? Was hast du denn vor?“, kam es neugierig aus dem Hörer, aber da wurde er plötzlich sehr einsilbig. „Was Männer halt so machen, wenn sie sich irgendwie beschäftigen müssen...“

„Ich weiß echt nicht, wovon du redest. Aber vielleicht ist das auch besser so.“ Monika klang leicht gekränkt.

„Sei nicht eingeschnappt, bitte. Im Moment bin ich, glaube ich, nicht ganz zurechnungsfähig. Du weißt ja, Verliebte...“ Er lachte. „Bitte grüß sie von mir. Ihr werdet von mir hören, sehr bald sogar.“ Und mit diesen geheimnisvollen Worten beendete er das Telefonat.

Das Chili con Carne war höllisch scharf und damit genau das Richtige für drei gestandene Mannsbilder, die gerade ein paar Stunden aufregendes Skatspiel hinter sich hatten. Sogar Martin nahm heute Nachschlag. Er schien sowieso in besonders guter Stimmung zu sein und lächelte schon die ganze Zeit vor sich hin.

Auf dem Weg zum Kühlschrank schlug Schorsch ihm und Hans freundschaftlich auf den Rücken. „Ach Kinder, das ist saugemütlich mit euch. Ich weiß gar nicht mehr, was ich früher abends gemacht habe. So eine Männerrunde hat entschieden ihre Vorteile.“

„So ganz ohne Frauen, das ist aber auch nichts“, brummte Martin vor sich hin. Aber da Schorsch das Interesse an den jungen Dingern verloren hatte und Hans alleinstehend war, konnte er natürlich ihre Einstellung nachvollziehen.

Schorsch stellte eine Wodkaflasche und drei Gläschen auf den Tisch. „Zur Verdauung.“

Während er einschenkte, warf Martin einen besorgten Blick auf Hans. Blass sah er aus, und abgenommen hatte er auch, wie man an der zu weit gewordenen Hose sah. „Wie gefällt es dir eigentlich in deinem Seniorenheim?“, fragte er ihn.

„Das Wort ‚gefallen‘ würde ich bei dem Thema lieber vermeiden“, kam die trockene Antwort. „Ich hab ein Dach überm Kopf und kriege was zu essen. Gab schon schlimmere Zeiten in meinem Leben.“ Offensichtlich war Hans das Thema unbehaglich, und er wollte es schnell abhaken.

„Sind die Leute unfreundlich?“, bohrte Martin nach. Er hatte das sichere Gefühl, dass es Hans gar nicht gut ging.

Hans warf ihm einen scharfen Blick zu. „Wenn du jemals gedacht hast, dass Weiber streitsüchtig und zänkisch sind, dann hast du noch nie einen Haufen alter Männer erlebt, die sich notgedrungen zu nahe auf die Pelle rücken. Bei uns geht es manchmal zu wie im Affenstall! Aber lassen wir das, ich will uns nicht den Abend verderben."

„Hör mal, wir sind deine Freunde", mischte sich Schorsch in das Gespräch. „Wir wollen wissen, wenn's dir nicht gut geht. Vielleicht können wir irgendwie helfen." Erst jetzt fiel ihm auf, dass Hans nur sehr wenig über das Altersheim erzählt hatte, in dem er einquartiert worden war.

Hans schnaubte. „Helfen! Das ist nett von euch, aber es ist nun mal, wie es ist. Da kann keiner was dran ändern. Mit meiner kleinen Rente kann ich nicht mehr erwarten. Besser, man findet sich mit den Dingen ab."

Martin wurde nachdenklich. „Es gäbe da eventuell eine Möglichkeit, wie man dich da wieder rausholen kann", sagte er langsam.

„Kommt nicht infrage!", brauste Hans auf. Dann atmete er tief durch und sah Martin aus trüben Augen an. „Ich weiß, dass du es gut meinst", sagte er ruhiger. „Aber Almosen will ich nicht. So weit wird es nie kommen." Stolz schwang in seiner Stimme mit.

Schorsch schwieg betreten. Klar, Martin hatte die finanziellen Mittel, um Hans unter die Arme zu greifen. Das würde ihm vermutlich kein bisschen wehtun. Aber der Alte hatte sich sein Leben lang allein durchgeschlagen und würde es nicht anders wollen.

„So habe ich das auch nicht gemeint." Martin griff nach einem Schnapsglas. „Kommt, wir trinken erst mal was."

Froh, dass das Thema beendet war, nahm Hans sein Glas. Aber Martin war noch nicht fertig. Nachdem sie den Wodka ausgetrunken hatten, erzählte er weiter. „Ich habe da ein neues Bauprojekt. Ein älteres Haus, das modernisiert wird. Wenn alles fertig ist, könnte ich Jemanden brauchen, der dort wohnt, zuverlässig ist und ein Auge auf alles hat."

Hans wollte etwas sagen, aber Martin stoppte ihn mit einer Handbewegung. „Lass mich erst mal ausreden. Du warst der Hausmeister im alten Finanzamt und hast dich dort um alles gekümmert. Aber irgendwann ist es genug mit dem Arbeiten, und du hast dir deine Rente redlich verdient. Leute, die alles machen, finde ich zur Genüge. Was ich brauche, ist eine Person, der ich vertraue, die die Dinge ein wenig organisiert und nach dem Rechten schaut." Er beugte sich zu Hans. „Und da wüsste ich niemand Besseren als dich."

In den trüben Augen begann es, gefährlich zu glitzern. „Du meinst, ich könnte dort wohnen? In diesem Haus, das dir gehört?" Aber dann sackte Hans in sich zusammen. „Die Miete ist bestimmt hoch, die werd' ich nie bezahlen können", sagte er traurig.

„Wohnen gegen Aufpassen, das ist ein ganz normales Geschäft auf Gegenseitigkeit. Es wird nur eine kleine Wohnung sein, nicht größer als deine letzte. Aber du hättest wieder dein eigenes Reich."

Sprachlos starrte Hans ihn an. Schorsch stieß ihm begeistert den Ellenbogen in die Seite. „Mensch, das wär' doch klasse! Damit wärst du aus dem Schneider." Plötzlich fiel ihm etwas ein. „Wo ist das überhaupt, dieses Haus? Hoffentlich nicht am anderen Ende der Stadt? Wir wollen uns doch weiter treffen."

Martin schüttelte den Kopf. „Nein, so weit weg ist es gar nicht. Lasst mir noch ein paar Tage Zeit, dann werde ich euch alles haarklein erzählen."

Als die Freunde gegangen waren, räumte Schorsch traurig den Tisch ab. Er freute sich für Hans, dass der wieder in einer netteren Umgebung leben würde. Und Martin schien wie elektrisiert von seinem neuen Bauvorhaben zu sein. Neidisch war er nicht auf die beiden, aber was war mit ihm? Es gab so gar keinen Lichtblick, dass er auf seine älteren Tage auch noch einmal etwas Neues in Angriff nehmen könnte. Aber dann fiel ihm der Besuch in der Alten Oper ein. Und die gemeinsamen Abende, die würde es ja weiterhin geben. Ausfahrten im Aston Martin, Skat und alte Filme, auch bei ihm hatten sich neue Dinge entwickelt. Allerdings war nichts dabei, das ihm das Gefühl gab, noch gebraucht zu werden.

Es kam selten vor, dass der Briefträger klingelte. Gespannt öffnete Monika ihm die Tür.

„Guten Morgen. Wohnt hier eine Frau Senger?", fragte er.

„Ja, seit einiger Zeit. Eine Freundin."

„Das hab ich ja noch gar nicht gewusst. Schön, da sind Sie jetzt nicht mehr so allein."

Monika lachte. „Das ist nur vorübergehend. Aber Sie haben recht, es ist eine nette Abwechslung für mich. Auch wenn die Umstände eher tragisch sind..."

Neugierig beugte er sich vor. „Ein Trauerfall?"

„So was in der Art. Und danke auch für die Post."

Monika nahm ihm den Umschlag ab und schloss die Haustür. Es war besser, die Gerüchteküche in der Nachbarschaft gar nicht erst ins Brodeln kommen zu lassen.

Interessiert betrachtete sie den Umschlag. Aha, von Martin, da würde sich Pauline bestimmt freuen. Sie ging ins Wohnzimmer, wo Pauline saß und in einer Zeitschrift blätterte.

„Ein Brief für dich", verkündete sie.

Pauline hob erstaunt den Kopf. „Wer weiß denn, dass ich hier wohne?"

Sie hatte Eddie Monikas Telefonnummer mitgeteilt, aber das war auch der Einzige, der wusste, wo sie zu erreichen war. Als sie den Absender las, war der Fall klar.

„Du hast mit Martin telefoniert", stellte sie fest.

Monika nickte zerknirscht. „Ist das schlimm?"

„Nein, gar nicht. Ich hatte nicht den Mut, ihn anzurufen. Obwohl ich es sehr gern machen würde und mir das schon hundertmal überlegt habe."

Pauline war wie elektrisiert. Hastig riss sie den Umschlag auf. Ein eng beschriebenes Blatt fiel ihr entgegen. Es war eine Handschrift, die ihr bekannt vorkam. Monika beobachtete sie genau, während sie las, und sah, wie sich ihr Gesicht verklärte.

„Hölderlin. Ach Moni..."

„Ist das nicht ein Dichter? Was willst du denn mit dem?"

Erst als Pauline die Verblüffung der Freundin sah, fiel ihr ein, dass die ja nichts von den alten Briefen wissen konnte.

„Setz dich." Sie klopfte neben sich auf die Couch. „Das ist eine längere Geschichte. Eigentlich war bereits meine Heirat mit Eddie ein großes Missverständnis. Ich hatte Briefe bekommen, von denen ich dachte, dass sie von ihm stammen. Sie waren so wundervoll geschrieben, dass ich mich in ihn verliebt habe. Erst vor ein paar Wochen habe ich erfahren, von wem sie tatsächlich stammten."

„Doch nicht etwa von Martin?"

Paulines Schweigen war eindeutig.

„Das heißt also, dass Eddie dich von Anfang an belogen hat", stellte Monika fest, aber Pauline schüttelte den Kopf. „Ich will ihm nicht Unrecht tun. Ich hab nicht so genau gefragt, und er hat nie direkt behauptet, dass diese Briefe von ihm stammten. Wenn man ihm etwas vorwerfen will, dann, dass er die Gunst der Stunde genutzt hat.

Letztlich muss ich mir selbst die Schuld geben an diesem Irrtum. Aber das spielt jetzt keine Rolle mehr." Sie drückte das Blatt an ihre Brust. „Die alten Briefe habe ich zerrissen, nachdem sich alles aufgeklärt hat. Aber bei diesem hier besteht kein Zweifel über den Absender."

Monika war glücklich, dass sie mit ihrem Anruf bei Martin das Richtige getan hatte. Wenn zwei Menschen so offensichtlich zusammen gehörten, war ein kleiner Schubs durchaus legitim.

Es klingelte schon wieder an der Haustür.

„Was ist denn heute nur los?", brummte Monika und stand auf. „Das ist ja wie im Taubenschlag."

„Blumen für eine Frau Senger." Ein Bote stand vor der Tür.

Sie nahm den prachtvollen Strauß entgegen.

„Na, das kann ja heiter werden...", murmelte sie in gespielter Verzweiflung und drückte der verdutzten Pauline die duftenden Blumen in die Arme.

„Wie schön! Endlich ist mal wieder Stimmung in der Bude."

Mit roten Wangen rotierte Monika in ihrer Küche. Susanne und ihre Kinder kamen zum Essen. Auch auf den neuen Hausgast waren sie neugierig.

Als es klingelte, schoss sie zur Haustür und riss sie auf. „Kommt rein. Aber macht die Tür schnell wieder zu. Denkt daran, wie haben jetzt eine Katze. Und die muss erstmal im Haus bleiben."

Krissi bekam glasige Augen. „Oh, wie süß! Wo ist sie denn?"

„Im Wohnzimmer. Aber erst muss die Haustür wieder zu sein. Und lass die Katze erstmal in Ruhe, die ist so viele Leute nicht gewöhnt."

Mutter und Tochter lachten sich an. Es war vorhersehbar, dass sich Krissi sofort auf die Katze stürzen würde. Aber zum großen Kummer der Kleinen saß Fleckchen in der Transportbox und ließ sich nicht herauslocken. Also wurde Pauline gnadenlos nach ihrem Haustier ausgefragt, bis Susanne ihre Tochter bremste. „Lass sie doch mal Luft holen. Du redest jetzt schon seit einer halben Stunde auf sie ein." Krissi setzte sich zu ihr auf den Schoss, und Monika strich ihr liebevoll übers Haar.

Die Stimmung war entspannt, und es gab viel zu erzählen. Tim war sehr geknickt, als er hörte, dass es nun mit der Disco endgültig aus war.

„Ich hätte so gern mal bei euch aufgelegt", klagte er.

Monika zuckte mit den Schultern. „Ich hätte auch gern weitergemacht mit der Tanzerei."

Verstohlen schaute sie auf die Uhr. Susanne und die Kinder waren schon geschlagene drei Stunden hier, und noch immer gab es keine Anzeichen von Hektik oder Aufbruchstimmung bei ihrer Tochter. Susanne hatte den Blick ihrer Mutter sehr wohl registriert. „Das ist alles eine Sache der Prioritäten", sagte sie mit einem kleinen Lächeln. „Und heute ist eben mal die Familie dran."

„Das sind ja ganz neue Einsichten. Hab ich was verpasst?", fragte Monika, erstaunt über den Sinneswandel ihrer Tochter.

„Keine Sorge, wir werden uns auch in Zukunft in die Haare kriegen. Sonst wäre es ja langweilig, oder?"

„Das will ich doch schwer hoffen", hängte sich Tim dazwischen, und als ob sie es verabredet hätten, gaben Mutter und Oma ihm gleichzeitig einen liebevollen Klaps auf den Kopf.

Neugierig schaute sich Martin in der geräumigen Altbauwohnung um, die Stefan und Fred sehr geschmackvoll eingerichtet hatten. Mit unübersehbarem Besitzerstolz führte Stefan ihn durch die Zimmer.

„Das habt ihr gut gemacht", lobte Martin, nachdem sie ihren Rundgang beendet hatten. „Hier fühlt man sich sofort wohl."

Stefan strahlte. „Setz dich und greif zu." Er schob den appetitlich aussehenden Frankfurter Kranz näher zu seinem Gast. „Ist selbst gebacken."

„Nicht von Oscar's?", neckte Martin.

Stefan schüttelte den Kopf. „Fred und ich werkeln jetzt gemeinsam in der Küche. Das funktioniert ganz ausgezeichnet. Probier' ruhig den Kuchen, er ist durchaus essbar."

Das ließ sich Martin nicht zweimal sagen. Fred gesellte sich zu ihnen, und nachdem sich alle gestärkt hatten, kam Martin auf den Grund seines Besuches. „Ich war natürlich neugierig zu sehen, wie ihr euch so eingerichtet habt. Aber außerdem wollte ich euch auch eine Art geschäftlichen Vorschlag machen, der euren Friseursalon betrifft." Damit hatte er sofort die ungeteilte Aufmerksamkeit seiner Gastgeber.

„Lass mich raten. Du willst, dass wir einen zweiten Salon aufmachen, den du finanzierst", scherzte Stefan, und Fred grinste.

Martin lachte. „Du ahnst gar nicht, wie nahe du der Wahrheit kommst."

„Ups!" Stefans Augen wurden kugelrund vor Verblüffung.

„Nein, keinen zweiten Salon", wehrte Martin ab. „Aber vielleicht einen oder zwei Nachmittage in der Woche, an denen ihr mal aus eurem Salon herauskommt. So eine Art Dépendance."

In knappen Worten berichtete er von dem altes Haus, das zurzeit saniert wurde, und in dem seniorengerechte Wohnungen entstehen würden. „Ich bin sicher, dass ein Friseur, der ins Haus kommt, ein willkommener Service ist. Und ich kann mir vorstellen, dass eure Stilberatung auch gut ankommt." Er lehnte sich zurück, gespannt auf die Reaktion der Freunde.

Stefan und Fred schauten sich an. Verblüffung, dann Freude waren auf ihren Gesichtern zu lesen. „Mensch, das ist ja was! Das rechne ich dir hoch an, dass du uns mit ins Boot holst", stammelte Stefan, der sich noch nicht wieder eingekriegt hatte.

„Da ist nichts, wofür du dich bedanken müsstest. Schließlich profitieren wir alle davon, wenn es gut läuft." Da sprach wieder der kühle Geschäftsmann Herboltz und machte es den beiden leicht, mit beiden Händen zuzugreifen.

Nachdem Martin sich verabschiedet hatte, griff Stefan zum Schreibblock. „Ich muss mir sofort ein paar Notizen machen." Er ließ den Block wieder sinken. „Ist es nicht toll, was sich aus diesem Klassentreffen so alles entwickelt hat? Eine Zusammenarbeit mit Martin, wenn mir das einer erzählt hätte, hätte ich ihn für verrückt erklärt."

Pauline konnte sich nicht mehr erinnern, wann sie das letzte Mal so aufgeregt war. Sie fühlte sich wie ein junges Mädchen vor der ersten Verabredung. In gewissem Sinne war es ja auch so, während ihrer Schulzeit hatte sie Martin immer nur als Tanzpartner getroffen.

Monika war zu ihrer Tochter gefahren und hatte Pauline ihr Haus überlassen. Der Kaffeetisch war gedeckt, alles stand bereit. Sie setzte sich auf die Couch und griff zu einer Zeitung, in der sie mehrere Wohnungsanzeigen angestrichen hatte. Ein Zuhause für sie und Fleckchen, das sie ganz nach ihrem Geschmack einrichten konnte, dieser Traum war in greifbare Nähe gerückt. Und dann Martin, der mehr als nur Interesse an ihr zeigte, ihr Herz schlug ihr bis zum Hals.

Als es klingelte, sprang sie von der Couch und ging zur Tür. Martin sah blass aus und hielt einen Strauß roter Rosen umklammert. Ihr blieb für einen Moment die Luft weg, und sie spürte, dass sie rot wurde. Endlich fiel ihr auf, wie unhöflich sie war. „Entschuldige. Komm doch rein."

Sie ging voraus ins Wohnzimmer und räumte hastig die Zeitung zusammen. „Setz dich."

Martin drückte ihr die Blumen in die Hand. Er schaute sich um und nahm dann auf der Couch Platz, wo sie noch einen Moment vorher gesessen hatte.

„Kaffee?" Verlegen steckte sie ihre Nase in die Rosen, die einen betörenden Duft verströmten.

Er nickte. „Gerne."

In der Küche atmete sie tief durch. Sie fand keine Vase und stellte die Blumen erst einmal in einen Krug. Dann nahm sie die Kaffeekanne und ging zurück zu Martin.

„Seit wann weißt du, dass ich bei Monika wohne?", fragte sie leise, während sie einschenkte.

„Sie hat mich vor einer Woche angerufen." Er lächelte. „Und das war die schönste Neuigkeit, die ich mir vorstellen konnte. Ich wollte sofort mit dir reden, aber Monika hat gesagt, dass du erst einmal Zeit für dich brauchst. Allerdings war ich seitdem zu nichts mehr zu gebrauchen. Als du gestern angerufen hast, war das wie eine Erlösung."

Sie tranken beide einen Schluck Kaffee. Pauline spürte, wie Martin sie ansah. Sie musste etwas sagen. „Mich und Eddie gibt es nicht mehr", begann sie. „Wir haben uns getrennt." Es fühlte sich gut an, es endlich auszusprechen.

„Das tut mir leid." Was sollten diese Floskeln? „Nein, es tut mir gar nicht leid", verbesserte er sich. „Ich bin froh, dass es so gekommen ist."

„Das hat Monika auch gesagt." Sie konzentrierte sich ganz auf den Kaffee.

„Mach es mir nicht so schwer", bat er. Endlich schaute sie ihn an und erschrak vor seinem intensiven Blick. „Damals ist mir einer zuvor gekommen, aber das wird kein zweites Mal passieren", sagte er mit fester Stimme.

„Wie kannst du so sicher sein?", fragte sie leise. „Wir kennen uns doch gar nicht. Wir sind nicht mehr die Teenies, die sich in der Disco ausgetobt haben."

„Nein, das sind wir nicht mehr. Glücklicherweise. Wir sind erwachsen und können frei über unser Leben entscheiden. Ich habe mich entschieden. Was ist mit dir?"

Ruhig und entschlossen saß er da. Sie sackte in sich zusammen. „Du weißt alles. Und du bist so sicher. Ich hab immer noch keinen Plan, wie es für mich jetzt weitergehen soll."

„Und ich hab ganz vergessen", fügte er ein, „wie es sich anfühlt, wenn man glücklich ist." Er strahlte sie an.

„Ich brauche Zeit, um mich in meinem neuen Leben zurechtzufinden", wiegelte sie ab.

Er griff nach ihrer Hand. „Komme ich auch darin vor?"

„Das ist das einzige, das ich ganz sicher weiß", sagte sie leise und ließ sich endlich von ihm in den Arm nehmen.

Die geheimnisvolle Einladung in das ehemalige Finanzamt, die Martin verschickt hatte, machte alle neugierig, und natürlich hatten sie ihr Kommen zugesagt. Es war nichts Genaues von ihm zu erfahren gewesen, selbst Pauline hatte keine Ahnung, worum es ging. Nun stand sie vor dem Spiegel und machte sich zurecht. Mit geübten Handbewegungen tuschte sie sich die Wimpern.

Monika stand in der Badezimmertür und schaute ihr zu.

„Dieses Kleid steht dir ausgesprochen gut. Du siehst überhaupt toll aus. Aber das ist ja auch kein Wunder. Sowas von verliebt, das gehört verboten, du strahlst ja richtig."

„Danke", sagte Pauline. „Genauso fühle ich mich auch. Aber du brauchst dich auch nicht zu verstecken mit deiner neuen Frisur. Und dieser Blazer sitzt wie eine Eins." Sie ließ den Mascara sinken und drehte sich zu Monika um. „Das habe ich alles nur dir zu verdanken. Wenn du mir nicht beigestanden hättest. Und wenn du Martin nicht angerufen hättest..."

„Ich hab nicht viel gemacht", wehrte sie ab. „Das war nur eine Frage der Zeit, bis ihr zwei euch findet. Und außerdem: Wozu hat man denn eine Freundin?"

Pauline griff zum Lippenstift. Dann noch ein Hauch Parfum, und sie war bereit.

„Weißt du, ob Hans auch dabei ist?", fragte Monika beiläufig, während sie ihren Schuhschrank öffnete.

„Ich glaube schon." Pauline lächelte.

„Du bist aber auch..." Seufzend griff Monika nach den schwarzen Pumps mit niedrigen Absätzen.

„Ich denke nicht, dass es ihm was ausmacht, wenn du ein paar Zentimeter größer bist als er", kommentierte Pauline, während sie in ihre High Heels schlüpfte. Monika spürte, wie sie rot wurde und drehte sich schnell weg.

„Was denkst du eigentlich?“, murmelte sie. „Er ist halt ein interessanter Mann und sehr lebenserfahren. Man kann sich gut mit ihm unterhalten.“

„Na, da passt ihr doch gut zusammen“, neckte Pauline.

„Was hat eigentlich Eddie erzählt? Ihr habt doch gestern telefoniert“, lenkte Monika ab.

Pauline wurde ernst. „Es geht ihm nicht gut. Aber immerhin hat er sich dazu durchgerungen, zu einem Treffen der Anonymen Alkoholiker zu gehen. Das hat ihm sein Arzt dringend geraten. Ich wünsche ihm sehr, dass er durchhält. Dass er es schafft, sein Leben noch einmal rumzureißen.“

„Entschuldige. Ich wollte dir nicht den Abend verderben.“

Monika ärgerte sich, dass sie ausgerechnet jetzt dieses Thema angeschnitten hatte. Aber Pauline sah das anders. „Schon okay. Wir haben so viele Jahre zusammen verbracht, ich kann doch nicht so tun, als gäbe es ihn nicht. Auch wenn ich ihn nicht mehr liebe, möchte ich nicht, dass er vor die Hunde geht.“

„Nein, das wünsche ich ihm auch nicht“, sagte Monika in ehrlicher Überzeugung. Sie griff nach ihrer Handtasche und nahm den Mantel von der Garderobe.

„Wir haben noch Zeit“, bremste Pauline. „Martin kommt erst in zehn Minuten.“

Aber Monika behielt den Mantel trotzdem in der Hand.

„Ein interessanter Mann, dieser Hans. Hm?“, fing Pauline wieder an.

Lachend fielen sie sich in die Arme.

Es regnete in Strömen, als Schorsch und Hans vor dem ehemaligen Finanzamt Nord eintrafen. Unter einen großen Regenschirm versteckt erwartete Monika sie bereits.

„Du hast ja heute gar keinen Fresskorb dabei“, neckte der Altrocker.

„Vielleicht werdet ihr das noch bedauern“, gab sie trocken zurück. „Wir wissen ja nicht, wie lange das hier dauern wird. Weiß eigentlich einer von euch, um was es geht?“

„Keine Ahnung. Aber Martin hat ja dieses neue Bauprojekt, an dem er Tag und Nacht herumwerkelt. Vielleicht hat es damit zu tun. Oder er will sich verloben..." Er schaute sich um. „Wo sind eigentlich unsere beiden Turteltäubchen?"

„Schon da!", rief Stefan, der gerade zusammen mit Fred aus dem Dunkel auftauchte.

Die drei lachten.

„Ihr seid doch nicht mehr neu", winkte Schorsch ab. „Ich meine unsere Jungverliebten."

„Die sind drinnen. Martin hat seine Pauline mit reingezerrt", informierte Monika. „Nur ich muss hier draußen warten." Hans wechselte von Schorsch unter Monikas Schirm. Die hängte sich bei ihm ein.

Endlich tauchten auch Uschi und Friedrich auf. „Ich bin so gespannt, was das heute werden soll", sprudelte Uschi aufgekratzt los. „Martin hat ja ein großes Geheimnis darum gemacht, um was es geht." Ihre Augen glänzten unternehmungslustig.

„Na, nun sind wir vollzählig. Eigentlich könnte es jetzt losgehen. Mir wird auch langsam kalt", meinte Schorsch, während er mit Zigarettenpapier und Tabak herumfummelte.

„Mist! Jetzt ist alles nass geworden."

Er sah sich nach einem schützenden Dach um. Da entdeckte er, dass am Seiteneingang des Finanzamtes Licht brannte. „Schaut mal!"

Alle drehten sich um.

„Ist es endlich soweit?", fragte Friedrich.

„Und ob!" Schorsch marschierte mit langen Schritten auf die offene Tür zu.

Martin und Pauline standen Arm in Arm am Eingang und begrüßten lächelnd ihre Freunde.

„Das junge Glück", feixte Schorsch. „Ihr strahlt ja aus allen Knopflöchern." Pauline wurde rot und drehte sich verlegen weg.

„Das ist nichts, wofür ihr euch schämen müsst." Friedrich klang ungewohnt energisch. „Manchmal dauert es halt etwas länger, bis man weiß, zu wem man wirklich gehört."

Stefan nahm erst Pauline in den Arm und dann Martin. Fred tat es ihm nach. „Lasst euch nur von niemandem reinreden. Das ist allein eure Sache, dass ihr euch lieb habt. Ihr braucht euch nicht zu verstecken", riet Stefan.

„Hört, hört!" Fred zwinkerte den beiden zu.

„Jetzt ist aber Schluss damit. Es geht doch gar nicht um uns heute Abend", wehrte Pauline ab.

Martin machte eine Armbewegung in Richtung Kantine. „Kommt nur weiter, ihr seid doch sonst nicht so schüchtern. Hier ist es warm und trocken."

Das ließ sich keiner zweimal sagen.

Die ehemalige Kantine war ganz in Kerzenlicht getaucht, das die kläglichen Überreste des schwarz-silbernen Katastrophenlokals barmherzig verschwimmen ließ. Zu den Klängen von ‚Manhattan Transfer' drehte sich an der Decke die alte Discokugel und zauberte schimmernde Punkte in den Raum. Neben einem kleinen Buffet standen gefüllte Sektgläser bereit.

„Das sieht aber verdammt nach einer Feier aus", stellte Stefan fest und sicherte sich ein Glas. „Jetzt müssen wir nur noch den Anlass erfahren."

Alle Blicke richteten sich erwartungsvoll auf Martin, der Pauline nicht von seiner Seite gelassen hatte.

„Ich wollte euch mein neues Bauprojekt vorstellen. Ihr habt schon so viel darüber gehört, es ist höchste Zeit ist, euch genauer zu informieren."

Monika war enttäuscht. Sie hatte etwas Spektakuläres erwartet, vielleicht wirklich so etwas wie eine Verlobungsfeier. Dass Martin ein Haus gekauft hatte, fand sie nicht besonders spannend.

„Was ist das denn hier?", fragte Stefan plötzlich interessiert. Er hatte die Zeichnungen entdeckt, die ausgebreitet auf mehreren Tischen lagen.

„Das sind die Pläne für den Umbau", erklärte Martin. „Schaut euch nur alles in Ruhe an."

Stefan nahm ein Blatt in die Hand und las vor: „Altes Finanzamt Nord. Moment mal, das ist doch hier. Das ist doch genau dieses Haus, in dem wir stehen." Er starrte Martin an. „Sag nur, du hast den Kasten gekauft."

Martin nickte und strahlte von einem Ohr bis zum anderen. „Genau das. Und ich sage euch, wenn alles erst mal fertig ist, wird das die erste Adresse für Senioren in Frankfurt sein."

Die Nachricht schlug ein wie eine Bombe, und alle redeten durcheinander.

„Dann ist das also hier, wo wir unseren mobilen Friseurladen aufziehen werden", stellte Fred fest und schaute sich um, als wolle er auf der Stelle den besten Platz dafür finden.

Monika pirschte sich an Pauline heran. „Hast du das gewusst?"

Pauline schüttelte den Kopf. „Er hat mir kein Sterbenswort gesagt. Nur dass er ein Haus gekauft hat und es umbauen will – ich schwöre!", beteuerte sie, als sie Monikas zweifelnden Blick sah.

Grinsend schob sich Schorsch an Martin heran und packte ihn am Jackett. „Du Hund! Das hättest du auch schon früher sagen können. Von wegen, du hast da eine kleine Wohnung für Hans. Ich schätze, der zieht genau wieder in seine alte Hausmeisterwohnung. So hast du das doch geplant, oder?"

Hans quetschte sich dazwischen. „Stimmt das wirklich und wahrhaftig?" Gespannt sah er Martin an. Auch die übrigen kamen näher.

„Nun erzähl schon, was Sache ist. Jetzt wollen wir alles ganz genau wissen", forderte Schorsch. Und Martin legte endlich los.

„Ich hatte ja schon gesagt, dass ich aus diesem Haus eine Seniorenresidenz machen werde. In den oberen zwei Etagen sollen Wohnungen entstehen. Modern, komfortabel und barrierefrei. Der erste Stock wird ganz der Unterhaltung dienen. Geplant ist ein kleines Café, in dem man gemütlich sitzen und plaudern oder lesen kann. Auch ein Billardzimmer ist angedacht. Es soll eine Art Begegnungsstätte werden, also auch für Leute, die nicht hier wohnen. Dort auf den Tischen liegen die Pläne. Aber da ist vieles noch nicht spruchreif. Wenn ihr also Vorschläge habt, dann raus damit. Ich bin für alles offen."

Stefan und Schorsch drehten sich schon zu den Tischen um, aber Martin war noch nicht fertig. Er wandte sich an Hans. „Wir fangen in Kürze mit der Sanierung der Hausmeisterwohnung an. Es wäre schön, wenn du dich entschließen könntest, hier wieder einzuziehen. Dieses Haus braucht jemanden, der nach dem Rechten schaut und einen Blick dafür hat, was gemacht werden muss – also dich."

Hans wechselte einen Blick mit Monika, die ihn anstrahlte. Er konnte nur nicken, in seinem Hals steckte ein dicker Kloß.

„Das mit dem Café ist eine prima Idee", meinte Monika, als sie endlich den Blick von Hans wieder lösen konnte. „Ich habe ein paar tolle Kuchenrezepte. Und herzhafte Kleinigkeiten muss es natürlich auch geben."

Sie merkte, dass sie vorgeprescht war. „Das ist nur so eine Idee", fügte sie kleinlaut hinzu.

„Das ist ja wohl amtlich, dass du für ein Café die besten Vorschläge machen kannst", bestätigte Friedrich, und alle klatschten Beifall.

„Und wenn du bei irgendwas Hilfe brauchst, ich bin ja nicht weit weg", bot Hans an. Monika nickte, und ihre Wangen glühten.

„Das ist doch schon mal ein guter Anfang", stellte Martin fest. „Aber wir brauchen weitere Vorschläge, was man hier noch machen könnte."

„Ich hätte da schon ein paar Ideen", fing Uschi an. „Wie wäre es mit Kultur? Das kann ja alles Mögliche sein. Lesungen, Ausstellungen, Vorträge, da gibt es so vieles."

„Man könnte auch Ausflüge organisieren. In den Taunus, zum Opel-Zoo, und auch mal zum Einkaufen in die Umgebung", sprudelte Friedrich los.

„Ein Opernbesuch oder auch mal ein Konzert?" Schorsch erntete erstaunte Blicke, die jedoch an seiner breiten Brust abprallten.

„Wie wär's mit einer Art Börse für gegenseitige Hilfe? Ein selbst gebackener Kuchen gegen zwei Stunden Garten umgraben?", schlug Monika vor.

„Oh weia! Dann brauchen wir aber dringend einen Ruheraum", jammerte Schorsch. Alle lachten.

Stefan schaute grinsend in die Runde. „Wie sind wir bisher eigentlich ohne so ein Haus ausgekommen?"

Martin lächelte. „Das frage ich mich auch gerade." Er zog Pauline in seinen Arm und gab ihr einen Kuss.

„Hey!", rief Schorsch. „So was geht hier aber nicht!"

Pauline schaute ihn mit großen Augen an. „Und wieso nicht?"

„Wir haben jede Menge Arbeit vor uns. Da ist keine Zeit zum Rumknutschen."

„Das sagt ausgerechnet der größte Herzensbrecher der ganzen Schule." Monika zwinkerte ihm zu. „Du bist doch nicht etwa neidisch auf das junge Glück?"

„Ich?" Schorsch war ganz entrüstet. „Nee, ganz bestimmt nicht. Ich gönne das den beiden absolut."

Im allgemeinen Gelächter bat Martin wieder um Ruhe. „Und?", fragte er. „Fällt euch nichts auf?" Er schaute in ratlose Gesichter.

„Jetzt sag bloß ... du meinst doch nicht etwa...?" Schorsch hatte es als erster erfasst.

„Doch", sagte Martin. „Das siehst du genau richtig."

„Nein?", rief Monika voller Freude und hielt sich die Hände vor den Mund. „Das hätte ich nicht zu träumen gewagt."

„Wie jetzt?“, fragte Friedrich dazwischen. „Ich kapier nicht, was ihr meint.“

Auf einmal waren alle stumm. Und plötzlich nickte Martin. „Wir kriegen unsere Disco wieder.“

„Das ist ja irre. Du meine Güte, es wird also weitergehen!“ Monika war hin und weg. Auch die anderen redeten aufgeregt durcheinander.

„Allerdings ist noch nicht klar, wie unsere Disco aussehen wird“, bremste Martin die allgemeine Euphorie. „Es ist nämlich gar nicht so einfach, das zu planen.“ Er legte einige detaillierte, perspektivische Zeichnungen auf den Tisch, und alle versammelten sich darum.

„Ist das etwa Eiche rustikal?“, fragte Friedrich stirnrunzelnd.

Die anderen schwiegen, aber es war ihnen anzusehen, dass der Entwurf keinem gefiel.

„Das isses nicht“, brachte es schließlich Schorsch auf den Punkt. „Da kann doch keine Stimmung aufkommen.“

„Wir sind doch noch nicht scheintot“, entrüstete sich Monika. „Das da“, sie zeigte auf eine der Zeichnungen, „sieht aus wie das Wohnzimmer meiner Eltern. Spießbürgertum im Quadrat.“

„Nun ja, die moderne Variante einer Disco haben wir ja selbst gesehen“, erinnerte Martin die Freunde. „Die Überreste sind noch vorhanden.“ Er wies auf die schwarz gestrichenen Wände.

„Du meinst dieses Raumschiff, dieses sterile Etwas. Nee, das war genauso grauenvoll.“ Schorsch schüttelte es richtig, wenn er daran zurück dachte.

Martin nickte ihm zu. „Genau so sehe ich das auch. Der erste Entwurf ist zu altbacken und der zweite seelenlos. Diese Discos gibt es dutzendweise, sie sind beliebig und austauschbar.“ Er machte eine Pause und schaute in die Runde. „Eigentlich gibt es nur eine Möglichkeit, diese Diskothek ‚richtig‘ aufzuziehen. Wir müssen das selbst in die Hand nehmen.“ Mit Genugtuung registrierte er das Aufatmen der Freunde, bevor er fortfuhr. „Ich habe lange überlegt, woran es lag, dass unsere Rentner-Disco so toll war. Zum einen war es sicher die Einrichtung, die Schorsch zusammengesucht hat.“

Alle Blicke richteten sich auf den Altrocker, der mit stolzgeschwellter Brust das Lob entgegennahm.

„Aber das ist nur die Hälfte“, fuhr Martin fort. „Den viel wichtigeren Anteil habt ihr, jeder einzelne von euch. Denn ihr bringt das Gefühl der Siebziger wieder zum Leben. Monika mit ihren Fressalien und ihrem unnachahmlichen Tanzstil. Sie und Pauline, die Stars auf der Tanzfläche. Und unser Hans hier kann aus Nichts etwas basteln und alles reparieren."

Der fiel ihm ins Wort. „Vergiss Schorsch nicht mit seiner Plattensammlung und seinem Gespür für Stimmung, das ist einfach genial."

„Uschi mit ihrer Tanztruppe", ergänzte Monika. „Und Stefan und Fred, die die Damen verschönern."

„Aber auch mein Friedrich gehört dazu. Mit seinem trockenen Humor bringt er uns alle zum Lachen." Uschi schmiegte sich in die Arme ihres Mannes.

Martin schaute in die Runde. „Genauso ist es. Und deshalb möchte ich euch alle mit ins Boot holen. Lasst uns einen Verein gründen, irgendetwas, das uns auch nach außen hin zusammenschweißt." Er zögerte einen Moment, und seine Stimme wurde leiser. „Es muss sich komisch anhören, wenn ausgerechnet ich sage, dass wir nur gemeinsam etwas erreichen können. Schließlich war ich schon in der Schule immer ein Einzelgänger."

„Bei Licht besehen waren wir das doch alle", mischte sich Monika ein. „Keiner von uns hat seit dem Abitur Kontakt zu den anderen gehabt. Und schaut, was jetzt aus uns geworden ist, eine wundervolle Gemeinschaft, die durch dick und dünn geht. Sogar diese unsägliche Guerilla-Disco haben wir zusammen durchgestanden."

Alle lachten, nur Schorsch knirschte mit den Zähnen.

Martin raffte die Entwürfe zusammen und zerriss sie mit einer energischen Handbewegung. „Ich bin dafür, dass wir alles wieder herholen, was Schorsch in mühsamer Kleinarbeit zusammengesammelt hat. Dazu noch ein paar bequeme Stühle, eine moderne Musikanlage – und ich wette, wir werden hier wieder viele schöne Abende zusammen verbringen. Was sagt ihr?"

„Ich bin dabei", sagte Monika sofort. Auch die anderen stimmten zu, und aufgeregte Vorfreude machte sich breit. Jeder hatte etwas beizusteuern, die Stimmung schlug hohe Wellen.

„Was soll das eigentlich mit diesem Verein?", wollte Stefan wissen.

„Das ist eine reine Formalie", erklärte Martin. „Die Diskothek wird von dem übrigen Bauprojekt abgetrennt. Sie bleibt ganz allein in unserer Hand, und keiner kann uns reinreden. Das ist also mein Vorschlag. Und nun möchte ich wissen, ob ihr einverstanden seid."

Schorsch warf einen Blick zu der glitzernden Discokugel an der Decke. „Mann, das wird die Schau. Ich kann's kaum erwarten, bis es endlich wieder losgeht."

SECHZEHN

Frankfurt strahlte im Lichterglanz der Vorweihnachtszeit. Schneeflocken wirbelten aus dem Nachthimmel und brachten einen stillen Zauber in die lebhafte Stadt.

Schon seit einer ganzen Weile lungerten vier Jugendliche vor dem ehemaligen Finanzamt Nord herum. Sie rieben die klammen Finger aneinander und beobachteten die Leute, die hineingingen. Das Gebäude hatte sich in den letzten Monaten stark verändert. Das gesamte Gebäude war eingerüstet worden, und überall sah man die Spuren intensiver Bautätigkeit. Der gepflasterte Vorplatz war von Unkraut befreit und ordentlich gefegt worden. Lampen beleuchteten die Stufen zu beiden Seiten, und über dem Eingang prangte in Leuchtbuchstaben der Name einer Diskothek: ‚Perfect Age'. Von drinnen schallte Musik, die ganz anders klang als die Techno- und Ravetitel, die die Jugendlichen sonst hörten.

„Ganz schön schräg", bemerkte einer der jungen Männer.

„Muss ein abgefahrener Schuppen sein. Da gehen nur Grufties hin, das hab ich in der Zeitung gelesen. Aber es soll voll die gute Stimmung sein."

Sein Fuß wippte den Takt der Musik mit.

„Vielleicht sind die auf Ecstasy", mutmaßte der erste, und alle vier lachten. Die Vorstellung von Greisen auf Droge hatte etwas ungemein Erheiterndes.

„Und? Wollen wir den Laden mal aufmischen?", fragte der dritte mit deutlich türkischem Akzent.

„Cool."

Breitbeinig, mit hängenden Hosenböden, bewegte sich die Gruppe auf den Eingang zu. Da stand ein älterer Mann, nicht sehr groß und untersetzt, offenbar so etwas wie ein Türsteher. Entspannt schaute er den Jugendlichen entgegen.

„Hey Alter, wir wollen das hier mal checken", beschied ihm einer der Jungs.

Der Mann verschränkte die Arme und musterte die vier von oben bis unten. Dann schüttelte er den Kopf. „Das kann ich nicht machen. Geht woanders spielen."

Die vier waren platt. „Wie jetzt?"

„Kann ja nicht sein", redeten sie durcheinander.

Die Tür ging auf, und ein großer Mann in schwarzer Lederkleidung kam heraus. Mit einem Blick erfasste er die Situation. „Gibt's Probleme, Hans?“, fragte er den Türsteher.

Der schüttelte den Kopf. „Alles im Griff.“

Lässig wandte er sich an die Jugendlichen. „Da ist nichts zu machen, Jungs. Eintritt nur für Leute ab Sechzig.“

Kennen Sie schon die „Rentner-WG"?

Rotraut Mielkes erster Roman um eine Rentner-WG, die sich gegen einen skrupellosen Investor wehrt. Humorvoll und mit einem Augenzwinkern geschrieben.

ISBN 978-3-944124-00-1
297 Seiten
11,95 €
Überall im Buchhandel erhältlich, auch als E-Book